古典詩歌研究彙刊

第一輯

龔鵬程 主編

第 12 冊

王荊公金陵詩研究

劉正忠 著

國家圖書館出版品預行編目資料

王荊公金陵詩研究／劉正忠 著 — 初版 -- 台北縣永和市：花
木蘭文化出版社，2007〔民 96〕

目 4+262 面：17×24 公分
（古典詩歌研究彙刊 第一輯：第 12 冊）
ISBN-13：978-986-7128-92-8（全套：精裝）
ISBN-13：978-986-7128-83-6（精裝）
1.（宋）王安石 – 作品評論
851.4515   96003198

ISBN - 9867128836

9 789867 128836

古典詩歌研究彙刊
第一輯　第十二冊   ISBN：978-986-7128-83-6

王荊公金陵詩研究

作　　者　劉正忠
主　　編　龔鵬程
出　　版　花木蘭文化出版社
發 行 所　花木蘭文化出版社
發 行 人　高小娟
聯絡地址　台北縣永和市中正路五九五號七樓之三
　　　　　電話：02-2923-1455／傳眞：02-2923-1452
電子信箱　sut81518@ms59.hinet.net
初　　版　2007 年 3 月
定　　價　第一輯 20 冊（精裝）新台幣 28,000 元

王荊公金陵詩研究

劉正忠 著

作者簡介

劉正忠，1968 年 12 月生於嘉義。高雄師大國文系碩士，臺灣大學中文系博士，現任清華大學中文系助理教授。學術研究以宋詩、現代詩及現代散文為主。另以筆名「唐捐」從事文學創作。著有詩集《意氣草》、《暗中》、《無血的大戮》，散文集《大規模的沉默》，並編有《當代文學讀本》、《臺灣軍旅文選》等書。曾獲梁實秋文學獎、時報文學獎、聯合報文學獎、台北文學獎、高雄市文藝獎、臺灣省文學獎、全國學生文學獎、年度詩獎、五四獎等。

提　　要

　　荊公暮年以變法招謗，退居金陵。十年之間，佳作紛陳，臻乎個人詩藝的高峰，是為本研究的主要範疇。全書重點如下：

　　一、荊公兼有「意氣」與「淡泊」兩種主要的生命情調。前者使他執拗剛強，敏銳躁動，勇於投入變法革新的事業，表現於詩篇，即形成「劖削拗峭」的風格。後者使他恬退自適，毅然擺落名利，甘於一丘一壑，表現於詩篇，則又形成「深婉不迫」的風格。只是前者潛入底層，成為內隱的藝術質素；後者浮出表層，成為外顯的主體風格。

　　二、「意氣」的收束，又與重「法度」的詩學架構有關。荊公的學術本來就有很強的規範性格，暮年編定《字說》，更以「法度之言」釋詩，透露出將詩學納入經學體系的旨趣：在內容上，要約束流蕩不返的情志；在形式上，要遵循客觀的藝術法則。以此種觀念為基本架構，荊公的整個詩學活動都表現出崇尚法度的傾向。

　　三、「淡泊」的性情則在暮年詩歌中大幅發展，形成一種融合禪悅與美感的藝術特質。這種「道」中之「味」，來自美感經驗的哲理化與心靈體悟的意象化，凡此皆與暮年虔誠的佛教信仰有關。談詩而過度看重「法度」，有時不免失之侷促，而「淡泊」的天性正是轉機所在。

　　四、綜合言之，荊公暮年詩歌的內在基礎，即是以「法度」收攝「意氣」，以「風味」體現「淡泊」。荊公的生命情調、文學觀念與詩歌特質，在此呈現緊密的交契，所謂「王荊公體」的風貌與內涵即可由此來把握。

紀念　張子良老師

停雲靄靄，時雨濛濛。八表同昏，平陸成江。
有酒有酒，閑飲東窗。願言懷人，舟車靡從。

目

錄

第一章　緒　論

第一節　金陵詩的意義與範圍

近人汪辟疆曾經慨歎：「臨川以新政為世詬厲，攻之甚力，向不推其詩。即偶及之，亦謂其『有工緻無悲壯，學之使人才據而筆退』，或又謂其『直勁無徊漩者』，皆僅從一二篇而肆意詆誣耳。余謂坡、谷大敵不在歐、梅，而在荊公。晚年在金陵諸作，即坡公亦深致歎服。文章有真賞者，決不為世論所惑也。」〔註1〕要從宋代詩人之中，求一足與蘇、黃鼎足而立者，不僅歐、梅難當其選，即後山、誠齋、放翁三子，亦不無遜色。惟有荊公，無論就作品質量、學識懷抱、性情胸襟而言，都足以並列而無愧。融合學術與政治的文學型態更是規模宏闊，為同時諸子所不及，足以在詩壇別樹一幟。因此，宋人論詩每以王、蘇、黃三家並稱，〔註2〕而元人袁桷更有臨川、眉山、江西三宗之說。〔註3〕然荊公以變法得罪流俗，形象為之扭曲失真，殃及詩

〔註 1〕本書援引荊公詩，一律標注上海古籍出版社影印朝鮮古活字本《王荊文公詩李壁注》（卷數/頁碼），以利翻檢。見《方湖日記辛存錄》「荊公詩摘句」一條，下署「宣統元年己酉二月十六日」。收入《汪辟疆文集》，頁838。

〔註 2〕例證詳徐復觀〈宋詩特徵試論〉，《中國文學論集續編》，頁31～32。

〔註 3〕見〈書湯西樓詩後〉，《清容先生文集》卷四十八。

文，造成「諱學金陵」的現象。﹝註4﹞以致學者對荊公詩藝的體認與研索，其深度都遠不及蘇、黃，造成偏枯失衡的現象。時移勢易，近代學者已能持平評判其德業，正視其文學。但是，若衡以荊公詩歌方面之廣，品質之精，則當前研究實猶草草未入精微，不副他大家上品之實。然則不以分題細索的方式，實難抉盡其妙。因此，本文採用分期研究法，擇取荊公創作生涯最後的精粹部份，析其毫釐，祈能開發一代大家的豐盈內蘊。

荊公現存詩歌計一千六百餘首，創作時間綿亙近五十年，風貌幾經轉變。其間軌轍，以葉夢得《石林詩話》所論最詳：

> 王荊公少以意氣自許，故詩語惟其所向，不復更為涵蓄，如「天下蒼生待霖雨，不知龍向此中蟠」，又「濃綠萬枝紅一點，動人春色不須多」，又「平治險穢非無力，潤澤焦枯是有才」之類，皆直道胸中事。後為群牧判官，從宋次道盡假唐人詩集，博觀約取，晚年始盡深婉不迫之趣。乃知文字工拙有定限，然亦必視其幼壯，雖此公，方其未至時，亦不能力強而遽至也。（《歷代詩話》，頁419）

以此為據，則荊公的創作歷程約可概分為三期：起先則少年才力初發，血氣之旺凌駕藝術涵養，一任原始生命疾驅直駛。其次則轉任京官以後，人生經驗與藝術體會都漸趨厚實，乃博觀前賢佳作，追索判斷，居安資深，終於能夠正視詩藝本身的價值。其題則詠史論政，其法則翻案奪胎，其語則日鍛月鍊，其意則劖刻精深。誠可謂極盡翻騰變化之能事，為此後宋詩發展開闢無限法門。後來以變法集矢，退居金陵。風雲已盡，情志難竭，既遂少年歸隱之思，未克平生澄清之志。心神之糾結繁複，可以想見。雖受佛學影響，詩文一歸簡淡，但其間

﹝註4﹞元遺山〈論詩絕句〉其二十八：「百年纔覺古風迴，元祐諸人次第來。諱學金陵猶有說，竟將何罪廢歐梅。」荊公去世，張芸叟挽詞已有「今日江湖從學者，人人諱道是門生」之語。士子隨風轉舵的情形，可參閱《苕溪漁隱叢話》前集卷第三十四（點校本，頁328），引《澠水燕談錄》。

悲情壯懷，自不可掩。此期所作，剝膚存液，褪去擾擾技藝，裸現生命本眞。十年之間，佳作紛陳，臻及個人詩藝的巔頂，是爲本題研究的主要範疇。

趙與時《賓退錄》亦曾論及荊公詩藝的發展：「王荊公詩至知制誥乃盡善，歸蔣山乃造精絕，其後比少作如天淵相絕矣。」明確標出「知制誥」與「歸蔣山」兩個重要分界點，可以補充葉石林的說法。荊公晚年詩藝大進，此爲宋人公論。但若僅以罷相爲界，分爲前後兩期，則未免太過簡略，而忽略了葉趙兩氏皆論及的中間追索突破一段。案荊公出任「群牧判官」在至和元年（1054）九月，三十四歲，是爲首次出任京官。除「知制誥」則在嘉祐六年（1061）六月，四十一歲。參酌兩氏的意見，可以把這七年視爲初期到中期的過渡階段，基本上仍在摸索試探。此後至熙寧九年（1076）十月二度罷相以前，計十六年，可以視爲中期，風格表現臻於成熟的階段，也就是趙氏所說的「盡善」。但在他眞正退閒以後，詩藝又有新的突破，遂進入最高境界，此即趙氏所稱的「造精絕」。

神宗熙寧七年，荊公初次罷相，六月抵金陵，隔年二月即被召復相，這段時間似乎尚無完全退出政局的準備。九年十月再罷相，雖領官銜，實已徹底脫離從政生涯，無論是生活、心境，都與初次罷相大不相同。因此，本文即以此爲上限，直至哲宗元祐元年（1086）四月過世爲止，時間將近十年。不過，兩次罷相前後相距兩年多，作品風格已與暮年十分相近，可以視爲中晚期間的過渡階段，不必斷然排出論題之外。至於初、中期作品，則爲論題開展的基礎，自亦須時時照應，取相證發。進一步來說，本論文既以暮年作品爲主要範疇，實有揭示整體創作發展歷程的任務。蓋能確切把握最後一階段的作品風貌，即能收到「舉果知因」的成效。〔註5〕

〔註5〕惠洪《冷齋夜話》卷五，論及荊公「繰成白雪桑重綠，割盡黃雲稻正青」一聯，嘗謂：「如《華嚴經》舉因知果，譬如蓮花，方其吐花而果具蕊中。」此處翻用其說。

　　荊公暮年詩歌妙傳天下，時人曾選錄其「晚歸金陵後所作詩」別行。〔註6〕除了上述引文外，宋人稱賞品論者尚多，這是本文論題成立的重要依據。茲擇其較著者列舉如下：

（一）黃庭堅〈跋王荊公禪簡〉：「暮年小語，雅麗精絕，脫去流俗，不可以常理待也。」（《豫章先生文集》卷三十）

（二）趙令時《侯鯖錄》卷七：「東坡云：『荊公暮年詩始有合處，五字最勝，二韻小詩次之，七言終有晚唐氣味。』」

（三）葉夢得《石林詩話》：「王荊公晚年詩律尤精嚴，造語用字，間不容髮。然意與言會，言隨意轉，渾然天成，殆不見有牽率排比處。如『細數落花因坐久，緩尋芳草得歸遲』，但見舒閒容與之態耳。而字字細考之，若經隱括權衡者，其用意亦深刻矣。」（《歷代詩話》，頁406）

（四）許顗《彥周詩話》：「東坡海南詩，荊公鍾山詩，超邁絕倫，能追逐李杜陶謝。」（《歷代詩話》，頁383）

（五）闕名《漫叟詩話》：「荊公定林後詩精深華妙，非少作之比。」（《宋詩話輯佚》，頁362）

關於這些言論所涉及的細部問題，將在以下正文中逐一討論，此處先略述與論題的成立密切相關者。荊公詩歌創作的精粹時期，一般都泛舉「晚年」、「暮年」。彥周則標出「鍾山詩」，漫叟則標出「定林後詩」，界定更加明確。荊公於熙寧十年返金陵，隔年乃在鍾山白下門下築宅而居。平日最常出入定林禪寺，寺中有昭文齋，最初幾年荊公即在此撰作《字說》。然而荊公退閒期間，出入於名寺古剎，來往於山水城市，足跡遍及金陵附近各地。若以「定林後詩」或「鍾山詩」標題，時間與空間的涵蓋面都有侷促之虞。因此，本文採用「金陵詩」的概

〔註6〕陸游〈跋半山集〉云：「右半山集二卷，皆荊公晚歸金陵後所作詩也，丹陽陳輔之嘗編纂刻本於金陵學舍，今亡矣。」見《放翁題跋》卷二。另據《宋史·藝文志·總集類》記載，荊公有《建康酬唱詩》一卷，今佚。

念，〔註7〕指稱再罷相定居金陵以後的所有作品，具體界定「荊公暮年詩歌」的範圍。

荊公詩文，向乏繫年，當代學者始用意及之。王晉光有《王安石詩繫年初稿》，李德身則有《王安石詩文繫年》，綜合二書，可以繫入退閒十年間之作品，約有四百多首，佔總數的四分之一。此外，劉乃昌、高洪奎有《王安石詩文編年選釋》，周錫䪖有《王安石詩選》，都曾考訂部份作品的年代，亦可為本文論述之佐助。

第二節　荊公詩文集及其箋注

荊公詩文集的刊行，有臨川本、杭州本、龍舒本等三種。臨川本以詹大和紹興十年（1140）所刻《臨川先生文集》為最早，此本分詩集三十八卷，文集六十二卷。原刻似已不存，常見者有嘉靖二十五年（1546）應雲鷟翻刻本。商務印書館《四部叢刊》，即據此影印。杭州本為紹興二十一年（1151）荊公曾孫王珏所刻，題為《臨川王先生文集》，清人瞿鏞以此本核對明翻詹大和刻本，發覺卷第皆同，所錄作品出入亦微，當為同一系統。原刻亦不傳世，惟北京圖書館藏有宋刻元明遞修本一部。上述二本流傳雖廣，翻刻亦多。然篇目或屢亂不實，或缺佚不全，都不無缺憾。惟日本宮內省圖書寮藏有宋刊本殘卷，書刻於龍舒，題《王文公文集》，存七十卷，三十六卷以前為詩，三十七卷以後為文，系統與前述二本顯然有別。實則中土亦有此本殘卷，原藏大內，故為世人所罕知。1962 年，大陸中華書局上海編輯所統整兩處殘卷，乃得全豹，於是影印行世，是為龍舒本。臨川、龍舒二本篇目內文都頗有出入，取相對勘，可收互補之效。〔註8〕

〔註7〕宋人每有以「金陵」稱呼荊公者。例如與荊公並世的劉安世，所著《元城先生語錄》，即是如此。另可參閱東一夫《王安石事典》，頁 145。

〔註8〕關於荊公詩文集的版本問題，可參閱金開誠、葛兆光《歷代詩文要籍詳解》，頁 531～535；于大成〈王安石著述考〉，《理選樓論文集》，

　　近來年則有鉛印點校本，更便於翻檢。1959 年，中華書局上海編輯所以臨川本系統的嘉靖刻本爲底本，校點排印。書後附有《臨川集補遺》，匯集島田翰、陸心源、羅振玉所輯詩文，及朱孝臧、唐圭璋所輯佚詞而成，在台灣有華正書局翻印本。1974 年，上海人民出版社以龍舒本爲底本，參校臨川系統的應氏刻本，標點印行。惟此二本皆未盡理想。前者出版時，龍舒影本尚未整理印行，《補遺》部份一方面漏收許多佚文佚詩，另則誤收了許多臨川本已有，只是題目稍異的作品。後者則未作補輯，更無任何點校凡例或附錄，明顯失之率易。〔註9〕晚近北京大學所編的《全宋詩》四川大學所編的《全宋文》，陸續出版，除重新參校上述各本外，又廣收佚篇，爲目前爲止最完備的版本。本論文援引荊公詩文即以此爲準。至於荊公集中頗多疑僞之作，也廣參當代學者的研究以爲去取依據。〔註10〕

　　荊公詩有李壁雁湖注本，論者比諸「施注蘇詩」，向爲研究荊公詩所必參考的重要文獻。壁父燾，乃南宋史學大家，所著《續資治通鑑長編》，亦爲研究荊公所必備的參考資料。壁既家學淵源，性又嗜讀若渴，當時號稱「博洽」。箋注荊公詩，用力頗劬，久爲士林所稱賞。此書通行者，有元大德十年毋逢辰刊本，〔註11〕板精字清，可惜

　　　　頁 226～227：方元珍《王荊公散文研究》，頁 72～79：四川古籍整理研究所編《現存宋人別集版本目錄》，島田翰〈殘宋本王文公文集跋〉，程弘〈王安石文集的版本〉，趙萬里〈跋龍舒本王文公文集〉，吳惠珍〈王安石詩文集版本考〉。

〔註 9〕 參閱金開誠、葛兆光前揭書，頁 535。

〔註10〕 荊公集中疑僞之作，參考李燕新《王荊公詩探究》，頁 48～58：張白山《宋詩散論》，頁 67：李德身《王安石詩文繫年》，頁 315～327：王晉光《王安石詩繫年初稿》，附錄。

〔註11〕 此本係張元濟舊藏，現藏國立中央圖書館，嘗經廣文書局借出影印行世。昌彼得前揭文指出：「中館舊版《善本書錄》及《金元本　圖錄》定爲王常刻本固誤，新版善目從阿部隆一教授之說，改訂爲元末明初刻本，亦非。阿部氏之說係據《中國版刻圖錄》敘目，觀其本版式字體，爲元代建刻無疑，與毋氏序合，當即毋氏刻本。」案學者從《中國版刻圖錄》說者，除阿部氏外，另有王水照前揭文、大陸版《全宋詩》編輯說明（第十冊，卷五三八）。臺靜農有〈記王

已經劉辰翁刪節，宋本舊貌，十存一二，學者不無遺憾。〔註12〕近年來，雁湖注本在文獻上有兩項重大進展，提供重探荊公詩的新契機：其一是朝鮮古活字本的刊行，其二是宋刻殘本的面世。前者有王水照所撰〈前言〉一篇，記其始末甚詳；後者則昌彼得撰有〈連城寶笈蝕無嫌──談宋版李壁注王荊公詩〉，詳加介紹。二文皆以新材料爲基礎，對李注版本系統作深入的整理與分析，各有創發，釐定了不少久懸的問題。

　　活字本今藏日本蓬左文庫，注文比元刻本多出一倍。目前已由上海古籍出版社影印出版，據王水照分析，此版爲宋元兩本的合編重刻，既保留宋本的原貌，又加入元本的內容。書凡五十卷，目錄上中下三卷，有劉辰翁評點，劉將孫、毋逢辰兩序，又有詹大和《王荊文公年譜》，此爲元刻本所有（僅無王常刊記）；又有李注全文、「增注」、「庚寅補注」、魏了翁序（僅無胡衍跋），此爲宋刻本所有。故知此本是宋元兩本的合刻。

　　「增注」與「庚寅增注」，是宋版與朝鮮本所獨有而爲元刻本所缺者，其價值不言可喻。「補注」作者，前人以爲即李醇儒或曾極，但據昌彼得、王水照研究，應當仍出自雁湖。蓋在嘉定七年初稿版印之後，雁湖可能仍續有增補。〔註13〕「庚寅增注」的作者則疑義稍多，蓋「庚寅」爲理宗紹定三年（1230），時雁湖沒世已八年，王水照以此斷定「庚寅增注」絕非雁湖所爲，昌彼得則推測仍爲雁湖遺稿。卷四十八「庚寅增注」曾提及「亡友譚季壬」，陸游嘗稱「予與季壬，實兄弟如也」，慶元元年（1195）有詩懷譚氏，稱之爲「亡友」。王水照據此推斷譚氏卒於該年以前，並謂「慶元元年離紹定庚寅已三十多

　　　　荊公詩集李壁箋注的版本〉一文，將此本斷爲大德五年刊本，似是採中圖舊版《善本書目》之說。
〔註12〕劉辰翁刪節李注的情形，以臺靜農前揭文討論最詳。今宋本殘帙及朝鮮本既面世，事更昭然。
〔註13〕參閱昌彼得前揭文，頁 98；王水照前揭文，頁 9。二氏論證角度雖不同，結論則無異，可以互參。

年，庚寅增注的作者回憶三十多年前的老友，說明他年事頗高了。」
由於王教授認定「增注」作於庚寅，故作此推斷。其實此條正足以佐
證「增注」不作於庚寅。季壬與陸游既以兄弟交，年紀似不致相差太
大。陸游作此詩時已七十一歲，而庚寅去此又卅五年。若增注確作於
「庚寅」，則注者年事極可能超過九十。比較合理的推斷是：「庚寅增
注」，意謂「庚寅年增刊之注文」，而非「庚寅年增作」。因此，注文
應作於是年以前。論者謂卷後「補注」有與「庚寅增注」犯複者，其
實「庚寅增注」與原注犯複者，亦所在多有，可能是整理者一時失察，
以致重複補綴。

　　明清以來，得睹注本全貌者甚少。晚近研究荊公詩歌者，也多未
及運用新的文獻。宋本殘卷尚未製成微捲，目前難以充份考察。好在
朝鮮古活字本兼有宋、元兩本的面貌，並且全帙完好，又經影印刊行，
參考價值極大。本文徵引荊公詩，即在詩末標注活字本卷數、頁碼，
以利翻檢。但此本缺點在於異體別字特多，因此徵引作品時仍須廣參
別本，才能免於以訛傳訛。故此本以外，廣文書局影印大德本，仍然
不可或缺。兩本相校，除文字互有出入外，大德本所收李注、劉評，
古活字版多有失收者。如卷十七末尾，劉評曰：「其詩猶有唐人餘意
者，以其淺淺即止，讀之如晉人語，不在多而深情自見。」即不見於
古活字本。此外，大德本有加框小字，分陽文與陰文兩種，如卷三十
三〈奉酬永叔見贈〉，李注引及王儔及韓駒意見，而加框文字乃一一
駁之，則框文並非「補注」或「增注」系統。框文幾乎專評李注，也
與劉辰翁評語之專論荊公詩，判然有別，似乎也不出自辰翁之手。這
一部份，古活字版或失收，或刻入原注下，有時甚至淆亂原注語意，
使用時都須取大德本相互比對。

　　清人沈欽韓撰有《王荊公詩集李璧注勘誤補正》四卷，劉承幹跋
其書云：「全注依據正史，旁採眾家雜說，隨篇辨證，意在整齊舊聞，
網羅散佚，凡朝章國故之沿革，君子小人之進退，與夫師友淵源之流
別，靡不詳考。」可見沈注之富於學術性，早為前人肯定。不過，由

於沈氏未見宋本，所補頗多爲李注原有，今可見於古活字本者。沈氏以外，糾補李注者尚有清人姚範《援鶉堂筆記》、近人錢鍾書《談藝錄》，前者得百餘條，後者亦有四五十條，都十分精當，有助於本題研究的進行。此外，近儒嚴復亦曾評點臨川詩，片言隻語，粲然可觀，價值不下於劉評。以上即本研究所涉及的主要文獻流布概況。

第三節　論題旨趣與研究方法

據統計，目前學界對宋代詩家的研究，直接以荊公爲對象者，僅次於東坡、放翁，而過於山谷。〔註14〕不過，學術研究的成果有時難以量計，我們不能據此斷定學者對上述諸家的瞭解最爲深入。蘇陸王黃規模宏大，質量俱勝，待探討分析的問題自然最多。何況後世對某一詩人最精闢的見解，往往不見於直接以該詩人爲題的論著中。因此，評估一位作家及其作品值不值得再研究，應以問題是否已經清楚解決爲權衡標準。而從另一個角度來講，詩又是最精粹的心靈產物，包含極其豐富的意蘊。眞正的大詩人，永遠值得再探討；眞正的好詩，永遠有再開發的空間。基於以上的理解，本文的開展乃是以下面四個環結爲中心：

一、以「文史互證，顯微交融」的方法，追索荊公的性情與暮年心境。

詩之大用，曰興、觀、怨、群。深於詩者，不僅用以反映人生，更在創作中提昇自我，澄定生命；不僅運用語言，更能反省語言的本質與性能。詩人體物言志，著力追索突破，最終價値仍在於實現自我。詩的精義所在，也就是生命本體之所在。傳統的文藝批評活動，經常在從事「文藝審美」的同時，也進行了「人格審美」。詩既不能獨立

〔註14〕見張高評〈從《宋詩研究論著類目》《宋詩論文選輯》看宋詩研究的方法和趨向〉。關於荊公的研究論著，除張高評編《宋詩研究論著類目》外，另可參閱王晉光《王安石書目與瑣探》。

於人生之外，凡是不能客觀體會荊公的人格與性情，也不可能真正瞭解其詩。此不僅指詆毀者而言，若是執於個人的學術立場而一味推尊，以致迴護曲解，同樣無法契入詩歌的底蘊。近世以來，學者偏重於為荊公的人格辨誣，至於荊公性情與暮年心境，似仍有待重新追索探究。

荊公一生心力所鍾，實在政治與學術之間，雖對詩文創作深具自信，終不肯以此自名、以此自限。直至退居鍾山，仍孳孳於撰作《字說》，幾乎視為淑世理想的最後寄託。因此，要想讀出暮年詩歌的底蘊，必須對他的人生格局有全面的體會。荊公退居金陵乃緊接於變法運動之後，因此，這段從政經驗對他衝激最大，餘波盪漾，直至去世而未曾稍息。雖然暮年篇詠，不常直接以政治為素材，但政治經驗與時局感受卻深入創作心靈的底層，成為暮年作品的潛在基調。筆墨大部份集中於遊覽賞景，情調刻意保持清明，從不直接把身世之感透露出來。如果一概以「閒適詩」視之，自不免得出「有工緻而無悲壯」的結論。本論文第二章，即著重探索他暮年心境與詩藝的交涉。關於這方面的研究，晚近余英時著有《陳寅恪晚年詩文箋證》一書，揭示「文史互證，顯微交融」的方法，最具啟發性。

二、通過荊公整體學術，清理出詩學架構，以抉發其「晚年所走路數」。

徐復觀曾作〈宋詩特徵試論〉，列有「宋詩特徵的畫出者」一節，特別標舉荊公在宋詩發展史中的地位：「積極奠定宋詩基礎的，應推王安石。王安石學博才高，思深律嚴，晚年所走路數，與山谷相同，而學問才氣及胸次遠過於山谷。宋詩之特徵，至他而始完備。後人對宋詩所作或好或壞的批評，皆可在他的詩中看出。因宋人多反對他的新政，所以他在詩方面的影響，遠不及黃山谷。」從宏觀的角度表彰荊公的地位，立論十分獨到。歷來論荊公在詩史中的地位，當以此說最精采。徐氏原文曾多方援舉實例來說明荊公的具體貢獻及對山谷的

影響，不過文章仍以山谷爲中心來抉發「宋詩特色」，他對此有所說明：「惜『王介甫刻意於文，而不肯以文名。究心於詩，而不肯以詩名』(《寓簡》卷八)，所以他論文論詩的文字絕少，詩的聲氣遠不及山谷，本文遂不得不以山谷爲中心。但由上所述，斷不能忽視他在宋詩中的重要地位。」這裡提出一個重要的問題：荊公在宋詩發展史中意義重大，只是他談藝文字特少，以致後人難以進行相應的論述。

荊公論詩文字不多見，固然形成後人尋索上的困難。但是通過對他整體學術格局的把握，仍可清理出詩學架構，這在宋代的文化環境裡格外可行。荊公暮年詩歌的思想底蘊，仍不出新法、新經、新學，此固貫串其一生，決定風格趨向的關鍵所在。此外，荊公詩藝突破的基礎，在於「博觀約取」的歷程，觀察他取法的對象，不僅可以瞭解其詩學觀，更有助於把握晚年詩風的內在根源。本文第三章即由上述方向入手，試著重新鉤勒荊公的詩學型態，以期從更深層的角度來理解他「晚年所走路數」，從而抉發「他在宋詩中的重要地位」。

三、以意蘊與美感為中心，把握「金陵詩」的內在特質，呈現其境界。

荊公爲「新學」的開創者，具有十分強烈的理性精神與義理興趣。因此，早期作品已具有顯著的議論傾向，其內容則以論政詠史爲主。暮年退居金陵後，既脫離直接的政治活動，佛學素養與藝術體會都日漸加深，於是轉而以比較迂迴的方式追求義理。但是，表層內容雖以宗教體悟與人生哲理爲主，底層卻蘊含充沛的政治經驗與時代感受。

葉石林說荊公「少以意氣自許」，蔣山贊元禪師也曾說他「受氣剛大」，都是在描述一種猛烈勃動的生命氣質。不過，贊元同時也指出荊公另有「視名利如脫髮，甘淡泊如頭陀」的性情。退開金陵，雖然主要表現出「淡泊」的一面，但這並不表示他已滌盡早年的「意氣」，只是隱入底層而已。由於秉性淡泊，加上虔誠的佛教信仰，因此絕不

沈溺於感官經驗。但另一方面，潛存的「意氣」卻使他的作品暗潮洶湧，終於形成一種獨特的美感特質。

荊公暮年出入古寺，浸潤內典，或與高僧大德共領禪機，或獨處自修，哲理體驗特別豐富。這類體驗大抵近於宗教境界，但未必僅以宗教爲範圍。一旦通過豐富的學識與才情，化作篇詠，經常能臻及美善互涵，道藝合一的境地。黃徹《䂬溪詩話》論及「道」之「有味」，即援舉荊公金陵絕句數首爲例，並謂「皆淡泊中味，非造此境，不能形容也」。本文第四章，即嘗試通過此一線索，探討荊公暮年的心靈體悟，以及由此爲根本，所開創出來的融合義理與美感的藝術境界。

四、觀察體裁、技巧、風格的演變，探討荊公詩何以「暮年方妙」。

錢謙益〈與方爾止〉書云：「古人詩，暮年必大進。詩不大進，必日落，雖不欲進，不可得也。欲求進，必自能變始；不變，則不能進。」（《牧齋有學集》卷三十九）以此種思路處理宋人的詩藝發展，格外可行。蓋宋型文化內斂精深，表現於詩學，則講究一種「漸老漸熟，乃造平淡」的審美理想。宋人每謂：「荊公之詩，暮年方妙」。這一方面來自「漸」的工夫，一方面則與「能變」有關。欲尋究荊公暮年詩藝精妙的根源，自然須深入觀察他「變」的軌轍。

嚴羽在《滄浪詩話》〈詩體〉中列有「王荊公體」，並自注云：「公絕句最高，其得意處，高出蘇黃陳之上，而與唐人尙隔一關。」滄浪認定荊公具有獨特的個人文體，主要著眼於絕句。此固荊公暮年的獨詣，而爲「金陵詩」的主體，但宋人特別講究「備眾體」的概念，並以之衡定詩人成就的高下。事實上，荊公暮年在古體與律詩方面也有新的突破，兼顧及此，才能完整呈現其詩藝。

十八世紀的法國學者彪佳（Buffon）曾提出「文體即是人」的命題。也就是說，文體乃是個人生命的全幅展現。因此，所謂「王

荊公體」的具體特徵，應當結合前面各章的研究成果，把握創作主
體的性情、心境與作品的美感特質，並深入分析實際的語言表現，
始能得之。前人評荊公暮年詩曰「雅麗精絕」，曰「深婉不迫」，曰
「精深華妙」，都在描述一種不同於早期的詩歌風貌，可以作爲研究
的線索。另有一類評語，藉由比況的方式呈現，如東坡所謂「此老
乃野狐精也」，張舜民所謂「空中之音，相中之色」，敖陶孫所謂「如
鄧艾縋兵入蜀，以險絕爲功」，都有待我們以比較精確的語言來詮
釋。本文第五章，擬先通過細部分析來呈現「金陵詩」的風貌，再
以比較宏觀的角度來評論其價值、意義。

第二章 專擅一壑：退閒生活與暮年心境

第一節 時代感受與政治體驗

一、荊公與時代風潮

　　荊公對於時代有敏銳的感受與深刻的反省，其範圍宏遠開闊，外則政治經濟，內則思想文化，舉凡國家所賴以樹立者，無不一一檢討，次第翻修。前者表現為「熙豐新法」，後者則形成「荊公新學」。又有《三經新義》以為標準，融合學術與政治，傳播理念，開導風氣。他向來主張思想須以淑世為依歸，而政治則必以哲學為根基，因此新學新法實難分解，一體派生，兩相鼓盪，為時代注入壯闊的波瀾。

　　然而這股波瀾並非憑空拔起，其源流脈絡固歷歷可尋。蓋自中唐以來，社會結構與學術思想皆經歷巨大的衝擊與變遷，逐漸激起一股精神自覺的努力，終於通過「哲學的突破」（philosophic breakthrough）而轉化傳統，開創新局。〔註1〕而宋自太祖以來，有鑑於五代之紛擾，操危慮患之心特深，天下初定，即積極建立文教典章，以重整二百年

〔註 1〕 宋型文化之特質，厥在變飛揚熱情為沈潛冷靜，變富麗精工為平淡質實，變雄偉壯闊為圓熟精深。參考傅樂成〈唐型文化與宋型文化〉；龔鵬程《江西詩社宗派研究》，第二卷，〈宋詩之背景與宋文化之形成〉。

來脫序的局面。〔註2〕在這樣的外在環境配合之下，中唐以來的文化伏流終於全面噴湧，蔚為一代精神主脈，粲然如刀刃之新發於硎。

惟宋代文化雖然昌明如此，國勢卻始終積弱不振，幾與外患相始終，此亦古來大一統政權所僅見。學者推究其因，咸謂肇始於基本國策之矯枉過正。蓋太祖既以兵變得位，深忌唐末五代以來武將擅權之禍復起，乃亟革其弊。要言之，係以「強幹弱枝」為基本國策，實行中央集權，節制武人勢力，而廣引文人入政府。此法雖為矯弊良藥，施之過度適成新病。一方面枝葉既弱，已無法蔽體防敵。另一方面則主幹雖巨，卻臃腫失常，舉國充斥冗官與冗兵，不但拖垮財政，也不堪抗敵禦侮。〔註3〕再加上契丹與西夏根基已甚穩固，有完整的國家組織，與前此單純的游牧民族不同，因此氣焰十分熾旺。於是太宗征遼敗績，重傷而歸，瘡發而卒。其後歧溝之戰又遭大敗，終於有真宗澶淵之盟，年年以厚弊賂和，而潛在危機竟無一日或除。

宋代士大夫普遍具有強烈的文化意識與淑世理想。經過數十年的融蓄蘊釀，終於匯成一股壯闊的反省運動。先是胡安定、孫泰山二先生起而重振師道，整治經術，將知識份子的心目從章句訓詁中扭轉到人生實際來。石介、柳開等人標舉道統，攘斥佛老與儷采，追蹤韓柳，復興古文。同時又有范仲淹出，改制度，立新政，以澄清吏治、富國強兵為務。稍後，歐陽修領袖學界與政壇，一時人材臻於極盛。到仁宗末年為止，思想文學之復興，大勢已成，唯獨富強的理想不克實現。

〔註2〕 繆鉞指出宋朝的建立，解決了兩大問題：其一是「藩鎮稱雄，兵將跋扈，政局擾亂，民不聊生」；其二是「胡化衝擊漢化，社會風氣敗壞，價值標準顛倒」。見〈宋代文化淺議〉，《國際宋代文化研討會論文集》，頁4。

〔註3〕 宋代基本國策之得失，荊公早有所見，嘗作〈周秦本末論〉一篇，雖在論史，其實直指當代現實。略謂周「強末弱本」而秦「強本弱末」，皆亡，是本末不相稱也。後世祖秦制，「群天下而不國」，方向正確。但是銷兵削威，處處提防地方武力，實在難以應變。見《王文公文集》，卷三十。熙寧變革，行「保甲法」、「將兵法」，正本此意。

大敵欺於兩頰，卻只能以幣帛賂取苟安，國力依然衰頹未振。

　　荊公青壯時期即在上述文化潮流中成長，對於新時代的精神濡染甚深。他的學術雖發皇於熙豐，實則根柢於慶歷。蓋胡瑗之道德，歐陽修之文章，范仲淹之氣節，鼎峙一時，天下聞風景從，而眞能將道德文章事業融爲一爐者，不得不推荊公。〔註4〕他在追蹤前輩風範之餘，每又勃然展露突破格局的精神意氣。

　　胡瑗歷主蘇州、湖州教授，凡二十餘年，創興教法，開立科條，分設經義治事兩齋，「經義」則研習六經大道，「治事」則研究致用之學，義理與事業並重，立師道之典範，開伊洛之先河，是爲宋代學術的奠基人物。荊公有詩〈寄贈胡先生〉（20/970），自序云：「孔孟去世遠矣，信其聖且賢者，質諸詩書焉爾。翼之先生與予並時，非若孔孟之遠也。聞薦紳先生所稱述，又詳於書，不待見而後知其人也。歡慕之不足，故作是詩。」以安定比孔孟，其鄉往之情可以想見。詩中有云「十年留滯東南州，飽足藜藿安蒿萊」，則是三十歲以前所作，〔註5〕當時荊公或簽書淮南或已令鄞，而安定則在湖州，要皆同在東南也。安定聲名廣播，荊公雖無緣從學，但自少年起即濡染其精神，〔註6〕荊公詩稱：「先生天下豪傑魁，胸臆廣博天所開。文章事業塑孔孟，不復睥睨崔與蔡。」云云，推許可謂至極，日後荊公欲以學校代

〔註4〕參考錢穆〈初期宋學〉，《中國學術思想史論叢》第五冊。
〔註5〕胡瑗自景祐初即教授蘇州，旋入朝廷，寶元康定間又主講湖州，所謂「東南十年」不易判定從何算起。然詩云「先生不試乃能爾，誠令得志如何哉」，其時似仍在東南，尚未掌國子監。李德身將此詩繫在嘉祐元年群牧判官任內，見《王安石詩文繫年》，頁94～95；王晉光自康定推起，繫此詩於皇祐二年，見《王安石詩繫年初稿》，頁17。李說顯不可從，王說最多只能作爲下限，詩必作於皇祐以前。
〔註6〕荊公〈先大夫述〉特別提及胡瑗作《政範》嘗擬王益治績，是深以爲榮也，見《臨川先生文集》，卷七一。另據歐陽修〈胡先生墓表〉：「先生之徒最盛。其在湖州之學，弟子去來常數百人，各以其經傳相傳授，其教學之法最備，行之數年，東南之士莫不宜仁義禮樂爲學。」可見流澤之廣，則荊公濡染其風固宜，見《歐陽文忠公集》，卷廿五。

科舉，正是發揚了這股精神。

范仲淹由鎮邊而入為參政，應詔條陳十事，曰「明黜陟，抑僥倖，精貢舉，擇官長，均公田，厚農桑，修戎備，減徭役，覃恩信，重命令」也。他的意見大致是欲求對外，先整理內部。欲強兵，先務富民之政。而欲富民之政，則先從澄清吏治下手。時在慶曆三年，荊公已於去年登第入仕，簽判淮南，則於文正施為固應親接其風。〔註7〕稍後荊公令鄞，推行各項新政，嘉祐三年上萬言事書，其變革精神不能不說有文正公的影響在。及至熙寧變法，規模已非昔比，而荊公施為與文正亦頗見異同，然其精神理想則是一貫的。范文正公為秀才時，便以天下為己任。荊公嘗謂「欲變學究為秀才」〔註8〕，當即指重振知識份子的進取心與使命感。

歐陽修完成宋初以來的古文復興運動，卓然為一代文宗。荊公嘗與曾鞏言：非歐公無足知我也。慶曆間，曾鞏以荊公文呈覽，歐公「愛歎誦寫，不勝其勤」，但對其創作取向則稍覺不妥。曾鞏轉告荊公說：「歐公更欲足下少開廓其文，勿用造語及模擬前人。」〔註9〕荊公於歐公風範固極景仰，於其規模則漸感不屬。詩文革新運動諸君，各有文統道統的觀念，而無不以韓愈為標準。獨荊公不甚服韓，而特尊揚雄。早年嘗自勉「以孟韓之心為心」，然嘉祐間奉答歐公，乃有「他日若能追孟子，終身安敢望韓公」之句。其實荊公絕對肯定古文運動

〔註7〕 新政既弛，韓琦於慶曆五年春由參政出知揚州，荊公則於是年冬任滿回京。據宋人筆記所載，共事一年間，兩人頗多持齟，似未可遽信。衡以情理，荊公或嘗從韓公處與聞新政餘緒。詳蔡元鳳《王荊公年譜考略》，頁52～54、頁261～262；王叔海〈荊公詩讞〉；王晉光〈王安石淮南簽判時期與上司關係考辨〉，《王安石論稿》，頁1～16。

〔註8〕 《後山談叢》卷一，荊公嘗云：「欲變學究為秀才，不謂變秀才為學究」。相關討論見錢穆《國史大綱》，頁499；錢鍾書《談藝錄》，頁179。

〔註9〕 曾鞏薦荊公事，參考蔡元鳳《王荊公年譜考略》，卷三，頁52～57；洪本健《宋文六大家活動編年》，頁72～73、頁89。

的文化意義，置身古文巨擘之列也可無愧，只是他更著重於發揮古文運動淑世明道的精神，部份觀念乃稍近於理學諸子。

綜上所述，荊公一生事業，乃在對時代文化作通盤的反省與改進，初非政治而已。因此，變法運動一方面是宋初以來知識份子理性精神的總匯，一方面又是荊公個人學術思想的具體呈現。

二、熙寧變法與黨爭

荊公生於眞宗天禧五年，卒於哲宗元祐元年，享年六十六歲（1021～1086）。一生主要活動時間在仁、英、神三朝，是北宋最鼎盛的時期，但時代隱憂也逐一浮現。荊公自青年以來，即有志於變革，嘉祐四年上仁宗皇帝言事書，即慨陳變法之必要，後來秉政治國，大抵皆祖此書。只是仁宗年事漸高，無心更張，聊表嘉勉而已。隔年又上陳時政疏，反復闡說，而詞意愈切，仁宗依然藐藐聽之。英宗即位四年而崩，其間荊公居喪江寧，未曾入朝。

神宗即位，少壯有爲。因爲韓維屢於御前稱道荊公，夙知其名，〔註10〕立刻召爲翰林學士，兼侍講。荊公早歲，朝廷屢徵以館職，皆不赴，至是乃一召而應。當是深知神宗有爲，並自信有實現抱負的機會。故論者有謂熙寧變法，乃神宗之變法，不過用荊公之策以施行而已。在傳統政治中，國家大事一聽君主與奪，故此說不無道理。推究其實，則君臣一心，初不分誰主誰副，而神宗的果斷與包容實是新法施行的重大動力。熙寧元年，神宗初召荊公，即告之曰：「久聞卿道術德義，有忠言嘉謀，當不惜告朕。」荊公隨即上〈本朝百年無事箚子〉，神宗歎賞，一夜間讀之數過（《長編紀事本末》卷五九，熙寧元年四月）。君臣水乳交融，爲古今所罕見，故楊希閔說：

> 唐以後有爲之君，無若宋神宗；得君之專，無若王荊

〔註10〕神宗之知賞荊公，據《石林燕語》卷七，乃是由於韓維的稱引。東一夫指出神宗注意到荊公，是因爲荊公在嘉祐三年上萬年書，說見《王安石新法之研究》，頁110；王晉光則以爲英宗遺志，說見《王安石的前半生》，頁138。

公。神宗無聲色狗馬之好，汲汲勤政利民為事……而荊公不
縈情於祿利，有治效，能文章，距不可答君寵，君臣如此，
直得志於天下。(〈熙豐知遇錄〉，《王荊公年譜考略》附錄)

荊公本性強忮不屈，與神宗議事有所不合，必反復力陳，至神宗悟乃
止，若非君臣廓然相待，恐怕難以至此。至於實際施政理念上的出入，
自然在所難免。〔註11〕

　　荊公以熙寧二年二月參知政事，立制置三司條例司，四年，同中
書門下平章事。數年之間新法次第成立，其要者有農田水利、均輸、
青苗、保甲、募役、經義策士、市易、保馬、方田、均稅等法。變革
既鉅而其中又不無良莠利弊可言，朝廷臣僚紛紛獻言，贊成與反對兩
派逐見分野，於是有新舊黨爭。

　　以宋代文化之輝煌，君臣之賢明，內無宦官擅權，外無藩鎮割據，
而終於積弱難返者，實為朋黨所累。朋黨的性質極其複雜，而一代興
衰消息盡在其中。梁啓超將朋黨習氣推原於仁英二朝，范呂之爭開啓
其端，濮議則又張大其勢，浸假而為一代之禍。〔註12〕此外，宋代政
制設計不良，以致臺諫氣焰過份高漲，又助長其勢。至於熙寧元祐黨
爭，背後實又隱有南北地域觀念。〔註13〕有朋黨之爭，理念逐與意氣
相雜，國事逐與私怨相混，此實宋人之不幸。

　　爭端初起，甚少詆及荊公人格者。舊黨人士大多肯定荊公操守及
變法動機，惟對其性情作風與新政內容多感不愜。由司馬光致荊公
書，可以概見當時舊黨諸君對荊公的觀感：

〔註11〕蕭公權指出：「據現有文獻推之，似神宗較注意於攘外，安石較注意
　　　　於安內，而欲以定民生為充國力之基礎。故神宗急於求功，而安石
　　　　務從根本著手。世稱熙寧知遇，古今鮮有，而孰知君臣尚未有完全
　　　　一致之主張與觀點乎！」見氏著《中國政治思想史》，第十四章〈兩
　　　　宋之功利思想〉，頁492～493。
〔註12〕梁啓超《王荊公》，第三章，專論宋代朋黨之禍；另可參看劉子健〈梅
　　　　堯臣《碧雲騢》與慶歷政爭中的士風〉(收在《兩宋史研究彙編》)；
　　　　秦寰明〈論北宋仁宗朝前期的士風與詩風〉。
〔註13〕說見錢穆《國史大綱》，頁411～414。

　　介甫獨負天下大名三十餘年，才高而學富，難進而易
退，遠近之士，識與不識，咸謂介甫不起則已，起則太平可
致，生民咸被其澤矣。介甫從政始期年，而士大夫在朝廷及
自四方來者，莫不非議介甫，不知介甫亦嘗聞其言而知其故
乎？介甫固大賢，其失在於用心太過，自信太厚而已。

「用心太過，自信太厚」實爲當時公議，然惡意中傷者自當別論。惟
荊公所以獲評如此，天性而外，又有不得已在。蓋天下苟安既久，茲
乍然奮起，倡除弊興利之論，士大夫之洶洶滔滔可以想見。非祈以大
願，立乎堅志，恐難有積極的施爲，慶歷新政所以倉皇收束，正在君
臣之終於從眾。荊公遭逢百年難得的有爲君主，獲曠古之親信，加上
舊黨時而刺激阻撓，自然更堅執難迴了。

　　荊公把心目中的保守勢力統稱爲「流俗」，而念念以行道自許。
熙寧二年二月，荊公執政變法以後，呂晦旋即上章彈劾，神宗不聽。
孫覺、呂公著、張戩、程頤、李常、吳孝宗等亦紛紛上疏言新法之不
便，三年，韓琦上書力諫，神宗爲之猶夷。荊公稱疾乞罷，司馬光答
詔以重語督責，荊公怒而抗章自辨，神宗封還手箚，又令呂惠卿傳諭
慰撫。事平，荊公入謝曰：「陛下欲以先王正道變天下流俗，故與天
下流俗相爲重輕。流俗權重，則天下之人歸流俗；陛下權重，則天下
之人歸陛下。權者，與物相爲相輕，雖千鈞之物所加損，不過銖兩而
移。今姦人欲敗先王之正道，以沮陛下之所爲。於是陛下與流俗之權
適爭輕重之時，加銖兩之力，則用力至微，而天下之權已歸流俗矣，
此所以紛紛也。」（《三朝名臣言行錄》，卷六）計家居十九日而後視
事，充份表現出執拗倔強的性格。其精神意氣又見於〈眾人〉一詩：

　　眾人紛紛何足競，是非吾喜非吾病。頌聲交作莽豈賢，四國
　　流言旦猶聖。唯聖人能輕重人，不能銖兩爲千鈞。乃知輕重
　　不在彼，要知美惡由吾身。（21/1013）

此詩幾乎矧括前段言論而來，即頸聯莽旦之比，亦見諸平日言論。《續
資治通鑑長編紀事本末》載其語：「苟有義理，即周公致四國皆叛，

不為失人心；苟無義理；即王莽有數十萬人詣闕頌功德，不為得人心也。」此種不計毀譽，從道不從眾的氣概，亦即孟子所謂「自反而縮，雖千萬人吾往矣。」荊公所持與流俗相抗衡者，除了秉性之拗與得君之專外，厥在其學術思想。

荊公學術實以抉發自我體悟為起點。早年他在〈答曾子固書〉中提出「自治」的概念（《臨川集》卷七十三）。現代學者曾以「建立自我」來詮釋「自治」，並謂「建立自我就是使自我以道或以理為依歸，而不隨俗浮沉，與世俯仰。不以眾人的意見為意見，而為真理守節操。」〔註14〕荊公年輕時就有這種思想傾向，此於廿二歲的〈送孫正之序〉中可見：

> 時然而然，眾人也。己然而然，君子也。己然而然非私己也，聖人之道在焉耳。夫君子有窮苦顛跌，不肯一失詘己以從時者，不以時勝道也。故其得志於君，則變時而之道，若反手然。彼其術素修而志素定也。（《文集》卷八十四）

這段言論表現一種重視自我體悟的主觀精神。「己然而然」並非以顛頇的態度順任自己的偏見，而是以個人所體會的「道」為標準來抗拒「時」。此種「不以時勝道」、「變時而之道」的心志正是他對待「流俗」的一貫堅持。「術素修而志素定」則是個人內在的先決條件，才有資格「己然而然」。此種思想傾向自與宋學擺落注疏、直探義理的精神有關。蓋能將主體生命抉發開來，心中自有主宰，而能有所體悟。

荊公以此種精神讀書治學，也以之修身處世。荊公在〈禮樂論〉中，以「己然而然」的原則對「非禮勿視」一段經文提出新詮，他認為「非禮勿聽，非謂掩耳而避之，天下之物不足以干吾之聰也。」「天下之物，豈特形骸自為哉，其所由來蓋有微矣。不聽之時，有先聰焉。」（《文集》卷六十六）。他以積極有為的精神來體認「禮」的含義。從他的觀點來看，「禮」不再是束縛，而只是內在精神的外現而已。隱然開啟陽明以「正物」釋「格物」，去物之不正以就己心之正的精神。

〔註14〕見賀麟〈王荊公的哲學思想〉，《文化與人生》，頁 102。

〔註15〕蓋荊公認定「非禮勿視」云云意謂天下萬物皆不足以擾亂耳目身心，而依理以視聽言動，從而實現自我。此種看法背後實包含一層對理性主宰的肯定，也就是他所謂不視不聽不言不動之時的「先明、先聰、先言、先動」。

　　荊公不斷強調德性與知識的自我建立，因此他格外看重「心」的概念。他在〈書洪範傳後〉一文中說：「古之學者，雖問以口，而其傳以心。雖聽以耳，而其受以意。」口耳不過是傳達心意的媒介。如不能心領神會，以心傳心，以意受意，單憑口耳，便會沈沒於外物而失去自我。這既足以表現他在知識方面重「傳心」的心學傾向，亦足以表現他處處注重建立自我的精神。他之所以開創出充滿個性與活力的思想體系，正源於此。

　　讀書為學如此，視聽言動如此，治國行政亦復如此。蓋能以自我為主宰，即能擺脫流俗的干擾。其與神宗語曰：「朝廷立法，當內自斷以義，而要久遠便民而已；豈須規規恤淺近人之議論！」（《續資治通鑑長編》）所謂「自斷以義」，即前引所謂「己然而然者，君子也」之意。〔註16〕當時盛傳荊公有「天變不足畏，祖宗不足法，人言不足恤」之說，良有以也。〔註17〕

三、二度罷相之始末

　　荊公對心目中的「流俗」之輩不稍假以顏色。蓋欲更革百年積弊，誠非大魄力不足為，但是荊公也確有乏於包容、拙於協調的缺點。外人每覺難以獻策商量，遂有由存疑而至全盤反對者，徒增許多無謂的阻力。而新黨人士，未必盡為善類，以致損及良法美意。

〔註15〕荊公新學與陸王心學的比較，詳賀麟前揭書，頁95～98。
〔註16〕參閱《司馬文正公日錄》「介甫初為政，每贊上以獨斷」一條。
〔註17〕「三不足」說，雖未必為荊公所親口倡言。然能代表其行事精神則無疑。詳見鄧廣銘《王安石》，第三章；林天蔚〈考「三不足說」之偽，析楊升庵之作〉及講評紀錄，《紀念司馬光王安石逝世九百周年學術研討會論文集》，頁201～230、259～266；黃復山〈王安石三不足說考辨〉。

其實，荊公深知人材法度相配合之理，惟因急於推行新法，遂使僥倖之徒有機可乘。

政治糾紛初起，荊公即萌辭意，故有熙寧三年稱病家居之舉。其後感神宗之誠，更加盡心竭力。但舊黨人士對新法的攻擊，從未稍息。以神宗相知之深，荊公仍時時有畏讒之意。後因李評屢劾新法，荊公欲罪之，而神宗屢為寬貸，於是又萌乞退之意，屢次具箚上陳。現存文集收有〈乞解機務箚子〉，前後凡六道，〔註18〕反覆陳請諒解者，不外乎居位已久、體力就衰之意。其中又以第六箚言之最切：

今乃以久擅寵利，群疑並興，眾怨總至，罪惡之釁，將無以免。而天又被以疾疢，使其意氣昏惰而體力衰疲，雖欲彊勉以從事須史，勢所不能。

然而細衡其情，所謂「意氣昏惰」云云恐皆一時託詞。荊公首次乞退，主意似在弭謗驅疑以利新法施行，並無從此退引之意。故第一箚曰：「使臣粗獲安便，異時復賜驅策，臣愚不敢辭。」第二箚則曰：「特冀暫均勞逸，非敢遂安田里之安。」其後神宗既允荊公解機務，猶命惠卿傳諭，留京師以備顧問。荊公又上箚奉答曰：「陛下付託既已得人，推誠委任，足以助成聖治。臣義難以留京師，以速官謗。若陛下付臣便郡，臣不敢不勉。至於異時或賜驅策，即臣已面奏，所不敢辭。」既有異時云云，則隔年之復出已見契機。故梁啟超謂：「意必當時神宗嘗與要約，謂再召勿得辭，然後許之。」（《王荊公》，頁 147）觀上引箚有「臣已面奏」之語，則荊公不但有復出的準備，且已當面與神宗取得默契。

〔註18〕蔡元鳳、梁啟超將六箚一律繫於熙寧七年，見《王荊公年譜考略》，卷十八，頁 246；《王荊公》，第十四章。柯敦伯則繫在熙寧五年，見《王安石》，頁 89。案第一箚曰：「待罪東府，於今四年。」荊公以熙寧二年二月參知政事，是始入「東府」，至熙寧五年為四年。第六箚曰：「陛下收召拔擢，排天下而付之以事，八年於此矣。」（柯氏引文「八」作「四」，誤）神宗登基，即除荊公知江寧（治平四年閏三月），至熙寧七年為八年。據此，則六箚當非上於一時，再考諸《續資治通鑑長編》，荊公乞辭，固不始於熙寧七年也。

　　熙寧六年，荊公從駕觀鐙，乘馬入宣德門，衛士呵止，撾傷其馬，荊公大感不平，疑必有陰使者，心中始終耿耿（《續資治通鑑長編》，卷二四二）。稍後以病乞退更切，神宗再三曉諭慰撫，荊公仍謂：「猶病昏憒，後來有可用者，陛下宜早甄擢，臣恐必難久任憂責。」神宗謂：「必爲在位久，朕終不足以有爲，故欲去爾。」總之荊公求去，神宗強留，而二人皆言之懇惻，此固昭昭可考。

　　熙寧七年，大旱，舊黨人士稱機攻擊，鄭俠上流民圖乃其中一著而已，諒當時必有故意散播流言者。稍早，兩宮流涕爲神宗言新法之不便者，且曰：「王安石變亂天下！」及旱作，百姓流離，神宗深感憂慮，意念爲之動搖（《續資治通鑑長編》，卷二五二）。終於允荊公去位，以緩輿論，蓋亦情勢所不得不然。

　　荊公既獲閑散，即以其餘力，著成《三經新義》，爲新法事業建立長久的根基。其間神宗撫問賜藥，并弔慰弟安國之亡，子雱罹惡疾，又差御醫診視，故蔡元鳳謂「眷顧稠疊，不啻家人父子矣。」（《王荊公年譜考略》，頁 256）在朝政方面，荊公雖去位，神宗仍堅行新法不變。小人乘間作弄處，雖未能必無，然君臣之間始終相互信任。

　　未及一年，被召復相。據《宋史》本傳記載，復相係因「惠卿欲自得政，忌安石復來，故因鄭俠獄陷其弟安國，又起李士寧獄以傾安石。（韓）絳覺其意，密白帝，請召之。」士寧一獄，據《續資治通鑑長編》記載，事在荊公復相以後。安國不滿新法，雖確實帶給荊公極大的困擾，但前此已亡，則復相當與此無關。然惠卿叛公，則固歷歷可數，嘗示荊公平日私書於神宗，中有「無令上知」語，施政方面則增立「給田募人充役」以補免役法，又擅自製定「手實法」，多有違荊公原意。

　　荊公一方面爲報效神宗的知遇之恩，另一方面則因逐漸發現呂惠卿並不可靠，而《三經新義》又尚未完成，爲了確保新法繼續推行，遂於八年二月奉旨復相。《文集》卷五七有〈辭免除平章事昭文館大學士表〉二道，則再辭而後受命，可見他對復出之舉也頗有猶夷，未

如史載所謂「倍道赴闕」。

　　明年春，荊公又蒙辭意，而其堅決乃過前次。熙寧九年二月癸巳，「詔管勾東府使臣不得令王安石家屬行李出府。以安石固辭機務也。」（《續資治通鑑長編》，卷二七三）蓋神宗亦深知荊公再次請退，斷無復出之理，故頗不願應允。荊公爲求如願，乃央求同僚王珪代爲陳請。集中有〈與參政王禹玉書〉二封，頗能傳達當時的心境。其一則曰：「自春以來，求解職事，至於四五。今則疾病日甚，必無復任事之理。」其二則言之尤切：「自念行不足以悅眾，而怨怒實積於親貴之尤；智不足以知人，而險詖常出於交游之厚。且據勢重而任事久，有盈滿之憂；意氣衰而精力弊，有曠失之懼。」言下於所作爲似不復當年自信，這自然與惠卿的打擊有關，險詖云云正指惠卿。

　　六月己酉，子雱卒，享年三十三。王雱可說是荊公新學的最佳傳人，荊公痛失愛子，其傷懷之深可以想見。《東軒筆錄》記載：「王荊公再爲相，承黨人之後，平日肘腋盡去，而在者已不可信，可信者又才不足以任事。平日惟與子雱謀議，而雱又死，知道之難行也，於是慨然復求罷去。遂以使相再鎮金陵。」喪子之痛加上身體日衰，實已無心戀棧政事。加上跳梁輩從中作弄，製造困擾，使荊公心意更加決然。而神宗亦能同情荊公處境，終於允其所請。是年十月，荊公再罷相，從此退居金陵。起初仍有「判江寧府」的官銜，但他並未到府視事。明年六月，辭之。計至元祐元年（1086）四月去世止，在金陵度過近十年的光景。

第二節　生活環境與日常行止

一、入世與出世的抉擇

　　仕與隱，介入與退出，對傳統知識份子來說，一直都是兩難的人生抉擇。在將近四十年的仕宦生涯中，荊公經常徘徊在出世與入世之間。他的本性既質樸淡泊，志趣本在山林，不過爲了謀生養家，只好

走入仕途。嘉祐年間，爲求出守東南一郡，有〈上執政書〉，歷述其衷曲：

> 某無適時才用，其始仕也，苟以得祿養親爲事耳，日月推徙，遂非其據。今親闈老矣，日夜惟諸子壯大，未能以有室家，而某之兄嫂尚皆客殯而不葬也，其心有不樂於此。及今愈思自置江湖之上，以便昆弟親戚往還之勢，而成婚姻葬送之謀。故某在廷二年，所求郡以十數，非獨爲食貧而口眾也，亦懷如此。（《臨川先生文集》，卷七四）

由這段自陳可知，荊公一直擔負沈重的家庭責任與經濟壓力，[註19] 由於當時地方官的薪資較厚，朝廷雖屢欲俾以美官，而荊公乃樂於游宦州郡，遂有屢求外放而辭試館職之舉。另一方面也是因爲力思有爲，自忖擔任地方官較可發揮，而館閣文墨之事，非其所樂。

蓋自景祐四年王益通判江寧府，荊公時年十七歲，亦追隨父親赴官，兩年後（寶元二年），父親卒於官，子孫居喪金陵，遂家焉。此後荊公無時不以安葬先人爲念，九年後（慶歷八年）鄞令任內始克如願。其間荊公惕厲自警，負擔起沈重的家庭生計。當時爲乞歸江寧葬父，有〈上相府書〉云：「某少失先人，今大母春秋高，宜就養於家之日久矣。徒以內外數十口，無田園以託一日之命，而取食不腆之祿，以至於今不能也。」荊公在兄弟中排行第三，長兄安仁隔年（皇祐元年）才登第，二年後即卒。其弟安國亦至熙寧元年始登第，安禮安上入仕更在其後。故荊公自廿二歲登第，即不得不以仕養家，所謂「內外數十口」並非夸言。

但養家卻絕非荊公仕宦的唯一原因，他向有強烈的經世思想，時時以天下爲己任。〈憶昨詩〉自述青年時期的經驗（頁519），有「材

〔註19〕據〈亡兄王常甫墓志銘〉，知荊公長兄安仁卒於皇祐三年九月，隔年四月始葬。父親王益雖一生爲官，但清廉自持，不善營產，復以人口眾多，荊公向來負擔沈重的經濟壓力。其苦衷具見諸書札，如〈上歐陽永叔書〉其一云：「親老口眾，寄食於官舟而不得躬養，於今數月矣。」可見一斑。

疏命賤不自揣，欲與稷契遐相希」之句。《二老堂詩話》：「子美詩『自比稷與契。』退之詩：『事業窺稷契。』子美未免儒者大言，退之實欲踐之也。」（《歷代詩話》頁 669）中國傳統上的偉大詩人從無以詩人自限者，「稷契」之業正是他們的理想。退之固進取有為，子美欲致君堯舜上，亦不宜以大言視之。荊公承繼這種傳統，而規模氣魄又過之。

　　另一方面，荊公始終未嘗忘懷追尋自我理想生活的本志。他的腦海中時時浮現心靈的樂土，具體言之厥在鍾山，如〈道人北山來〉：

　　　　道人北山來，問松我東岡。舉手指屋脊，云今如此長。開田
　　　　故歲收，種果今年嘗。告叟去復來，耘担尚康強。死狐尚首
　　　　丘，遊子思故鄉。嗟我行老矣，墳墓安可忘。（11/656）

此詩前四句顯然承繼王維〈雜詩之一〉及僞託陶淵明〈問來使〉的筆法，〔註20〕皆問故鄉來人，所問為梅、為松、為菊，皆表現對清高品格的嚮往。蓋荊公早已為精神找到歸宿處，他有意將鍾山經營成王維的輞川、淵明的柴桑，用以安頓自我的身心性命。雁湖注此詩：「公在政府，〈與沈道原書〉曰：『上聰明日躋，然流俗險膚，未有已時，亦安能久困於此。北山松柏聞修雅說已極茂長，一兩日令俞遜往北山，因欲漸治垣屋矣。』」大概荊公在朝對「流俗險膚」深感不滿，雖屢辭不獲允，然一方面早已委請親友經營園宅，以備退居。

　　金陵與臨川是荊公的兩個故鄉，但他至遲在守母喪期間，已決心終老金陵了。大約成於治平三年的〈出城訪無黨因宿齋館〉，尾聯云「生涯零落歸心懶，多謝慇勤杜宇啼。」（33/1543）李注：「觀公末句已有不歸臨川之意，蓋臨川生理亦薄。」另一首題為〈長干寺〉的詩中，荊公也說：「羈人樂此忘歸志，忍向西風學越吟。」（35/1555）

〔註20〕趙殿成《王右丞集箋注》，即曾比較三詩，稱為「同一杼軸」。又〈問來使〉一詩，宋人蔡絛、洪邁已定為僞，參閱楊勇《陶淵明集校箋》，頁 378；郭紹虞《滄浪詩話校釋》，頁 221～223。

但在〈法喜寺〉一詩卻又說：「我憶故鄉誠不淺，可憐鶗鴂重相催。」
（35/1554）事實上，詩集中存有大量眷戀臨川親友與風物的篇詠，
可見他對臨川深懷感情。但是，正如李壁所言「臨川生理亦薄」，而
金陵既是父母陵墓之邦，少年以來在金陵的時日又遠超過臨川。無論
就人文環境或自然風光而言，金陵皆非他處可比，於是荊公很自然以
鍾山爲追尋自我的樂土。

隨著年事漸長，荊公對鍾山的眷戀也日漸加深。熙寧元年赴翰林
學士之召，已深不捨，八年入京復相，更覺依依。詩集中許多以鍾山
爲題材的作品即是這兩次赴京所作。如〈離蔣山〉：「出谷頻回首，逢
人更斷腸。桐鄉豈愛我，我自愛桐鄉。」（40/1751）又如〈再題南澗
樓〉：「北山雲漠漠，南澗水悠悠。去此非吾願，臨分更上樓。」（40/1749）
他的思慕緊緊環繞著鍾山，情感深切，表現出一種執著的依戀。〈送
張拱微出都〉有句曰：「腸胃繞鍾山，形骸空此留。」是則在京師而
思鍾山也，其迫切思歸之情躍然紙上。又有〈憶金陵三首〉（43/1901）
迴旋反覆，尤其動人心弦。

荊公對退隱的思慕又反映在對「求田問舍」一典的翻案，黃徹《䂬
溪詩話》說：

> 許汜不爲陳元龍所禮，嘗與劉備稱之。備曰：「君有國
> 士名望，有捄世意。而求田問舍，言無可採，何緣當與君語？
> 如小人欲臥百尺樓，臥君於地，何但上下床之間耶！」然介
> 甫屢用之：「求田問舍轉無成」、「更覺求田問舍遲」。〈讀蜀
> 志〉曰：「無人語與劉玄德，問舍求田意最高」。又有〈遊西
> 霞菴〉云：「求田此山下，終欲忤陳登。」豈非力欲轉此一
> 重案歟？（《歷代詩話續編》，頁352）

荊公屢翻此案，正見他渴望拋除官場生活，回到自己的園宅，故
用之再三再四。〔註21〕他實有求田問舍之意，絕非爲翻案而翻案。甚

〔註21〕除䂬溪所列外，荊公詩用此典者，尚有〈世事〉：「老圃聊須問　，良
田亦欲求。」（24/1129）〈次韻酬宋圯六首〉：「無能私願只求田，財

至元豐七年東坡來訪，荊公也以求田相勸，故東坡贈詩曰：「勸我試求三畝田，從公已覺十年遲。」

荊公一生恒在兩種理想中擺盪：即使在執政變法期間，亦無一日忘卻自我追尋的本心；及至退閒，又不能不念念於國事。荊公少年有詩曰「天下蒼生待霖雨，不知龍向此中蟠。」是可見淑世的意志。又有詩云「誰知浮雲知進退，才成霖雨便歸山。」是又可見早有出世的準備。故拜相日已思及退休時，魏泰《臨漢隱居詩話》記載：

> 熙寧庚戌冬，公拜相，百官皆賀，公以未謝，皆不見之。獨與余坐西廡之小閣，忽顰蹙久之，取筆書窗曰：「霜筠雪竹鍾山寺，投老歸歟寄此生。」放筆揖余入。後再罷相，歸金陵，築第於白門外。元豐癸丑春，余謁公於第。公遽邀余同遊鍾山，憩法雲寺，偶坐於僧房。余因為公道平昔之事，及誦書窗之詩。公憮然曰：「有是乎。」微笑而已。（《歷代詩話》，頁 323）

然則荊公雖在政府，山林之思實未曾稍止。試觀從政期間所作的〈中書即事〉：「投老翻為世網嬰，低徊終恐負平生。何時白石岡頭路，度水穿雲取次行。」（43/1908）再觀退隱時期的〈出金陵〉：「白石岡頭草木深，春風相與散衣襟。浮雲映郭留佳氣，飛鳥隨人作好音。」（48/2129）兩首詩都提到「白石崗頭」，前者未歸，思慕極深，後首既歸，樂之何甚。古人謂必有出世之決心，始可為入世之業，荊公其庶幾矣。由引文亦可見荊公心中對暮年退閒生活早有藍圖，後來的生活顯然順著這條路走去。

熙寧九年十月，荊公既得請金陵，出東府，寓定力院。有詩題壁：「溪北溪南水暗通，隔溪遙見夕陽春。當時諸葛成何事，只合終身作

物安能學計然。」（32/1468）〈寄平父〉：「乘馬從徒真擾擾，求田問舍轉悠悠。」（32/1742）〈送純甫如江南〉：「壯爾有行今納婦，老吾無用亦求田。」（36/1600）〈平甫如通州寄之〉：「平世自無憂國事，求田終欲忤陳登。」（45/1999）另可參閱錢鍾書《談藝錄》，頁 397。

臥龍。」〔註22〕後三句與薛能詩〈開元觀閑遊因及後溪偶成二韻〉全同，薛詩見收於《百家詩選》卷十八，則兩詩絕非偶同。〔註23〕殆荊公偶然題壁，未必有意創作，於是借用薛詩而隨手改易一句。據《觀林詩話》載，荊公尤喜末兩句，「晚年所至，輒書窗屏。」以荊公之自信好勝，屢稱此語，似乎更覺傷懷，但他並非在否定自己的變法事業，〈諸葛武侯〉詩有「區區庸蜀支吳魏」之句，可見武侯勳業爲其夙所佩服。因此，稱引此聯，一方面固然是自歎壯志不酬，一方面仍在肯定盡其在我的進取精神。

　　自從「委質山林如許國」以後，又屢以「邯鄲夢」比擬中年以前的政治事業。〔註24〕如〈中年〉一首：

> 中年許國邯鄲夢，晚歲還家壙埌游。南望青山知不遠，五湖
> 春草入扁舟。（42/1857）

所謂「入扁舟」當取自義山詩：「永憶江湖歸白髮，欲迴天地入扁舟。」蓋荊公晚年好吟此聯（見《蔡寬夫詩話》，詳下章）。荊公對自己的入世事業自然無怨無悔，但在晚年追思舊事，仍覺恍如大夢一場。《冷齋夜話》卷十載：「王荊公居鍾山時，與金華俞秀老過故人家飲，飲罷，少坐水亭，顧水際沙間，有饌器數件，皆黃白物，意吏卒竊之。故使人問司之者，乃小兒適聚於此食棗栗，食盡棄之而去。文公謂秀老曰：『士欲任大事，閱富貴如小兒作息乃可耳。』」荊公視富貴如浮雲的風度，由此可見其概。

〔註22〕此詩不見收於《臨川先生文集》、《王文公文集》，《王荊公文公詩箋注》則在注解〈中書即事〉（43/1908）一詩時引及，但並未別列。事又見於《宋朝事類苑》卷三五、《詩話總龜》卷十、《觀林詩話》等書。

〔註23〕說見胡仔《苕溪漁隱叢話》，前集，卷三十四。又《王直方詩話》云：「李希聲言荊公罷政事時，居於州東劉相宅，於書院小廳題『當時諸葛成何事，只合終身作臥龍』數十處。」

〔註24〕雁湖嘗指出荊公屢用黃粱事，而語意皆妙。其說蓋本《王直方詩話》（見《輯佚》頁27）。案除前引詩外，荊公用此典另見於〈遊土山〉（2/278）、〈示寶覺〉（43/1896）、〈與耿天隲會話〉（40/1864）、〈萬事〉（43/1909）、〈懷鍾山〉（45/1982）等詩。

二、園宅・山水・風物

荊公於熙寧十年返金陵，元豐元年即在鍾山白下門下築宅而居。其地名白塘，去城七里，去蔣山亦七里，故題名半山園，而以「半山老人」爲自號，〔註25〕大概寓有身在出世與入世之間之意。園落成於元豐二年至五年之間，集中有〈示元度〉以紀其事（公自注：「營居半山園作」）：

> 今年鍾山南，隨分作園囿。鑿地構吾廬，碧水寒可漱。溝西雇丁壯，擔土爲培塿。扶疏三百株，蒔棟最高茂。不求鷫鷞實，但取易成就。中空一丈地，斬木令結構。五楸東都來，斸以遠簷溜。老來厭世語，深臥柴門竇。黷魚與之游，鮾鳥見如舊。獨當邀之子，商略終宇宙。更待春日長，黃鸝弄清畫。（1/221）

白塘地勢低下，舊多積水之患，荊公卜居，乃鑿渠決水以通城河。據詩所述似乎於營宅頗爲鄭重，其實荊公所求乃在山居之樂，其屋垣固極簡陋。據《續建康志》載，荊公「所居之地，四無人家。其宅僅蔽風雨，又不設垣牆，望之若逆旅之舍，有勸築垣，輒不答。元豐之末，公被疾，奏舍此宅爲寺，賜名『報寧』，既而疾愈，稅城中屋以居，不復造宅。父老曰：『今江寧縣治後廢惠民藥局，即公城中所稅之宅也。』」荊公舍宅爲寺，事在元豐七年，金陵退休生活大部份時間就在半山園中度過。惟其謝世，則在城中獨院中。

鍾山又名蔣山、北山，自古以來就是文人登臨歌詠的勝地。其間名寺古刹特多，足以令人流連忘返。荊公始築第於白下，即有終老之意。故〈兩山間〉細陳樂山之情：

> 自予營北渚，數至兩山間。臨路愛山好，出山愁路難。山花如水淨，山鳥與雲閑。祇應山後塚，便是眼前山。且復依山住，歸鞍未可攀。（2/254）

此詩以活潑的思維形式進行。「山」字反覆出現，幾乎句句有之，正

〔註25〕參考《景定建康志》，卷十七。

見其依戀之深，猶如淵明〈止酒〉詩刻意重覆「止」字，正見其欲「止」
而不能。詩人優游在山的每一個角落，感受山的每一種內容，覺得處
處可愛，甚至想到：埋骨於此，不也正是與山結合的方式。荊公死後
即安葬於故宅後，大概可以算是實現詩中的意念。〔註26〕

　　荊公暇日隨意經營園宅，常從事於種松移桃之事，集中有數詩記
之。如〈蔣山手種松〉云：「青青石上歲寒枝，一寸巖前手自移。」
（42/1856）可見親自參予種植，並在其中自得其樂。〈移松皆死〉：「李
白今何在，桃紅已索然。君看赤松子，猶自不長年。」（40/1747）故
意鑲入人名，隨筆解頤，在戲笑中使人別有所省。〈移桃花示俞秀老〉：
「我衰此果復易朽，蟲來食根那得久。瑤池紺絕誰見有，更值花時且
追酒，君能酩酊相隨否？」（4/223）則在花木代謝中，體會到色身難
久的事理。另〈北山道人栽松〉有句云：「磊砢拂天吾所愛，他生來
此聽樓鐘。」（42/1851）則超然塵外，精神境界也隱然在其間躍昇。

　　荊公在金陵生活極為簡樸，雖秉性自已如此，亦與晚年思想心境
的進展有關。《續建康志》描述荊公日常行止云：「出入皆乘一驢，從
數僮，游諸寺；欲入城，則乘小舫，泛湖溝以行；蓋未嘗乘馬與肩輿」。
神宗曾多次賜馬予荊公。〔註27〕詩集卷四十二有〈馬死〉詩，詩曰：

　　　恩寬一老寄松筠，晏臥東窗度幾春。天廄賜駒龍化去，謾容
　　　小蹇載閒身。（42/1853）

此馬為神宗所賜，由「天廄」云云可知。詩雖記馬死，情調略無傷感，
反而流露出自得的心境。所謂「謾容小蹇載閒身」則表現了從容閒適
的生活態度。何以御賜名駒之死不足挂懷，反有如釋重負之感呢？蓋
荊公此時所求乃在一種物質條件儘量簡單的生活。御賜雖豐，適成負
累，且良駒駿馬根本不適用於山水悠游的生活。另一方面來說，荊公

〔註26〕荊公死後葬於金陵東郊故宅後。詳鄧廣銘，〈關於王安石居里塋墓及
　　　　其他諸問題〉。
〔註27〕見〈謝衣帶等謝表〉（《臨川先生文集》卷五六），〈謝生日禮物謝表
　　　　五道〉其四、其五（《臨川先生文集》卷五九）。

所以投老山林正在排遣政治上的挫折，馬死或可視爲與朝事逐日疏遠的表徵。「小輦」、「閑身」是求仁得仁的生活理想，固曰「謾容」。「小輦載閑身」的形象最足表現他的人格樣貌，故早爲當時文人所樂道。當時名畫家李公麟畫有「王荊公騎驢圖」，東坡和荊公詩亦有「騎驢渺渺入荒陂」之語。黃庭堅〈書王荊公騎驢圖〉則云：

> 荊公晚年刪定《字說》，出入百家，語高而意深。常自以爲平生精力，盡於此書。好學者從之請問，口講手畫，終席或至千餘字。金華俞紫琳清老嘗冠禿巾，衣掃塔服，抱《字說》，追逐荊公之驢，往來法雲定林，過八功德水，逍遙洊亭之上。龍眠李伯時曰：「此勝事，不可以無傳也。」（《山谷題跋》卷三）

此圖雖已不傳，而由山谷所記，猶能想見其略。荊公雖投老山林，而其風度勝跡，則爲時賢所津津樂道，視爲「勝事」。此外，荊公不喜乘肩輿，則《冷齋夜話》嘗載其故：

> 公食宮使居蔣山，時時往來白下門西庵小堂法雲，止以一驟挾蹇驢。門人乘間諷筍輿宜老者。公曰：「古之王公，至不道，未嘗以人代畜。」

門人以爲蹇驢巔簸，不適合老人乘騎，但荊公卻自得其樂。不過，他晚年有詩句云：「小輿穿麥過，狹徑礙桑回」，「西崦東溝從此好，筍輿追我莫辭遙」可見他並非完全不坐筍輿，只是平日寧願乘驢，而不喜歡「以人代畜」。另據《呂氏雜記》載：「荊公好乘江洲車，坐其一箱，其相對一箱，苟無賓朋，即使村僕坐焉。」更可見其平易近人的生活狀況。此外，下列兩段筆記，也很能荊公騎驢漫遊的情形：

> 先子言：元豐末，王荊公在蔣山野次，跨驢出入。時正盛暑，而提刑李茂直往候見，即於道左遇之。荊公舍蹇相就，與茂直坐於路次。荊公以几子，而茂直坐胡床也。語甚久，日轉西矣，茂直令張繖，而日光正漏在荊公身上，茂直語左右移繖就相公，公曰：「不須，若使後世做牛，須著與他日裡耕田。」（王銍《默記》）

　　　　癸丑（案：當作癸亥）往蔣山，候王荊公食罷，約同

　　　上蔣山。堅欲居後，即鞭馬先之，可里餘，回見荊公，跨蹇

　　　驢，不施繳扇，行赤日中，遂策馬疾馳趣寺。荊公後別而之

　　　他，至暮竟不至，不知所之。（李壁注引張浮休《南遷錄》）

這些記載，生動描繪了荊公隨興漫遊的情形。驢性溫和耐勞且行動遲
緩，不僅可盡優游之趣，更合於老年意態，難怪荊公獨喜乘之。荊公
騎蹇驢，行赤日中而不施繳扇，絕無王公貴人的作風，可見他完全融
入田園生活之中，這一方面是天性質樸使然，另一方面也與晚年的心
境、信仰有關，故有「後世作牛」之語。

　　金陵的人文背景與自然風物都屬絕倫，最能激發詩興。荊公置身
六朝名都、文化古城，經常湧現歷史的興亡感觸，故以「金陵懷古」
為題的作品，就有六首詩和兩首詞。〔註28〕荊公對南唐史事也極為熟
稔，嘗曰：「予諸父中舊多為江南官者，其言金陵事頗詳。」（〈讀江
南錄〉，《臨川先生文集》卷七十一）則荊公家族早與金陵結緣。

　　鍾山附近，景物雖然秀麗，〔註29〕畢竟缺乏高山大湖。荊公早
年隨父親宦遊南北，及第以後，曾出仕於海濱小邑，中年更數度奉命
迎送遼使，其遊歷不可謂不廣。而退閒十年之間，居於一隅，未曾遠
離金陵，因此詩歌的場景大都集中於南浦、東崗、西崦、北江或書齋
佛寺。這些外在環境的因素，或多或少影響了荊公晚年詩風的發展。

三、家庭生活與交游

　　荊公退居，原意自然在追尋一種最簡淡質樸的生活，但家中庶事
並不順遂。先是，長子雱已於熙寧九年七月去世，享年三十三歲（1044

〔註28〕參考羅抗烈〈王安石詞雜論〉，《詞曲論稿》，頁9。

〔註29〕關於鍾山景物，張耒嘗謂：「余自金陵月堂謁蔣帝祠，初出北門，始
　　　辨色，行平野中，時暮春，人家桃李未謝，西望城壁，壕水或絕或
　　　流，多鵁鶄白鷺，迤邐近山，風物天秀，如行錦繡圖畫中。舊讀荊
　　　公詩，多稱蔣山景物，信不誣也。」見《張右史文集》，卷四十七，
　　　〈潛書〉。另可參閱《冷齋夜話》卷六，〈鍾山賦詩〉一則。

～1076）。神宗令太子右贊大夫王安上護雱靈喪歸金陵，且特令安上提點江南東路刑獄，並將治所由饒州改爲江寧，以便就近照顧荊公（《續資治通鑑長編》，卷二八五）。

宋人筆記於雱極盡誣衊，甚至謂荊公更張，實導自王雱。[註30]然雱資秉過人，對荊公學術確是深有會心，《三經新義》之撰作，雱用功獨多。陸佃〈祭王元澤待制墓文〉稱雱「才豪氣傑，超群絕類；依據六經，馳騁百氏；金版六韜，堅白同異；老聃瞿曇，外域所記；並包淳蓄，迥無涯涘」云云，可見其博學，《宋史》說他「未冠已著書萬言」，其中有《老子訓傳》、《南華眞經新傳》、《佛書義解》等，皆已亡佚。

荊公〈題雱祠堂〉云：「斯文實有寄，天亦偶生才。一日鳳鳥去，千秋梁木摧。」（22/1025）推崇可謂至極，甚乃不避父子之嫌。許顗《彥周詩話》稱「雱訐直，不爲荊公所喜」，恐未得實。荊公另有〈題永慶壁有雱遺墨數行〉：「永慶招題墨數行，歲時風露每悽傷。殘骸豈久人間世，故有情鍾未可忘。」（43/1888）李注：「王夷甫哭子：情之所鍾，正在我輩」，喪子之痛自然未易釋然，荊公晚年的宗教信仰漸趨熱烈，與此有密切關係。

荊公次子名旁，集中有〈題旁詩〉，引旁近作一首，而曰：「俞秀老一見稱賞不已，如此詩者甚工矣。」題下自注：「仲子正字」。則旁爲次子，「正字」或即祕書省正字。[註31]荊公晚年還特地爲他向神宗陳乞官職（見〈添差男旁句當江寧府糧料院謝表〉，《臨川集》卷六十）。據魏泰《東軒筆錄》卷七記載：

王荊公之次子名雱，爲太常太祝，素有心疾，娶同郡

[註30] 《宋史》王雱本傳，皆雜採小說筆記，不可據，而《宋元學案》小傳又承其誤。參閱李紱〈書邵氏聞見錄後〉，《穆堂初稿》，卷四五；蔡元鳳《王荊公年譜考略》，卷十九，頁263。

[註31] 顧棟高以爲「正字」可能是王旁的字，《王荊公年譜》卷下。王晉光則以爲旁兄弟輩字皆有「元」字，正字當爲官名，見《王安石瑣探》，頁72。

龐氏女爲妻，逾年生一子。雱以貌不類己，百計欲殺之，竟
以悸死。又與其妻日相鬥鬩，荊公知其子失心，念其婦無罪，
欲離異之，則恐其被惡聲，遂與擇婿而嫁之。

文中「雱」當作「旁」，出婦者諸書皆記「次子」，顯然不指雱。此事
亦足使荊公晚年痛心者。他在〈與耿天隲書〉其一、其二，皆曾透露
內心的感慨：

歲月如流，日就衰荼，今夏復感眩瞀如去秋，偶或不
死，然幾如是而能復久存乎？旁婦已別許人，亦未有可求昏
處。此事一切不復關懷。陶淵明所謂「身如逆旅舍，我如當
去客」，於去之間，凡事緣督應而已。蕾香散并方附去，或
別要應病藥，不惜諭及。臺上草木茂密，芙蕖極盛，未知何
時可復晤語。（《王文公文集》卷四）

純甫事出於不忍小忿，又未嘗與人謀，故至此。事已
無可奈何，徒能爲之憂煎耳。旁每荷念恤，然此須渠肯，乃
可以謀，一切委諸命，不能復計校也。藥封上，未審從何時
能如約見過，日以企佇。（《王文公文集》卷四）

天隲名憲，晚年屢與荊公往來唱和。〔註32〕上述二札皆提到王旁嫁婦
事，大抵荊公有意託天隲幫忙，故其言如此。據推測信作於元豐三年
夏秋間，荊公出媳亦在此年。〔註33〕後一封提及純甫事，亦深令荊公
「憂煎」。純甫名安上，荊公七弟，元豐三年九月，以與孫珪「交訟
不實」，皆罰，「各追兩官勒停」（《續資治通鑑長編》卷二八五），〔註
34〕兩事交至，使荊公心瘁神疲，故信札中流露出身心衰老的情態。

與荊公晚年往來密切者，又有妹婿沈道原。道原名季長，元豐二
年秋，國子監任內，受賄，被罰停官（《續資治通鑑長編》，卷二二九

〔註32〕詳陸游《老學庵筆記》，卷五。事跡另見詩集「庚寅增注」（41/1823）。
〔註33〕詳王晉光〈王安石嫁媳事辨證〉，前揭書，頁71～86。
〔註34〕黃復山《王安石字說考述》頁14，以此事指元豐七年，安禮爲尚書
　　　左丞，以細故與侍御使張汝賢互訟，七月貶知江寧府，顯然失考。
　　　案安禮行六，字和甫。

至二三〇），索居長蘆。文集中有與〈沈道原書〉三篇，其一云：

> 見黃吉父，說四妹甚憔悴，恐久蔬食而然，切需斟酌，勿使成疾。一切如夢，不須深以慨懷，但精心祈嚮，亦不必常斷肉也。每欲與七弟到長蘆，相要會聚數日，然頭痛多痰，動輒復劇，是以未果。（《王文公文集》卷四）

從書信中可以看出荊公晚年憂煩之事正復不少，其心境實係躁動不寧。事實上，他的詩歌情調，也很難以「閒適」二字來概括。瞭解他家庭庶事之紛擾，再回頭看他遊山歷水的行徑，當更能貼入「金陵詩」潛存的情感背景。

不僅家中多故，荊公身體亦日漸衰病。前引書札，自謂「頭痛多痰，動輒復劇」，此實晚年深爲困擾的宿痾。他常在書札中自述「眩瞀」之苦：元豐三年〈與章參政事書〉云：「痞喘稍瘳，即苦瞀眩。投老殘年，況復不久」（《王文公文集》卷四），四月吳充卒，荊公祭文亦自稱「懭眊」（《臨川先生文集》卷八六）。同年作〈答呂吉甫書〉，又有「某苶然衰疢，特待盡於山林」之語（《臨川先生文集》卷七三）。

荊公夫人吳氏甚賢淑，以王家食口之眾，荊公擔負之巨，而能持家如此，實賴內助。荊公有二女，長適吳充子安持，次者適蔡卞。二女皆能文，蔡氏女尤工。魏泰《臨漢隱居詩話》嘗謂近世女子多能詩者，而以王荊公家爲多。

治平間，荊公在金陵守母喪，曾在當地講學，從學者有陸佃、龔原、李定、侯叔獻、蔡卞、沈憑、鄭俠、葉濤等人。〔註35〕其中女婿蔡卞、姪婿葉濤在荊公晚年皆從遊甚密。卞字元度，京弟，後顯於徽宗朝，一生於荊公固極景仰。葉濤原任國子直講，元豐二年以坐受諸生茶紙免官，〔註36〕即往金陵從荊公學文詞。此外蔡肇、譚掞等人則

〔註35〕治平鍾山講學，參考鄧廣銘《王安石》，頁 28；王晉光，《王安石的前半生》，頁 142～144。

〔註36〕事見魏泰《東軒筆錄》，卷六；《續資治通鑑長編》，卷二二九至二三〇。

在晚年始入門下，是撰作《字說》的助手。黃庭堅〈跋秀老清老帖〉說「荊公之門蓋晚多佳士云。」（《山谷題跋》卷二）實非漫言。

　　元豐七年七月，東坡自黃州移汝州團練副使，道過金陵，當時荊公方病癒。《曲洧舊聞》記其事極生動：荊公野服乘驢謁於舟次，東坡不冠而迎揖曰：「軾今日敢以野服見大丞相！」荊公笑曰：「禮豈爲我輩設哉！」東坡曰：「軾亦自知，相公門下用軾不著。」荊公無語，乃相招游蔣山。

　　《西清詩話》則記二公日相與游，盡論古昔文字，間即俱味禪悅。荊公歎息與人曰：「不知幾百年，方有此人物！」東坡別後亦有「朝夕聞所未聞」之歎。又在〈與滕達道書〉說：「某到此時見荊公，甚喜，誦詩說佛而已。」

　　兩大詩人相遇，賦詩自爲要事。東坡與王勝之游蔣山賦詩，荊公取讀之，至「峰多巧障日，江遠欲浮天。」撫几曰：「老夫平生作詩，無此二句。」（《西清詩話》）。今荊公集中有〈和子瞻同王勝之遊蔣山〉詩。在蔣山時，荊公示東坡以近製，東坡云：「若『積李兮縞夜，崇桃兮炫畫』，自屈宋沒世，曠千餘年，無復離騷句法，乃今見之。」荊公曰：「非子瞻見諛，自負亦如此，然未嘗爲俗道也。」可見二公彼此相互歎服。

　　誦詩說佛而外，荊公還以「求田問舍」相勸。東坡油然心動，隨即著手從事。今由東坡詩集與金陵諸友酬唱的篇章，仍可看出他確曾用意於「買田金陵」，〔註37〕只是機緣不順而未果。故後來東坡有〈與王荊公書〉曰：「某始欲買田金陵，庶幾得陪杖屨，老於鍾山之下。既已不遂，今儀眞一往又已二十日，日以求田爲事。然成否未可知也。若幸而成，扁舟往來，見公不難矣。」〈次荊公韻四絕〉其一則云：「騎驢渺渺入荒陂，想見先生未病時。勸我試求三畝田，從公已覺十年遲。」可見其嚮往相得之情。〔註38〕

〔註37〕詳費海璣《蘇軾傳記研究》，頁54～56。
〔註38〕《邵氏聞見錄》記金陵會和，東坡嘗質荊公以時政。蔡元鳳《王荊

第三節　暮年心境與生命追求

一、新法前景之挂懷

　　探索荊公晚年的詩歌內涵，必須對他當時心境有所體會。反過來說，要想瞭解他的心境，他的詩歌正是最好的線索，從他詩中可以讀出許多隱微的意念。荊公退居金陵，既爲情勢所迫，心境之悲憤可以想見。惟神宗知遇既深，而荊公曾身任宰輔，欲直吐塊壘，勢有所不可。因此他只能透過超詣的藝術手段，表現幽微的情思。詩集卷四十八〈偶書〉一首是其佳例：

> 穰侯老擅關中事，長恐諸侯客子來。我亦暮年專一壑，每逢車馬便驚猜。（48/2157）

穰侯乃秦昭王母宣太后異父長弟。昭王即位，穰侯與有力焉。其後佐秦攻滅諸侯，勳績赫赫，凡四登相位。當他專擅朝政之時，常憂慮被游士說客所取代。〈范雎蔡澤列傳〉記載：王稽自魏返，載范雎入秦。穰侯謂稽曰：「謁君得無與諸侯客子俱來乎？無益，徒亂人國耳。」其後果以范雎故，被疑失位。本傳太史公贊曰：「穰侯，昭王親舅也。而秦所以東益地，弱諸侯，嘗稱帝於天下，天下皆稽首者，穰侯之功也。及其貴極富溢，一夫開說，身折勢奪，而以憂死，況於羈旅之臣乎。」穰侯的經歷固宜爲後世權臣所深自警惕。

　　穰侯係貴極而憂。荊公既已「委質山林」，處境適與穰侯相反，自不必憂慮爲「諸侯客子」所取代。然則何以「每逢車馬」仍須「驚猜」呢？所驚所猜者究竟如何？此實瞭解荊公暮年心境的重要關鍵。趙令時《侯鯖錄》說：

> 元豐末，有以王介甫罷相歸金陵，資用不足者，達裕陵睿聽，上即遣使以黃金二百兩賜之。介甫初喜，意召己，既知賜金，不悅，即不受，舉送蔣山修寺，爲朝廷祈福。此詩未能忘情在丘壑者也。

公年譜考略》，頁 317～319，已辨其爲子虛，茲不錄。

此以荊公之所驚猜，乃因「心存魏闕」，冀為神宗所復用。若能對荊公晚年不願再起之心境多作體會，自能辨此為無稽之談。〔註39〕

另如陳巖肖《庚溪詩話》卷下謂：「既以丘壑存心，則外物去來，任之可也，何驚猜之有，是知此老胸中尚蒂芥也。……心有蒂芥，則雖擅一壑，而逢車馬，亦不免驚猜也。」（《歷代詩話續編》，頁 183）明人瞿佑《歸田詩話》卷上則謂：「公不獨欲專朝廷，雖邱壑亦欲專而有之，蓋生性然也。」（《歷代詩話續編》，頁 1252）產生這類曲解，一方面是欲加之罪，入主出奴，附會羅織的結果；一方面則因為只知字面故實，不識襞積所在。

雁湖引《莊子》〈秋水〉：「且夫擅一壑之水，而跨跱埳井之樂，此亦足矣。」又謂「專」字本於〈逸民賦・序〉起語云：「古之逸民，輕天下，細萬物，而欲專一邱之歡，擅一壑之美。」〔註40〕荊公以「專」、「擅」連結穰侯與自己，實則暮年退閒，手中無權，豈有「專擅」之可言，用穰侯之典正所以為反襯。而「擅一壑之水」乃埳井之蛙對東海之鱉自誇語，用此實含自嘲與反諷之意。

庚溪的批評自是莫須有，然直接以「心有蒂芥」來解釋荊公的「驚猜」，則非無據，只是「芥蒂」不應狹隘地理解為政治失意的反應。當代學者周錫馥以為驚猜指「擔心朝廷對自己加以迫害，或有其他甚

〔註39〕王晉光《王安石詩繫年初稿》，頁 116，將此詩繫在熙寧九年。根據為《呂氏雜記》卷下：「其後荊公再入相，吉甫自參知政事以本官知陳州。荊公為相既久，時吳正憲沖卿充為樞密使，裕陵每於諸公進呈罷，多留吳獨與之語。荊公作詩云云。不久，吳遂代安石為相。」呂氏謂荊公憂慮為吳充所取代，故有此詩，顯然與其多次求退的史實不合。《耆舊續聞》，卷三，頁 5，稱此詩作於罷相後，說較得實。詩云：「暮年專一壑」則明為退居後所作，詳下。

〔註40〕「專壑」出處及宋人相關討論另詳錢鍾書《談藝錄》頁 82、392。又《蘇軾詩集》卷四三〈儋耳〉：「殘年飽飯東坡老，一壑能專萬事灰。」（頁 2363）查註：「按《漢書》〈敘傳〉：漁釣於一壑，則萬物莫奸其志。王介甫用其意，作詩曰：我亦暮年專一壑。陳後山詩亦有『他日入東專一壑』之句。」合註則亦指出語典出自陸雲〈逸民賦〉。

麼壞消息傳來」。並謂：「此詩情調與元豐年間其他詩作大不相類，流露出明顯的不安情緒，可見是神宗去世後的作品。」（《王安石詩選》，頁 220～221）其說似未中的，一來此詩是否成於神宗去世以後一年間，實無具體證據；二來荊公直至逝世為止，絕無遭受「迫害」的可能，司馬光病中聞荊公去世，致書呂公著，主張朝廷宜優加厚禮，而朝廷詔再輟視朝，贈以太傅，恤撫亦未失常。可見元祐諸君雖深不愜荊公政術，絕不至使荊公自危。故所謂「驚猜」，實即身在野而心繫朝政之意。具體言之，則是擔心傳來新法不利及黨徒相傾的消息。

荊公一生事業厥在新法，所以挂懷勞心者亦絕不出此。一丘一壑固其平生夢想所在，〔註41〕然而一旦退閒以遂宿願，仍未忘懷政治上的是是非非。荊公晚年對神宗及兩黨人士的觀感，亦為追索其心境的重要關鍵。據傳荊公在金陵常詠誦「當時諸葛成何事，只合終身作臥龍」，似乎對於自己一生的事業，頗感悵惘。又每書「福建子」三字，恨為呂惠卿所傾。荊公嘗謂「吾行新法，始終以為不可者，司馬光也；始終以為可者，曾布也；其餘皆出入之徒也。」（《捫蝨新話》卷一）是對政壇見風轉舵的風尚深有感慨。但「始終以為可」的曾布，仍有攻擊市易法之舉，以致荊公始終不能諒解，執政後期遂棄而不用，其餘黨徒自然更令他失望。

神宗終身尊崇荊公，晚年罷政以後仍然厚遇善待，存問不絕。然楊時嘗謂：「荊公晚年詩多有譏誚神廟處，若下注腳，儘做得謗訕宗廟，他日亦拈得出。」（《苕溪漁隱叢話後集》卷第二十五引《龜山語錄》）楊時一生專詆荊公，其言自然未可輕信。惟荊公集中有〈君難

〔註41〕荊公集中用「一丘」、「一壑」處，皆甚自得。如〈寄吳氏女子〉：「夢想平生在一丘，暮年方得此優游。江湖相忘真魚樂，怪汝長謠特地愁。」（42/1859）〈與徐仲元自讀書臺上過定林〉：「橫絕潺湲度，深尋犖确行。百年同逆旅，一壑我平生。」（40/1768）李注：「晉明問謝鯤：『論者以君方庾亮，自謂何如？』答曰：『端委廟堂，使百僚準則，臣不如亮；一丘一壑，自謂過之。』」按引文出自《世說新語》〈品藻第九〉、〈巧藝第二十一〉。

託〉一首，又每落人口實，詩云：

> 槿花朝開暮還墜，妾身與花寧獨異！憶昔相逢俱少年，兩情
> 未許誰最先；感君綢繆逐君去，成君家計良辛苦。人事反復
> 那能知，讒言入耳須臾離；嫁時羅衣羞更著，如今始悟君難
> 託！君難託，妾亦不忘舊時約。(21/1015)

《詩林廣記》引熊勿軒云：「按神宗即位，召公參大政。公每以仁宗
末年多委靡舒緩，勸上變風俗，立法度。上方銳於求治，得之，不啻
千載之遇，公亦感激，知無不為。後公罷相，呂惠卿欲破壞其法，張
諤、鄧綰之徒更相傾撼。上雖再召公秉政，逐惠卿等，而公求退之意
已切，遂以使相判江寧，此詩疑此時作也。」荊公對李白詩之多詠「婦
人與酒」嘗發微辭，此詩大概不會是專詠「婦人」；再衡以香草美人
的託喻傳統，謂荊公以妾自比，以君比神宗，實言之成理。則其中的
棄婦語調的確寓有政治挫折以後的怨氣。〔註42〕

　　近代學者如蔡元鳳、梁啟超全力為荊公辨誣，他們都相信君臣如
一人，略無扞閡。二氏之尊崇荊公，深為個人的學術與政治立場所左
右，有時不免迴護太過，其說或可稍作保留。不過南宋李壁注此詩，
已感疑惑：「或言此詩恐作於神宗眷遇稍衰時，然詞氣殊不類平日所
為，兼神考遇公始終不替，況大臣宜知事君之義，必不為此怨尤也。」
雁湖於荊公學術、政策都不表認同，但對荊公心跡與熙豐史事則甚熟
稔，他相信荊公與神宗確實相合無間，應當頗具參考價值，不宜全以
所謂「封建思想」視之。〔註43〕

〔註42〕雷啟洪主張此詩純粹寫怨婦情感，但是「如果把這首詩作為王安石
　　　　對宋神宗的怨望來讀也未嘗不可，但這種怨望也不是一般的消極哀
　　　　愁，而是我行我素，矢志不渝的表白。」見《不畏浮雲遮望眼》，頁
　　　　167。薛順雄則認為此詩作於初次被迫罷相後，「可以讓我們感知，
　　　　荊公對於神宗的意志不夠堅定，以至於不能全力支持他推行新法的
　　　　作法，感到很大的失望。」見〈王荊公「泊船瓜洲」詩析論〉，國立
　　　　臺灣大學中國文學研究所主編，《宋代文學與思想》，頁105。
〔註43〕李德身以為「李蔡諸說囿於封建社會所謂聖君忠臣之思想」，見李氏
　　　　前揭書，頁228。

沈欽韓不同意李說：「詳此詩，則安石怨望之意顯然。長編：紹聖四年五月，太學博士林自用蔡卞之意，倡言于太學曰：神考知王荊公不盡，尚不及滕文公之知孟子也。士大夫皆駭其言。不知由于安石之怨望非薄其君也。」(《勘誤補正》，頁 50)張之洞也有詩非難荊公此篇之怨君。〔註44〕

其實熊氏的話講得十分謹慎，似無猜臆過度。大概荊公罷政後，〔註45〕一時感憤而有此作，怨氣固未專集於神宗。浮雲且能蔽日，讒言之可畏有時亦能迷惑明君，自來去國臣子所深自警惕者正在此。荊公〈李舜舉賜詔書藥物謝表〉云：「讒誣甚巧，切憂解免之難；危拙更安，特荷眷憐之至。況遠跡久孤之地，實邇言易間之時；而離明昭晰於隱微，解澤頻繁於疏逖。」(《臨川集》卷十五)雖謝君恩，而時見畏讒之意。案惠卿發荊公私書一事，據考並非子虛，而神宗亦未必不稍在意。神宗每告荊公：「君臣之間，最忌拘於形跡。」而荊公事君亦從未收斂執拗的性情。必謂二人從無扞閡，自為過論；惟兩人相知之深，為古來君臣所罕見，亦為事實。以荊公之明識大體，自能知神宗之厚遇；以荊公之負氣任性而不拘常節，御前面諍且在不免(如前述景德門摑馬事)，何況寓言託諷。嘉祐間公作〈明妃曲〉，有「漢恩自淺胡恩深」之句，前人每有為之瞠目結舌，大感不然者。〔註46〕則荊公果於自信，樂於翻案立異，牢鬱怨懑有時形諸篇詠，此固天性快直使然，初非終身有怨望之心。

荊公退居金陵以後，大致而言政治局勢日漸不利，心境日漸低

〔註44〕詩以〈非荊公〉為題：「中婦鳴環治酒漿，彈箏小婦鬥新妝。為君辛苦成家計，凍折機絲不怨涼。」轉引自薛順雄前揭文，頁 101。

〔註45〕案此詩究竟成於初次罷相或再罷時，各有持其論者。李德身將此詩繫在熙寧七年，王晉光則繫在九年，王說所據即《詩林廣記》引熊勿軒語，惟熊氏既已作疑似之語，後世自難援以為論斷之本。

〔註46〕如趙翼嘗批評此聯云：「悖理之甚。推此類也，不見用於本朝，便可遠投外國；曾自命為大臣者，而出此語乎！」《甌北詩話》，卷十七。相關批評，另詳李燕新《王荊公詩探究》，頁 129～130。

沈。元豐年間，當他目睹新法所展現的正面成果，有〈元豐行〉等數篇以爲頌揚。惟神宗既歿，局勢漸變，每有新法受挫的消息傳來，宋人有生動記載：

> 公在金陵聞朝廷變其法，夷然不以爲意。及聞罷役法，愕然失聲曰：「亦罷至此乎？」良久曰：「此法終不可罷，安石與先帝議之兩年乃行，無不曲盡。」後果如其言。(《三朝名臣言行後錄》卷六之二，引《厄史》)

由於荊公始終密切關心政局，自然能預見舊黨人士會在神宗謝世以後反撲，罷除新法。不過所謂「夷然不以爲意」，恐是力持鎮定而已。考荊公在朝推行新法，無論大小措施，一向十分認眞執著，稍聞異議必力抗到底，協調在所不肯，何況屈從改易。則晚年對於半生心血所注的法度遭破壞，豈能無動於衷。不過也正因他曾投入全部思想精力去尋索，對新法的內涵十分自信，故認爲其中顯然有效者，絕不可能遭廢除，因此還能勉強「夷然」。可是當他發覺新的執政者竟意氣用事，不顧新法之得當與否，一律廢除，自然痛心疾首，以致「愕然失聲」。案當時朝廷議罷「免役法」，范純仁、蘇軾皆力爭之，可見其法確有不可顛撲者，故朱子亦評元祐諸君全廢新法爲可惜。元祐元年三月，「免役法」還是被罷除了，其復行則在紹聖中新黨再執政以後，而荊公在當年四月丙戌就逝世了。李壁注荊公絕筆詩〈新花〉，曾有下列一段描述：

> 田晝承君云：「頃爲金陵酒官，有荊公處老兵，時來沽酒，必問公之動止。兵云：『相公每日只在書院中讀書，時時以手撫床而歎，人莫測其意也。』」(2/260)

原文未說明這些舉止大約始於何時，論者謂李注用以注絕筆詩，則是神宗逝世以後一年間，深痛新法漸廢，有以致此。然則荊公逝世以前，心靈上實在遭受很大的打擊，即使深受佛禪陶冶，也不能不「失聲愕然」。

金陵十年，荊公對政事始終縈懷。雖然刻意抑制，有時也不免直

接流露於篇詠,如〈杖藜〉一詩:

> 杖藜隨水轉東岡,興罷還來赴一床。堯桀是非猶入夢,故知
> 餘習未全忘。(41/1794)

《蔡寬夫詩話》載:「荊公居鍾山,一日晝寢,夢有古衣冠相過者,貌偉甚,曰:『我桀也。』與公論治道,反覆百餘語,不相下。公既覺,猶汗流被體。因笑語客曰:『吾習氣尚若是乎?』乃作小詩識之。」(《宋詩話輯佚》頁 407)這段記載恐是編造掌故以實其詩,未必可信。《莊子》〈大宗師〉:「與其譽堯而非桀,不如兩忘而化其道。」荊公當即反用此典。詩與原典關鍵皆在「忘」字,荊公並非不知堯桀兩忘才是自得之道,然其一生精神氣力泰半投諸新法,成敗得失如何能輕易釋懷?要想擺落舊日的是非,正如息黥補劓一樣困難。

「杖藜隨水轉東岡」,這種逍遙於山林的生活正是刻意求「忘」。一旦興罷,終於還要面對真實的心境。夢境所及,內心底蘊難以遁形。縈繞心神之事必然相當複雜,未必真正干及堯桀。以「堯桀是非」統言所思所念,正是「借事以相發明」。〔註47〕稱「猶入夢」、稱「未全忘」者,正是有意閃躲而不克。全詩誦罷,再反芻前聯,更覺看似逍遙的「隨」水「轉」東崗,其實是「徬徨乎山林」的行徑。而次句的「赴」字又顯得何其沈重無奈。

二、老病與死亡陰影

時間乃詩人大敵,而死亡則是詩歌永遠的母題。在生命中的最後十年,荊公時時感受到死亡的陰影與時間的壓力。反映在詩篇之中,一則充滿焦慮與恐慌,一則流露出超脫的願望與抵抗的意志。詩人的「敏感」,道人的「曠達」,集於一身,形成強烈的衝激與對比。

荊公晚年虔信佛教,對於色身虛幻之論頗有體會,而集中表現在多首題詠畫像的作品:

〔註47〕語亦見《蔡寬夫詩話》,記荊公論使事法,《苕溪漁隱叢話》後集卷二十六引。

此物非他物，今吾即故吾。今吾如可狀，此物若爲摹。

（〈傳神自讚〉，40/1743）

我與丹青兩幻身，世間流轉會成塵。但知此物非他物，

莫問今人非昔人。（〈真讚〉，43/1878）

「此物非他物」見《傳燈錄》。李壁注「故吾」，引《莊子》〈田子方〉：
「雖忘乎故吾，吾有不忘者存。」惟兩詩對照，則前詩前聯實與後
詩後聯同意。僧肇〈物不遷論〉：「梵志出家，白首而歸。鄰人見之，
驚曰：『昔人尙存耶？』志曰：『吾猶昔人，非昔人也。』」《莊子》
寓言亦屢見此意，荊公詩意蓋兼用二者。「形軀」乃是與萬物同級的
存在，並非眞正的「自我」，故時時在流變之中。吾身已是幻，用丹
青描摹吾身，更是以幻求幻；進一步來說，形軀未必比丹青眞實，
兩者既都是物質性的存在，自皆不可執泥。破除形軀之累殆釋道所
同見，荊公日夜摩挲的佛典《維摩經》、《楞嚴經》皆強調此論。他
嘗作〈維摩像讚〉云：「是眞是像，無有二相。三世諸佛，亦如是像。
若取眞實，還成虛妄。應持香花，如是供養。」（《臨川集》卷三八）
又有〈讀維摩經有感〉：「身如泡沫亦如風，刀割香塗共一空。宴坐
世間觀此理，維摩雖病有神通。」（48/2159）都有見於肉身虛幻的
道理。

知雖及之，仁未必足以守之。荊公畢竟有敏感的詩人性格，未能
絕然忘情。〈寄金陵傳神者李士雲〉云：「欲去鍾山終不忍，謝渠分我
死前身。」（43/1910）在曠達中有眷戀，在情執意迷中又力圖自我消
解，這應當比較接近他實際的心靈處境。即使晚年病癒捨宅爲寺以
後，仍有：「難忘舊時屋，欲宿愧桑門」之語（〈泝筏〉，李注：一作
〈過故居〉，22/1035），同時湧現依戀的情感與超脫的願望。

集中有〈車載板〉二首，亦有意以坦然的態度面對死亡的禁忌。
據《本草注》記載：鴟鵂，江東呼爲「車載板」，鳴聲如「休留休留」，
其鳴主有人死，試之亦驗。荊公以詼諧的筆法來寫此不祥之鳥：

荒哉我中園，珍果所不產。朝暮惟有鳥，自呼車載板。

楚人聞此聲，莫有笑而莞。而我更歌呼，與之相往返。視遇
若搏黍，好音而睍睆。壤壤生死夢，久知無可揀。物弊則歸
土，吾歸其不晚。歸歟汝隨我，可相萬里挽。（其一）

　　鳥有車載板，朝暮嘗一至。世傳鵩似鴞，而此與鴞似。
唯能預人死，以此有名字。疑即賈長沙，當時所遭遇。洛陽
多少年，擾擾經世意。粗聞方外語，便釋形骸累。吾衰久捐
書，放浪無復事。尚自不見我，安知汝為異。憐汝好毛羽，
言音亦清麗。胡為太多知，不默而見忌。楚人既憎汝，彈射
將汝利。且長隨我遊，吾不汝羹虀。（其二，4/362）

荊公刻意追蹤〈鵩鳥賦〉的筆意，以老莊曠達之論自處。然而賈誼並
未真正「釋智遺形，超然自喪」，荊公則雖「放浪無復事」，心中也未
必無塊壘。荊公天性詼諧，在處理凶鳥時亦時時自我解嘲。

　　荊公暮年又屢舉謝安自比，一來是因為金陵附近有許多謝公陳
跡，二來是兩公之間頗有些巧合的異同。謝公寬雅平和，善於調節，
而性喜聲色之娛；荊公則躁急執拗，於異議不稍容許，而稟性淡泊，
儉約自持。儘管氣質作風丕異如此，荊公自認出處、心境皆頗與謝公
相契。本志不遂，投老山林，暮年徘徊於異代陳跡，恍惚間乃覺謝公
舊事歷歷重見於己身。一旦氣衰年邁，竟然對謝公的死亡夢兆，也不
能不耿耿在意：

　　安悵然謂所親曰：「昔桓溫在時，吾常懼不全。忽夢乘
溫輿行十六里，見一白雞而止。乘溫輿者，代其位也；十六
里止，今十六年矣；白雞主酉，今太歲在酉；吾病殆不起乎。」
乃上疏遜位。尋薨，年六十六。（《晉書》〈謝安傳〉）

荊公生於真宗天禧三年辛酉，本命已在白雞，至神宗元豐四年辛酉，
恰一甲子。以疲病衰老之身，居於謝公棄世舊地，無論客觀情境與主
觀心境，都覺白雞夢兆與自己分毫無爽。〔註48〕惴慄之情屢屢形諸詩

〔註48〕鄭騫有〈謝安的夢與王安石的詩〉一文，深入抉發荊公的「白雞」
　　情結，此處大多祖述其說，間亦補充若干資料。

篇，如〈次許覺之奉使東川〉：「後會敢期黃耇日，相看且度白雞年」
（26/1210），〈次張唐公韻〉：「公乘白鳳知何處，我適新年值白雞」
（41/1814）。此外則〈遊土山示蔡天啓祕校〉一首，纍纍五十韻以緬
懷謝公遺跡，中有句曰：「予衰極今歲，儻與雞夢協。委蛻亦何恨？
吾兒已長鬚。」（2/279）吳闓生謂：「著雞夢一語，則前文憑弔謝公，
皆以自況，此點睛法也。」（《唐宋詩舉要》頁 118 引）荊公徜徉土山，
若甚曠達，其實弔古傷今，語意暗藏悲愴。〔註49〕

　　他把白雞年視爲凶關，自然也與健康逐漸惡化有關。當時的書札
中，往往有「衰疾日積，待盡丘園」、「痞喘稍瘳，即苦瞀眩」之語，
可相印證。其實此種意識在前一年已經開始萌發，故冶遊之間，不免
時時透露躁迫之感。如〈庚申遊齊安院〉：

　　水南水北重重柳，山後山前處處梅。未即此身隨物化，年年
　　長趁此時來。（43/1870）

隨物而化的壓力使詩人根本無心賞景，倉皇之間乃以最簡潔的句
法，將滿目充斥水柳山梅的景象布置開來，節奏之迅捷頗能發放心
中暗藏的躁鬱情緒。「重重」、「處處」正見死亡的陰影無可遁逃。〈題
勇老退居院〉謂「夢境此身能且在，明年寒食更相尋。」（42/1828）
亦見此意。

　　白雞這年心神果眞不太平靜，將這一年的作品合併討論，可以看
到他如何跨越生命的大關卡。〈記夢〉詩自注云：「辛酉九月二十二，
夜夢高郵土山道人越蔣山，北集雲峰爲長老，已而坐化，復出北山南
興國寺，與予同臥一榻，探懷出片竹數寸，上纏生絲，屬余藏之。余
棄弗取，作詩與之。」詩曰：

　　月入千江體不分，道人非復世間人。鍾山南北安禪地，香火
　　他時供兩身。（43/1883）

〔註49〕姚薑塢論此詩：「詩云：予衰極今歲，儻與雞夢協。又云：吾兒已長
　　　　鬚。此詩作於熙寧七年，公初罷相歸鍾山時，是時子雱尚在也。」
　　　　見《援鶉堂筆記》，卷五十。案李注引《左傳》：「使長鬣者相」，長
　　　　鬣謂長須。雱卒於熙寧九年。

佛家慣用「江」、「月」成對為喻，對幻象與真實，本體與發用提出辯證性的思考。李注：「《傳燈錄》：『千江同一月』，《古尊宿語》：『佛具遍智，如月印海；挹海得水，月亦隨在。』」所引雖皆有江月之喻，但並非此詩典實的直接來源。《華嚴經》〈世主莊嚴品〉第一：「如來法身不思議，如影分形等法界。」清涼澄觀《疏鈔》卷九釋曰：「若月入百川，尋影之月，月體不分。」〔註50〕則荊公詩中之「江」、「月」，正就末句所謂「兩身」而發。月指「法身」，江指「色身」，法身乃是佛性的外顯（「隱名如來藏，顯名法身」），其最大特色即是有常住意。故自法身言之，實無所謂死亡。

　　金陵賦詠，極少直張悲懷。但是在白雞年，遊興始終懨懨，賞景更加無心。集中有〈與道原遊西庵遂至草堂寶乘寺二首〉，據公自注，作於是年十月二十四日：

　　　　桑楊已零落，藻荇亦銷沈。園宅在人境，歲時傷我心。
　　　強穿西埭路，共望北山岑。欲與道人語，跨鞍聊一尋。

　　　　親朋會合少，時序感傷多。勝踐聊為樂，清談可當歌。
　　　微風澹水竹，靜日暖煙蘿。興極猶難盡，當如薄暮何？
　　　（22/1036）

觸景傷情，感時思親，一一直陳，意緒略無保留。大概身心實在疲憊，以致出筆率易如此。不過前首頸聯，頗見索莫之情。後首後半，先以較工緻的景語布置氛圍，再以反詰法引入「薄暮」的意象，兩相衝激，順利把悵惘之情推拓開來。此外「清談可當歌」一語，在原典的支持下（「長歌可以當哭」），也覺生鮮可感，別有意味。

　　這年生日將屆，丹陽陳輔之有賀詩曰：「十月江南已得霜，相君門客小山房。冬深柏子和香掃，準備生辰作好香。」（事見《竹莊詩話》卷十八）荊公喜其詩，作〈生日次韻南郭子二首〉：

　　　　救黥補劓世無方，斷簡陳編付藥房。祝我壽齡君好語，

〔註50〕關於水月之喻，另可參閱錢鍾書《管錐編》，頁 37～40；陳國球《鏡花水月》，頁 1～12。

毗耶一夜滿城香。

　　　寒逼清枝故有梅，草堂先對白頭開。殘骸已若雞年夢，
猶見騷人幾度來。（45/1976）

南郭子即輔之自號。荊公生日在十一月中，看來白雞年就要度過，何
況是六十大壽，心情也就逐漸開朗起來。這時感覺圖書與藥物同是拘
累，惟有宗教信仰與自然景物最能洗滌身心。〈北窗〉詩意與此相近，
援其後半：「耆域藥囊眞妄有，軒轅經匱或全無。北風枕上春風暖，
漫讀毗耶數卷書。」（27/1233）隔一年重遊齊安院，對於自己竟能度
過白雞凶兆，感覺十分慶幸，作有〈庚申正月遊齊安有詩云水南水北
重重柳壬戌正月再遊〉一首：

　　　招提詩壁漫黃埃，忽忽籠紗兩過梅。老值白雞能不死，復隨
春色破寒來。（43/1871）

語調充滿自得，與前年適成對反，慨然有大難不死之感。原來生命充
滿韌性，未如預期中悲觀。由末句最可看出其重燃希望的振奮之情。
另有〈壬戌正月晦與仲元自淮上復至齊安〉（43/1872）、〈同陳和叔游
齊安院〉（43/1873，自注：壬戌五月），情調皆甚開朗。

　　　元豐七年春，大病逾二月。神宗遣國醫診視，荊公有表致謝：「臣
背瘡餘毒，即得仇鼎敷平完。尚以風氣冒悶，言語蹇澀，又賴杜壬診
療，尋皆痊愈。臣迫於衰暮，自分捐沒聖時，朽骸更生，實叨殊賜。
戴天荷地，感泣難言。」（《臨川先生文集》卷四三）〔註51〕表中所述
病況不只一端，可以概見其嚴重。當病情惡化之際，荊公甚至自以爲
即將不起，而有訣別之語：

　　　元豐七年春，公有疾，兩日不言。少蘇，語吳國夫人
曰：「夫婦之情，偶合耳，不須他念，強爲善而已。」執葉
濤手曰：「君聰明，宜博讀佛書，（慎）勿徒勞作世間言語，

〔註51〕顧棟高將此箚繫在元祐元年（《王安石年譜》，頁51），其說無據。案
　　　荊公逝世於元祐元年四月初六，當時由太皇太后聽政，正汲汲於更
　　　易新法，姑不論是否有宣醫之寵，箚中既自謂「尋皆痊愈」，諒指元
　　　豐七年之病。

安石生來多枉費力作閑文字，深自悔責。」吳國勉之曰：「公
未宜出此言。」曰：「生死無常，吾恐時至而不能發言，故
今敘此。時至則行，何用君勸。」公疾瘳，乃自悔曰：「雖
盡識天下理，而定力尚淺，或者未死，尚竭力修爲。」（《三
朝名臣言行後錄》卷六引《鍾山語錄》）

「兩日不言」可能即前引謝表所謂「言語蹇澀」，也可能陷入昏迷。
稍稍清醒之際，出言如此實亦合於情理。經歷這次大病，荊公覺得屋
宅園囿俱爲累贅，於是捨宅爲寺，僦居城中。集中有〈畫寢〉，荊公
自注云：「甲子四月十七日午時作。」其時正是大病初癒，可以見其
心境：

井逕從蕪漫，青藜亦倦扶。百年惟有且，萬事摠無如。棄置
蕉中鹿，驅除屋上烏。獨眠窗日午，往往夢華胥。（22/1033）

大病一場，身心俱感疲乏，不再有仗藜優遊的氣力與興致。惟有閑臥
床榻，埽除一切外累，反芻生命本身淡淡的餘味。中間兩聯都奇警貼
切，而又似妙手偶得。「且」字尤其傳神，李注：「詩，匪且匪且。注：
且，此也。」「補注」則曰：「按韻書，且字注，略詞也，亦聊爾耳之
意。公詩旨必在是。」（1057）二義可以並存，不必斷然追究。〔註52〕
「蕉中鹿」與「屋上烏」都指外累，荊公晚年詩屢有破除外累之論，
詳於下文。此時畫寢，夢見的不是「堯桀是非」，而是迷離恍惚的「華
胥氏之國」。這當然又是「借事以相說明」，未必眞有所夢。全詩表現
一種老邁之感，像夕陽一般在靜謐的氛圍中放散微溫的光芒。

另有〈長干釋普濟坐化〉，據李注知作於僦宅城中時。〔註53〕故
人死去，而自己處於老病之境，感慨自然更深，詩曰：「投老唯公最

〔註52〕今人釋此字，各主一說。張相以爲「粗略不經意之義」，見《詩詞曲
語辭匯釋》，卷一，頁 66。徐仁甫則以爲「此，指示代詞」，見《古
詩別解》，卷八，頁 238。錢鍾書亦主後一說，並謂：「兩句皆歇後語，
謂：『人生百年，爲時亦衹猶此畫寢之久；人世萬事，得趣皆不如此
畫寢之佳。』」詳《談藝錄》，頁 394。
〔註53〕大德本詩題下李注：一本作「哭慈大師」。朝鮮本無此數字。

故人，相尋長恨隔城闉。百年俯仰隨薪盡，畫手空傳淨戒身。」
（41/1818）又〈謝微之見過〉亦見枯寂之語：

> 此身已是一身枯，所記交朋八九無。唯有微之來訪舊，天寒
> 幾夕擁山爐。（48/2170）

李注：「公詩累有枯木之語，蓋晚師瞿曇也。」又引杜詩「訪舊半爲
鬼，驚呼熱中腸」以注第二句。案二詩句意相類，而杜詩迫切痛快，
公詩則舒緩不迫，氣氛適成對反。蓋杜詩所寫乃中年心境，而荊公此
詩作於暮年，情境自已不同。

　　集中〈新花〉詩，據李注：「別本有絕筆二字」，可以視爲荊公對
色身的最後回省：

> 老人無忻豫，況復病在床。汲水置新花，取慰以流芳。流芳
> 不須臾，吾亦豈久長。新花與故吾，已矣可兩忘。（2/260）

「故吾」殆指形軀之我，已見〈傳神自讚〉。詩中以「新花」與老邁
的形軀並論，新花不永，何況故吾。試與〈秦淮泛舟〉一首相對比：
「強扶衰病牽淮舸，尚怯春風泝午潮。花與新吾如有意，山於何處不
相招。」（43/1908）衰病出遊，而亦以花與己身並論。郊外強扶與榻
上待盡，情境既不相同，遂有「新吾」和「故吾」之別。然而兩首同
在追求自得，只是泛舟一首仍見求生的意志，而〈新花〉則惟以安息
順化、生死兩忘自勉。至於是否眞能超越悲喜，自又另當別論，至少
這首絕筆詩，就蘊含了幾許感傷氣息。

三、《字說》：最後的志業

　　荊公退居金陵，並未放棄淑世的願望。只是將心力轉移到影響更
深遠的理論建設。他深深瞭解，要使新法所追求的政治理想徹底實
現，必須先改造「流俗」的思想。這個理念在罷政以前已付諸行動，
不過要等到退居金陵以後，乃能凝聚精神，全心投入。

　　他在執政期間即與王雱、呂惠卿等合力從事《三經新義》的撰述。
全書成於熙寧八年六月，七月至十月間刊板流傳。稍前荊公初次罷

相，離開京師，呂惠卿乘閒竄改《詩經新義》。〔註54〕復相後不暇審閱，倉促進呈，所以書雖頒行，荊公並不滿意，於是同年年底有修訂重板之事。次年再罷相，既已抱持不涉政事的主意，遂專以著作爲事，閒暇全用以考訂經義，至元豐三年八月而畢事，上劄乞改。〔註55〕

爲與《三經新義》相配合，又著手編撰一部文字訓詁方面的著作，此即《字說》。荊公早年已將字學寓於經義中，〔註56〕作《周禮新義》時，更慣以字學發揮經義。如釋「諸侯」，以「外厂（掩）人，內受矢」爲「侯」字本義，而「諸侯厂人，爲受難」，故借爲佑王之「諸侯」字。〔註57〕《字說》之作，則進一步將這種闡說方式獨立出來。文字學與經學的關係也隨而緊密。許慎以古文經派的立場來說解文字，故《說文解字》含有濃厚的經學意味。清儒則更標舉「明經以識字始」之說，鄭重將小學的地位提拔到經學的高度。〈進字說表〉說：「道有升降，文物隨之；時變事異，書名或改，原出要歸，亦無二焉。」（《臨川集》卷五六）又在〈再答呂吉甫〉中說：「示及法觀文字，輒留玩讀，研究義味也。……向著《字說》，粗已成就，恨未得致左右。觀古人意，多寓妙道於此，所惜許慎所傳止此，又有僞謬，故於思索難盡耳。」（《文公集》卷六）即是認識到語言文字與「道」的密切關聯。〔註58〕

由於強烈的經世動機，荊公解字，闡發義理重於分析形構。故《字說》在思想上的價值超過訓詁學。公自謂：「教學必自此始，則於道德之意，已十九矣。」（〈熙寧字說序〉）則其用心故甚明顯。至於書

〔註54〕集中有〈金陵郡齋〉一首（43/1889），李注：「此詩作於熙寧七年秋，時惠卿爲政，已極力傾公，雖經義亦多改定云。」故劉辰翁評曰：「語有恨意。」

〔註55〕兩度修訂經義的經過及實際內容，俱詳程元敏〈三經新義板本與流傳〉（收入《三經新義輯考彙評（三）─周禮》下冊）。

〔註56〕見葉大慶《考古質疑》，卷三，頁16；王闢之《澠水燕談錄》，卷十，頁3。

〔註57〕說見黃復山〈王安石《字說》考述〉，頁296。

〔註58〕文字與文化間的關係，可參考龔鵬程《文化符號學》，第二卷第一章。

中的理論內涵跟他整個學術規模一樣，包含各家學說。〔註59〕故朱熹
批評其書「遠引老佛之言，前世中國所未嘗有者，而說合之，其穿鑿
舛謬顯然。」(《朱文公文集》卷七○〈讀兩陳諫議遺墨〉)要而言之，
宋人許之者已著眼於義理，如黃庭堅已謂：「詞簡而意深」，李綱則稱
「介甫作《字說》，其發明義理之學甚深。」(《梁溪集》卷一一○)
劉克莊則譽為「精義極貫穿」(《後村先生大全集》卷四六，四部叢刊
本，頁 12) 正是因為《字說》含有濃烈的義理性質。而反對者也無
不在此用力。〔註60〕

　　所謂「義理」包含哲學思想與政治主張，兩者又皆以變法事業為
核心標的。舉其最顯著者為例，釋鴻鴈：

> 大曰鴻，小曰鴈。所居未嘗有正，可謂反矣。然而大
> 夫贊此者，以知去就為義，小者隨時，如此而已。乃若大者
> 隨時，則能以其知興事造業矣。鴻從水，言智；工，言業；
> 故又訓大。易曰：「隨時之義，大矣哉。」若大夫者，不能
> 充也。(《字說辨》頁 3 引)

其中訓詁名物的成份甚微，發揮議論的意味甚濃。把一個形聲字分
解為三，附會以一番道理，羅織想像的功夫實在不讓後世所謂相字
測字者。葉適曾經指出：「王氏見字多有意，遂一概以意取之，雖六
書且不問矣，況小學之專門者乎？是以每至於穿鑿附會，有一字析
為三四字者，古書豈如是之煩碎哉」。朱子則說：「荊公《字說》，不
明六書之法，盡廢其五，而專以會意為言；有所不通，遂旁取書傳，
一時偶然之語以為證。」可見荊公解字，純主會意，宋人已有公議
定評。〔註61〕

〔註59〕參考徐時儀〈王安石《字說》的文獻價值述略〉，頁 208；王晉光《王
　　　　安石論稿》，頁 56～57。
〔註60〕張文瀦、胡炎祐〈論《字說》與《字說辨》的鬥爭〉以馬克思主義
　　　　的觀點來描述兩派的「鬥爭」，若撇開該文意識形態的侷束，亦能見
　　　　出當時思想對立之一斑。
〔註61〕參考錢鍾書《管錐編》，頁 65、978。

　　然則荊公解字何以獨宗會意呢？〈說文解字敘〉：「會意者，比類合誼，以見指撝。武信是也。」其名一語雙關，兼取「合誼」及「領會其意」二義。〔註62〕「比類合誼」是對概念或形象的選取與組合，「以見指撝」則是發現新合成字的意向。在選取組合的過程中，造字者其實也正對該字的意涵作了詮釋。後人識字用字，可能習焉不察。而解字者則是重新抉發其內蘊。在這重新抉發的過程中，解字者可能有意無意地加入個人的意見。而「合誼」與「領會其意」皆須有聯想與重組的工夫，此種過程與賦詩讀詩接近（後世相字測字者所運用的思路仿此）。會意的造字用字法既與詩的思維形式相近，又最能造就豐富的義理內涵。宜乎身為詩人兼經學家的王荊公津津發揮其法，以至穿鑿附會而不覺。以「分貝」釋「貧」，以「同田」釋「富」，可能皆蘊有政治理想於其中。〔註63〕但硬將富字析為同田，不免太過依賴想像（《說文》：「從宀，畐聲」）。古人造字，既有「形聲多兼會意」的原理，則凡合體成文者，常能強以「會意」解之，無怪乎其獨宗於此，居然不窘。

　　其書始作於罷相前夕，成於元豐五年〔註64〕，主要撰作於定林寺昭文齋。荊公於此書投入最大的心力，構思撰作成為生活中最重大的工作。前引《建康續志》所載荊公「自謂平生精力，盡於此書」，當非漫言。其間甘苦，宋人有生動的描繪：

　　　　介甫每得新文字，窮日夜閱之。喜食羊頭鹹，家人供
　　至，或直看文字，信手撮入口，不暇用筋，過食亦不覺，至
　　於生患。且道將此心事應事，安得會不錯？不讀書時，常入

〔註62〕林尹《文字學概說》，頁108。
〔註63〕說見劉銘恕〈王安石字說源流考〉，頁85。
〔註64〕劉銘恕認為《字說》之作，始於英宗治平年間。並引〈進字說箚子〉：
　　　　「臣在先帝時，得讀許慎《說文解字》」云云為證。其實此箚僅足說
　　　　明荊公早在當時即有著述字書之志。黃復山將著述之志推本於熙寧
　　　　四年，並指出正式撰作實在八年，其說較可從。成書年代則《玉海》
　　　　有載：「元豐五年，王安石表上《字說》二十四卷。」

書院：有外甥懶學，怕他入書院，多方討新文字。得之，只顧看新文字，不暇入書院矣。（《朱子語類》卷一三○，頁5）

　荊公作《字說》時，只在一禪寺中。禪床前置筆硯，掩一龕燈。人有書翰來者，折封皮埋放一邊。就倒禪床睡，少時，又忽然起來，寫一兩字，看來都不曾眠。字本來無許多意理，他要個個如此做出來，又要照顧得前後，要相貫通。（《朱子語類》卷一三○，頁6）

　王荊公作《字說》，用意良苦，置石蓮百許枚几按上，咀嚼以運其思；遇盡，未有益，即嚙其齒，至流血不覺。（《宋稗類抄·文苑類》；葉夢得《巖下放言》卷中，頁12；《蒙齋筆談》卷下，頁5）

　王荊公作《字說》，一日躊躇徘徊，若有所思而不得，子婦適侍見，因請其故，公曰：「解飛字不得」。婦曰：「鳥反爪而升也」。公以為然。（《明道雜志》；曾敏行《獨醒雜志》卷四，頁4）

　荊公從蔣山郊步至民家，問其翁安在，曰「去撲棗」。始悟剝棗非剝去其皮，當從前人之說。故其《經義》，後不復見。（《容齋續筆》卷十五，〈乞改經義第劄子〉有此條）

由以上記載可知荊公坐立行止之間，無不以解字為事，運思之苦與搜索之勤正足以見他對此書寄託甚深。荊公生性執拗好強，凡事皆戮力以赴，何況是寄託深遠理想的著述呢。《字說》之實際撰作，綿亙七、八年，幾乎與其退休生活相始終。由此可知，荊公退休生活的大部份時間仍然無法完全放鬆心情。《字說》的撰述幾乎成為生活的重心，這份寄託也是他心靈的安慰。

　書稿既成，他曾與撰述同仁同遊齊安院，並有詩紀之。詩題為〈成字說後與曲江譚君丹陽蔡君同遊齊安〉，撰作之勞與成書之樂皆可見於其中：

　據梧枝棲事如毛，久苦諸君共此勞，遙望南山堪散釋，故尋西路一登高。（43/1873）

據李注,「據梧枝棲」典出〈齊物論〉「師曠之枝策也,惠子之據梧也。」
言其「知盡慮窮,形勞神倦」,費心討論之甚也。二君即譚掞、蔡肇,
皆撰作《字說》的得力助手。蔡肇字天啓,擅詩文,有勇力,父淵治
平間曾從荊公受經學,及荊公退居鍾山,往之從學。精敏雋秀,深爲
荊公所賞〔註65〕,勉以讀內典,天啓不旋踵而通暢(《京口耆舊傳》
卷四),另自撰有《尙書講義》八卷。譚掞,字文初。父昉與荊公有
故誼,及父亡,往金陵從荊公學。〔註66〕

　　另有劉發,字全美,可能亦參與討論。荊公有〈過劉全美所居〉
詩:

> 西崦晴天得強扶,出林知有故人居。數能過我論奇字,當復
> 令公見異書。(43/1886)

據《老學菴筆記》卷二載:《字說》盛時,全美著有《字說偏旁音釋》、
《字說備檢》各一卷、《字會》二十卷,則於文字學素有研究,無怪
乎荊公詩中充份流露奇文共賞之樂。荊公暮年詩歌「造語用字,間不
容髮」,似乎跟他對文字的深入研究有關。

第四節　佛學信仰與晚年思想

一、佛緣與佛事

　　宋代佛學盛於南方,故顧炎武《日知錄》卷十謂:「南方士大夫
多好學佛,北方士大夫多好學儒。」蓋南方自五代以來帝王多崇仰佛
教,在政府保護獎掖下,名僧輩出。而佛徒提倡儒佛交融的理論,更

〔註65〕天啓見賞於荊公,宋人記載甚多。《王直方詩話》記蔡氏以能誦盧仝
　　　　〈月蝕〉,《艇齋詩話》記其能誦韓愈〈南山〉詩,荊公歎賞,《石林
　　　　詩話》記其能馴惡馬,荊公許爲將帥才,《竹坡詩話》記荊公集句,
　　　　得「江州司馬青衫溼」而不能全,天啓對以「梨園子弟白髮新」,公
　　　　大喜。
〔註66〕譚氏父子生平另可參考王晉光〈王安石酬唱挽悼詩人物考索〉,《王
　　　　安石論稿》附錄,頁212～213。

易為朝廷士大夫接受。故當時「居士佛教」十分盛行，許多知識份子、官僚，都從事結社參禪的活動。稍後於荊公的蘇軾、黃庭堅、郭祥正、張商英都號稱「居士」。富弼、趙抃、曾公亮等大官僚雖無居士之號而實為崇佛者。至於儒學與佛學交相影響的問題，更是兩宋學術的大勢。宋代佛教中，禪宗獨盛，上述居士官僚所信仰者即以此為主，其中又以臨濟宗最為流行。〔註67〕荊公雖無居士之名，卻是臨濟禪的虔誠信徒。

　　荊公自少年以來，即持續接觸佛徒、閱讀佛經，一生親炙的僧侶不下三十人，其中多數有詩文往返。其最先相與過從者，當推慧禮。作於慶曆五年（二十五歲）的〈揚州龍興寺十方講院記〉嘗記其事：

　　　　予少時，客遊金陵，浮屠慧禮者，從予遊。予既吏淮南，而慧禮得龍興佛舍，與其徒日講其師之說。（中記慧禮興建寺院的經過，略）蓋慧禮者，予知之，其行謹潔，學博而才敏，而又卒之以不私，宜成此不難也。世既言佛能以禍福語傾天下，故其隆尚之如此，非徒然也，蓋其學者之材，亦多有以動世耳。今夫衣冠而學者，必曰自孔氏。孔氏之道易行也，非有苦身窘形，離性禁欲，若彼之難也。而士之行可一鄉、才足一官者常少。而佛屠之寺廟被四海，則彼其所謂材者，寧獨禮乎？以彼之材，由此之道，去至難而就甚易，宜其能也。嗚呼，失之此而彼得焉，其有以也夫！（《臨川集》卷八三，酌參龍舒本補）

荊公十七歲時，隨父赴官金陵，十九歲父親去世，二十一歲服除入京應試。所謂「客遊金陵」當在此期間。文中由盛讚慧禮之有為，而惋惜儒士之不知振作，並指出此消彼長的原因所在。此時荊公殆已深刻體會到所謂「儒門淡薄，收拾不住」的文化情勢。由此文不僅可知兩

〔註67〕參考東一夫《王安石新法之研究》，頁979～980；阿部肇一《中國禪宗史》，第三編，第八章，第二節。阿部氏分析其因，蓋禪宗直指人心見性成佛的理念較易為人接受理解。而唐代盛行的天台、華嚴、法相等宗複雜難解的教理加以簡易的詮釋。

人相契之深，也可看出荊公早年就對佛學抱持好感，無怪乎終身刻意於融合儒釋。

其後知鄞，出入名山古寺，與宗門大德交往更頻，時在二十七歲至二十九歲間（慶曆七年至皇祐元年）。兩浙地區，自五代末年吳越王室對佛法大力提倡，加上宗師禪匠的經營，佛教事業日臻興盛。泊宋，禪宗大爲發達，阿育王、天童山兩座名山，更是叢林聖地。〔註 68〕

時懷璉大覺在阿育王山廣利寺，法席鼎盛，名聞天下。〔註 69〕懷璉之道「逍遙自在，禪律並修」（東坡〈廣育王寺宸奎閣記〉），雖以出世法度人，而持律甚嚴，士大夫多喜從之遊。育王山寺名僧另有常坦禪師，爲宋代禪宗前輩長老。荊公與二人往來皆甚密切。同時又有瑞新禪師主天童山景德寺，與荊公相交甚爲契合。〔註 70〕慶曆七年荊公始調鄞令，即動身視察川渠，夜間多宿佛寺，所至輒有題詠，途中並嘗遊天童山，至景德寺，與瑞新盤桓一日（〈鄞縣經遊記〉，《臨川集》卷八三）。六年後荊公重訪，瑞新沒，作〈書瑞新道人壁〉（《臨川集》卷七一）在盛贊瑞新德業之餘，深致悲悼之情。

荊公在〈漣水軍淳化院經藏記〉中，指出聖人之道分裂已久，後世學者無能補合。而「西域之佛」與「中國之老莊」都是「有見於無思無爲，退藏於密，寂然不動者。」其徒多寬平不忮而質靜無求，實近乎吾儒高倡之仁義。「若今通之瑞新，閩之懷璉，皆今之爲佛而超然，吾所謂賢而與之遊者也。」（《臨川集》卷八三）荊公一方面感歎

〔註 68〕參考程光裕〈王安石治鄞時之治績與佛緣〉，《紀念司馬光王安石逝世九百周年學術研討會論文集》，頁 152。

〔註 69〕懷璉傳略事蹟見惠洪《林間錄》；普濟《五燈會元》卷十五；曉瑩《羅湖野錄》卷一；念常《佛祖歷代通載》卷一八；志磐《佛祖統記》卷四五；覺岸《釋氏稽古錄》卷四。荊公與懷璉過從，參考東一夫前揭書，頁 997；程光裕前揭文，頁 153。

〔註 70〕瑞新即死心禪師，慶曆七年前後，主景德寺四年。參考東一夫，前揭書，頁 998～999；程光裕前揭文，頁 154～155。

士子誇漫盜妒的風尚，一方面慶幸賢者猶得見於佛門，其意與前引〈揚州龍興寺十方講院記〉近似。荊公何以一生親近佛徒，於此可見端倪。

荊公在京師，則與淨因道臻禪師往來密切。道臻博通各種經論，禪機穎悟，有宿老風範，甚得英宗、神宗的信賴。〔註71〕荊公與道臻熟稔殆在嘉祐以前，道臻能詩，兩人之間酬唱甚爲頻仍。荊公後期交往的禪僧以臨濟黃龍一派爲多。案臨濟宗自善昭倡「代別」、創「頌古」，開創了文字教禪、文字悟禪的學禪新形式，成爲當代禪學發展的主流。再傳弟子有二大名僧黃龍慧南與楊岐方會，各自成派。臨濟禪原本即風靡於江南，黃龍一派於北宋中期更臻全盛。〔註72〕

荊公一生深交的僧徒又有寶覺，學者有以爲即晦堂祖心（黃龍寶覺）禪師者，實誤。李壁注〈宿定林示寶覺〉：「寶覺即無外，名務周。」（23/1047）由荊公酬詩可見晚年相從甚密，則寶覺必居金陵無疑，可能即住定林寺中。荊公與寶覺知遇，始末詳於集句〈贈寶覺並序〉序文：「予始與寶覺相識於京師，因與俱事。後以翰林學士召，會宿金山一昔。今復見之。聞化城閣甚壯麗，可登眺，思往遊焉，故賦是詩。」（《臨川集》卷三六）詩有「夜闌接軟語，令人發深省」之句。據學者考證，兩人相識當在慶歷五年左右，〔註73〕而「會宿金山」則在熙寧元年。〔註74〕荊公集中有〈與寶覺宿僧舍〉（23/1065），當亦作於是時，中有「問義曹谿室，捐書闕里門」之句，言下偃然欲棄儒向佛，可見他對寶覺的推服。

荊公既退居金陵，朝夕出入佛寺，與僧人過從更加頻仍。其中又以蔣山贊元覺海禪師最獲景仰。案兩人結緣甚早，嘉祐八年至治平二

〔註71〕道臻傳略見《佛祖歷代通載》，卷十九。
〔註72〕臨濟宗黃龍派的發展，參考魏道儒《宋代禪宗文化》，頁59～66。
〔註73〕詳東一夫前揭書，頁1030，注39。
〔註74〕東一夫前揭書，頁994，以爲「會宿金山」在治平四年，實誤。前引荊公序文稱「以翰林學士召，會宿金山一昔」，案公於治平四年九月，除翰林學士，未即赴京，仍居金陵，隔年始動身。參看洪本健，《宋文六大家活動編年》，頁214。

年間，荊公丁母憂，[註75] 解官歸江寧，讀經山中，即與贊元禪師「游如昆仲」。《佛祖歷代通載》第二十八記其問答：

> 問祖師意旨，元不答。王益扣之，元曰：「公般若有障三，有近道之質一，兩生來恐純熟。」王曰：「願聞其說。」元曰：「受氣剛大，世緣深，以剛大氣遭世緣，必以身任天下之重。懷經濟之志，用舍不能必，則心未平。以未平之心持經世之志，何時能一念萬年哉？又多怒而學問尚理，於道為所知愚，此其三也。特視名利如脫髮，甘澹泊如頭陀，此為近道。且可教乘滋茂之可也。」王拜受教。

以用世之志、剛強之氣、學問之執為三障，淡泊名利的性情為近道之質。贊元可謂深具法眼，以佛學角度把荊公的氣質之性分析得十分透徹。這條線索不僅有助於體會荊公的生命追求，也能使我們更簡便地理解荊公藝術特質的內在根源。

荊公集中有〈白鶴吟〉一首（3/305），全篇作法獨特，不僅以文為詩，幾乎詩文雜糅矣。據李注：普覺奄化西庵以後，行詳恃辯而驕，覺海求去。荊公詩為覺海逐行詳而作也，以白鶴喻覺海，紅鶴喻行詳，長松喻普覺。由斯篇可見荊公與覺海交情之篤。[註76] 元豐三年，覺海坐化，荊公有文祭之：「自我壯老，與公周旋，今皆老矣，公棄而先。逝孰云遠，大方現前。」（《臨川集》卷八六）又

[註75] 東一夫前揭書，頁 996、1021，將此事繫在康定間，實誤。其根據是以所謂「丁太夫人憂」指外祖母黃夫人，並引〈外祖母黃夫人墓表〉（《臨川集》卷九０）為說。其實「太夫人」乃指荊公母吳夫人也，而外祖母當死於撫州故里，荊公豈可能丁憂於蔣山，何況荊公於康定二年服父喪滿即自金陵入京，此後數年簽書淮南，嘗返撫州而未有金陵之行。故知與贊元交遊必在治平丁母憂間。唯東氏所考雖欠妥，然謂父親與外祖母相繼過世乃荊公接觸佛緣的重大契機，仍可備一說，見頁 1020～1025。

[註76] 李壁嘗於臨川得此詩刻本，有跋曰：「白鶴吟，留鍾山覺海之詩也。先是講僧行詳與公交舊，公延居山中。詳有經論，每以善辯為名，毀訾禪宗。先師普覺奄化西奄，而覺海孤立，詳益驕傲，師弗之爭，屢求退庵席，公固留不可，悟詳謫妄，遂逐詳而留師，乃作是詩焉。」

有〈蔣山覺海元公眞讚〉：「賢哉人也，行屬而容寂。知言而能默，譽容弗許，辱毀弗戚，弗矜弗克。」云云。如此品格，正與荊公相應，宜其相契如此。

元豐七年，大病一場，病瘉即捨宅爲寺，延請眞淨克文住持，神宗賜額「報寧」。〔註77〕而先此已將辭相時御賜大量田產捐予蔣山太平興國寺。〔註78〕分別有箚上請，捨宅時則曰：「永遠祝延聖壽」，捐田時則曰：「爲臣父母及雱營辦功德」。《邵氏聞見錄》卷十一乃曰：公坐鍾山，常恍惚見子雱荷枷杻如重囚者，遂施所居半山園爲宅，以薦其福。其爲造謗毀詆，固甚昭然。〔註79〕

眞淨克文乃臨濟宗黃龍派大師，〔註80〕一生五坐道場，說法弘教五十餘年，布衣壞衲，脩然自守。據惠洪〈雲庵眞淨和尚行狀〉載，眞淨「於江西大有緣，民信其化，家家繪其像，飲食必祠。」(《石門文字禪》，卷三十）後至鍾山謁荊公，留宿定林庵。時公方病起，樂聞空宗，於是暢談佛法云云，大悅，因捨第爲寺，延師爲開山第一祖（事詳惠洪前揭文）。《古尊宿語錄》卷四五，收有荊公〈請文長老疏〉

〔註77〕《臨川先生文集》卷四十三，〈乞以所居園屋爲僧寺并乞賜額箚子〉云：「以臣今所居江寧府上元縣園屋爲僧寺一所，永遠祝延聖壽。如蒙矜許，特賜名額。」另《佛祖統紀》卷四十五載「荊公安石請以江寧府園盧爲僧寺，賜額報寧禪院。」又《佛祖歷代通載》卷十九載：「荊國公王安石奏施金陵舊第爲寺，請眞淨克文住持。賜額曰保寧。」據《長編》，事在元豐七年六月戊子。惟《佛祖統紀》、《佛祖歷代通載》、《釋氏稽古錄》皆將此事繫在熙寧十年，東一夫前揭書，頁999，即採此說。

〔註78〕《臨川先生文集》卷四十三，〈乞將田割入蔣山常住箚子〉。

〔註79〕邵氏僞說爲《佛祖統紀》所採，《考略》有辨，見320～321。楊希閔則批評荊公此舉爲異學所惑，見上引書同頁。

〔註80〕據《釋氏稽古錄》卷四，克文「參黃龍慧南師，得其玄奧，嗣南禪師。」是與祖心等共得黃南法嗣的當代名僧，他也是惠洪之師。《佛祖歷代通載》卷十九載，惠洪事眞淨克文，七年盡得其道。另看竺沙雅桑〈司馬光、王安石與佛教〉，《紀念司馬光王安石逝世九百週年學術研討會論文集》，頁484；郭朋《中國佛教簡史》，頁304；忽滑谷快天《中國禪學思想史》，頁491～495。

一文，文末即署元豐八年三月。

禪僧以外，與荊公有佛學因緣者，首推紫芝俞秀老、紫琳清老兩兄弟。秀老，放達不娶，能詩而人未知之，荊公愛焉，手寫其一聯：「有時俗事不稱意，無限好山都上心」於手持扇，眾始異焉。弟清老，亦修潔可喜，與黃山谷同學於漣水。〔註81〕據山谷言：「秀老作唱道篇十篇，欲把手牽一切人同入涅槃場。」清老則「才性精敏，無所不能，喜事而多能，白頭不倦。詼諧戲弄則似優孟、東方朔之為人，然資亦辯急，少不當意，使酒呵罵，又似灌夫。」則兄弟一雅一狂，半儒半釋，皆非流俗輩，故與荊公獨愜。〔註82〕

上述與荊公深交諸名僧，皆與宮庭往來密切，在社會上有崇高地位。荊公貴為使相，當然有機會親交。荊公在與釋徒交往時，發現他們的人格品質絕不下於廟堂諸君子，這更增強他信佛的意志。

二、儒釋老融合論

荊公斷然以儒者自居，但為學論政，則惟問是否有當於理，不分宗派流別。曾鞏嘗諷以好讀佛書，荊公答曰：「善學者讀其書，惟理之求，有合吾心者，則樵牧之言猶不廢。言而無理，周孔所不敢從。」（《冷齋夜話》卷六）案荊公之以儒為主，是他信仰儒家淑世進取的人文精神；遍讀百家，則是他瞭解到思想文化的廣闊性。在他看來，將佛禪老莊融入思想中，是很自然而無須避諱的。〔註83〕何況他在博覽以外又提出一個「自治」的前提，強調心靈體悟的重要。因此他的融合思想絕非拼湊式的，而是以一套中心理念為主軸，在深入瞭解各家思想之後，再作權衡與融會。他也不像理學家那樣，明明染涉於禪

〔註81〕秀老生平，參李注引《潘子真詩話》、《竹莊詩話》卷十八引《詩事》（宋詩話輯佚本525）。

〔註82〕二俞事蹟性情，《山谷題跋》紀之最詳，見卷一〈書贈俞清老〉，卷二〈書王荊公贈俞秀老詩後〉、〈書玄真子漁父贈俞秀老〉、〈跋俞清老詩〉、〈跋俞秀老清老詩頌〉等篇。

〔註83〕這種開放的態度與司馬光適成對反，溫公熙寧二年六月上〈論風俗劄子〉痛斥士人學子好學老莊之弊，《司馬文正公傳家集》，卷四二。

而猶斷斷然否認。據陳善《捫蝨新話》載：

> 荊公王安石問文定張方平曰：「孔子去世百年，孟子後絕無人，或有之而非醇儒。」方平曰：「豈爲無人，亦有過孟子者。」安石曰：「何人？」方平曰：「馬祖湯陽雪峰巖頭丹霞雲門。」安石意未解。方平曰：「儒們淡薄，收拾不住。」安石欣然歎服。

《佛祖統紀》將此事繫在元豐三年。案孔孟以下，荊公所推服者有揚雄、韓愈，但學養眼界逐漸深廣以後，遂於二公亦多不愜。他既對佛家教義素有研究，且與佛門人士頗有來往，自能欣然同意方平的說法。但若說是因張氏一席話使荊公棄儒信佛，則恐言過其實。

中唐以下，儒禪之交涉乃是文化史上的大事。儒者的精神在於淑世不離世，自與宗門出世不著事者有別。然錢穆曾指出：「唐代禪宗實已爲佛教出世精神之反動。禪宗之在中國，亦一宗教革命。實爲中國思想由釋反儒之一段過渡。……蓋禪宗所由異夫孔孟者，主要在其爲宗教形式所拘，既已出家離俗，修齊治平，非內分事，故其精神面貌，終不能不與孔孟異。」〔註84〕正由於禪學轉向入世，且與孔孟精神十分接近，故更易爲知識份子所接受。

荊公以超乎常人的毅力倡言變法，具有積極入世的人生態度實無可疑。他的入世精神不僅來自傳統士大夫「致君堯舜上」的使命感，更與當代思想界的入世轉向有關。下列一段記載，值得玩味：

> 朱世英言：「予昔從文公定林數夕，聞所未聞。嘗曰：『子曾讀〈游俠傳〉否？移此心學無上菩提，孰能禦哉？』又曰：『成周三代之際，聖人多生儒中；兩漢以下，聖人多生佛中。』此不易之論也。又曰：『吾止以雪峰一句語作宰相。』世英曰：『願聞雪峰之語。』公曰：『這老子嘗爲眾生作什麼？』」（《冷齋夜話》卷十〈聖人多生佛中〉條）

余英時據荊公引雪峰語，斷定「王荊公於此已明白承認他肯出任宰相

〔註84〕錢穆〈禪宗與理學〉，《中國學術思想史論叢》第四冊，頁231。

是受了新禪宗的精神感召」。〔註85〕荊公的淑世動機，有其複雜的思想背景，未必專承自新禪宗。然其整體思想中也確有兼融儒釋的格局，故能體認到佛學的入世精神。此處更值得注意的，或在所謂「以游俠之心學無上菩提」的精神。〔註86〕此語頗能道盡荊公一生道德事業的精神。惟其抱「游俠之心」，故能自反而縮，雖千萬人而莫可以撓。惟其學「無上菩提」，故雖得君執政，始終不汩於私而念念以治國利民為事。

儒釋可以交融，佛老自然更易結合。荊公詩文每雜用佛道典故，即其思想義理，也頗有二者交混難辨者。如〈新花〉（2/260）一首，李注引《莊子》〈田子方〉：「雖忘乎故吾，吾有不忘者存。」〈傳神自讚〉亦用此典，表示要與萬物自然融為一體的道理。〈眞人〉（2/263）則幾乎全用老莊列子之語，倡養神逍遙之論。〈吾心〉（4/357）自述一生心曲思路，而歸結於「童稚」質樸之心。荊公晚年詩中經常有棄儒從道的言論，這一方面是老莊學說與藝術精神較貼合，一方面確是心境思維俱變，當然也有可能正言若反，故作牢騷。值得注意的是，荊公詩中表現的許多觀念，與其說近禪，毋寧說是近於老莊，即使字面典實全取自佛經的作品。

〈彼狂〉（15/805）一詩歌頌上古不識不知的質樸世界。姚薑塢《援鶉堂筆記》嘗批評此詩說：「狂夫一首乃荊公學術底蘊之所流

〔註85〕見《中國近世宗教倫理與宗教精神》，頁78。惟稗海本、新興書局筆記小說大觀本、中華書局校點本《冷齋夜話》引雪峰語皆作「這老子嘗為眾生，自是甚麼？」語頗寒澀。余英時乃參照丁傳靖《宋人軼事彙編》卷十所引校改，茲從之。惟丁著引文每多舛誤，又不標所據板本，似宜再考。

〔註86〕案釋惠洪另有〈題華嚴十明論〉，亦曾轉記荊公這一段議論，語略不同。學者多未注意，而實可與前引《冷齋夜話》相印證。荊公對世英說：「若讀史見勾踐、伍員事乎？勾踐保栖會稽，置膽於坐，臥則仰膽，飯食亦嘗膽也。伍員去楚，纍載而去昭關，至蒲伏行乞於吳市。二子設心止欲雪恥復仇，而焦身苦思，二十餘年而後遂其欲，蓋有志者事竟成也。然移此心以學無上菩提，其何以禦之。」見《石門文字禪》，卷二十五。

露，其所云『至言』者，乃老佛之宗旨。而治世之具，皆緒餘土苴也，況如以文鳴哉。然則新法之行，公皆以為因時救俗之為。而運經濟以權譎，飾經義以行私，無非妙用，雖孔孟之道，亦借之以行世間法而託諸窈冥希夷，別有幽深不可告人者，乃其至也。」（卷五十頁 18）從佛學觀點來說，儒學自然只是「世間法」，但是荊公思想既雜糅諸家，實不宜執其一端以為斷定。荊公之變法圖強，首先勉神宗以先法堯舜，無疑是抱持儒家政治理想以入世。即至退閒，乃謂「近跡以觀之，堯舜亦泥沙；莊周謂如此，而世以為夸。」（〈雜詠八首〉其一，5/400）是亦偶取道家觀點以成詩，未必棄儒以從道也。大抵宋代詩人都有複雜的思想背景，其得位用事，則進取不懈以儒自居；其退處一方，則以佛老安頓個人的性命身心。荊公秉政時，論者亦多疑其用法家之術，然而僅就崇尚德治一端而言，即知其並未脫離儒家的政治理念。荊公晚年猶戮力著《字說》以羽翼新經，可見其思想並未全然流入釋老。

荊公早年著〈老子〉一篇，深貶「無為而治」的政治思想。（《臨川集》卷四三）荊公認為道有本末，「本者，出之自然，故不假人力而萬物以生也；末者，涉乎形器，故待人力而後萬物以成也。」〔註87〕批評老子只重「天生」，漠視「人成」的一面。這種觀點自然來自儒家的淑世理想，但荊公絕未全盤否定老子學說。後來另著有《老子注》，〔註88〕大舉抉發老子入世的一面，注入更多的儒家觀點。

荊公對莊子向甚心儀，著有《莊子解》一卷。在他看來莊子乃頗見聖人之道者，只是身處「譎詐大作，質朴并散」的時代，欲憑仁義禮樂以矯天下之弊，勢有不能。於是提倡「同生死，齊是非，一利害」之說，而以「足乎心」為得。然莊子原無排詆聖人之心，其說實為一

〔註87〕荊公的老莊觀另可參看束一夫前揭書，頁 1008～1015；王明蓀《王安石》，頁 24～28。

〔註88〕一般以為此書成於退居以後。參見王明蓀，前揭書，頁 26；張立文〈理學形成的中介環節——王安石哲學邏輯結構〉，《宋明理學邏輯結構的演化》，頁 256。

時矯弊之用，並非大道之全。故荊公盛讚〈天下篇〉中「先六經而後各家」的觀念。﹝註89﹞蓋荊公於《莊子》其書著作來源之紛雜，未及深考，以爲內、外、雜篇皆出自莊子本人，故有此論。﹝註90﹞然而正因持論如此，故荊公於莊學不僅從無攘斥之舉，且樂於推闡其說，晚年賦詩更廣泛運用其義理與典故。更重要的，老莊之學也成爲他安身立命的利器。他在〈答陳柅書〉中說：「莊生之書，其通性命之分，而不以死生禍福累其心，此其近聖人也。自非明智不能及此。明智矣，讀聖人之說，亦足以及此。不足及此，而陷溺於周之說，則其爲亂大矣。」（《臨川集》卷七七）荊公自是以「明智」自許，他雖勸陳柅用心於聖人之書，可是自己卻從《莊子》得到很多義理啓發，此自無疑。

　　荊公有意以佛道與儒學相融合，此自早年已然，由於他生性極其自信，雖總以儒者自居，並不認爲讀佛經足以混淆個人的價值觀。〈答曾子固書〉說：「彼致其知而讀之，以有所去取，故異學不能亂也。」他從不認爲佛學足以「亂俗」。退居金陵以後，一方面由於生死進退的問題逐漸浮現。一方面則較有空閒細讀佛經，且與名僧相過從，佛學造詣大爲躍昇。於是經常借用佛家的名相與義理討論哲學問題，其中有些範疇都是年少時探討過的，晚年重新思索，其結果乃大異其趣。他之融通儒釋，帶有充份的自覺意識。

　　荊公解經不避佛老觀點，即神宗亦不表反對，熙寧五年二人有此一段對話：

　　　　安石曰：「『柔遠能邇』，詩書皆有是言，別作言語不得。
　　臣觀佛書，乃與經合；蓋理如此，則雖相去遠，其合猶符節

﹝註89﹞ 出處待考。茲轉引自錢穆《莊子纂疏》，頁 270；並見余英時《中國知識階層史論：古代篇》，頁 36。此語或爲刓括荊公〈莊子上〉一段議論而來：「（莊子）既以其說矯弊矣，又懼來世之遂實吾說而不見天地之純、古人之大體也，於是又傷其心於卒編以自解。故其篇曰：『《詩》以道志，《書》以道事，《禮》以道行，《樂》以道和，《易》以道陰陽，《春秋》以道名分。』由此而觀之，莊子豈不知聖人者哉。」

﹝註90﹞ 〈天下篇〉是否莊子自著，說甚紛紜。黃錦鋐教授曾詳列各家說法，見《新譯莊子讀本》，頁 25～30。

也。」上曰：「佛西域人，言語即異，道理何緣異？」安石
曰：「臣愚以爲苟合於理，雖鬼神異趣，要無以易。」上曰：
「誠如此。」（《續長編》卷二三三，頁 14）

唯其如此，《三經新義》及《字說》之廣援佛老，也就無足爲怪了。
在荊公觀念中，甚至以爲佛老百家的思想是瞭解六經的必要助力。〈答
曾子固書〉有云：「世不見全經久矣，讀經而已，則不足以知經。故
某自百家諸子之書，至於《難經》、《素問》、《本草》諸小說無所不讀，
農夫、女工無所不問，然後於經爲能知其大體而無疑。」（《臨川集》
卷七三）可見荊公對於自己藉由融通百家以抉發古人大體的學術格
局，具有充份的自信。

三、晚年的佛學研究

　　東坡〈次荊公韻四絕〉其四：「甲第非眞有，閑花亦偶栽。聊爲
清淨供，卻對道人開。」（《蘇軾詩集》卷二四）自註：「公病後，捨
宅爲寺。」四首和詩顯示東坡眼中的荊公，已是詩人與道人的氣質更
濃些。我們看到晚年的王荊公，由政治家、經學家逐步轉化爲藝術家
與宗教修行者。詩與宗教成爲安頓人生的最後利器。

　　荊公早年佛緣已深，晚年既歸鍾山，時日多暇，乃投注極大心力
於佛學，研讀之餘，亦頗從事於注解之業。文獻可徵者，有《楞嚴經
疏解》、《金剛般若經注》、《維摩詰經注》等。其中以《楞嚴經》用心
最多。《楞嚴經疏解》或稱《楞嚴經王文公介甫解》、《定林疏解》。據
惠洪《林間錄》卷下記載：

　　　　王文公罷相歸老鍾山，見納子必探其道學，尤通《首
楞嚴》，嘗自疏其義，其文簡而肆。略諸師之詳，而詳諸師
之略。非識妙者莫能窺也。每曰：「今凡看此經者，見其所
示本覺妙明、性覺明妙，知根身、器界生起不出我心。竊自
疑今鍾山山川一都會耳，而游於其中，無慮千人，豈有千人
内心共一外境耶。借如千人之中，一人忽死，則此山川何嘗
隨減，人去境留，則《經》言山河大地生起之理。不然，何

以會通稱佛本意耶。」

案佛教認為宇宙萬法（包括物質方面的外境及精神方面的心識），都是由「緣」（條件或原因）的集合而生起，緣集則成，緣去則滅。根身、器界與種子合為「阿賴耶識」所執取的三種「境」。根身指眼耳鼻舌身等感覺機能，器界指山河大地屋宅田園等具體物所構成的國土，種子則為生起一切法的潛在源頭，具有「剎那滅、俱有、恒隨轉、決定、隨眾緣、唯能引自果」等六種特質，不隨生命的終了而泯滅。〔註91〕荊公對「境由心生」的命題提出反省，肯定「境」的實然意義。其著眼所在，當即是種子不滅之說。故錢謙益說：「荊公所拈『人去境留』之義，以相宗參之始得。」（《楞嚴經蒙鈔》卷十三）蓋阿賴耶識的種子義本為法相宗的重要理論。

依上所論，則荊公於楞嚴經義確獨有會心。《楞嚴經》係記佛陀點化阿難時所敘故事，勸以三昧修養法，而開竅其佛性，與《圓覺經》同為宋代禪宗特別看重的經典。此經對佛學之義理與修持功夫兩者並重，是佛學中綜合論證的要籍。因此宋代佛學各宗，紛紛以自家宗派立場注釋該經。〔註92〕朱熹亦曾謂《楞嚴經》在佛經中最巧，中有模仿莊子之義（《文集》別集卷八，頁3）。荊公長女（適吳安持）寄詩，有「西風不入小窗紗，秋氣應憐我憶家」之語，荊公即以楞嚴新釋付之（事見《冷齋夜話》卷四）。並和其詩曰：「秋燈一點映窗紗，好讀楞嚴莫憶家。能了諸緣如夢事，世間惟有妙蓮華。」（45/1973）案《楞嚴經》第五卷云：「不取無非幻，非幻尚不生，幻法云何立？是名妙蓮華。」則荊公研讀之餘，亦以之開示家人，可見其與此經因緣獨厚。

荊公另著有《金剛般若經注》、《維摩詰經注》、《佛書雜說》，亦皆亡佚。〔註93〕他嘗將所注佛經具札上呈，文集有〈進二經箚子〉，

〔註91〕種子六義，參見勞思光《中國哲學史》（二），頁214。
〔註92〕參考南懷瑾《楞嚴大義今釋》，附錄〈楞嚴法要串珠〉；蔣義斌《宋代儒釋調和論及排佛論之演進——王安石之融通儒釋及程朱學派之排佛反王》，頁30。
〔註93〕參考于大成〈王安石著述考〉，頁223～224；方元珍〈王荊公之著作

略云：「切觀《金剛般若》、《維摩詰所說經》，謝靈運、僧肇等注多失其旨，又疑世所傳天親菩薩、鳩摩羅什、慧能等所解，特妄人竊藉其名。輒以己見，爲之訓釋。」(《王文公文集》卷二十) 則其解佛經不信前人傳注，疑舊說，出己意，與其訓解《三經新義》的作風正爲同轍。荊公對此二經的見解，猶可於全集見其大概。〈書金剛經義贈吳珪〉云：「惟佛世尊，具正等覺，於十方刹，見無邊身；於一尋身，說無量義。然旁行之所載，累譯之所通，理窮於不可得，性盡於無所著。《金剛般若波羅蜜》爲最上乘者，如斯而已矣。」(《臨川集》卷七一) 另有〈維摩像讚〉、〈讀維摩經有感〉，皆已見前節徵引。

荊公嘗勸蔡天啓讀佛經曰：「內典惟《華嚴經》最有理，但部帙浩大，非經年不能究也。」(《京口耆舊傳》卷四) 則於《華嚴經》亦極傾心。另據詩文中典實出處考之，則荊公對當時流行的佛典如《四十二章經》、《碧巖錄》、《圓覺經》、《寶積經》、《華嚴經》、《法華經》等都鑽研極深。其詩之用佛典，談佛理，多有與莊子學說互相映證交糅者，此殆與其融合思想有關。再從他閱讀範圍之廣泛及重視經典的態度來看，其佛學信仰並不專在禪宗，而是廣取各種宗派教義。

荊公平日與高僧名士談禪論佛的言論，猶可於文集中略見一斑。〈答蔡天啓書〉中云：

> 眾生爲想所陰，不依日光，則不能見。想陰既盡，心光發宣，則不假日光，了了見此，此即所謂見同生基也。(《臨川集》卷七三)

案佛教以色、受、想、行、識爲「五陰」(或稱「五蘊」)，是構成生命存在的要素，想陰指想像、取像的心能。想像積累起來，足以形成遮蔽，使人無法觸及世界的本質。「心光」殆指智慧光，是由眞如所發散出來。故須不爲想所陰，乃能不迷於大千幻相。荊公於〈題燕華傳〉嘗謂：「十分世界，皆智所幻」可與上文所謂「爲想所陰」相映

考述〉，頁71～72。

證。再如〈空覺義示周彥眞〉謂：

> 覺不偏空而迷，故曰覺迷。空不偏覺而頑，故曰空頑。
> 空本無頑，以色故頑。覺本無迷，以見故迷。（《臨川集》卷
> 三八）

空義在佛學中乃一基本而具關鍵意義的理論。諸法皆由緣起，故無自性，名之爲「空」。然若於諸法只見其爲空的一面，而留滯於空的見解，淪於斷滅枯寂，則是「頑空」、「偏空」、「斷空」，亦即荊公所謂「空頑」。案法藏〈般若波羅蜜多心經略疏〉有云：「以色是幻色，必不闋空；以空是眞空，必不妨幻色。若闋于色，即是斷空，非眞空故；若闋于空，即是實色，非幻色故。」幻色乃是緣起無自性的色，故與眞空不相妨礙；荊公文中的「色」則指實色，是有自性的色，故能使「空」滯於「緣起」，陷入「自性」。正如法藏以「眞、幻」一組概念分辨「色」，從而斷定「眞空」與「斷空」。荊公也以主體的「覺」與「迷」，來分判「空」（眞空）與「空頑」（斷空）。覺則能知一切法無自性，能識眞空，否則只能識斷空。此說可謂「簡肆而得要」。

荊公早年即常以佛學思路處理哲學問題。錢穆論荊公思想，曾經指出：「其『王霸論』直從心源剖辨，認爲王道霸術相異，只在一心。正如佛家心眞如門與心生滅門只是一心，更無別法。」論其「大人論」時則說：「佛家以法身爲主，依法身而有報身、應身，是謂由眞轉俗。荊公則恰來一倒轉。以大人爲主，依大人而有聖人、神人，則爲由俗顯眞。何以大人即是聖神，事業即爲道德，其本在心地。」論及其「性情論」則說：「荊公主張性情一，情亦可以爲善，如此則一般性善情惡的意見已推翻，使人再有勇氣來面對眞實人生，此乃荊公在當時思想界一大貢獻。惟荊公以性分體用言，又分已發未發前後兩截言，此等見解實受佛家影響。」〔註94〕以上這些理論都是荊公思想的重點，

〔註94〕以上皆見錢穆〈初期宋學〉，《中國學術思想史論叢》（五），頁6～12。
　　　　另外蔣義斌嘗指出荊公「性可以爲善亦可以爲惡」之說，可能是受
　　　　天台宗「佛性具惡」的影響。見前揭書，頁45。

對當時思想界產生極大影響，推原其型態，乃與佛學思路如此切近。
但荊公絕未全盤接收佛學觀念，而是以儒學爲基本立場予以吸收改
造。〔註95〕

　　蓋荊公濡染佛學既早且深，又一向抱持融通諸家的意識。故在建
構哲學理論時，自然會善用其佛學素養。不過無論如何，當時他仍是
斷然以儒者自居，例如導入「禮樂」的觀念以論「性情」，正是不忘
儒學人文化成的立場（見〈禮樂論〉，《臨川集》卷六六）。但到了晚
年，既已脫離實際的政治事業，如何安頓自我身心的問題，反而更形
迫切。因此可以抛開外在因素，直憑個人的生命需求來處理問題。終
於以比較純粹的佛學觀點重新理解「性」的問題，其說見於〈答蔣穎
叔書〉：

> 所謂性者，若四大也；所謂無性者，若如來藏是也。
> 雖無性而非斷絕，故曰一性所謂無性。曰一性所謂無性，則
> 其實非有非無，此可以意通，難以言了也。惟無性，故能變；
> 若有性，則火不可爲水，水不可以爲地，地不可以爲風
> 矣。……佛說有性，無非第一義諦，有即是無，無即是有，
> 以無有像計度言語起。而佛不二法，離一切計度言說，謂之
> 不二法，亦是方便說耳。此可冥會，難以言了也。（《臨川集》
> 卷七八）

如來藏即是眞如、佛性，是成佛的根本能力，爲眾生所同具。中國佛
教之三宗皆以眞常爲歸宿，安置一「如來藏」的概念。其取徑則有分
別：天台宗依於般若，而華嚴宗則依於唯識，禪宗直揭自性，而皆臻
及眞常。蓋「佛性」觀念，雖爲印度佛學所原有，但必待中國佛教之
專力發揚，始告完備精深，形成一大特色。荊公此書另有一組重要概
念，即「無性」與「有性」。案「無性」在佛典中用法很多，如法相
唯識宗有所謂「三無性」，乃與「三自性」對揚。荊公在此則用來指
「如來藏」，以與物質性的「四大」相對，代表超越性的自覺主體。

〔註95〕關於荊公上述思想之突破佛學與傳統儒學處，錢穆前揭文皆有詳述。

此一主體的特質是非有非無，無所住，不但不能以善惡言，甚至無法以任何言語詮說。〔註96〕

中土自竺道生以來，盛談佛性，重視主體自覺，蓋與傳統價值觀念有關。〔註97〕自理論型態而言，佛性的概念實在接近孟子的性善說。〔註98〕荊公晚年作〈性論〉一篇，對孟子所說「性善」義，頗有所見，〔註99〕實與此書所論不相妨礙。蓋一論儒學，一論佛理，兩者對荊公思想都有影響。若就研究角度而言，則能如實抉發各家內蘊，即為有得，不必斷然分判荊公晚年的心性觀是從儒或從佛。

〔註96〕關於此書思想，另可參考謝思煒《禪宗與中國文學》，頁 141～144；蔣義斌前揭書，頁 32～33。

〔註97〕參見勞思光前揭書，頁 291。

〔註98〕錢穆指出就孔孟言心性，不廣涉外界天地萬物一點，則禪宗意態，實與孔孟相近。二者皆一本之於人，故重此心之覺知。程朱排釋氏以知覺言性，轉與老莊較洽。見〈禪宗與理學〉，頁 216～221。

〔註99〕荊公文集中直接論及心性問題有者有〈性情〉、〈原性〉、〈性說〉、〈性論〉等數篇。夏長樸認為前 3 篇出於早期，主張「性」是「善惡混」；〈性論〉則晚年退居金陵所作，主張「性善」，詳見《李覯與王荊公研究》，頁 209。另可參看賀麟〈王安石的哲學思想〉，頁 106～112。

第三章 法度之言：荊公詩學的基本架構

第一節 經學化的詩學體系

一、新法、新經、新詩學

詩學與經學的合流，乃是宋代學術的大勢，首開此風者當推荊公。蓋荊公深於經術，精於詩藝，又有強烈的淑世理想與文化使命，融合兩者實甚自然。他在政治上大規模檢討制度，在經學上則從事系統的整理與詮釋，對思想史上重大的課題都曾提出意見。新法與新學合成一股巨大的潮流，這個體系包羅甚廣，而獨不見詩學專著。就其學術格局而言，或不足怪。在他看來，文學理念實已見於經學體系之中，無須別論。另一方面，在荊公論詩的片斷言論中，也可以看到經學的思路與旨趣。

一般認為荊公晚年文學性格增強，政治性格與學術性格轉趨微弱，已能以純文學的觀點審視詩歌。或未必然，荊公著手編撰經義，已在熙寧末；直至退閒，仍孳孳於撰作《字說》，幾乎視為淑世理想的最後寄託。然則暮年詩歌的思想底蘊仍不出新法、新經、新學，此固貫串其一生，決定風格趨向的關鍵所在。荊公晚年生活、心境俱與昔日有別，詩人氣質確實更加突顯，然政治關懷與學術興趣亦始終未

減，三種性格交互滲透，構成暮年詩歌的獨特風貌。我們研究荊公的文學，有時未免惋惜其談藝文獻太少，其實由荊公學術路數下手，已足識見其詩學消息，這在宋代的文化環境中又格外可行。

楊蟠〈百家詩選後序〉：「文正公道德文章天下之師，於詩尤極其工，雖嬰以萬務而未嘗忘之。」沈作喆說：「王介甫刻意爲文，而不肯以文名；究心於詩，而不肯以詩名」（《寓簡》卷八），蓋其一生精神所寄實在政治與學術之間，雖對詩文創作深具自信，終不肯以此自限。直至晚年退居鍾山，仍然不能忘懷於事業與學術。故必知變法事業之精神，識《三經新義》之旨趣，始能觸及暮年心境之底蘊、詩篇之精髓。

宋代學術規模闊大，手眼俱高，開創出充滿活力的新局。以經學而論，漢唐以來講經偏重章句，反與人生實際無涉。至北宋而經學風尚爲之一變，精神所注轉以時代課題爲重，新經學的曙光於焉浮現。宋儒努力作新經學運動者，在北宋以荊公最具規模，他的努力主要在兩方面：一、把科舉側重文學詞賦者，重新挽轉，使重心重新移轉到經學方面來。二、把六朝以下經學義疏加以簡單化，只學詩、書、周官三經，作爲新注。〔註1〕在這兩方面相互配合之下，徹底鼓動宋代學術發展的路向。風潮所及，當代文化各層面無不從而產生變化。欲明荊公思想特質所在，自然不能捨此不置。

宋沿唐制，以詩賦取士。隨著文化格局的開展，宋人對此漸感不滿，於是改革科舉之議屢起。先是仁宗天聖五年，下詔兼考策論，不專以詩賦定去留。洎慶歷初，范仲淹推行新政，力主進士試「先策論，后詩賦」，以取有用之才。歐陽修更提議罷帖經、墨義，先試以策，次論，最後乃試以詩賦，其特色在於「隨場去留」，本末判然有序。及其權知貢舉，更黜去險怪浮華，專取平淡造理者，文格爲之大變。蘇軾兄弟及曾鞏更因此而展露頭角，士人格局遂非昔比。〔註2〕綜觀

〔註1〕說見錢穆〈四部概論〉，《國學概論》。
〔註2〕參考陳植鍔《北宋文化史述論》，第一章，第四節；鞏本棟，〈北宋

科舉變革歷程，實與詩文革新運動緊密配合，相互鼓盪，初難斷定誰客誰主。正因時人對文學、思想的風尚有所自覺，故有變科舉、興學校之舉；此舉既興，則又促使文學、理學大幅開展。

　　荊公承諸賢餘緒，乃又不壓其改革的規模與幅度。嘉祐後期，他曾多次參予試務。五年八月，奉命考試開封府舉人；六年二月，出任進士詳定官，八月，就秘閣考試制科；八年正月更與范鎮、司馬光並權知貢舉。〔註3〕其間對於詩賦取士頗有感慨，再三形諸篇詠。故有〈試院五絕〉，其一云：「少時操筆坐中庭，子墨文章頗自輕。聖世選才終用賦，白頭來此試諸生。」（44/1939）荊公本人精於詩賦，並緣此而登第，但他對這種選才方式，深有存疑。乃又奉旨承辦試務，不禁為之感慨萬端。故其餘四絕盡抒百無聊賴之情，似覺光景虛度，無補於世。又有〈詳定試院〉古體二首（29/1317），反覆指陳，力辨詩賦非取才之道。過錄第二首後半幅：「細甚客卿因筆墨，卑於爾雅注魚蟲。漢家故事真當改，新詠知君勝弱翁。」此外另有〈讀進士試卷〉一首（15/802），大抵亦表見此意。〔註4〕

　　及熙寧秉政，終於將變革科舉的理想付諸實行。馬端臨《文獻通考》卷三一〈選舉四〉，記熙寧科舉新制曰：「變聲律為議論，變墨義為大義。」前者係指以策論代替詩賦，後者亦即以義理代替記誦。措施如此，唐制遂被徹底革除，宋代科舉改革運動終告完成。〔註5〕然荊公主意初不僅此，其最終理想乃是以學校考選代替科舉取士，此論即舊黨關、洛諸派亦表支持。此又與宋初以來胡瑗、孫復諸賢所開導出來的風尚有關，目標亦在講明義理，破除繁瑣的訓詁與浮華的文采。義理之學既興，為免議論趨於紛紛，舉人對策無所適從，遂有修經義以「一道德，同風俗」之議。此議為神宗所樂從，屢次催促荊公

<hr>

　　　進士科舉改革與文學〉。
〔註3〕以上俱見《宋會要》，〈選舉志〉。
〔註4〕參考鄭騫〈永嘉餘札〉「詩賦經義取士」一條，收在《龍淵述學》，
　　　頁287～288。
〔註5〕參考陳植鍔前揭書，頁115。

著手進行，熙寧八年稿成版行，遂爲科場議論的定據。其後又著成《字說》以爲輔翼，新經學於是完備，成爲新法的理論基礎。舊黨諸子大都肯定荊公經學有獨到處，但對於他通過政治力量以統一學術的作風則深表不滿。〔註6〕荊公治經講求自我體悟，故能打破漢唐注疏的權威性；但《新義》既爲朝廷法式，遂又形成新的權威。敵論以「好同」相譏，並非無的之矢。惟荊公既融政治學術於一體，遂不得不控制議論紛紛的局面，以利改革措施的推行。革舊法則代以新法，革舊說則代以新說，於是建立「法度」成爲荊公思想的重要特色，而這套「法度」的根柢即是荊公心目中的「道」。

自韓柳古文運動以來，「文本於道」的觀念深入人心。北宋文壇鉅子，無論學術背景爲何，於此皆持肯定的態度。但是「道」的內涵如何？「文」的地位又如何？卻不得不取決於各家思想型態。劉若愚嘗將其間大勢概分爲三：道學家如程朱，認爲「文」附屬於「道」，甚乃有礙於「道」。古文家如歐陽修，贊同文學是闡釋「道」的手段，但也肯定藝術追求的價值。經學家如王荊公，認爲文學亦即儒學經典的研究及其原理在政治上的運用。基本上，這三派都接受文學的「實用概念」，問題是：對於作爲宣揚「道」之手段的文學，應該奉獻多少心力，以及文學主要應該達成哪種實用的目的，道德上的或是政治上的。〔註7〕將道的內涵分成三種基型：道德、政治、藝術，未能絕對，蓋三者交互辯證，難以劃分，頂多程度有別而已。在荊公內在意識與生命格局之中，思想的份量未必比政治輕微。其次，詩與文對載道的要求亦不盡相同。詩自有一脈抒情言志的傳統，比較具備獨立的藝術地位，未可盡以論文標準繩之。〔註8〕

〔註 6〕詳見程元敏〈三經新義評論輯類〉，第十項「關於三經新義『一道德，同風俗』」，《三經新義輯考彙評（三）－周禮》，頁688～691。

〔註 7〕說見《中國文學理論》，頁271～272；另可參考郭紹虞《中國文學批評史》，頁162～163。

〔註 8〕簡錦松在〈論宋詩特色〉一文中，曾指出北宋詩人普遍具有一種詩人意識；〈從一個新觀點試論北宋詩〉一文，又進一步指出北宋詩人

　　以「實用主義」來理解宋代諸公的文學觀念，恐難充分突顯個別特色。蓋文章經世的思想早已形成傳統。即使詩藝細密如江西宗派，也大談「作有用文字」（呂本中《童蒙詩訓》）。宋代知識份子普遍具有強烈的文化使命感，他們主張將淑世理想融入文學創作中，而非以「道」（無論是政治的或道德的）來規範內容情思，限制語言表現。易言之，宋代詩人要求「道」內化爲創作心靈，與生命本體交融爲一體，從而深化感發的深度，影響觀物應世的態度與運思抒情的方式。新學新法對荊公詩歌創作而言，絕非外在的規範，而是內在的潛能，不僅議論因此而恢宏，即抒情敘事亦從而更加深刻。

　　學者討論荊公的文學觀念，慣引〈上人書〉中：「文者，禮樂治政云爾」一段言論發揮，並以政治家的實用主義概括其主張。荊公在該文指出尚辭並非「聖人作文之本意」，並謂：

　　　　所謂文者，務有補於世而已矣。所謂辭者，猶器之有刻鏤繪畫也。誠使巧且華，不必適用；誠使適用，亦不必巧且華；要之以適用爲本，以刻鏤繪畫爲之容而已。不適用，非所以爲器也；不爲之容，其亦若是乎？否也。然容亦未可已也，勿先之，其可也。（《臨川集》卷七七）

這段言論表現的是宋人普遍的看法，並無特殊處。以文辭爲器，以適用爲本，都可以在當代找到大量類似的言論。[註9] 然則什麼才是「作文之本意」呢？該文曾引述孟子之言：「君子欲其自得之也。自得之則居之安，居之安則資之深，資之深則取諸左右逢其原。」並進一步推演其說：「孟子之云爾，非直施於文而已，然亦可託以爲作文之本意。」此處所謂「自得之」並非指語言或文意的獨創性，而是指自我體悟的成果。〈與祖擇之書〉云：「聖人之於道也，蓋心得之」可證。郭紹虞說：「政治家之所謂道，是要見之於事功，不重在體之於身心；

────────────

以不同的態度對待「文」與「詩」，文則以官文書最受重視，詩則以「閒」爲主。

〔註 9〕宋人論「道」與「文」的關係，可參考龔鵬程《江西詩派宗社研究》，頁 192～193。

是要驗之於當今，不重在修之於一己。」〔註10〕這個判斷恐怕只能驗諸「治術型」的官僚，不能含括「理想型」的政治家，至少在荊公身上很難成立。〔註11〕

荊公作〈大人論〉，強調事業與道德不二，由大人而臻及聖神。錢穆稱此種思想為「由俗轉真」，與佛家「由真轉俗」之說適成異趣。而道德與事業所以能接契，其本在於心地。〔註12〕然則荊公觀念中的大事業、真道德仍是由「己然而然」的自我建立而來。所謂「由俗顯真」即是投入實際的「事業」中來體現「道德」，此實為荊公一生學術思想的基調，用以處理荊公的文學理念，也頗為恰當。案文學的「超越性」是「真」，「實用性」是「俗」。超越性必須通過實用性來彰顯，而實用性亦必以超越性為依歸。談論文學的實用性，未必即不見其超越性；正如盛言事業，未必即不知道德，亦在一心而已。

二、論詩不失解經旨趣

隨著學術內涵與價值觀念的突破，宋代文學不斷展現新貌。陳善《捫蝨新話》卷五云：「本朝文章亦三變矣：荊公以經術，東坡以議論，程氏以性理。三者要各立門戶，不相蹈襲。」其言扼要點出一代文學的重要關目。荊公將經術導入詩文，開創出獨具特色的文學型態，流風所及，當代文章為之一變。經術之於文章，不僅可以成為創作的內容實質，更會影響構想運思的方式。而宋代經術固獨具特色，荊公又為其中佼佼者。

山谷〈有懷半山老人再次西太一宮韻二首〉之一云：「草玄不妨準易，論詩終近周南。」上句謂其經學，下句謂其詩學。「草玄準易」用揚雄事，荊公一生固極推尊揚雄，而學術規模亦相接近，故此語實

〔註10〕參考郭紹虞《中國文學批評史》，頁 162～164；張健《文學批評論集》，頁 188。

〔註11〕此處所謂「治術型」與「理想型」，根據劉子健的分法，見〈王安石、曾布與北宋官僚的類型〉。

〔註12〕詳見第二章第四節第三項。

甚恰切。山谷〈奉和文潛贈無咎篇末多見及以既見君子云胡不喜爲韻〉
云：「荊公六藝學，妙處端不朽。諸生用其短，頗復鑿戶牖；譬如學
捧心，初不悟己醜。玉石死俱焚，君爲區別不？」（《山谷詩內集》卷
四）則對荊公本人學術，固極景仰。至於「周南」取義，集注引魯論：
「人而不爲周南召南，其猶正牆面而立也歟。」古人論詩，一向將周
南召南與其他十三國風區別開來，認爲周南召南是「親被文王之化以
成德，而人皆有以得其性情之正」，所以爲「風詩之正經」。〔註13〕然
則山谷之意蓋在彰明荊公融合詩學與經學的學術規模。惠洪《冷齋夜
話》卷五載：

> 荊公曰：「前輩詩云：『風定花猶落』，靜中見動意；『鳥
> 鳴山更幽』，動中見靜意。」山谷曰：「此老論詩，不失解經
> 旨趣，亦何怪耶。」〔註14〕

山谷的評語，實即前引「草玄不妨準易，論詩終近周南」之意。「經」
當然是指儒家經籍，所謂「解經旨趣」並非泛論，而是指以《三經新
義》爲主軸的新學所開創出來的運思方式。此種方式當然亦可施以治
佛經，但若說成「借佛法以解詩」反而侷促不通。〔註15〕荊公讀書每
能自得勝義，這是才性學力的一貫表現，初無論經史子集。治經之法
可以施以治諸子，自然亦可施以詮釋詩文。荊公以動靜交涉來分析詩

〔註13〕《臨川先生文集》卷六六有〈周南詩次解〉。關於二南的特性，另可
　　　　參看程發軔〈「周南召南」解〉。
〔註14〕沈括《夢溪筆談》亦載此事，但細衡文意，動靜互涵之論似爲沈氏
　　　　意見。沈氏長惠洪四十歲，親接荊公，所記固較可靠，然亦不足反
　　　　證惠洪所記有失，其說或即規模荊公之意而來。
〔註15〕王晉光認爲山谷所謂「不失解經旨趣」，「經」係指「佛經」，並舉荊
　　　　公〈與蔣穎叔書〉所謂：「長來短對，動來靜對，此但令人勿著耳。」
　　　　爲證，說明荊公「移用佛家不執著之義解詩法」，見《王荊公論稿》，
　　　　頁54。今案：動靜對言並非佛家所獨專，「動中有靜」云云實與荊公
　　　　「耦中有耦」之論關係較大（詳第四章第三節第二項）。且單說一經
　　　　字時，經常不指佛經，荊公〈答曾子固書〉即謂：「余但言經，未言
　　　　佛經也。」所謂「旨趣」明就運思風格而言，並非專對「動、靜」
　　　　而言。另陳允吉對「經」字的理解與王氏相同，惟未列論據，見《唐
　　　　詩中的佛教思想》，頁21。

句，觀點可謂新穎。由於山谷知道「論詩」與「解經」其實同一思路，故覺荊公發論如此，並不足怪。〔註16〕

　　荊公博極群書，且勤於疏解古籍，範圍遍及儒釋諸子。〔註17〕在個性與觀念等因素影響下，自然形成一套獨具特色的「旨趣」，而這套旨趣貫串他整個詮釋典籍的活動。例如其注《老子》：「無，名天地之始；有，名萬物之母。」在有、無下斷句，與舊說不同，亦見其旨趣。不過最能集中反映荊公學術規模的，仍不得不推《三經新義》。我們討論他的「解經旨趣」，自宜以此為主。

　　荊公解經的第一個「旨趣」，是標立新說，斷以己意。宋自慶曆以來，學者解經普遍有「擺落注疏，直探義理」的風尚。荊公學術強調自我體悟，因此每能契入精微，發獨得之祕。經學詩學之變，荊公皆居關捩。所以然者，其治學勇於「自出己意」也。不過論者每責以「穿鑿附會」。東坡稱他「多思而喜鑿」，朱子則說他「以己意穿鑿附麗」。〔註18〕其實「自出己意」太過則為「穿鑿附會」，輕重得失雖不同，卻反映同一種「旨趣」。東坡撰〈王安石贈太傅制〉曰：「罔羅六藝之遺文，斷以己意；糠粃百家之陳跡，作新斯人。」宋史本傳也說他「傳經出己意」。大肆發揮「己意」，固然有流於主觀的可能，但卻能在經學中注入個性，使其免於僵化。

〔註16〕前引《冷齋夜話》一段，亦見《苕溪漁隱叢話》前集卷卅四轉引，「亦何怪耶」引作「亦可怪耳」。龔鵬程前揭書，頁210，據此而按曰「荊公以前，罕有如此解詩者，故山谷曰可怪」。若據原書語氣，我們可以推測：正因山谷意識到荊公論詩法的獨特，人或以為怪，故抉其底蘊如此。山谷最能暸解荊公詩學精髓，於焉一證。

〔註17〕荊公疏解儒家典籍有《易解》、〈洪範傳〉、《尚書新義》、《詩經新義》、《周禮新義》、《左氏解》、《論語解》、《孟子解》，諸子佛書則有《老子注》、《淮南雜說》、《莊子解》、《揚子解》、《楞嚴經疏解》、《維摩詰經注》等。詳見于大成〈王荊公著述考〉；方元珍，《王荊公散文研究》，第四章，〈王荊公之著作考述〉。

〔註18〕宋人責荊公新經以穿鑿者，甚為普遍。詳程元敏〈三經新義評論輯類〉第九項「關於三經新義『穿鑿附會』」，《三經新義輯考彙評（三）－周禮》，頁688～691。

　　荊公解經的第二個「旨趣」，是融合佛老，講明性命。宋代經學普遍吸收學術文化各層面的精華，釋老之學正是新的活力。宋儒多以攘斥異端爲事，至少在學術上無公然取資佛老者。至荊公而不問門戶，惟求義理，大舉援引佛老精義以闡發聖學。〔註19〕全祖望稱荊公「欲明聖學而雜於禪」。荊公固已明言：「世不見全經久矣，讀經而已，則不足以知經。故某自百家諸子之書，至於《難經》、《素問》、《本草》諸小說無所不讀，農夫、女工無所不問，然後於經爲能知其大體而無疑。」（〈答曾子固書〉，《臨川先生文集》卷七三）歐公反對談心性，荊公則不然，凡學術思想史上重大的問題皆不放過，何況心性。荊公有純粹的哲學興趣，這也是解經而大肆發揮己見的內在原因之一。

　　荊公解經的第三個「旨趣」，是以今證古，通經致用。荊公有強烈的淑世理想，他曾提出「經術所以經世」的主張，故訓釋經典則汲汲於尋求「其法可施於後世」者。託經義以行新法的用意實甚昭然，其中周官一書更是思想重心所在。他曾說：「一部《周禮》，理財居其半。」（〈答曾公立書〉，《臨川先生文集》卷七三）其論青苗法比於周官之泉府，免役法本於周官之府史胥徒，王制之庶人在官，以保甲之制起於三代之丘甲，又比於先王之以農爲兵，以市役法起於周之司市，漢之平準，是皆新法原於古制之證。〔註20〕由此正可見荊公解經有時根據個人的理論體系，大肆附會經文，以合當世之務。

　　以上這些「解經旨趣」雖與一代學術風尚有關，但在荊公身上，格外明顯而集中，何況新經新學聳動天下數十年，其影響之大，當世罕有其匹。因此在新學風形成的過程中，意義更加重大。宋學略於徵實考證，而長於體會創發，義理深度普遍超越前人，詩學方面也是如此。嚴羽論宋詩發展曰：「至東坡、山谷始自出己意以爲詩，唐人之風變矣。」（《滄浪詩話》〈詩辯〉）此雖就創作而言，其實亦包含文學

〔註19〕荊公解經之雜融佛老，亦爲宋人共見。詳程元敏前揭書，頁 673～682，第六項「三經新義援異端入注」。
〔註20〕參考金毓黻《宋遼金史》，第五章。

觀念在內。而「自出己意」正是荊公解經最重要旨趣，並且擴及詩學。滄浪推其端倪於蘇黃，雖爲有見；略過荊公，終非無憾。荊公不僅論詩常自出己意，其詩法亦講究「自出己意」，他嘗說：「詩家病使事太多，蓋皆取其與題合者類之，如此乃是編事，雖工何益？若能自出己意，借事以相發明，情態畢出，則用事雖多，亦何所妨。」（《蔡寬夫詩話》引）此種使事而不爲事所使，用典而不爲典所用的作風，正與通經致用的旨趣相近。

宋人已有將穿鑿解詩之風歸本荊公者，徐度《卻掃編》卷中謂：

> 方王氏之學盛時，士大夫讀書求義理，率務新奇。然用意太過，往往反失於鑿。有稱老杜禹廟詩最工者，或問之。對曰：「空庭垂橘柚，厥包橘柚錫貢也。古屋畫蛇龍，謂驅龍蛇而放之菹也。此皆著禹之功也，得不謂之工乎。」

將「用意太過」的論詩風尚推本於「王氏之學」，最能點出論詩解經同爲一事，開始於荊公。據《讀杜心解》知引例係指孫莘老，莘老固與荊公過從甚密者。惟其用意深求，務出新意，又不依賴注疏，所以常有自得的「奇特會解」。以負面視之，是憑空鑿虛，大言夸人。自正面審之，則覺機杼獨出，勝義紛陳。以引例而論，莘老自典實一面詮解杜詩，亦自精闢深刻，尙不至於鑿。〔註21〕

楊愼認爲，宋人無論作詩解詩皆主理，未如唐人之主情（《總纂升庵合集》卷一百三十七）。以荊公解詩而論，確有重視理智分析的傾向，但也並未忽略感性直覺，只不過其分析、感受都帶有強烈的主觀色彩。荊公解詩大抵皆以個人的領悟爲基準，深入分析其底蘊，而大肆發揮議論。明清學者深譏此風，《龍性堂詩話續集》：

> 半山說詩云：「風靜花猶落，是靜中見動意；鳥鳴山更幽，是動中見靜意。」石林說詩云……，二公之說豈無解，然余嫌其太索解，故後人說宋無詩，惟彊解詩，是以無詩也。（《清詩話續編》，頁 1041）。

〔註21〕相關評價，參考周振甫《詩詞例話》，頁 18。

所謂「索解」、「彊解」，正是自出己意，深入分析，務求出於前人樊
籬的治學的精神有以導之。

　　袁枚《隨園詩話》卷一譏荊公「若論詩，則終身在門外」，並指
出「宋人好矜博雅，又好專鑿」的詩學傾向，而將此推本於鄭康成注
經。案荊公學術路向有近於康成者，宋人固已言之。魏了翁〈師友雅
言〉曰：「口率出泉，康成以漢制解經，三代安有口賦？又如國服爲
息，息字，凡物之生歇處，康成引莽法以注息字，古人原不取民以錢，
土地所出原無錢。介甫錯處，盡是康成錯處。歐蘇以前，未嘗有人罵
古注，承其誤以至此。」（《宋元學案》卷九八引）鶴山原在說明荊公
注經多承襲康成誤處，其說欠允，荊公解經與歐蘇同樣不憑注疏，前
人固已言之鑿鑿。惟鶴山說康成「以漢制解經」，此則能點出鄭王之
間的相契處。荊公解經，正有「託古改制」的企圖，故時時注入新的
意涵，此新法新經之所以爲新也。全祖望可能正是受到鶴山這段話的
啓示，也將荊公與漢人並論，〈荊公《周禮新義》題辭〉云：「荊公解
經，最有孔鄭諸公家法，言簡意該。惟其牽纏于《字說》者，不無穿
鑿，是固荊公一生學術之祕，不自知其累也。」（《宋元學案》卷九八）
全氏與袁枚不約而同指陳荊公與鄭玄之近似處，前者就解經言，後者
就論詩言，前者抱肯定態度，後者則極力譏嘲。無論如何，比觀合論
亦可看出解經與論詩已相匯合。〔註22〕

　　因此，不僅經學影響詩學，詩學亦滲透到經學中來。經學與詩學
實處於互動的關係。荊公論詩固多「解經旨趣」，其解經解字時亦時
有「論詩旨趣」在。如《字說》釋蓮曰：「蓮花有色有香，得日光乃
開。雖生於水，水不能沒；雖在汙泥，泥不能汙。即華時有實；然華
事始則實隱，華事已則實見。」〔註23〕這樣的文字與其說是訓解字義，

〔註22〕龔鵬程指出：「宋人治詩，與其治經無異，故詩體尊而詩義備，此雖
　　　　大成於山谷，然實肇自荊公。」前揭書，頁211。
〔註23〕陸佃《埤雅》，卷十七頁2引。另見程元敏前揭書，頁830；黃復山
　　　　《王安石字說考述》，頁98。

毋寧說是摹形寫意，流露出充滿個人風格的詩情與筆力。

三、疑經改經與讀詩方法

經書自來被讀書人視爲「懸諸日月而不刊」，然孟子已有「盡信書不如無書」之論。及至北宋，疑經乃蔚爲一代風尙，陸游嘗謂：「唐及國初，學者不敢議孔安國、鄭康成，何況聖人乎？自慶歷後，諸儒發明經旨，非前人所及。然排《繫辭》，毀《周禮》，疑《孟子》，譏《書》之〈胤征〉、〈顧命〉，黜《詩》之序。學者不難於議經，況傳注乎？」（《困學紀聞》卷八引）其中又以劉敞《七經小傳》、荊公《三經新義》最具關鍵意義。宋人疑經的風尙實與尊經密切相關，惟其尊崇經典本身的權威性，故不以後儒闡說自限。〔註24〕宋人說經每能擺脫漢唐注疏，正是自信能直接觸及先儒的旨趣。至於其具體範圍，近人屈萬里指出：「宋代疑經之說，大致可分三類：一、是懷疑經義的不合理；二、是懷疑先儒所公認的經書的著者；三、是懷疑經文的脫簡、錯簡、訛字等。」〔註25〕由這些疑點出發，於是又有改經之舉，以期恢復經典的原貌，重現聖人的本意，其動機固仍未離宗經尊聖的儒學傳統。

宋代疑經風尙的最大意義，不在於研究方法的突破，而在於學術精神的拔昇。換言之，宋人所以致疑解疑者，主要並非經由嚴密的客觀論證，而是來自一空依傍的主觀體會，此實與清代經學考證最大的分野。曾鞏以好讀佛書相責，荊公答曰：「善學者讀其書，義理之來，有合吾心者，則樵牧之言猶不廢。言而無理，周孔所不敢從。」（《冷齋夜話》卷六）此則一以「吾心」爲尙，聖人與經典的權威爲之動搖。此種思考型態與禪家之「超祖越宗」十分相近，而在實質上又與「即心成佛」的思想契合。當然這與宋代心性論的全面復興有關，蓋宋人普遍對於「心」的能力深具自信，故每勇於自出己意，直接體觸聖賢

〔註24〕說見葉國良《宋人疑經改經考》，頁 154～155。
〔註25〕見屈萬里〈宋人疑經的風氣〉，《書傭論學集》，頁 238。

宗旨。荊公《三經新義》於先儒陳說頗有破立，其間得失，不能僅以「故尚新奇」來論斷。朱子嘗舉新經改古注點句數處云：「皆如此讀得好。」（《語類》卷一三○，頁 4）可見荊公心力所注，未爲虛發。

尊疑並生的趨向亦表現於詩學。宋人以杜詩擬六經，〔註 26〕其尊杜亦如尊經矣。惟其尊之，故亦多以己意體會。《王直方詩話》記荊公校老杜詩：「老杜詩云：『天關象緯逼，雲臥衣裳冷』。舒王云：『當作天閴』，謂其可對雲臥也。」（《宋詩話輯佚》，頁 31）此說在宋已多反對者，如《西清詩話》、黃氏《多識錄》、程大昌《演繁露續集》皆曾廣引古書駁之。〔註 27〕其實荊公校改的標準，在個人體會的義理與意境，初不以校讎訓詁爲事。駁者乃雜引古書以證其非，兩造解詩固有不同。

事實上，荊公曾對杜詩作了全面的校正，據《蔡寬夫詩話》載：

> 今世所傳子美集，本王翰林原叔所校改。辭有兩出者，多并存於注，不敢徹去。至王荊公爲《百家詩選》，始參考擇其善者，定歸一辭。如「先生有才過屈宋。」注：「一云先生所談或屈宋。」則捨正而從注。「且如今年冬，未休關西卒。」注：「一云如今縱得歸，休爲關西卒。」則刊注而從正本。若此之類，不可概舉。其采擇之當，亦固可見矣。惟「天關象緯逼，雲臥衣裳冷。」「關」字與下句語不類：「隔目青熒夾鏡懸，肉駿硞礐連錢動。」肉駿於理不通。乃直改「關」爲「閴」、改「駿」爲「駿」，以爲本誤耳。

《百家詩選》不收杜詩，蔡氏所記顯然有誤。荊公另編有《杜工部詩後集》、《四家詩選》，前者成於皇祐四年，自序稱令鄆曾得杜甫佚詩二百餘篇，而未記校改之事；後者成書時間則大抵與《百家詩選》相距未遠，校改杜詩究竟是否此時，亦難遽斷。無論如何，荊公確曾對

〔註 26〕宋人「以杜詩擬六經」，詳龔鵬程前揭書，頁 210。

〔註 27〕蔡興宗《杜詩考異》亦論及此句，「天關」作「天閴」，云世傳古本如此，見《苕溪漁叢話前集》卷八引。另《庚溪詩話》卷上則主張原句無誤，見《歷代詩話續編》，頁 169。

杜詩字句歧出可疑者作定奪，蔡氏引例猶可見其一斑。惟就校勘原則而論，王叔原「兩出並存」的作風，毋寧更謹慎合宜，荊公定歸一辭未免行之太果，引例中即有兩本歧出甚大者，荊公所定不知何據，恐怕仍是「斷以己意」而已。

　　不過荊公校改杜詩，亦有理據可尋者。如《苕溪漁隱叢話》前集卷十一載：「〈自京赴奉先縣詠懷〉云：『君臣留歡娛，樂動殷樛嶱』，半山老人刊作『膠葛』，未詳其事所出，後讀〈上林賦〉：『張樂乎膠葛之寓』，寓，屋也；膠葛，曠遠深貌。」又如宋次道將「白鷗沒浩蕩」的「沒」字訂為「波」字，荊公改回原文，亦深有見。〔註28〕

　　此外，《遯齋閑覽》論荊公集句詩：

　　　　〈送吳顯道〉云：「欲往城南望城北，此心炯炯君應識。」
　　　　〈胡笳十八拍〉云：「欲往城南望城北，三步回頭五步坐。」
　　　　此皆集老杜句也。按杜詩〈哀江頭〉云：「黃昏胡騎塵滿城，
　　　　欲往城南忘南北。」荊公兩用，皆以「忘南北」為「望城北」，
　　　　始疑杜詩誤，其後數善本皆作「忘南北」，或云「荊公故易
　　　　此兩字，以合己一篇之意。」然荊公平生集句詩，未嘗改古
　　　　人詩，觀者更宜詳考。

　　《苕溪漁隱話》前集卷三十五在徵引上述一段後，按曰：「余聞洪慶善云：『老杜「欲往城北忘城南」之句，楚詞云：「中心瞀亂兮迷惑」，王逸注云：「思念煩惑忘南北也。」子美蓋用此語也。』」然則原文實有典據，而荊公竟為之改動二字者，殆以為作「望城北」為佳，於是不惜突破集句成法，故意為之，並非出於無心。前述改動杜詩句，都意在還其原貌，此處則更以己意凌越原典，其間心志已有不同，而都與荊公平日通經致用，枉古合今的解經作風若合符節。原句有迷離恍惚之致，改句則造斷然錯愕之境，平心而論，各有擅場，單就此句

〔註28〕《苕溪漁隱叢話》前集卷五載荊公語：「『或看翡翠蘭苕上，未掣鯨魚碧海中。』此老杜所得也。」「蘭苕」舊鈔本作「青冥」，不知是否亦為荊公以己意刊改，識此待考。

實難截然判以高下。而改句兩用於集句詩，都十分貼切傳神，若用原句則意味恐怕就有失色之勢了。惟誠如古人言：「詩不厭改，貴乎精也。唐人改之，自是唐語；宋人改之，自是宋語；格調不同故爾。」（《詩家直說》）荊公改句已不復老杜格調了。〔註29〕

　　另有一種情形是在實際創作中襲用前人詩句而更動其原貌，如蘇子卿詠梅云：「祇應花是雪，不悟有香來。」荊公改為「遙知不是雪，為有暗香來。」又有以為他人詩不佳，而意欲改之者，如王仲至詩：「日斜奏罷長楊賦，閒拂塵埃看畫牆。」荊公改為「奏賦長楊罷」並謂：「詩家語如此乃健。」前者屬於脫胎換骨的創作法，後者則意欲為別人點鐵成金。〔註30〕兩種情形都與本節所論由疑而改、以己意求原貌的作風明顯不同，自宜區別，留待後文詳論。

第二節　重法度的詩學傾向

一、詩的釋義與定調

　　詩文講究法度，由來已久，至宋而臻其盛。惟宋人之「重法」乃以「尚意」為實質，故江西詩派能發展出「活法」的觀念，把「法」提高到超越技術的層面。〔註31〕「法」的概念乃是宋代詩學一大關捩，觀察此一概念在荊公的創作歷程中的內涵及地位，不僅有助於瞭解他的詩風，亦可藉以考查他在宋代詩學中的地位。

　　荊公的文學觀既離不開經學，從他的經學著作中尋求詩學觀念，實不失為有效的線索。以《字說》來說，其著作性質似在客觀解釋字源與字義。但從實際內涵而言，它又是闡述作者主觀思想的概念辭典。因此，其說合不合乎造字原理反為餘事，重要的是其中包含的思

〔註29〕關於此句的討論，另可參看錢鍾書《管錐編》，頁 988～990。

〔註30〕荊公這方面的習慣，錢鍾書《談藝錄》有「荊公好改人詩」一條，論之甚詳。

〔註31〕參考龔鵬程〈論法〉，《詩史本色與妙悟》，附錄二。

想觀念。

《字說》釋「詩」曰:「從『言』從『寺』。寺者,法度之所在也」
〔註32〕錢鍾書指出「法度」取義可有二說:或指防範懸戒、儆惡閑邪
而言;或即杜甫所謂「詩律細」、唐庚所謂「詩律傷嚴」(《管錐編》,
頁58)。僅據片斷佚文,實在不易確定「法度」的實際指涉,何況「法
度」一詞取義甚廣,荊公用之當取泛義,自然不必求之太實。想要探
討「法度」的意義,一方面可通過荊公整體思想來爬疏,不必拘限在
《字說》原文,因爲我們關心的是由此說進探荊公的觀念取向,而不
是《字說》原旨。另一方面觀察「法」的觀念在宋代乃至整個文學批
評史上的意義,也有助於對荊公思維的把握。以下試從內涵與形式著
眼,鉤勒荊公以「寺」論詩的旨趣。

就主體涵養而論,則詩人思想精神必須合乎典常,詩是含蘊正當
義理的語言。「法度」取義近乎老杜所謂「法自儒家有」的「法」,是
內在層面的法。若以儒家立場來說,就是要以「聖人之言」爲法,是
一種類似「宗經」的觀念。〔註33〕《隨園詩話》卷二:

> 張燕公稱閻朝隱詩,炫裝倩服,不免爲風雅罪人,王
> 荊公因之,作《字說》云:「詩者,寺言也。寺爲九卿所居,
> 非禮法之言不入,故曰『思無邪』。」

若袁氏所引無誤,則荊公所謂「寺」似偏向內涵意義。〔註34〕此說大

〔註32〕轉引自李之儀《姑溪居士後集》,卷十五,〈雜題跋〉,「作詩字字要
有來處」。其他引及此條者,尚有晁說之《嵩山文集》,卷十三;呂
本中《呂氏童蒙訓》,卷下;羅璧《羅氏識遺》,卷九;袁枚《隨園
詩話》,卷二。惟文字小有出入。參考錢鍾書《談藝錄》,頁362~363;
黃復山《王安石字說之研究》,頁105~106。

〔註33〕引詩見《杜詩詳注》卷十八,〈偶題〉。

〔註34〕案《字說》亡於南宋末年,說見黃復山〈王荊公字說考述〉,頁307
~308。羅璧《羅氏識遺》卷九:「王臨川謂詩製字從寺;九寺,九
卿所居,國以致理,乃理法所也。釋氏名以主法,如寺人掌禁近嚴
密之役,皆謂法禁所在。詩從寺,謂理法語也。故雖世衰道微,必
考乎義理,雖多淫奔之語,曰:思無邪。」袁氏當即據此轉引。惟
引文起止不易判定,文句可能雜有引用者推衍發揮者。別書所見佚

抵與以「持」釋「詩」的思路接近，都在節制詩人外馳的情志。「寺言爲詩」的觀念實與孔子所謂「非禮勿言」相契合。孔子講「禮」乃以義爲實質，以仁爲基礎，將社會規範內攝於自覺心。〔註35〕順此思路，荊公要求詩歌內涵合乎「法度」，實在具有其積極的意義。前人每謂宋詩主理，當代學者更以「悲哀的揚棄」、「知性的反省」來概括其特徵。〔註36〕我們從精神內涵來理解「寺言」的意義，則「寺」字實與此種重視「理智」的詩學性格相應。袁中道論文章流變，有「法律」與「性情」相救之說。(《袁小修文集》卷一〈花雲賦引〉) 荊公導入「寺」的觀念以定義「詩」字，正在約束詩人不能讓性情如野馬奔馳，寓有「相救」之意。若更就荊公思想體系來體會，《字說》之作，本意即在爲新學新法推波助瀾。則所謂合乎法度，可能即指合乎新學的理想，這點在前一節已有發揮，不再贅述。

其次論「法度」在形式方面的指涉。古人所謂「詩律」顯然不專指聲調格律。學者釋杜詩，經常取「晚節漸於詩律細」與「老去詩篇渾漫與」合論。仇兆鰲說：「律細，言用心精密。漫與，言出手純熟。熟從精細得來，兩意未嘗不合。」(《杜詩詳注》卷十八) 王嗣奭說：「『老去詩篇渾漫與』，眞語也；『晚節漸於詩律細』，戲語也。然公於漫與之中脈理甚細，戲語亦眞。」(《杜臆》卷七) 如兩氏所論，詩律的重心似是詩歌藝術內在的法則，而非外在的形式規格。〔註37〕至於唐庚之意，《唐子西文錄》固已明白言之：「詩在與人商論，深求其疵而去之，

文（參注二）僅以「法度」釋「寺」，所謂「理法」、「思無邪」恐即羅氏衍出。儘管如此，此義仍可能爲荊公思路中所有。

〔註35〕詳勞思光《中國哲學史》（一），頁 111～122。由荊公〈禮樂論〉對「非禮勿視」一段經文的詮釋（參考第二章第一節第二項），可知荊公對孔子的禮樂觀有相應的體會。

〔註36〕二說分見吉川幸次郎《宋詩概說》；龔鵬程〈知性的反省——宋詩的基本風貌〉，收在氏著《文學與美學》。

〔註37〕莫礪鋒〈論杜甫晚期今體詩的特點及其對宋人的影響〉一文認爲老杜所謂「詩律細」泛指今體詩藝術，不僅指格律。見張高評編《宋詩綜論叢編》，頁 284。

等閒一字放過則不可，殆近法家，難以言恕矣，故謂之詩律。東坡云：『敢將詩律鬥森嚴』，余亦云：『詩律嚴，近寡恩。』……作詩自有穩當字，第思之未到耳。」（《歷代詩話》，頁 445）原文並嘗舉皎然改人詩為例，說明字必求「穩」的道理。此說實與荊公所謂「吟詩要一字兩字工夫」同趣（《苕溪漁隱叢話》引《鍾山語錄》），主要是指字句的錘鍊鎔鑄。「詩律」之意略同詩法，初不論古體與近體，可以包格律而為言，不能以格律盡之。《石林詩話》嘗多次用「詩律」一詞，亦無專指「近體詩」之意，更絕不用指「聲調格律」，可以參證。

　　詩在形式方面的法度要求，應當兼含格律與技巧兩方面。蓋就詩文的實際寫作來看，「法」的意義指的是文學形式上的聲律論與修辭論兩方面。修辭論的內容包含了文學創作的結構方法及運用文字的技巧，而聲律論所討論的則是如何運用語文聲韻的方法。〔註38〕唐宋學者談論詩法，似乎很少將格律孤立起來。

　　就聲調格律而論，詩必須合乎客觀的語言法則。詩文格律本無客觀的約束性，但自六朝以來，聲律論大幅發展，經過唐人的實踐，近體逐漸形成，體製格律已成一種具規範效力的法度。荊公為詩向來十分講究聲律，時人已頗以此相許，韓駒《室中語》嘗謂：

> 王介甫律詩甚是律詩，篇篇作曲子唱得。蓋聲律不止平側二聲，當分平上去入四聲，且有清濁，所以古人謂之吟詩，聲律即吟詠乃可也。僕曰：魯直所謂詩須皆可絃歌，公之意也。（《詩人玉屑》卷十二，頁 265 引）

不僅指出荊公近體格律之嚴，更指出此一趨向直接影響山谷。葉適的看法可相參證：「本朝初年，律詩大壞，王安石黃庭堅欲兼用二體，擅其所長」（《習學記言》卷四九），二體指沈宋以下日漸講求聲韻律法及杜甫以功力氣勢突破聲調格律這兩類不同的創作型態。《室中語》所論，固然是荊公守格律的一面。事實上，荊公律詩亦屢施拗救。〔註

〔註38〕參考陳碧雲《論活法》，頁 24。
〔註39〕關於荊公拗體詩，李燕新《王荊公詩探究》有專節討論（頁 333～

39）詩之施用拗救，本在於求新求變，原有突破聲調格律的意圖。然宋人用拗，已是刻意爲之，落入格套。可見「拗」而成「體」，已非「法」的突破，而是「法」的擴張。因此僅就聲律而言，王黃得杜神髓者不在拗救，而在「律呂外意」的追求。張文潛曾說：「以聲律作詩，其末流也，而唐至今謹守之。獨魯直一掃古今，直出胸臆，破除聲律，作五七言，如金石未作，鐘聲和鳴，渾然有律呂外意。近來作詩者頗有此體，然自吾魯直始也。」〔註40〕據此則山谷似於聲律不屑一顧矣，其實不然。《名賢詩話》言山谷自黔南歸，詩變前體，且云：「要須唐律中作活計，始可言詩。如少陵淵蓄雲萃，變態百出，雖數十百韻，格律益嚴，蓋操制詩家法度如此。」（《宋詩話輯佚》頁 609）。兩段話合觀，才能見出眞象：惟其嚴於聲律，所以能「破除聲律」，「重法」所以嚴守，「尚意」故能破除，此即「兼用二體」的理論內涵。再以荊公與山谷相比，吳沆《環溪詩話》卷中論及山谷拗體時說：「詩繞拗則健而多奇，入律則弱爲難工。荊公之詩入律而能健，比山谷則爲過之。」然則荊公律中作活的工夫可見一斑了。近體詩成立以後，習詩必自辨律始，何況正值「律詩大壞」的歷史情境，講聲律而強調「法度」的一面，實爲理勢所必然。

　　但荊公又非拘拘於聲律者，他對格律出於人工規範的歷史事實十分瞭解。其論塡詞曰：

　　　古之歌者，皆先有詞，而後聲。故曰：「詩言志，歌永言，聲依永，律和聲。」如今先撰腔子，後塡詞，卻是永依聲也。（趙德麟《侯鯖錄》卷七引）

此雖論詞譜，其實可與詩文聲律相通。腔子相當於近體詩的聲律，

　　　　349）。

〔註40〕這段文字《王直方詩話》、《仕學規範》（分見《宋詩話輯佚》頁 101、608）、《苕溪漁隱叢話》皆嘗援引，惟文字稍有出入，今據上列書籍，並參考徐復觀《中國藝術精神》頁 376，斟酌校改。又案張戒《歲寒堂詩話》斷定：「黃魯直學杜得其格律耳」，與張文潛所說又成異趣，可參看。

古人造句言志，初不論聲調格律，及其成篇，聲情卻又自然相諧。
〔註41〕

　　再就創作技巧而論，詩是經過藝術鎔鑄的語言。荊公重詩法，不
僅表現在實際創作中，更有講究細部技法的具體言論。《蔡寬夫詩話》
載荊公所論「自出己意，借事以相發明」的使事法，《石林詩話》載
荊公論「用漢人語，只可以漢人語對」的對偶法，都有創立「體例」
的意涵（詳第五章第二節）。由於講究法度，故其詩求工尚巧。荊公
晚年嚴於法度的詩風，葉夢得論之最詳：

　　　　王荊公晚年詩律尤精嚴，造語用字，間不容髮。然意
　　與言會，言隨意轉，渾然天成，殆不見有牽率排比處。如「細
　　數落花因坐久，緩尋芳草得歸遲」，但見舒閑容與之態耳。
　　而字字細考之，若經櫽括權衡者，其用意亦深刻矣。（《石林
　　詩話》）

所謂「造語用字，間不容髮」即是「詩律精嚴」的進一步描述，可見
荊公對細部修辭的高度重視。《石林詩話》又嘗稱荊公詩「用法甚嚴，
尤精於對偶。」《後山詩話》則說「公暮年詩益工，用意益苦。」都
是在描繪荊公此一創作傾向。不過，石林的話主要仍在強調荊公不僅
「詩律精嚴」，更能表現「舒閑容與之態」。這種「舒閑容與」其實來
自高度的鍛鍊技巧。「櫽括權衡」正足以說明詩法的刻意運作。老杜
晚年「詩律細」與「渾漫與」兼到的境地可說是詩人的共同追求。李
之儀《姑溪居士後集》卷十五〈雜題跋〉提到：「作詩字字要有來處，
但將老杜詩細考之，方見其工；若無來處，即謂亂道，亦可也。」其
後即引《字說》釋詩一段以相佐證，這段話一來可看出姑溪所理解的
「法度」偏向創作技巧；二來「作詩字字要有來處」正可與所謂「字

──────────

〔註41〕荊公改革科舉，認為「宜先除去聲病對偶之文，使學者得以專意經
　　　義」（熙寧四年〈乞改科條劄子〉，《臨川先生文集》卷四二）。前此
　　　有〈詳定試院〉詩云：「論眾勢難專可否，法嚴人更謹誰何？」（29/1317）
　　　則荊公非拘於格律者明矣。另參程元敏〈三經新義修撰通考〉，《三
　　　經新義輯考彙評（一）－尚書》，頁296～297。

字細考之，若經檃括權衡者」相映證。後來江西詩人講來歷的作風，在此已見端倪。

「法度」的指涉實在不限於上述幾個範疇。我們可以說，荊公的整個詩學活動都充滿「法度」的傾向：選四家詩，是舉出文學典範，以爲學者之法度；評文章常「先體製而後文之工拙」，是以文體風格爲創作的法度。這些傾向構成一套重「法度」的觀念架構，雖然荊公本人於此並無系統的表述，經由多方考查與綜合，仍可肯定此一觀念既明顯存在，且實際決定荊公文學創作與欣賞批評的走向。更重要的是這套觀念架構透過荊公在北宋的崇高地位，發揮影響，在宋代詩學的發展脈絡中自有深刻意義。

至於宋人對荊公釋詩的言論，有何直接反應呢？呂本中《童蒙詩訓》卷下謂：「《字說》：詩字，從言從寺；詩者，法度之言也。說詩者不以文害辭，不以辭害志，惟詩不可拘以法度。」呂氏並非眞正反對法度，只是反對以法度自拘，故以「童蒙訓」名書，並時示人以法度。反過來說，採用荊公說法者，也未必以法度自拘。例如白石〈詩說〉解釋詩的各種名義時，曾說：「守法度曰詩。」（《詩人玉屑》卷之一）但就白石整個詩學脈絡來看，卻是頗重興發感悟，絕非汲汲於法度的人。蓋就文學創作中語言運作的實際情況來看，節制乃必不可免的活動。「詩者，寺言也」的說法雖不盡符合字源學，但就詩學立場而言仍有相當程度的客觀眞確性，不能但以穿鑿胡謅視之。〔註42〕

事物之涉及價值判斷者，不免有淪於主觀的可能。因此在實踐過程中不得不逐步形成一套多數人所能接受的判斷標準，「法」的概念於

〔註42〕荊公專以會意釋字，學者乃從「形聲」駁之，如呂本中《童蒙訓》說：「若必以寺爲法度，則侍者法度之人，峙者法度之山，痔者法度之病也，古之置字者，詩也，峙也，侍也，痔也，特以其聲相近取耳。」然經過歷代文字學者的研究，「形聲多兼會意」之說已成定論。故「詩」雖屬形聲字，仍有會意的性質。魏源《六書釋例》即曾指出從「寺」得聲之字，如侍、峙、詩、時、恃，並有「法」義（見黃永武《形聲多兼會意考》，頁96）。故荊公釋「詩」，尚非穿鑿。

是成立。藝術領域自然亦有法度可言，然荊公以「法度之言」釋「詩」，「法度」成了定義「詩」的必要條件，遂在詩學中注入強烈的規範性，規範的範疇則兼及格律、技巧與內涵等。無論「寺」指那一種法度，都表示詩來自語言的高度節制。這與荊公的思想性格有密切的關係，代表他對當代詩壇的反省，是瞭解他一生詩歌創作的重要線索。

二、先體製而後工拙

　　大凡文學之變，必自文體始。北宋正是一個文體面臨轉型的關鍵時期，〔註43〕因此「辨體」與「破體」成為當代文壇的重要課題。文學觀念與實際創作皆由此而取得突破性的成就。〔註44〕錢鍾書《管錐編》曾說：「名家名篇，往往破體為文，而文體亦因以恢弘焉。」〔註45〕破體確是突破文學格套化的利器，每能絕處逢生，別開生面。但是「體」之為體，自有其根本不易處，並非可以率意「破」之。必當深入理解「體」的性質意義，才能進一步有所發揮改造。因此，辨體在理論次序上必須居於先著。〔註46〕在北宋諸公中，荊公最先體認到這個課題，惟其言論不見載於文集，〔註47〕故常啓疑竇。山谷〈書王元之竹樓記後〉謂：

〔註43〕宋代文體面臨轉型的新處境，請參考龔鵬程《詩史本色與妙悟》頁100～103。

〔註44〕相關闡述，可參考龔鵬程《詩史本色與妙悟》第三章，吳承學〈破體與辨體〉，張高評〈破體與宋詩特色的形成〉。

〔註45〕錢著《管錐篇》，冊三，頁890。

〔註46〕「辨體」則識「常體」，「破體」則得「變體」。古人論體，必正變合論，而以「辨」為「破」的前提。如張融說：「夫文豈有常體，但以體為常，政當使常有其體。」（《南唐書》本傳引〈問律自序〉）劉勰：「夫設文之體有常，變文之數無方。」（《文心雕龍》〈通變〉）俞文豹：「詩不可無體，亦不可拘於體。」（《吹劍錄》正錄卷一）王若虛：「定體則無，大體則有。」（《滹南遺老集》卷三七〈文辨〉）。

〔註47〕《全宋文》輯錄荊公佚文，據《愛日齋叢鈔》卷三，收入〈與鞏仲至帖〉，該文雖有先體製之論，但實為朱子作品，非出荊公之手，今見於《晦翁先生朱文公文集》卷六十四。編者殆因《愛日齋叢鈔》稱「文公」作，而張冠李戴。

　　或傳王荊公稱〈竹樓記〉勝歐陽公〈醉翁亭記〉，或曰，
此非荊公言也。某以爲荊公出此言未爲失也。荊公評文章常
先體製而後文之工拙，蓋嘗觀蘇子瞻〈醉白堂記〉，戲曰：
文詞雖極工，然不是〈醉白堂記〉，乃是韓白優劣論耳。以
此考之，優〈竹樓記〉而劣〈醉翁亭記〉，是荊公之言不疑
也。（《豫章黃先生文集》卷二十六）

〈醉翁亭記〉突破「記」體的形製，當時已有共見，宋祁與秦觀都曾
指出此文用賦體。〔註48〕東坡也說：「永叔〈醉翁亭記〉，其辭玩易，
蓋戲之云耳。又不自以爲奇特也。而妄庸者乃作永叔語云：『平生爲
此文最得意。』又云：『吾不能爲退之〈畫記〉，退之亦不能爲吾〈醉
翁亭記〉。』此又大妄也。」此外，關於荊公批評〈醉白堂記〉的掌
故，《西清詩話》另記有東坡反脣的言論：「王文公見東坡〈醉白堂記〉
云：『此乃是韓白優劣論。』東坡聞之曰：『不若介甫〈虔州學記〉，
乃學校策耳。』」（《苕溪漁隱叢話》前集卷三五引）

　　這些文獻合起來看，實在耐人尋味。歐王蘇是北宋古文創作三大
名家，王蘇互指對方的「記」是「論」、是「策」，並且一致認定歐公
〈醉翁亭記〉並非記的常體。也就是說，三家在實際創作中，都有突
破文體規格的表現。〔註49〕問題是「破體爲文」既然一致，何以有互
嘲的言論呢？其實東坡評歐公的話中已透露一點線索。蓋「破體爲文」
固然是推擴文體的利器，畢竟是變貌而非常態，如果屢屢爲之，有體
必破，徒然淆亂了文學體製，既無常體，「破體」也就了無意義了。
東坡之所以說歐公是「戲之耳」、「不自以爲奇特也」，正是對於文體
常態與變貌的分際有所警覺，用意實與荊公之「先體製」近似。其中
所寓託的用意，實在深邃，難怪荊公的言論在當時已令人困惑生疑。

〔註48〕分別見朱弁《曲洧舊聞》卷一，《後山集》卷二三〈詩話〉。
〔註49〕陳善《捫蝨新話》曾說：「本朝文章凡三變：介甫以經義，東坡以議
　　　　論，二程以性理。」荊公把「記」寫成「策」，東坡把「記」寫成「論」，
　　　　正是分別融入個人文章特質。則王蘇二公雖語若相誚，其實深具法
　　　　眼。

以山谷之卓識，自然能領悟其中曲折，故肯定其言出於荊公，並表同感。直到南宋中期，陳鵠《耆舊續聞》卷十仍廢力徵引一大堆文獻，以證明歐公並非不知記體，而是「用杜牧〈阿房賦〉體，游戲於文」，於是又斷定「優〈竹樓〉而劣〈醉翁亭記〉，必非荊公之言也。」可見「體」的問題多麼不易爲一般文人所理解。

由以上所述，我們已經初步描繪「辨體」的重要性了。但是這個主張出自荊公有何特殊意義呢？辨體的目的是指導學者認識詩文的正格，從而養成創作與欣賞的能力。宋以來的談詩者普遍在發言中帶有指導學習者的語氣。〔註50〕由於荊公的思想重視法度，他的文學理論也有很強烈的規範傾向。體製之論其實可以包含在「法」中。隋唐以前多不言「法」，而文學批評中言「體」、言「勢」、言「體勢」者，則甚爲普遍。〔註51〕因此「先體製而後工拙」出自荊公，在客觀理路上十分合理。明人徐禎卿《談藝錄》有「先合度而後工拙」之說（《歷代詩話》，頁 769），理論型態與「先體製而後工拙」接近，「合度」二字可以借爲「體製」的注腳。

辨體既然不始於荊公，在北宋又非其所獨事，則荊公的辨體論有何獨特價值呢？要回答此一問題，首先要考量傳統文體論的客觀功能及主觀目的。文體隨著時代進程而變遷乃是客觀的事實。〔註52〕文體知識的性質乃屬後驗，我們即使可以尋出某一文體所謂的「本質」，但此一特殊事物的「本質」，卻絕非一超越、普遍、先驗的實體。〔註

〔註50〕以上觀念詳簡錦松〈胡應麟詩藪的辨體論〉，此文雖在討論《詩藪》辨體論的形成，由於胡氏的理論型態頗接近荊公，因此許多觀點可以借來理解荊公的辨體論。

〔註51〕說本陳碧雲《論活法》，頁十五。文體觀念架構的中心問題是「式」與「法」，「式」即「可爲原則的樣式」，「法」指「方法技術所要依循的原則」。

〔註52〕文體變遷的情形及其意義，請參考王夢鷗〈漢魏六朝文體變遷之一考察〉，《傳統文學論衡》，頁 67～130。

〔註53〕以上對文體知識的說明，俱本顏崑陽〈論文心雕龍「辯證性的文體觀念架構」〉，《六朝文學觀念叢論》，頁 94～187。此外，徐復觀有〈文

53〕蓋自曹丕典論以下，高談文體，其目的不外乎提供文體的規範效力。以劉勰而言，其最終目的是在於文體形成之後，如何成爲普遍的常規，以爲創作和批評的依據。也就是說，文體論是一種批評、創作時的重要準繩，但畢竟只具客觀的參考效用，其間實仍容許游移擺盪的空間。故彥和談「體」，常與「變」對言，〈風骨篇〉：「昭體故意新而不亂，曉變故辭奇而不黷。」〈通變篇〉：「設文之體有常，變文之數無方。」其意蓋謂在文體合乎規範的前提下，創作者仍可發揮情性才氣以求變創新。更精確地說，文體規範與主體情性的關係，是要透過「限制」的手段，達到「生成」的目的。〔註54〕不過由於彥和強調「體」之爲「常」的一面，認定所謂「變」只宜在「體」內進行，因此在他的理論系統中，似乎容不下以「破體」爲創新的觀念。他稱突破文體規格的作品爲「變體」，其偏失嚴重者爲「謬體」、「訛體」或「失體成怪」。這並非彥和保守不知權變，而是與跟當時文體淆亂亟待整治的歷史情境有關。

　荊公身處古文運動方興未艾之際，由於韓柳以下文人慣用「破體」的技法推拓文體，遂造成一種有意的混淆。平心而言，這種混淆實帶有積極的創造性，不同於齊梁時代因觀念模糊以致不自覺地流於紛沓的窘況。〔註55〕另外要注意的是，荊公之辨體主要表現在實際批評中，並未形成理論。其規模自不能與前之《文心雕龍》、後之《詩藪》相提並論。只是在舉世以「破」爲能事的環境中，重新主張回歸常體，毋寧更具新意。〔註56〕他以比較斬截的方式，將「體製」與「工拙」

心雕龍的文體論〉一文（收入《中國文學論集》），對文體觀念頗多創發；龔鵬程有同題論文，（收入《文學批評的視野》），立論發議與徐文大異其趣。經過上述學者的清理，不僅《文心雕龍》的文體論廓然浮現，即對傳統整體文體論而言，亦有治本清源之功。

〔註54〕詳見顏崑陽前揭文，頁170～172。

〔註55〕參考錢穆〈雜論古文運動〉，《中國學術思想史論叢》第四冊，頁16～69。

〔註56〕回歸常體的自覺在當時比破體更具新意，此觀後來「本色論」的發展可知。詳龔鵬程書《詩史本色與妙悟》，第三章，〈論本色〉。

連結在一起，隱然在其中建立一個理論次序。也就等於提出了「文體規範先於藝術表現」的命題，把文體論提昇成價值判斷的前提。這個提法把文體的客觀規範性拉到極點，用意即在使當代文體淆亂的情形回歸秩序化。我們可以說，荊公的論點雖本於個人思維特色，卻也是針對當代文學現象而發。因此此論乍看雖若陳舊保守，在當時的環境中實具革命性的意義。批評史上專門談詩的辨體，要以嚴羽爲先驅。〔註57〕他的觀念很明顯直接受到荊公「先體製」觀念的影響。故《滄浪詩話》〈詩法〉在「辨家數如辨蒼白，方可言詩。」一段文字之下，即自注曰：「荊公評文章，先體製，而後文之工拙。」在嚴羽的思路裡，「先體製」即是「辨家數」，也就是以「家數」爲所辨議的重心所在。他在〈與吳景仙書〉說：「作詩正須辨盡諸家體製，然後不爲旁門所惑。」已經明白點出辨體的目的。胡應麟談正格，說本色的辨體主張反而與荊公接近。〔註58〕

　　不過我們要注意，後世講「體」的意義當然超越荊公。徐復觀將文心雕龍的「文體」觀念析爲體製、體要、體貌三個層次。後世講文體常是這三個層次的綜合。徐氏釋體製曰：是指由語言文字之多少所排列而成的形相，是文學作品最低次元的形體。〔註59〕然而荊公所講的體製則絕不止於這形式意義上的「體製」，試觀山谷所舉的事例中，荊公心意所在乃是「記」的美學範疇，而與「記」的結構形式無涉。他堅持守住「記」的文體規範，心中實已預存一個具「普遍規範效力」的「體式」概念。則所謂「先體製」即是先檢驗某種體製的文章是否符合該體的理想「體式」。

　　在「先體製而後工拙」的理論內部，實隱含著「典範追求」的潛在動因。蓋文體論本身即具備相當濃厚的規範性格，典範的提出

〔註57〕說見簡錦松前揭文，頁 327。
〔註58〕見簡錦松前揭文，頁 327～328。
〔註59〕見徐復觀前揭文，頁十八至十九；此外，顏崑陽前揭文，頁 129～130，亦曾詳論「體製」的概念。

是這個規範結構的重心之一。劉勰《文心雕龍》〈明詩篇〉以下的文體論目的不僅在客觀描繪各種文體的歷史發展，更在「標舉」理想的「體式」。〔註60〕荊公之辨體走得既是規範性的路線，建立典範自屬理論發展的必然結果。雖然由於文獻有限，不能推求過甚。但是我們從荊公整個思考脈絡來看，如此判斷大抵是不差的，而且有助於抉發「先體製」的理論價值。呂本中《童蒙詩訓》說：「學文須熟看韓柳歐蘇，先見文字體式，然後更考古人用意下句處。學詩須熟看老杜蘇黃，亦先見體式，然後遍考他詩，自然工夫度越過人。」（《宋詩話輯佚》，頁603）杜詩的「典範」意義，首先通過「體式」來發揮。從這裡可以明顯看出「典範」追求與「辨體」論之間關係何等密切。而在荊公重「法度」的詩學架構中，兩者都是重要的組成部份。

　　此外，探討荊公「先體製」的評文趨向對本論文所處理的「金陵詩」另有更直接的關聯。蓋此論雖似專施以論文，其實在荊公思維中將之擴散到詩學理論中，實屬必然，此觀嚴羽的論點可知。荊公晚年在「絕句」上的突破性發展，可能即與他刻意追求絕句體製的本色有關。荊公並非不知「破體」，由所作小詞即可見一斑。《臨川詞》風格與花間以下的詞學傳統大異其趣，劉熙載評為「一洗五代舊習」。這不正是由於「破體」為之所達至的成果？

三、法的限制與突破

　　宋人談藝重法度，又講究超越法度，以是而有「活法」之說。此一理論雖自南宋呂本中正式提出，其端倪實已見諸北宋大家的文學實

〔註60〕例如〈明詩篇〉云：「正始明道，詩雜仙心，何晏之徒，率多浮淺。唯嵇志清峻，阮旨遙深，故能標焉……。」這裡的「標」字除了有「突出」之意外（王更生釋語），實帶「標準」的意涵。故顏崑陽前揭文即直接以「典範」解之。另外劉勰透過「體源」觀念，將「宗經」說與文體論結合起來，亦足為印證。又如「模經為式」、「效騷命篇」，乃是為各種體式提出具體而理想的範文，作為模擬的對象。參考顏崑陽前揭文，頁106～109、168。

踐。即就理論本身來說，亦有線索可尋。沈括論學書曰：「盡得師法，律度備全，猶是奴書，然須自此入。過此一路，乃涉妙境，無跡可窺，然後入神。」（《補筆談》卷二）山谷主張要「唐律中作活計」，范溫則說：「曲盡法度，而妙在法度之外，其韻自遠。」（《潛溪詩眼》）凡此云云，皆表現突破規格的意向，實際上已開啓呂本中：「規矩備具而能出於規矩之外」的思路。

曾季貍《艇齋詩話》謂：「後山論詩說換骨，東湖論詩說中的，東萊論詩說活法，子蒼論詩說飽參，入處雖不同，然其實皆一關捩，要知非悟入不可。」（《歷代詩話續編》，頁 296）曾氏從諸家理論中歸納出「悟入」的「關捩」，悟入可說是超越法度，突破格套的關鍵所在。在此種理論結構中，心與法、悟入與工夫形成相互依持的概念。法是悟的憑藉，有悟無法，必至散漫無序，故曰：「悟入必自工夫中來，非僥倖可得也。」另一方面，有法無悟，也有筆拘而格退之虞。然則荊公盛言法度之餘是否有此關捩？

荊公文集中論及「法度」者不勝枚舉，如〈上仁宗皇帝言事書〉即嘗指出天下大患在於「不知法度」。〈周公〉一篇則嘗說明法的功效：「君子之爲政，立善法於天下，則天下治，立善法於一國，則一國治。如其不能立法，而欲人人悅之，則日亦不足矣。」（《臨川集》卷六四）〈答曾公立書〉甚至斷言：「某之所論無一字不合法。」（《臨川集》卷七三）這種重「法度」的傾向貫串政治、哲學、文學等各層面，成爲荊公新學的理論特色。不過想真正掌握「法度詩學」的真正特質，還要進一步考求荊公對法的態度。

荊公解「法」字即頗爲獨到。《周官新義》謂：「法之字從水從廌從去。從水，則水之爲物，因地而爲曲直，因器而爲方圓，其變無常，而常可以爲平；從廌，則廌之爲物，去不直者；從去，則法將以有所取也。」〔註61〕此說承《說文》而另出新意，例如解釋法之從水，特

〔註61〕見程元敏《三經新義輯考彙評（三）——周禮》，頁 17。

加入水性「變化」的一面，點出法在本質上雖具準則，而其形貌則因時制宜。「將以有所取」，則點出法的積極面與建設性。由於荊公深悉「權時之變」，故雖以法度爲要務，卻絕非拘守於法度者，故論政每舉「立法度」與「變風俗」並論，「立」的目的在「變」，「法度」的功能則在破除「流俗」。

　　荊公嘗出策問一條曰：「問：夏之法至商而更之，商之法至周而更之，皆因世就民而爲之節，然其所以法，意不相師乎？」（《臨川集》卷七十）此策的用意自然爲推闡變革思想，以爲新法事業推波助瀾。用這樣的理路來處理唐宋詩法的嬗遞亦甚可行。

　　問題是在對「祖宗之法」進行改造之後，「新法」形成新的權威，而荊公本人也確有「一道德，成習俗」的理想。突破舊法的規範，卻以新法重構規範，形成弔詭的局面，這種問題一樣表現在他的詩學體系中。荊公在宣揚「法度」的同時，經常強調「人才」的重要；強調「立法」的同時，又講求「自治」。〔註62〕若將「法」跟「人」的關係延伸到詩學，即是客觀法則與創作主體的交涉問題。蓋荊公講「己然而然」，即是預認「心」的重要性，故其思想頗具心學的規模，深受象山推崇。〔註63〕南宋詩論家盛談妙悟，本來就與心學的發展有關。〔註64〕因此就荊公思想體系而言，實在已預存了「悟」的一關。

　　晚年對佛學的深入研究，使荊公的思想更趨活潑。這可以從談禪說佛的詩篇中看出一點端倪。〈無動〉：「終不與法縛，亦不著僧裝。」（4/361）《圓覺經》：「不爲法縛，不爲法脫。」法縛又稱法執，與我執對說，謂執泥於法的實體中，不明一切法依待因緣而起，並無自性。荊公此聯表現的正是破除外在拘累的精神。〈酬俞秀老〉：「有言未必

〔註62〕荊公之重「人才」，如「萬言書」後半即全在闡述陶冶人才的問題，又如〈周禮義序〉謂：「制而用之存乎法，推而行之存乎人。」關於重「自治」，已詳第二章第一節第二項。

〔註63〕參看賀麟〈陸象山與王安石〉，《文化與人生》，頁95～98。

〔註64〕說見葉維廉〈嚴羽的詩論〉。

輸摩詰，無法何曾泥飲光。」（26/1270）摩詰以一默詮釋「無有文字
語言，是有入不二法門」的境界，荊公在此則翻言之。李壁注次句，
引飲光付阿難偈：「法法本無法，無法無非法；何於一法中，有法有
不法。」對「法」的性質反覆辯證，幾乎消除「有法」與「無法」的
界限。佛家的「法」自然與文學的「法」判然有別，但其原理卻頗有
可以相通處。荊公於佛典濡染既深，對於佛典談「法」處也的確頗有
會心，此由前引詩可見一斑。於是，重法度的觀念雖然是荊公思想的
主軸，但荊公晚年卻能通過佛法，對法度作比較靈活的運用，於是展
現突破的契機。

　　宋人講「法」與「悟」雖受佛學影響，卻不能全然以禪學籠罩。
〔註65〕一方面儒道二家自有類似觀念，另一方面在美學發展史上亦自
有脈絡可尋。而中國美學中許多重要的理念發端於書法，蓋書法藝術
性質抽象，而又與生活十分貼近。荊公雖不肯以詩文自名，但卻投入
相當的精神氣力，且特別著眼於法度的講求。他的書法就顯得率性自
由，與詩文形成有趣的對比。討論其間異同，當有助於掌握荊公全面
的藝術觀。荊公傳世書畫極少，〔註66〕現存荊公法帖僅有〈過從帖〉
（即〈致通判比部尺牘〉）及〈楞嚴經旨要略〉二件。但其書藝頗得
當時藝壇名家稱賞。

　　東坡〈跋王荊公書〉云：「荊公書得無法之法，然不可學。無法，
故僕盡意作之，似蔡君謨；稍得意，似楊風子；更放，似言法華。」
（《東坡題跋》卷四）山谷〈題王荊公書後〉曰：「王荊公書字得古人

<hr>

〔註65〕由法而悟的思考架構與禪學無必然關係，說詳龔鵬程《詩史本色與
　　　　妙悟》頁138～145。另杜松柏有〈佛禪「法」「悟」於詩論的影響〉
　　　　一文，則主張「宋以後論詩者，幾無言不『法』『悟』，其名相的襲
　　　　用，固繼承傳統的字義、詞義，而思想的層次，理論的形成及建立，
　　　　則受佛教禪宗的影響最大」。
〔註66〕荊公現可見墨跡二：《楞嚴經》寫本、〈致通判比部尺牘〉一通（今
　　　　藏故宮）。《藝術典》卷一七五引《東圖元覽》，曾著錄荊公山水一小
　　　　紙幅；福開森編《歷代著錄畫目》則著錄荊公〈天香雲嶠圖〉、〈天
　　　　香深處圖〉；另簡鐵有〈王荊公滄海漁隱圖一瞥記〉。

法，出於楊虛白。虛白自書詩云『浮世百年今過半，校他蓬瑗十年遲。』荊公此二帖近之。」（《山谷題跋》卷五）米芾說：「半山莊臺上故多文公書，今不知存否。文公書學楊凝式書，人少知之。予語其故，公大賞其見鑒。」（《海岳名言》）荊公書法「出於楊虛白」，不僅黃米異口同辭，荊公亦欣然承認。虛白在唐宋書風嬗遞歷程中實居關鍵地位，爲王蘇黃米所同賞。其中唯荊公不以書名家，精神骨氣反而最近楊書。性情之近，要亦一因。言法華之狂放更過虛白，〔註67〕其書法想必更加不拘。

　　東坡談藝經常有「無定法」之說，「無法之法」卻僅此一見。在他的觀念中，順任天機實比謹守成法者爲高，蓋講法而能超越法，有法有悟，斯成上品。他認爲法大備於唐，而魏晉猶有高古自然之氣，故常援魏晉風度以矯拘法之弊。因此「無法之法」乃是強調「法中有我，取法在我，變法出新意，隨『意』變化而不失法度。」〔註68〕「無法之法」是自然得妙法，「法而無法」是以法超越法，「無定法」則強調不拘常法。山谷的看法其實與東坡十分近似，他所謂「得古人法」，主要在肯定荊公能得古人用法的精神。所以他說：「荊公書法奇古，似晉宋間人筆墨」又云：「不著繩尺，而有魏晉間風氣。」這可以說東坡所謂「無法之法」的具體詮釋。〔註69〕

　　楊虛白的書法正符合坡谷的藝術理想。虛白名凝式，世稱楊太

〔註67〕《林間錄》卷上頁37：「言法華梵相奇古，直視不瞬，時獨語笑，多行市里，褰裳而趨，或舉指畫空，佇立良久，從屠沽游，飲啗無所擇，道俗共目爲狂僧。」《蘇軾詩集》卷九〈贈上天竺辯才師〉：「何必言法華，佯狂啖魚肉。」王註曰：「京師開寶寺僧，俗姓張，好誦法華經，故等輩呼爲張法華。其言語散亂，不謹細行，故亦呼爲風法華。」學海書局本，頁466。
〔註68〕說見束景南〈活法：對法的審美超越〉，頁78。
〔註69〕無法之法實爲蘇黃共同的藝術理想，東坡屢有「無定法」之說，山谷自謂：「老夫之書無法也。」其〈題趙公佑畫〉謂：「余未嘗識畫，然參禪而知無功之功，學道而知至道不煩。」（《豫章黃先生文集》卷二十七）「無功之功」、「至道不煩」皆可以爲「無法之法」註腳。

師、楊風子，生命氣質與藝術品格皆具魏晉風度，心智如癡如狂，筆跡似拙似妄，所作充份體現時代的騷亂與心靈的震盪。由於「性不喜尺牘」，故其書跡精萃實已隨名剎古寺泯滅無餘，〔註70〕傳世三四法帖聊堪今人管窺而已。虛白的書藝境界正是「無法之法」，故「出於楊虛白」與「得無法之法」兩評語實宜並論合觀。山谷〈題楊凝式詩碑〉云：「余嘗評近世三家書，楊少師如散僧入聖，李西臺如法師參禪，王著如小僧縛律。」佛家慣以「散」與「定」對言，「散」而能「入聖」，道理正與「無法」而能「合法」相同。

此外張敬夫嘗說：「荊公率意而作，本不求工。而蕭散簡遠，如高人勝士，敝衣破履，行乎高車駟馬之間，而目光已在乎牛背矣。」（《考略》，頁363）朱子自稱其父喬年書學荊公，並稱荊公書跡「筆勢翩翩」（《考略》頁 364），可見東坡以「無法之法」稱譽荊公書法並非漫與。〔註71〕荊公暮年詩歌一方面雖然法度精嚴，另一方面又似隨興簡易，〔註72〕其佳者實已臻及「無法之法」的藝術理想。而此一理想正是法度詩學的極致表現。

〔註70〕凝式生平與書法史上的地位，俱詳臺靜農〈書道由唐入宋的樞紐人物〉，《靜農論文集》，頁287～312；另參朱仁夫《中國古代書法史》，頁317～320、354。

〔註71〕楊慎認爲荊公字「本無所解」，而山谷乃「阿私所好」（《升庵全集》卷六二）。王世禎也說山谷元章爭媚荊公（《四部稿》卷一三三）。蔡元鳳於楊說曾嚴辭反駁，指出黃米跋語並在荊公薨後，絕無「獻諛於地下」之理，又博引「荊公書見賞於前後者」以相證明（《考略》雜錄卷二）。乃錢鍾書又謂：「王荊公書跡，余僅睹故宮所藏尺牘一通，點畫弱而結構懈，殊不識供臨摹之佳處何在。（中引升庵、弇山評語，略）。山谷、海岳與荊公並世，『媚』之猶或如劉貢父所謂『只是怕他』；朱喬年復學之，何也。」（《談藝錄》頁403～404）錢氏於蔡譜顯未寓目，而於米黃原文似有誤解。米黃皆嘗親至定林，瞻覽荊公題壁真跡，其所以評斷者據此，以二公之法眼與人格，當不能作自欺之談。

〔註72〕互詳第四章，第一節，第三項至第五項。

第三節　詩學法式的建立

一、典範追求與《四家詩選》

　　宋人對前代的思想文化，普遍深入反省，詩學亦不例外。詩人無不在文學傳統中求一「標準」，以指引創作追求的方向。此種價值選取的歷程，不僅可以反映一代詩學的發展，亦可以考求個別詩人的文學觀念及創作方向。凡北宋大詩人無不在法古變古的問題上有所示範。荊公既一向講求法度，對於標舉範式，尤專致不遺餘力。荊公的詩學觀念在此發揮最了具體的影響，後人欲暸解荊公詩亦必以此爲基礎。

　　近代西方詩學巨擘艾略特（T.S.Eliot ）在著名論文〈傳統與個人才具〉一文中說：「任何詩人，任何藝術的藝術家，都不能獨自具備完整的意義。他的意義，他的鑑賞，也就是他和過去的詩人和藝術家之關係的鑑賞。你無從將他孤立起來加以評價；你不得不把他放在過去詩人或藝術家中，以便比較和對照。」〔註73〕這種說法對「傳統」的意義提出精闢的思索。沒有一個詩人可以不受傳統影響，無論自覺與否。

　　「傳統」在歷史流程中並非凝定的，艾略特說：「『過去』應該被『現在』所改變，正如『現在』應受『過去』的指導一般。」古代詩人固然能通過作品影響後代詩人，後代詩人也能藉由批評詮釋乃至創作，賦予古代詩人新的意義。通過宋人嶄新的「期待眼界」，唐詩的價值與意義都經歷了巨大的重組。中國傳統的文藝觀，人格與作品的關係被視爲緊密難分，故對前代詩人的評價，經常兼含生命與藝術。在杜詩成爲詩歌最高典範的同時，杜甫的人格精神也成爲詩人追慕的典型。

　　追求典範的過程也就是詩人風格自覺的過程。不同典範的抉擇決定了一位詩人的基本格局，即使選擇同樣的典範，卻不保證兩者的風格路向必然一致。何況在詩人的創作生涯中，典範可能隨著眼界的改

〔註73〕《艾略特文學批評論集》，杜國清譯本，頁 5。

變而有消有長。

荊公治學每能一空依傍，獨出機杼，不爲既有的價值論斷所左右。在詩學方面，也是如此。他編有《杜工部詩後集》、《四家詩選》、《唐百家詩選》等書，是他在文學傳統中尋找典範、建立法式的具體成果。雖然前兩部書早佚，但透過蛛絲馬跡，仍有助於本文對文學淵源的討論。後兩部屬於選集的性質，更能展露他的文學觀念與期待眼界。《杜工部詩後集》代表他對最高典範的嚮往，《四家詩選》則表現他的幾個典範類型，《唐百家詩選》則表現他的藝術品味。將三者並論合觀，則可看到荊公規模完整的追索之路。

其中《四家詩選》於兩代詩人僅取四家，去取間最見氣魄，建立法式的意圖也最顯明。但在當時已引起許多爭議，《王直方詩話》說：

> 荊公編《四家詩》，先後之序，或以爲存深意，或以爲初無意。蓋以子美爲第一，此無議者。至永叔次之，退之又次之，以太白爲下，何邪？或者云：太白之詩固不及退之，而永叔本學退之而所謂青出於藍者，故其先後如此。或者又以荊公既品第了此四人次第，自處便與子美爲敵耳。（《宋詩話輯佚》頁 89）

問題主要在兩方面，一、何以入選此四家？二、先後之次有何意義？〔註74〕其中最令人疑惑的是「置李於末，而歐反在其上，或亦謂有所抑揚云。」（《直齋書錄解題》）四家先後之次，〔註75〕若曰出於無意，則未免過於粗率。〔註76〕若謂依品第爲次，則可謂相當驚人的主張。

〔註74〕人選以外，宋人對其選詩標準亦有困惑，如《蔡寬夫詩話》曾提及，荊公不選杜甫長韻律詩及韓愈〈南溪始泛〉等詩爲不可解（《宋詩話輯佚》，頁 393）。就荊公對各家的取捨，亦有助於瞭解其書用意。惟因文獻有限，無法討論。

〔註75〕四家先後之次，諸書所記不同，稱「杜歐韓李」者，除《王直方詩話》外，尚有《西清詩話》、李綱〈書四家詩選後〉、《聞見近錄》等書。此外，葦鎮〈題杜工部集後〉稱「杜李歐韓」（見《古典文學研究資料彙編·杜甫卷》上編），《直齋書錄解題》則稱「杜韓歐李」。

〔註76〕先後之序出於無意，見王定國《聞見近錄》。王晉光已考其不可信，

荊公曾說：「詩人各有所得。『清水出芙蓉，天然去雕飾』，此李白所得也；『或看翡翠蘭苕上，未掣鯨魚碧海中』，此老杜所得也；『橫空盤硬語，妥帖力排奡』，此韓愈所得也。」（《苕溪漁隱叢話》前集卷五引）《四家詩選》所選唐人三家，俱在援舉之列。觀其所論，可見荊公於三家特色體會皆深。以李白而言，特別強調清新自然的風格。則亦非只見其短，不知其長者。

吳沆曾提出以杜李韓為「一祖二宗」的主張，其說明顯受到荊公此選影響：「若論詩之妙，則好者固多；若論詩之正，則古今惟有三人，所謂一祖二宗：杜甫、李白、韓愈是也。」唐人慣以李杜並稱，吳氏祖杜而宗李，意義已自不同。而三家堪稱「祖宗」，關鍵不在「妙」，而在「正」。他在回答何以宗尚韓愈時說：「李杜為韓愈所伏者，韓愈又是後來所伏者。」然則「祖宗」之名，顯然著眼於三家開啓後人法門的歷史意義。吳氏並曾論及《四家詩選》添入歐詩的原因：「蓋謂永叔能兼韓李之體而近於正，故選焉耳。」（《環溪詩話》卷中）「兼體」的觀念固是宋人談詩的重要標準，「近於正」則又符合重法度的詩觀。而標舉正宗以為法，固是此選目的所在，因此四家先後次序並不全然取決於詩藝高下，而與「可法」與否有關。

何以李白的評價特低呢？荊公解釋說：「白詩近俗，人易悅，故也。白識見污下，十首九說婦女與酒，然其才豪俊，亦可取也。」（《詩林廣記》引《鍾山語錄》）〔註77〕又說：「白之歌詩豪放飄逸，人固莫及，然格止於此而已，不知變也。」（《苕溪漁隱叢話》前集卷六引《遯齋閒覽》）由上述言論可知荊公對李白的批評兼及精神內涵與藝術風貌。荊公談詩向重法度，李白的縱放不為荊公所賞實屬必然。「婦人與酒」，也確是荊公所罕言。故當時小詞雖盛行，而荊公中年以前未嘗染指其中。晚年偶而填寫，也絕無花間以下綺筵繡幌之風。詩集中

見《王荊公詩學之獨詣及其在詩史上之前導意義》，頁368。

〔註77〕此段言論亦見《冷齋夜話》卷五、《捫蝨新話》卷八，惟語稍不同：「太白詩語迅快，無疏脫處，然其識見污下，十句九句言婦女酒耳。」

有〈和王微之秋浦望齊山感李太白杜牧之〉曰：「平生志業無高論，末世篇章有逸才。」（30/1373）在荊公看來，李白詩歌內涵顯然有所不足，故頂多只能許爲「逸才」而已。

此選出於詩文革新運動初步成功，宋調逐漸發端之際。〔註78〕推崇歐陽修如此之甚，實在是對當代詩風的一大肯定。荊公身處宋詩發展的交替期，〔註79〕與前之歐梅、後之蘇黃俱有過從。一個詩人與當代詩壇的互動關係，對詩藝的發展實有相當的影響，不容忽略。或謂荊公揚推歐公，可能夾帶私人情感因素，此雖難謂必無。但試觀荊公早年的學詩進程，應該就是歐公所代表的宋詩新作風，則以歐公入選，正反映他對自我風格的肯定。〔註80〕

歐公贈荊公詩曰：「翰林風月三千首，吏部文章二百年。老去自憐心尚在，後來誰與子爭先。」荊公有詩奉酬：「欲傳道義心雖壯，強學文章力已窮。他日若能窺孟子，終身何敢望韓公。摳衣最出諸生後，倒屐常傾廣坐中，祇恐虛名因此得，嘉篇爲貺豈宜蒙。」（《詩集》卷三三）前人於二公詩意頗多牽扯，〔註81〕實則兩相推服，語甚明白。

〔註78〕 華鎮〈題杜工部詩後〉謂：「元豐間，王文公在江寧，嘗刪工部、翰林、韓文公、歐陽文忠詩，以杜李歐韓相次，通爲一集，目曰四選。」（見《古典文學研究資料彙編・杜甫卷》上編，頁143）案此文署於大觀戊子（1108），上距荊公謝世四十年。然其稱「以杜李歐韓相次」，與他書所載不同，是否親見原本，令人置疑。當代學者又有以《百家詩選》之不收李杜韓，而遽斷先有《四家詩選》者（見周采泉《杜集書錄》頁798），理據亦有不足。成於元豐之說，既孤證難憑，似可另從荊公詩藝發展的實際情況求線索。蓋荊公早年雖學韓，暮年則極度推尊義山，若此選成於晚年，恐將以義山代昌黎矣。據此可以推測此選所反映乃是中年以前的觀念。

〔註79〕 荊公一身兼處於思想與文學的重要交替期，此觀學者分期說可知。錢穆〈初期宋學〉以荊公爲初期宋學押陣大將，而已隱然開啓第二期的格局。陳植鄂〈宋詩分期及其標準〉所列舉的各家分期說中，荊公通常被劃入過渡階段。

〔註80〕 荊公以歐公與李杜韓並列，固可見其推服，即詩選本身亦受歐公啓發，參見龔鵬程《江西詩社宗派研究》，頁348。但四家次序則是荊公創意所在。

〔註81〕 例如葉夢得《避暑錄話》載：歐公贈詩有句云云，而荊公猶以爲非

歐公詩意殆謂文章之盛，莫如韓李，我始終有心追之而年歲已老，子年壯才高，其勉乎哉。荊公答詩則謂公勉我以文章，實愧難當，且非所願。至若傳承道義，追效孟子，則我素志所在，不敢讓也。

　　歐公於唐詩，最尊李韓兩家，贈詩如此，顯於荊公有深許。〔註82〕不過在荊公眼中，李白固屬文學之士，韓愈亦未見道。故其〈韓子〉詩云：

　　　　紛紛易盡百年身，舉世無人識道眞。力去陳言夸末俗，可憐無補費精神。

「道眞」即前引詩所謂「道義」，荊公之意乃謂韓氏得力處僅在文章，但雖用心於「力去陳言」，卻無補於「道眞」，故譏爲「費精神」。荊公詩文得於昌黎者甚多，〔註83〕而評之如此，自然易啓人疑竇。陳師道已謂荊公「平生文體數變，暮年詩益工，用意益苦」，卻有此論，是言之不愼（《後山詩話》）。　李壁注此詩，也以爲譏韓。樊汝霖則舉昌黎〈答李翊書〉，以證明韓公所爲非「無補」（《韓昌黎文彙評》頁111引）。楊希閔則以爲：「此自借韓子以寄慨，非質言韓子也。」〔註84〕胡漢民〈讀韓二十首〉其十九，自注曰：「介甫〈韓子〉詩『力去陳言夸末俗，可憐無補費精神』，正言若反，傾倒之至。而注家輒以

　　　　知己，故酬之如此。自期以孟子，處歐公以韓愈也。又王儔謂荊公語「是猶不願爲退之，且譏文忠之喜學韓也。」韓駒則謂「吏部」指謝朓，而荊公答詩乃出誤解（王韓言論俱見李注）。諸説皆未當，劉辰翁評語、朱翌猗《覺察雜志》、及蔡元鳳《王荊公年譜考略》卷五皆有辨及，茲不贅。惟蔡氏以爲李韓皆歐氏自比，前三句宜作一氣讀，第四句以下方是荊公，其説實未能盡歐詩全旨。

〔註82〕「後來誰與子爭先」一語，亦非率言。歐公既爲當時文壇領袖，又樂於獎掖後進。其於東坡則歎曰：「老夫當避此人出一頭地。」然作此詩時，東坡尚未及第，則在東坡展露頭角以前，歐公心目中未來文壇的新領袖當推荊公，故贈詩如此。惟荊公志不在此，遂答詩如彼。另參何寄澎《北宋的古文運動》，頁214～215。

〔註83〕荊公古文之學韓，參方元珍《王荊公散文研究》，第五章第四節；詩之學韓，參王晉光前揭書，第四編第一章第四節。

〔註84〕見《王荊公年譜考略》，卷七，頁127，楊希閔案語。夏敬觀亦有相同説法，見《王安石詩》，頁134。

為譏韓，若此類者可慨也。」(《不匱室詩鈔》卷三) 未免皆迴護太過，其實荊公對韓愈文學成就並無微詞，但韓愈一生以傳道自許，荊公也就以此求之，終覺其義理深度有所不足。〔註85〕

　　荊公與梅歐二公同題共賦的作品不少。吳充有天然石屏甚奇，當時詩人題詠頗多。據歐梅集中原注，事在嘉祐元年（1056）。原詩皆甚長，今各錄其讚歎天工一段，歐陽修〈吳學士石屏歌〉：「吾嗟人愚不見天地造化之初難，乃云萬物生自然。豈知鑴鑱刻畫醜與妍，千狀萬態不可殫。神愁鬼泣晝夜不得閑，不然安得巧工妙手斲精竭思不可到，若無若有縹緲生雲煙。」(《歐陽文忠公集》卷六) 王荊公〈和吳沖卿鴉樹石屏〉：「嗟哉渾沌死，乾坤生，造化萬物醜妍巨細各有理。問此誰主何其精，恢奇譎詭多可喜。人於其間乃復雕鑱刻畫出智力，欲與造化追相傾。拙者婆娑尚欲奮，工者固已窮夸矜。吾觀鬼神獨與人意異，雖有智巧無所爭。」(《詩集》卷十) 兩詩各具擅場，而格調同是承繼韓愈奇崛的詩風，極力舖敘人巧之難追天工。同樣情形又有〈虎圖〉、〈明妃曲〉等詩，荊公皆與前輩並肩而無愧。

　　歐公以橫放超踔之氣提拔當代詩風，荊公中年以前深受其影響，故前期創作路數與歐公十分接近。葉夢得《石林詩話》：「歐陽文忠公詩始矯『崑體』，專以氣格為主，故其言多平易疏暢，律詩意所到處，雖語有不倫，亦不復問。而學之者往往失於快直，傾囷倒廩，無復餘地。」歐詩的「氣格」主要得力於韓愈，用以對治崑體末流頹靡之風，堪稱利器。不過歐詩快直乏味處卻也來自韓愈。葉夢得說：「韓退之

〔註85〕荊公不饜韓愈義理，有具體例證。二公皆有〈原性〉之作，荊公文中曰：「性者，五常之太極，而五常不可以謂之性。此吾所以異乎韓子。且韓子以仁、義、禮、智、信五者謂之性，而曰天下之性惡焉而已矣。五者之謂性而惡焉者，豈五者之謂哉？」〈性說〉：「韓子之言性也，吾不有取焉」。(《臨川先生文集》卷六八) 是明與韓子立異。參考錢鍾書《談藝錄》，頁 62～64；何寄澎《北宋的古文運動》，頁133～135。惟荊公早年有「以孟韓之心為心」之語，則譏韓言論是所學有進之後所發。參見《王荊公年譜考略》卷五，頁 85。

筆力最爲傑出，然每苦意與語俱盡。」韓歐這種長於氣格，弱於韻味的作風在荊公前期中同樣可見到。葉夢得論及荊公說：「少以意氣自許，故詩語惟其所向，不後更爲涵蓄，……皆直道胸中事。後爲群牧判官，從宋次道盡假唐人詩集，博觀約取，晚年始盡深婉不迫之趣。」又說：「晚年詩律尤精嚴，造語用字，間不容髮。然意與言會，言隨意轉，渾然天成，殆不見有牽率排比處。」我們可以發現，葉氏對荊公前期詩作的批評用語，皆已見於評歐之中。則在他眼中，荊公前期風格實與韓歐爲一路，「意與語俱盡」是最明顯的缺點。惟學韓以外，歐公學李白，荊公學杜甫，兩人的詩學理念在此見分野，而荊公個人詩學的特色亦在此豁然開展。

二、杜詩的重新「發明」

　　宋人以活潑的思想心靈對待文化遺產，法古而不泥古，普遍能賦傳統以新機。這是一種自覺的趨向，故爲時人所津津樂道。南宋詩論家張戒就曾以「發明」一詞表見此意：「韓退之之文，得歐公而後發明；陸宣公之議論，陶淵明、柳子厚之詩，得東坡而發明；子美之詩，得山谷而後發明。」（《歲寒堂詩話》卷上）把「發明」杜詩之功歸諸山谷，自有其衡量標準，無可非議。〔註86〕但若以動態的發展歷程來審視，則所謂「發明」不必專屬一人，杜詩的情形尤其如此。平心而論，荊公與山谷對杜詩各有許多關鍵性的「發明」，而荊公的發明尤具開創意義。

　　宋人尊杜不始於荊公，但杜詩崇隆的地位，則在他手上確立。早在卅歲以前，鄞令任內即曾得杜甫佚詩二百餘篇，編成《杜工部詩後集》，〔註87〕書雖早佚，而序仍見於文集。略謂：「余考古之詩，

〔註86〕曾季貍有類似的言論：「前人論詩初不知有韋蘇州、柳子厚，論字亦不知有楊凝式。三者至東坡而後發此祕，遂以韋柳配淵明，凝式配顏魯公，東坡眞有德於三子者。」（《艇齋詩話》，《歷代詩話續編》，頁292）「發祕」一詞與「發明」有異曲同功之妙。

〔註87〕早於《後集》十二年有王洙編次本，而荊公未見，其實二百餘篇

尤愛杜甫氏作者。其辭所從出，一莫知其窮極，而病未能學也。」
又謂：「世之學者，至乎甫而後爲詩，不能至，要之不知詩焉爾。嗚
呼！詩之難，惟有甫哉！」(《臨川集》卷八四) 此序作於皇祐四年，
荊公卅二歲。大約同時作有〈杜甫畫像〉一篇，最足以說明荊公對
杜詩的傾倒：

> 吾觀少陵詩，謂與元氣侔。力能排天斡九地，壯顏毅色不可
> 求。浩蕩八極中，生物豈不稠。醜妍巨細千萬殊，竟莫見以
> 何雕鏤。惜哉命之窮，顛倒不見收。青衫老更斥，餓死半九
> 州，瘦妻僵前子仆後，攘攘盜賊森戈矛。吟哦當此時，不廢
> 朝廷憂，常願天子聖，大臣各伊周，寧令吾廬獨破受凍死，
> 不忍四海寒颼颼。傷屯悼屈止一身，嗟時之人我所羞。所以
> 見公畫，再拜涕泗流，惟公之心古亦少，願起公死從之遊。(十
> 三/711)

此篇於杜詩高妙及「老杜平生用心處」(胡仔語，見《苕溪漁隱叢話》)，
皆有抉發。論者謂荊公體會杜詩偏向於思想內涵一面，其說實可商。
試觀開頭數語，則於杜詩藝術造詣亦深感推服。

　劉攽《中山詩話》稱歐陽修「不甚喜杜甫，謂韓吏部絕倫。」然
歐公集中有〈堂中畫像探題得杜子美〉詩云：「風雅久寂寞，吾思見
其人。杜君詩之豪，來者孰比倫。生爲一身窮，死也萬世珍。言苟可
垂後，士無羞賤貧。」(《歐陽文忠公集》外集卷五) 取相較論可見兩
人對杜甫的觀點。歐公譽老杜爲詩之豪，並謂「來者孰比倫」，藝術
評價不可謂不高。〔註88〕但他不喜杜詩卻也是事實。他嘗說：「杜子
美才出人表，不可學，學必不致，徒無所成，故未始學之；韓退之才

不全爲佚詩，參閱周采泉《杜集書錄》，頁268～269。儘管如此，
荊公所見杜詩較一般詩人爲多，則屬無疑。

〔註88〕楊億、歐陽修雖以不喜杜著稱，後人頗有懷疑他們取法於杜者。仇
兆鰲《杜少陵集詳注》卷九謂：「楊億詩『獨自憑欄干，衣襟生暮寒』，
本杜『天寒翠袖』句，而低昂自見。彼何以不服杜耶？」吳喬《圍
爐詩話》卷五：「義山詩被楊億、劉筠弄壞，永叔力反之，語多直出，
似是學杜之流弊；而又生平不喜杜詩，何也？」

可及而每學之。」（何汶《竹莊詩話》，轉引自《宋詩綜論叢編》，頁221）。謂杜詩不可學，顯與後來多數詩人的意見不同。例外者如吳沆，《環溪詩話》卷中：「合荊公與山谷不能當一杜甫，而歐蘇各能兼韓李之半，故知學韓者易爲力，學杜詩者難爲功也。」不過吳氏是站在極度推崇的觀點，認定杜詩廣大無邊，後人難當。與歐公之虛應，不可同日語。

　　荊公全面推崇杜詩，而於杜詩體會亦深。據《東皋雜錄》載：「有問荊公：『老杜詩，何故妙絕古今？』公曰：『老杜固嘗言之：讀書破萬卷，下筆如有神。』」（《苕溪漁隱叢話》後集卷五）荊公推崇杜甫積學豐富而又能消融於筆端，達到「如有神」的境地。這自然與荊公本人好學尚知的個人風格有關，荊公詩歌書卷氣甚濃，典實之富，幾乎堪稱一代之冠。所謂以才學爲詩，在荊公自屬當然，即使暮年小詩，有時亦不免流露炫博的積習。則荊公以能積能消推崇杜詩，亦是其來有自。

　　前引荊公語：「『或看翡翠蘭苕上，未掣鯨魚碧海中』，此老杜所得也。」亦是以杜詩評杜詩，而重點又自不同。此處殆謂老杜能豪能妍，兼有眾格，而尤以「掣鯨碧海」的筆力更爲諸家所不能及。前引〈杜甫畫像〉所謂「力能排天斡九地，壯顏毅色不可求。浩蕩八極中，生物豈不稠。醜妍巨細千萬殊，竟莫見以何雕鏤。」亦是贊歎老杜的氣勢宏闊，巧奪天工。

　　荊公向以精於錘鍊見稱，他對老杜下字的工夫亦深表歎服。《鍾山語錄》摘評杜詩佳句曰：「『無人覺來往，疏懶意何長』，下得『覺』字大好。足見吟詩要一字、兩字工夫也。」（《苕溪漁隱叢話》引）此處抉發一字之妙，實深具慧眼。另據《石林詩話》載：「蔡天啓言荊公每稱老杜『鉤簾宿鷺起，丸藥流鶯轉』之句，以爲用意高峭，五字之模楷。他日，公作詩得『青山捫虱坐，黃鳥挾書眠』，自謂不減杜語，以爲得意。」天啓從公游，在金陵退隊俯間，則此段記載所反映者乃晚年對杜詩的看法。荊公以「用意高峭」求杜，或與晚年經義山

詩而上窺老杜有關。他甚至斷定：「世間好語言，已被老杜道盡；世間俗言語，已被樂天道盡。」（《陳輔之詩話》）於老杜用語可謂推崇備至。但他卻曾說：「杜甫固奇，就其分者擇之，好句亦自有數。李白雖無深意，大體俊逸，無疏謬處。」（《苕溪漁隱叢話》前集卷十四引《鍾山語錄》）此言並非否定前論，而是在強調讀詩貴在能作選擇，善於判斷，否則精蕪俱入，難以見功。

荊公不僅能賞造語之精，於老杜詩法微旨亦深有悟。他曾說：「『映階碧草自春色，隔葉黃鸝空好音。』此止詠武侯之廟，而託意在其中矣。」（以上俱見《諸家老杜詩評》卷一引《鍾山語錄》）荊公於此心領神會，居安資深，終於融爲個人的技巧。故胡仔盛讚荊公〈題雙廟詩〉詩：「北風吹樹急，西日照窗涼。」爲得老杜句法，託意深遠，非止詠廟中景物（《苕溪漁隱叢話》卷三十六）。

至於荊公學杜的成就，方回謂：「半山詩步驟老杜，有工緻而無悲壯。」（《瀛奎律髓刊誤》卷十六「節序類」〈壬辰寒食〉批語）此說欠當，《宋詩鈔》臨川詩小序已有駁論。〔註89〕劉熙載則謂：「王荊公詩學杜得其瘦硬，然杜具熱腸，公惟冷面，殆亦如其文之學韓，同而未嘗不異也。」（《藝概》，《清詩話續編》頁 2431）此說恐怕是受到方回影響，只是進一步指出由於生命氣質的不同，荊公無法得杜精髓。朱庭珍則以爲：「歐公學韓，而以其夷猶神韻，變其光怪陸離；半山學杜，而以其簡拔短鍊，變其沈鬱飛動。各自成家，一時瑜亮。」（《筱園詩話》卷一，《清詩話續編》頁 2329）此則有見於荊公學杜有成，自成面貌，其說實較精闢而公允。

宋人學杜，往往有個中間環節。〔註90〕在荊公以前，宋人推尊

〔註89〕詳第五章，第三節，第一項。

〔註90〕透過中介環節來體認典範，在宋代甚爲普遍。光度愈強的典範所可能產生的中介結構也愈多，其典範意義也從而生生不息。張宏生認爲：「宋人雖十分尊杜，但大概由於這個典範過高，時間又相距較遠，因而學杜往往有個中間環節。」見〈關於江湖詩派學晚唐的若干問題〉，頁 88。

杜詩者首推王禹偁，不過他顯然是通過白居易所走的路數來體會杜甫。故其言曰：「本與樂天爲後進，敢期子美是前身？」荊公崇杜幾與其詩學發展相始終，惟其間轉進不只一端，而對杜詩的瞭解無不隨之加深。

三、合老杜西崑於一手

王荊公對建立師法的另一貢獻是掘發義山詩的價值。荊公推崇義山學杜的成就，以下列記載爲最詳：

> 王荊公晚年亦喜稱義山詩，以爲唐人知學老杜而得其藩籬者，惟義山一人而已。每誦其「雪嶺未歸雲外使，松州猶駐殿前軍」、「永憶江湖歸白髮，欲回天地入扁舟」，與「池光不受月，暮氣欲沈山」，「江海三年客，乾坤百戰場」之類，雖老杜無以過也。義山詩合處信有過人，若其用事深僻，語工而意不及，自是其短。世人反以爲奇而效之，故崑體之弊，適重其失，義山本不至是云。(《苕溪漁隱叢話》前集卷二十二引《蔡寬夫詩話》)

> 唐人學老杜，惟商隱一人而已。雖未造其妙，然精密華麗，亦自得其彷彿。故國初錢文僖與楊大年、劉中山，皆傾心師尊，以爲過老杜，至歐陽文忠公始力排之，然宋莒公兄弟，雖尊老杜，終不廢商隱。王荊公亦嘗爲蔡天啓言：學詩者未可遽學老杜，當先學商隱。未有不能爲商隱而能爲老杜者。(葉夢得《石林詩話》卷下)

前文曾論及荊公很早就喜愛杜詩，中年以前濡染已深，「喜稱義山詩」則在晚年，可見他本身學杜未必從義山入手。不過由於晚年對義山詩的重新體認，也意味著對杜詩的再發明。此後之學杜已與往日之學杜不同，涵養體認俱躍進一層，因此有「學杜當先學商隱」的論斷。我們甚至可以推測：荊公早年學杜比較偏向韓愈或白居易的路數，晚年則走入義山路數。

他斷定「未有能爲商隱而能爲老杜者」，則是以義山所得爲老杜

精髓，故先學商隱乃學杜的必要條件。他稱譽義山佳製「雖老杜無以過也」，則並不全然把義山放置在老杜的羽翼，而能認識到義山「自成一家」的藝術成就。因此義山詩對荊公晚年詩學的進境實有相當影響，荊公對義山詩的體認當非泛泛。〔註91〕

宋初楊劉標舉義山詩，以整治五代以來衰頹率易的詩風，對宋詩的發展實有振作之功。但是由於對義山詩的神髓體認不足，取徑未免失之偏狹迫促，因而產生不少流弊。王荊公早年曾在〈張刑部詩序〉中說：「楊劉以其文詞染當世，學者迷其端原，靡靡然窮日力以摹之。粉墨青朱，顛錯叢龐，無文章黼黻之序。其屬情藉事，不可考據也。」（《臨川先生文集》卷八四）可知他對崑體流弊早有所見，自然不會走上取青媲白之路。

荊公得於義山者，當然可以包括創作技巧。如惠洪指出荊公晚年喜義山，故「字字有根蒂」（《冷齋夜話》）。周斯盛謂半山詠史絕句善用翻案法，深得玉溪生筆意（《寒廳詩話》）。然而這些實非義山詩的精采處，紀昀曾說：

> 李義山詩，運意深曲，感事託諷，佳處往往逼杜，非飛卿所可比肩，細閱全集自知。宋代楊劉諸公，但襲其面目，堆垛組織，致招致優人尋撦之誚。二馮亦但取其浮豔尖刻之詞為宗，實不知其比興深微，用意曲折，運筆生動沈著，別有安身立命之處。方虛谷謂學杜須從山谷、後山、簡齋入手，主江西派一祖三宗之說，乃門戶迂僻之見，決不可從。王荊公謂學杜須從義山入手，卻是閱歷有得之言。（據《筱園詩話》引，《清詩話續編》，頁 2348）

〔註91〕吳喬《答萬季埜詩問》謂：「介甫謂義山深有得於少陵，而止讚『雪嶺未歸』一聯，是見其鍊句，而未見其鍊局也。」據片斷文獻來斷定荊公所見，自然是不足的。應當要全面結合荊公的心境思想與文學觀念來詮衡。近人夏敬觀認為「義山學杜」之論雖發自荊公，而後學未必喻其意，所引義山學杜之句，不免從字面形跡求之（《唐詩說》，頁 102）。

誠如紀氏所言，義山詩的精萃不在華文麗采，而在「比興深微，用意曲折」的精神內涵。然則荊公是否曾領略到義山詩「安身立命之處」呢？答案是肯定的。義山身處秩序崩動的大時代，心靈無時不承受巨大的震盪。他以繽紛的意象來呈現曲折的心緒，其中包括深刻的政治體驗與時代感受。荊公面對的時代環境與人生際遇似乎與義山難以比並，但精神上的沈鬱卻有相通處。荊公晚年有喪子之痛，有謀國之憂。出入於禪寺，徬彷乎山林，無非在滌洗內心的鬱結。「永憶江湖歸白髮，欲迴天地入扁舟」，這樣的詩句不僅聲情撼人，其精神意蘊也正好是荊公一生寫照，無怪乎他要吟之再三。何況扁舟易入，天地難迴，功未成而身已退，讀起義山詩來，自然別有一番滋味。

義山學杜而得其樊離，既是荊公的重大發現。則他不僅通過義山來認識杜甫，也通過杜甫來認識義山。惟其如此，他對杜李認識之深都超過前人，而二家在荊公後期詩學發展過程中實是同時並進且互相交涉的。如前文所述，荊公早年對杜詩的體認已甚全面，能夠兼顧思想內涵及藝術品質。晚年對義山詩的重新體會，更使他深化上述兩方面的體認。他許義山為得杜樊離，自然也從杜詩精粹處衡量義山詩。

杜詩無奇不有，無法不備，學之者各得一體。後世詩人往往依據自己的文學觀，去選擇中介結構。平心而論，義山實較比韓白更能繼承老杜的藝術精髓。如專以七律而論，更無可疑。施補華《峴傭詩話》：「義山七律，得於少陵者深。故濃麗之中，時帶沈鬱。如〈重有感〉、〈籌筆驛〉等篇，氣足神完，直登其堂，入其室矣。」管世銘《讀雪山房唐詩序例》：「善學少陵七律者，終唐之世，惟李義山一人。胎息在神骨之間，不在形貌。〈蜀中離席〉一篇，轉非其至也。義山當朋黨傾危之際，獨能乃心王室，便是作詩根源。其〈哭劉蕡〉、〈重有感〉、〈曲江〉等詩，不減老杜憂時之作。〉吳喬《圍爐詩話》：「少陵詩是義山根本得力處，敘甘露之變二長韻及〈杜工部蜀中離席〉可驗，此意唯王荊公知之。」可見商隱得杜神髓，普遍為後人所認可。荊公選擇的這條路線，比較接近詩聖真髓。

　　荊公影響山谷，不僅學杜而已，更在學杜的路徑。蓋荊公後期的「杜詩學」是與義山緊密結合的，山谷當亦知之。「由義山以學杜」這條路也決定山谷詩學入門巴鼻。朱弁《風月堂詩話》卷下云：

　　　李義山擬老杜詩云：「歲月行如此，江湖坐渺然」，真是老杜語也。其他句「蒼梧應露下，白閣自雲深」，「天意憐幽草，人間重晚晴」之類，置杜集中亦無愧矣，然未似老杜沈涵汪洋筆力有餘也，義山亦自覺，故別立門戶成一家。後人拖其餘波，號西崑體，句律太嚴，無自然態度。黃魯直深悟此理，乃獨用崑體工夫，而造老杜渾成之境，今之詩人少有及者。此禪家所謂更高一著也。

崑體當然不能上括義山，崑體工夫更不足以囊括義山詩藝精髓。惟自北宋末期，已有混稱義山詩為西崑體者，〔註92〕「崑體」一詞遂生新義，可以包含宋人所理解的義山。

　　據朱弁原文，山谷取資於崑體而能免掉崑體流弊，正是由於「深悟此理」。我們惟有把握「此理」所指，才能明瞭山谷「用崑體工夫」的新意義。〔註93〕山谷所深悟者，主要在下列兩方面：第一、義山學杜已至亂真的境地，但他「自覺」未能臻及老杜的「沈涵汪洋，筆力有餘」，故「別立門戶」而終能自成一家。西崑諸子於老杜義山之間的關係欠體會，不知義山出入杜詩的脈絡，自然不能得其神髓。〔註

〔註92〕「西崑體」一詞的原義及後來的混淆誤解，參閱郭紹虞《滄浪詩話校釋》，頁63～64；曾棗莊《論西崑體》，頁41～42；劉明宗《宋初詩風體派發展之研究》，頁288～295。惟此種「誤解」實亦自有文學發展的意義。錢鍾書《談藝錄》即直接將「用崑體工夫」與「學義山」視為一事（頁152～153）。

〔註93〕曾棗莊前揭書，頁392～393亦嘗論及。惟以「嚴詩律」釋王黃的崑體工夫，並謂彼等用崑體工夫以「糾正」北宋詩文革新的「負面影響」，似有未妥。

〔註94〕葉矯然《龍性堂詩話》：「楊大年宗西崑體，作〈漢武〉詩云：『力通青海求龍種，死諱文成食馬肝。待詔先生齒編貝，忍令索米向長安。』稍似義山。然以少陵為村夫子，似又徒貌義山者，不知義山固精於少陵者也。」此正有見於西崑學義山失真處，乃在於不知根柢於杜，

94）而山谷則深知「自成一家始逼真」、「學而至於無學」的道理。第二、西崑諸子太過拘泥而致閃失，學義山而終淪於「句律太嚴，無自然態度」。山谷懲其失，雖吸納其基本工夫，卻自有更高的藝術理念爲根基，故入而能出，終能去其生硬造作之病。

總之，山谷於崑體只取其學義山的工夫，也就是以義山爲中介結構來學杜，並深入攝取義山學杜的經驗。山谷悟此理，所以「用崑體工夫」乃是通過義山進而直扣老杜，如荊公所開示。而其心力所注實不求形貌風格之酷肖，而意在「渾成之境」。因爲山谷知道眞正的「逼眞」乃在於「自成一家」。故後人言善學杜者，每以「唐之義山，宋之山谷」並舉。〔註95〕

但是王若虛《滹南詩話》卷三卻有異議：「予謂用崑體工夫必不能造老杜之渾全，而至老杜之地者亦無事乎崑體工夫，蓋兩者不能相兼耳。」此殆不知「用崑體工夫」的精義，更忽略老杜「詩律細」而「渾漫與」的自陳。何況山谷對崑體得失已先有深刻領會，絕非重蹈西崑諸子的舊轍。

楊劉輩知學義山，在宋詩發展史上已自具深義。何況就實際創作而言，他們也確實具備突破性的成績。〔註96〕故北宋詩壇大家如歐陽修、蘇軾兄弟在言談間都曾對楊劉風采致其嚮往之情。〔註97〕事實上

可與本文互證。另許總〈宋詩宗杜新論〉主張「與其視西崑體爲學杜之反動，倒不如將其看作學杜的異化和變種」(《杜詩學發微》，頁33）由義山學杜，崑體學義山，從而認定崑體與杜有關，推理似有過於簡化之嫌。該文欲以「宗杜」範圍全部宋詩，故有此論。

〔註95〕金武祥《粟香隨筆》卷五謂：「李義山、黃山谷極不似杜，而善學杜者無過義山、山谷。」(轉引自龔鵬程《江西詩社宗派研究》，頁241）即深有見於二人路數之近似。再如潘德輿《養一齋詩話》卷二：「老杜詩法，得其全者無一人，若得一節以名世者，亦有之矣。唐之義山，宋之山谷是也。」

〔註96〕劉熙載《詩概》云：「宋王元之詩自謂樂天後進，楊大年劉子儀學義山爲西崑體，格雖不高，五代以來，亦未有其安雅。」崑體貢獻，可參看龔鵬程《江西詩社宗派研究》，頁150～152。

〔註97〕詳曾棗莊前揭書，頁386～390。

「崑體工夫」已普遍融入當時詩人的詩藝裡，詩人無論自覺與否，或多或少都曾取資於崑體工夫。故宋詩於技法上的普遍提昇，崑體功不可沒。從歐陽修與東坡不廢楊劉的詩學立場來看，山谷用崑體工夫並不足怪。重要的是由崑體、義山而上窺老杜，這一整個工夫進程，實已大大超越楊劉。而這也正是荊公所提倡，而為王黃詩藝發展的共同方向。此後江西宗派後學亦無不由上述路數而入室。〔註98〕吳可《藏海詩話》有「學詩當以杜為體，以蘇黃為用」的主張（《歷代詩話續編》，頁331），試仿其說，則似亦可謂荊公、山谷，以老杜為體，以西崑為用。

四、《百家詩選》與晚唐異味

荊公《百家詩選》為北宋僅見之純粹唐詩選本，由於編選品味的特異，歷來議論紛紛。編者及成書經過，宋人已有異說。〔註99〕內容上更有兩項特色：就人選而言，則「李杜韓及諸名家之詩，皆不入選」。就詩選而言，則「就此百餘家之中，其膾炙人口者多不入選」。這些特點確有費解處，故後人討論與批評皆集中在此。〔註100〕

〔註98〕黃陳學義山，江西宗派亦學義山，如呂東萊自謂「得李義山詩熟讀規摹之」，始覺作詩異於眾人。參看錢鍾書《談藝錄》，頁494。又許顗《彥周詩話》嘗以義山、山谷並舉，謂學兩家，「可去淺易鄙陋之病」。

〔註99〕此選作者誰屬，另有異說。或謂其書乃宋敏求編，而荊公特更有所去取。或謂原書雖經荊公選定，終為抄吏所紿。前說出晁公武《郡齋讀書志》卷二十，而為《四庫提要》所本。後說則見載於《河南邵氏聞見後錄》、《清波雜志》，近人傅增湘《藏園群書題記》卷八即採其說。二說歷來多有駁論，其中以蔡元鳳《王荊公年譜考略》卷八、余嘉錫《四庫提要辨證》卷二十四論證最詳，書出荊公手，當可無疑。蓋此書去取既迥異常情，後人由惑生疑，故有上述種種揣說。

〔註100〕這方面的討論，參閱余嘉錫《四庫提要辨證》，卷二十四；近藤光男《四庫全書總目提要唐詩集之研究》，頁334～342；郭紹虞《滄浪詩話校釋》；蔡瑜《宋代唐詩學》，第六章第一節；孫琴安《唐詩選本六百種提要》，頁38～42；陳伯海、朱易安《唐詩書錄》，頁27～30；夏敬觀〈題唐百家詩選〉，《唐詩說》附錄，頁179；西村

要評判一本選集的性質與意義，可以先探討其編選動機。此書有荊公自序一篇，不僅見收於現存各本荊公文集，更迭爲當代詩話筆記所稱引，眞僞當無可疑。〔註101〕欲討論種種問題，實宜以此爲根據。其言曰：

> 余與宋次道同爲三司判官，時次道出其家藏唐詩百餘編，諉余擇其精者，次道因名曰《百家詩選》。廢日力於此，良可悔也。雖然，欲知唐詩者，觀此足矣。（《文集》卷八十四，〈唐百家詩選序〉）

一則曰：「廢日力於此，良可悔也。」再則曰：「欲知唐詩者，觀此足矣。」味其語氣似於進退得失有所遲疑，無怪乎引出種種揣論。楊蟠說：「於唐選百家，特錄其精警，而杜韓李所不與，蓋有微旨焉。」（〈百家詩選後序〉）〔註102〕是據後一語發揮。朱熹說：「荊公唐選，本非其用意處。乃就宋次道所有而因爲點定耳。觀其序引，有『廢日力於此，良可悔也』之歎，則可以見此老之用心矣。夫豈以區區一言半句爲述作，而必欲其所無遺哉。」（〈答鞏仲至書〉，《晦庵文集》卷六十四）則是據前一語而發揮。又有綜合二語者，如何焯說：「荊公之意，以浮文妨要，恐後人蹈其所悔，故有『觀此足矣』之語，非自謂此選乃至極也。後人譏彈之口，並失其本意。」（〈跋王荊公百家詩選〉）平心而論，朱何二家所說較合情理。朱弁記此書由來曰：「介甫借唐人詩集日閱之，過眼有會於心者，必手錄之」（《風月堂詩話》卷

富美子〈王荊公唐百家詩選小論〉；孫克寬〈唐詩鼓吹與王荊公〉（收在《詩與詩人》）；王晉光《王荊公的前半生》，頁 109。

〔註101〕《郡齋讀書志》卷二十，朱子〈答鞏至仲書〉皆嘗稱引。

〔註102〕《唐百家詩選》另有十卷本，分類排列，與前本迥異，而編者亦題荊公。楊蟠後序即見此本，署爲元符元年（1098）作。蔡瑜前揭書則以楊蟠與荊公年代相及，而斷其書爲可信，並推測分類出於宋次道之手。惟清人宋犖《西陂類稿》卷二十九〈與朱竹垞論荊公選唐詩〉已謂此本經楊蟠所改竄，非復荊公原本，不但編次體例迥異，並於去取有所淆亂。因進一步指出當時所見或爲此本，而覽者以訛傳訛，遂歸咎於鈔吏。

下）然則荊公未嘗刻意從事於編選，其書實由隨手札鈔而成，與其視爲嚴格選集而較論其選旨，不如視爲隨緣率意的讀詩箚錄。

此書既非荊公用意所在，實無編選義例之可言，凡後人欲尋其「微旨」者，自然疑竇百出。沈德潛說：「雜出不倫，大旨取和平之音，而忽入盧仝〈月蝕〉，斥王摩詰、韋左司，而王仲初多至百首，此何意也？」（《說詩晬語》）馬得華則說：「偏得晚唐，刻削爲奇，盛唐沖融渾灝之風在選者戛戛焉無幾。」（《詩源辨體》）實際上，荊公此選既非嚴格之作，於是乃順任主觀感受，而未曾懸以客觀標準。因此可說既不以「和平之音」爲主，也不專尚「刻削爲奇」之作。

前引《石林詩話》論及荊公詩，有謂：「後爲群牧判官，從宋次道盡假唐人詩集，博觀約取，晚年始盡深婉不迫之趣。」據此則中年一段追索判斷的歷程，實爲晚年詩風發展的根基。由《百家詩選》雖不足以考見「博觀」之全豹，而猶足以想見「約取」之一斑。因此，此選編輯態度雖甚隨興，難以反映系統的文學觀念，但卻能透露詩人的閱讀經驗與主觀的藝術判斷。夏敬觀說：「今觀此選，於諸家詩之去取，皆適合荊公平昔宗旨。」（〈題唐百家詩選〉）荊公仍於無意中經營出一種風調。

此書缺略初盛，而特詳於晚唐，前人論之已詳。〔註 103〕所以如此，一來是受宋次道家藏所限，二來也反映荊公的偏好。據詩選自序，知書成於「與宋次道同爲三司判官」時。荊公任三司度支判官，在嘉祐五年五月至翌年六月，〔註 104〕時年四十、四十一歲，首次接受京

〔註 103〕參見胡應麟《詩藪》，外編卷四；何良俊《四友齋叢說》，卷二十四；王士禎《香祖筆記》，卷二。

〔註 104〕《宋史》卷十二〈仁宗本紀〉載，嘉祐五年五月「己酉，王荊公召入爲三司度支判官」。六年六月「戊寅，以王荊公知制誥」。可知荊公任職三司判官，一年而已，《百家詩選》即成於其間。惟細味前引自序口氣，似已自三司離職。則書之付梓，或在稍後。另據前引《石林詩話》，荊公任群牧判官期間，即常向次道借集，則著手編選以前，浸潤已深。

官的任命。生理既已步入中年，政治生涯亦進入另一階段。此後十數
年由知制誥而參知政事而施行變法，是荊公政治生命最重要的一個時
期。我們討論荊公晚年的詩風，卻不能忽略其前的契機，任何新風格
的形成絕非一蹴可幾的。我們試著將晚年風格推前一程來觀察，將發
現《百家詩選》也許可以視爲一個端倪。而事實上荊公「金陵詩」中
的晚唐氣韻是不容忽略的。方回就曾說：「學唐人丁卯橋詩逼眞而過
之者，王半山。」（《桐江集》卷一〈滄浪會稽十詠序〉）

　　南北宋之際，詩人凡不滿江西詩派作風者，往往標舉晚唐以相抗
衡，形成「唐與江西相傾軋」的局面。〔註 105〕楊萬里自江西入手，
繼而不愜於江西，產生超越與突破的自覺，遂視「晚唐異味」爲對治
良藥。他以「味」的概念爲主軸，從半山絕句上窺晚唐從而浸假乎三
百篇。在他的體會中，晚唐諸子猶有國風小雅之遺音，〔註 106〕而半
山絕句在宋詩中最得晚唐風味。透過誠齋這條思路，有助於我們貼入
荊公晚年詩風的某種特質。當然這種特質未必足以含括「金陵詩」的
全部，而且必須以能把握誠齋的概念爲前提。

　　同樣取資於晚唐，並不意味對「晚唐」有同樣的體認。事實上「晚
唐風調」的概念在宋詩發展史中是不斷變化的。例如同在「晚唐」中
用功，四靈濡染宋調已深，勢不能不與九僧異趣。誠齋於江西宗法深
造有得，即使後來易轍駛入晚唐，作品不免仍是宋格丕張。則他與詆
江西不遺餘力的江湖詩人是不可同日語的。論者嘗謂南宋的江西詩人
對晚唐的推尊，主要表現在思想內容方面，江湖詩人則表現在藝術技

〔註105〕語見劉壎《隱居通議》卷十〈劉五淵評論〉條。所謂「唐」，殆指
　　　　南宋詩壇所認知的晚唐，詳第五章第一節第二項。關於「晚唐」與
　　　　「江西」之交涉，參考錢鍾書《宋詩選注》，頁 218～219、284～285；
　　　　《談藝錄》，頁 124～125、451～452；孫克寬《詩與詩人》，頁 71
　　　　～73；龔鵬程《文學批評的視野》，頁 372～373；張宏生〈關於江
　　　　湖詩派學晚唐的若干問題〉，頁 82～86。
〔註106〕其意見於《誠齋集》卷八十三，〈周子益《訓蒙省題詩》序〉、〈頤
　　　　庵詩稿序〉。

巧方面。〔註107〕。荊公同時爲江西晚唐兩派所取資，其作品必有兼美。此路與誠齋近似，宜乎爲其所取法。雖然誠齋把唐人一關安在荊公頭上，其實正是透過荊公來認識晚唐的，所作也較近荊公。就此而言，荊公與誠齋都以自身的藝術觀念來學習晚唐。而取資晚唐不等於提倡晚唐。

　　北宋詩人的「晚唐」概念相當寬泛，不能以「四唐說」成熟以後的標準來索度。「賈島格」在唐末以至宋初固然相當盛行，但以之爲「晚唐」主調，實始於四靈。〔註108〕如以楊誠齋的觀念來說，則荊公百家詩選入選作家恐有七八成可以劃入「晚唐」。〔註109〕其中體派紛雜，未易概分，〔註110〕然大抵勝在造語工巧，用意精到，技巧與思維多較細密深刻。〔註111〕荊公生命格局與藝術才華都遠出凡俗，故雖取資晚唐，而終能超脫其窘況，不致落入衰陋之氣與狹迫之境。

　　誠齋取晚唐以藥江西。荊公百家選偏重晚唐，是否亦有所託呢？葉德輝謂：「荊公此選多取蒼老一格，意其時西崑盛行，欲矯其非，乃有此舉耶？」（《郋園讀書志》）案仁宗嘉祐年間，西崑詩風已衰微，

〔註107〕詳張宏生前揭文，頁85。

〔註108〕大抵而言，宋初直接承受「唐末遺風」的薰染，「晚唐」一詞並不特指某一體派。直至四靈不滿江西作風，刻意追摹「賈島格」，而「晚唐」內涵漸趨凝定。宋初九僧等人雖表現某種獨特的創作路數，但「晚唐體」的名號實方回所追加。說詳蔡瑜〈宋代的唐詩分期論〉。另黃奕珍有《宋代詩學中晚唐觀念的形成與演變》，專論此一議題甚詳。

〔註109〕誠齋〈頤庵詩稿序〉，論「晚唐諸子」具三百篇遺味，引例乃有王之渙句：「羌笛何須怨楊柳，春風不度玉門關」。之渙年輩實先於李杜，無論如何難以畫入晚唐。此或一時失檢，不必遽以論斷。大抵而言，誠齋所謂「晚唐」，實包括後世所謂中、晚唐而言。

〔註110〕楊慎認爲：晚唐之詩，不出學賈島、學張籍兩派（《升庵詩話》卷十一）。施蟄存則主張「另有一派起於王建、李賀、張祜」（《唐詩百話》，頁715）。

〔註111〕宋人普遍推崇晚唐造語之工練奇警，而責以「氣韻太卑」。如吳可《藏海詩話》曰：「唐末人詩，雖格不高而有衰陋之氣，然造語成就。今人多造語不成。」（《歷代詩話續編》，頁329）

故知此論純出臆說。但自詩文革新運動以來，文壇專尚氣格，詩風未免偏於瘦硬，〔註112〕似乎有必要導入一點舒緩的韻味。荊公既博觀約取於唐人詩集，遂在有意無意間為自己開出一條嶄新的道路。其實荊公之假道晚唐，正如他用崑體工夫一樣，都是為了臻及老杜渾融的境地。無論「晚唐風味」或「崑體工夫」都是突破創作的法門，卻非極致所在，此則不可不辨者。

〔註112〕孫克寬認為：「歐詩太豪，梅詩太淡，以荊公詩的綿密典麗，重視組織典實，琢磨字面，當然不盡苟同。」（《詩與詩人》，頁70）故《百家詩選》標舉晚唐，有獨樹一幟之意。

第四章　道中有味：金陵詩的意蘊與美感

第一節　詩禪交涉

一、智識化的禪學

　　詩學與禪學的融合是宋代文化界的大事。蓋自唐代以來「禪學的文字化」與「詩學的禪化」這兩條發展路線同時並進，必待其發展至相當程度，兩者乃順利交融，「詩禪合一」的觀念才能普遍爲文人所接受。但就荊公而言，二者之間實尚未發展到可以合契無間的地步。禪佛的宗教本質仍然強烈，他的詩中固多禪理禪趣，他的身上卻也頗見詩與禪的衝突。

　　蓋就禪學本身的發展來看，宋代之後逐漸趨向模式化、文人化、正統化，六祖以來充滿活力與創意的南禪風尙日漸褪色。燈錄一類的宗教文獻大量流行，使禪者熟稔祖師事跡，以至陳陳相因，是爲模式化。宋代禪僧多工於詩文、精於典籍，甚至生活情趣、價值觀念也與一般知識分子無異，是爲文人化。禪者融合儒、道，又廣爲官僚社群所信奉，勢力由叢林進入廟堂，是爲正統化。〔註1〕以上種種趨勢相

〔註1〕參考顧偉康《禪學六變》，第五章第一節；龔鵬程《文化符號學》，
　　　　第三卷第一章第十一節。

互配合，爲詩與禪的結合奠立良好的基礎。

詩與禪的融合，從詩學的角度來看，也許是一種發展。從禪學的角度來看，恐怕是一種退縮。蓋破除文字以及文字所負載的僵化概念，乃是禪宗的一大特色。今退入語言文字，重循舊轍，未必能以「看山又是山」自解。禪究竟該「不即文字」或「不離文字」？宗門內部曾有一番爭論，正如西方宗教史上也有「智性」（intellect）與「虔信」（piety）能否並存的難題。〔註2〕

徐復觀認爲禪的本質安放不下藝術。他說：「凡文人禪僧在詩文上，若自以爲得力於禪，實際乃得力於被五祖所呵斥，卻與道相通的『心如明境臺』之心，而以此爲立足點。既以此爲立足點，本質上即是『道』而非『禪』。」〔註3〕以莊學籠罩禪學，其說容有可商。但禪學的「莊學化」，確是宋代文化界的一般大勢，並從而促進禪學與詩學的進一步融合。不過，文字禪的興起除了禪的「莊學化」以外，應當還要包含「儒學化」的因素。所謂「儒學化」，具體言之，則是對淑世精神的發揚與對知識經典的重視。這個趨勢是伴隨佛學的入世轉向而進行的，〔註4〕與一代思潮的變化有關。

據惠洪《林間錄》卷上所載，荊公嘗「嗟惜禪者吐辭，多臆說不問義理，故要謗者多以此。有志於宗教者，當考證之，不可苟也。」此處「義理」一詞取義與後世相對於「辭章」、「考據」者不同，所謂「不問義理」是指不講求客觀事實，全憑主觀發揮，故原文後半即強調「考證」的重要。從這段文獻可知，即使面對宗教問題，荊公仍十分強調言之有據的嚴謹態度。對於禪者束書游談的風尚頗不以爲然。另據惠洪《石門題跋》卷二〈跋山谷五觀〉載：

> 舒王在鍾山，多與禪者游。王以宗乘關捷問之，莫不

〔註2〕詳余英時《史學與傳統》，頁112；《歷史與思想》，頁92。

〔註3〕徐復觀《中國文學論集續篇》，頁5～6；類似的觀點又見於氏著《中國藝術精神》，頁372～374。

〔註4〕詳錢穆〈禪宗與理學〉，《中國學術思想史論叢》第四冊，頁231；余英時《中國近世宗教倫理與宗教精神》，頁76～81。

　　　　瞠若，若以膚淺問之，莫不聽瑩，於是大訝其寡聞。嘗問一
　　　　僧五觀法，使誦之，往往不能句者。

從這段文字，一方面可以看到禪學末流積弊之深，一方面可見荆公重
視知識學問的態度，直至晚年而未變。所謂「禪者」，當係泛指佛門
僧侶，其中自然也包括禪師。惟禪宗既主張不立文字，並不重視經典
的研習，而強調自我體悟。則「多臆說不問義理」的主觀作風，與不
識「五觀法」的內容，〔註5〕對禪師而言或無足怪。

　　荆公於禪，不廢知識學問一路，固與時代風尚有關，更與個人才
質習尚緊密關聯。荆公之耽讀嗜學，宋代詩人中罕有能出其右者，在
廟堂論事，每責人以不讀書，對手乃詰以「如皋夔稷契之時，何書可
讀？」（《邵氏聞見後錄》）而鵝湖之會，象山駁朱子亦云：「堯舜之前，
何書可讀？」（《象山年譜》淳熙二年條）二者詰語正好相同，然則荆
公之崇尚智識實略與朱子相近。但象山本人卻極推尊荆公，而當代學
者如賀麟，更謂荆公思路與心學接近，似乎不能不啓人疑竇。其實正
因荆公信任「心」的能力，故得與禪學的基本精神相接契；正因好學
尚知，故又趨合禪與文字相互滲透的時代潮流。

　　荆公詩大量運用佛典與禪語，即反映了這種崇尚聞見知解的風
尚。根據《宗門雜錄》記載：

　　　　王荆公問佛慧泉禪師云：「禪宗所謂世尊拈花，出在何
　　　　典？」泉云：「經藏亦不載。」公云：「余頃在翰苑，偶見《大
　　　　梵天問佛決疑經》三卷，因閱之，所載甚詳。……此經多談
　　　　帝王事佛請問，所以祕藏，世無聞者。」

可見荆公研閱佛經既廣博，對於公案掌故的出處亦十分注意，即罕見
典籍亦不放過。不過荆公用佛典時傷於繁瑣，並偶有炫博騁知的傾
向。如〈朱朝議移法雲蘭〉：

　　　　幽蘭有佳氣，千載閟山阿。不出阿蘭若，豈遭乾闥婆。(40/1764)

〔註5〕天台宗、華嚴宗各有「五觀」之說，內容不盡相同。參考吳汝鈞《佛
　　　　教大辭典》，頁128～129。

「阿蘭若」亦作「阿練若」，意謂空寂行者所樂居之處，見《法華經》〈勸持品〉，在此借指佛寺，荊公詩中屢用之（例如〈題八功德水〉，10/1760）。「乾闥婆」，李壁注以爲城名，遂謂詩意爲「移蘭入城」，恐誤。〔註6〕乾闥婆爲天龍八部之一，即香音神，以其不噉酒肉，惟資香陰，或譯作尋香、行香、嗅香，亦見《法華經》〈序品〉。詩意即謂「不到寺中，豈識蘭之香乎？」〔註7〕此詩借用佛語，似無必要，反而透露詩意貧乏的窘況。他如〈詠菊二絕〉其一（42/1849）、〈示報寧長老〉（48/2163）等詩，全用佛典而意味枯淡，殆已淪於「有禪語而無禪味」的地步。〔註8〕

　　然而荊公也有許多妙用佛典禪書的作品，如〈示寶覺二首〉其二：

　　　　重將壞色染衣裙，共臥鍾山一塢雲。客舍黃粱今始熟，鳥殘
　　　　紅柿昔曾分。（43/1896）

壞色衣即袈裟，一塢雲殆指四周麥田。黃粱一夢，荊公詩屢使其事。末句典出《傳燈錄》：潙山與仰山遊，行次，鳥銜一紅柿落前，潙山接與仰山，仰山以水洗了，卻與潙山。潙山曰：「什麼處得來？」仰山曰：「此是和尚道德所感。」潙山曰：「汝也不得空。」即分半與仰山。〔註9〕由於原典的形象十分生動，而荊公用潙、仰以比擬自己跟寶覺的關係也很貼切，遂創造出獨特的韻味。

二、以聲音爲佛事

　　荊公的宗教活動，除了研讀佛經以外，更嘗以坐禪澄定心靈：

　　　　王荊公一日訪蔣山元禪師，坐間談論，品藻古今。元
　　　　曰：「相公口氣逼人，恐著述搜索勞役，心氣不正，何不坐

〔註6〕佛經有「乾闥婆城」，略稱爲「乾城」，不可尋覓，故用以喻虛幻不實之物，而李壁注乃以爲借指「城」。

〔註7〕參閱沈欽韓《王荊公詩集李壁注勘誤補正》，卷四，頁96。

〔註8〕有關禪語與禪味，參閱錢鍾書《談藝錄》，頁222～225；郭紹虞《滄浪詩話校釋》，頁38～39；杜松柏《禪學與唐宋詩學》，頁315。

〔註9〕並見詩集李壁注；胡仔《苕溪漁隱叢話》，前集，卷三十六。

禪，體此大事？」又一日，謂元曰：「坐禪實不虧人。余數
年欲作〈胡笳十八拍〉不成，夜坐間已就。」元大笑。(趙
與時《賓退錄》卷五，頁61)

贊元禪師早年已嘗指出荊公「多怒而學問尚理，於道爲所知愚」爲其
般若三障之一。此處所謂「口氣逼人，恐著述搜索勞役，心氣不正」，
大抵一貫其意。荊公退閒生活的前半段，實以《字說》的撰述爲重心，
則贊元所以勉荊公坐禪以體大事者，或即指此。荊公則由實踐中體驗
到坐禪的好處，如集句巨製〈胡笳十八拍〉，數年不成，而夜坐間已
就。蓋坐禪能使心靈虛靜，而虛靜之心正是陶鈞文思、融鑄萬物的利
器。故東坡〈送參寥詩〉詩，有云：「欲令詩語妙，無厭空且靜；靜
故了群動，空故納萬境。」也是強調虛靜心在藝術創作上重要性。荊
公〈贈長寧僧首〉：「閒中用意歸詩筆，靜外安身比太山」(38/1672)，
與前引東坡詩意相近，而這種境地又常與宗教體驗密切關連。

　　即使漫游郊野的生活，亦時時可見宗教心靈的躍動，〈次韻朱昌
叔〉：

寄公無國寄鍾山，垣屋青松晻靄間。長以聲音爲佛事，野風
蕭颯水潺湲。(41/1813)

《維摩詰經》〈菩薩行品〉：「有以音聲語言文字而作佛事。」《楞嚴經》
卷五亦載時憍那五比丘白佛曰：「於佛音聲，悟明四諦。」又言：「我
於音聲得阿羅漢。佛問圓通，如我所證，音聲爲上。」荊公此詩則引
申其義，說明自己從松濤水流等自然聲響中參悟佛理。大自然滌蕩耳
目、啓迪身心之功，竟可與佛音比擬，這眞是把感官作用提昇到精神
的層次。因此，我們在荊公寫景詩中，看到的不僅是對美景的耽溺，
更有心靈的拔昇。類似的情懷亦見於東坡，〈贈東林總長老〉曰：「溪
聲便是廣長舌，山色豈非清淨身。」即將溪聲山色比作佛的現身。大
自然不僅提供詩材，更賦予詩人靈視的能力。靜謐安詳的景致，接近
宗教，也接近詩。《華嚴經》云：「佛自充滿於法界，普現一切眾生前，
隨緣赴感靡不周，而恆處此菩提座。」詩人以宗教情懷面對大自然，

時時抱持虔誠之心，則遊覽適足以澄清心源，意義初與事佛無異。

《維摩詰經》中又有「一切盡是佛事」的觀念，即連人間聲色也都可以視為通往涅槃的路徑。此種觀念與從山林冥思的苦修方法不同，表現新的人文性，為佛教美學預留出路。〔註10〕佛家忘情，詩人耽美。佛學思想普遍流行，影響士大夫文人的生活態度。文人情致與佛禪教理的衝突處，逐一彰顯出來。不過，他們也慢慢經營出某種足以自我解慰的路徑。惠洪所提出的「以翰墨為佛事」即其一端。〔註11〕在荊公的思維中，則似乎能將自然田園之美與宗教體驗的喜悅融鑄為一。如〈懷古〉二首，即以維摩詰與陶淵明之事交錯運用：

> 日密畏前境，淵明欣故園。那知飯不餉，所喜菊猶存。
> 亦有床坐好，但無車馬喧。誰為吾侍者，稚子候柴門。
>
> 長者一床室，先生三徑園。非無飯蒲缽，亦有酒盈樽。
> 不起筆邊坐，常開柳際門。謾知談實相，欲辯已忘言。
> （22/1053）

奇數句皆出《維摩經》，偶數句皆用淵明詩文，甚至有整句套用者。典故的交錯運用，是刻意的形式設計，造成拼貼的趣味。這種設計除了語言藝術的效果外，更透露了一種獨特的思維形態。維摩詰為佛家高士，淵明則為古今田園詩始祖。今將兩者融於一詩，實含有兼攝會通的意圖。淵明於佛教雖不甚認同，他的田園詩卻隱然達於宗教境界。在荊公眼裡，或許淵明正是「長以聲音為佛事」的最佳典型。荊公晚年詩中，淵明凡十數見，無論於其人格與詩藝，都深致嚮往之情。如前引詩，以陶詩與佛經相提並論，實亦隱含推崇之意。

山水與佛禪，可說是荊公暮年詩歌的重要內容，兩者皆為表現生命追求的具體憑藉，而統合於詩中。有時山水其表，禪理其實，滲透交融，初無山水詩與禪理詩之分。如以下二詩：

〔註10〕參考柳田聖山《中國禪思想史》，吳汝鈞譯本，頁154～156。
〔註11〕參見《石門題跋》卷一，〈題昭默自筆小參〉卷二，〈跋行草墨梅〉、〈跋山谷筆古德偈〉。

　　屋繞灣溪竹繞山，溪山卻在白雲間。臨溪放艇依山坐，

溪鳥山花共我閒。（〈定林所居〉，44/1960）

　　終日看山不厭山，買山終待老山間。山花落盡山長在，

山水空流山自閒。（〈遊鍾山〉，44/1961）

前篇後聯即杜甫所謂「山鳥山花吾友于」；後篇前聯則近於李白所謂
「相看兩不厭，惟有敬亭山」，皆寫「我」與「山」之間的融洽。前
篇前聯與後篇後聯皆寫山水自得之態，而隱以比擬吾心境界。惟此種
「樂山樂水」的思維並非佛禪老莊所獨專，儒家亦自有此等氣象。故
淵明根柢經術，無害其為古今自然詩人之宗。〔註12〕如前舉荊公二
詩，通於禪理而不必限以禪理，若斤斤比附，反而失諸侷促。〔註13〕

三、對智識的反省

　　荊公晚年屢有「捐書」之議，這是理解他晚年文化觀的重要線索。
蓋荊公嗜讀博學冠於當代詩人，乃有離棄知識之論，其間呈現的矛盾
頗可注意。晚年僦居城中，有〈秋熱〉詩云：「憶我年少亦值此，翛
然但以書自埋。」（《臨川集》卷三）〔註14〕頗能反映少時耽讀好學之
一斑。他自負博學，故常以「不讀書」責人。《邵氏聞見後錄》卷二
十云：「王荊公初參政事，下視廟堂如無人。一日，爭新法，怒目諸
公曰：『君輩坐不讀書耳。』」又《苕溪漁隱叢話》前集卷三十四引《西
清詩話》載：歐公以荊公詩「殘菊飄零滿地金」為失實，荊公反駁之
餘，乃曰：「歐九不學之過也。」蔣山贊元禪師早已指出荊公「多怒
而學問尚理，於道為所知愚」的特質，又曾看出他「著述搜索勞役，
心氣不正」，以致「口氣逼人」。

　　荊公詩中屢用「捐書」一語，但立論未盡相同。中年以前，大多
取譏評義，斷然表示反對的立場。如〈偶書〉：

〔註12〕儒者氣象與山水境界，參閱錢鍾書《談藝錄》，頁 53〜54、236〜227、
　　　　頁 553〜554；陶詩得自儒術，看同書頁 238〜240、554〜555。
〔註13〕參閱杜松柏《禪學與唐宋詩學》，頁 357〜358。
〔註14〕李德身將此詩繫在元豐七年（1084），見《王安石詩文繫年》，頁 286。

雄也營身足，聃兮誤汝多。捐書知聖已，絕學奈禽何。(40/1761)

「絕學捐書」典出《莊子》〈山木〉，以寓言之筆寫孔子離棄知識學問之後，弟子無所取益，反而更加親近。此詩又題〈雄聃題〉，顯然意在取兩者作對比，老子主張「絕學棄知」，知識學問俱在否定之列。揚雄則謂：「人而不學，雖無憂，如禽何？」反對絕學之說。若分別以儒、道的觀點來權衡「捐書絕學」，將有「聖」、「禽」二種不同的評判。此處道家所謂「聖」，不取德性義，而是指主體自由的超越境界。儒家則有「人文化成」的思路，對於知識的客觀功能絕無置疑。〔註15〕荊公向來對揚雄評價甚高，認爲「自孟軻以來，未有及之者。」（〈答龔深父書〉，《臨川集》卷七二）故此詩是據儒學立場來批評老聃之棄捨人文。〔註16〕

荊公退閒金陵以後，則對「捐書」二字常表認同，透露去除知識之累的願望。如〈窺園〉一詩：

> 杖策窺園日數巡，攀花弄草興常新。董生只被公羊惑，肯信捐書一語眞。(41/1802)

本傳稱仲舒少治《春秋》，三年不窺園，其精如此。荊公詩意殆謂治學應當與外務印證，不能死守書本。與其如董生之閉戶三年專治一經，不如拋棄書本束縛，投入實際人生。其立場主要在強調學問與人生的融貫，似未全然贊同老莊否定知識的論點。再如〈和叔雪中見過〉：「捐書去寄老山林，無復追緣往事心。」(42/1862)雁湖注：「『去寄』者，去所寄之官」，則「捐書」與「去寄」並列，乃表示同時擺脫學術與政治方面的束縛。仍爲一時借用成語以達意，無干

〔註15〕先秦諸子的知識立場，參考勞思光《中國哲學史》，頁150～151〈孔子〉、頁250～251〈老子〉、頁265～275、285～286〈莊子〉。

〔註16〕荊公早年對老子重「天生」忽略「人成」的觀念，頗不以爲然。他認爲道有本有末，本者出之自然，故不假乎人之力。末者涉乎形器，故待人力而萬物以成。聖人就人力之可及者著力，老子卻「以爲涉乎形器者，皆不足言、不足爲」，這是「不察於理而務高之過」。見《臨川集》卷六八，〈老子〉。

知識論立場。

　　但在部分篇詠中，語氣則更加斬截。如〈示耿天騭〉云：「挾策能傷性，捐書可盡年。」（22/1050）李注引《莊子》：「挾策、讀書，殘生傷性均也。」則荊公明明以道家立場相陳。又如〈與寶覺同宿僧舍〉：

　　　　擾擾復翩翩，秋床燭屢昏。眞爲說萬物，豈止挾三言。問義
　　　　曹谿室，捐書闕里門。若知同二妄，目擊道逾存。（23/1065）

大概荊公與寶覺徹夜談禪論道，欣喜有得，於是作此篇。試觀頸聯，則儼然有棄儒參禪之意。雖然「捐書」的概念及詩中典故都出自老莊，但是從荊公實際心理歷程來看，這層警醒主要還是與晚年佛學信仰有關。

　　荊公用「捐書」一語，並不專指「離棄知識」。如〈上南岡〉：「捐書習微倦，委轡隨小蹇。」（5/378）此處的「捐書」僅指「暫時拋下書本」，相同的用法又見於〈臺上示吳願〉：「細書妨老讀，長簟愜昏眠。取簟且一息，拋書還少年。」（40/1742）。這兩首詩雖有拋書之語，然全詩所透露的反而是嗜讀之甚，只因年老氣衰無力多爲而已。〈車載板二首〉：「吾衰久捐書，放浪無復事。」（4/362）捐書似是年衰無奈所產生的感慨。

　　其實正由於他好學嗜讀之深，故最能了然於知識學問的本質。莊子說：「吾生也有涯，而知也無涯，以有涯逐無涯，殆而已矣。」（〈養生主〉）即使自負好強如荊公，亦不能否定以有限的精力追索無盡的知識是徒勞的。下面幾首詩同樣把「老」與「書」並舉，知識變成形軀的負荷，〈圖書〉：「圖書老矣尚紛披，神劉天黥以有知。茅竹結蟠聊一愒，卻尋三界外愚癡。」（41/1794）〈老嫌〉：「老嫌智巧累形軀，欲就田翁學破除。百歲用癡能幾許，救吾黥劓可無餘。」（41/1795）莊子慣用刑戮比擬喪失本眞的狀態（如〈養生主〉「老耼死，秦失弔之」一節），故〈大宗師〉以仁義是非爲黥劓。息黥補劓已是返歸本眞的後著工夫，荊公屢用此典，以表達反歸愚癡的願

望。但事實上既經黥劓，絕難以復原，則欲有補救，勢必徒得悵惘而已。〈示公佐〉云：

> 殘生傷性老耽書，年少東來復起予。各據槁梧同不寐，偶然聞雨落階除。(43/1892)

倚據槁梧的形象，《莊子》書中再三出現，〔註 17〕多用以指「知盡慮窮，形勞神倦」的狀態。詩人雖知言談書策具有殘生傷性的性質，自己卻無法斷然擺脫，何況與聰慧青年對談，更覺勝義紛披，難可自止。終於神疲力竭，據梧不寐，末句的「雨聲」實帶有警醒之意。

相反的，凡能拋除外鶩，免於知識之累，則有自得之意。如〈和惠思歲二日二絕〉其一自謂：「懶讀書來已數年，從人嘲我腹便便。爲嫌歸舍兒童聒，故就僧房借榻眠。」(45/1997)〈偶書〉：「惠施說萬物，槃特忘一句。寄語讀書人，呶呶非勝處。」(4/334)「槃特」一語典出《楞嚴經》，詩意蓋謂惠施雖博學，終難窮盡萬物；槃特雖愚鈍無學，仍能在灑掃中悟眞常。凡自得於知識言談者，終屬虛妄。〈適意〉一詩，以從容的語調，表現此種自省：

> 一燈相伴十餘年，舊事陳言知幾編；到了不如無累後，困來顛倒枕書眠。(45/2007)

李壁說此詩「頗有捐書絕學之意」，詩人領略到知識無涯，於是適意自處，釋卷而眠。〈生日次韻南郭子二首〉其一：「救黥補劓世無方，斷簡陳編付藥房。」(45/1976) 詩意相近，而語氣明快又過之。稍早有〈雜詠〉六首，其三云：「朝陽映屋擁書眠，夢想鍾山一慨然。」「庚寅增注」乃謂：「公最嗜書，殆廢寢食，豈有朝日初昇而擁書以眠乎？殆似寓言耳。」(46/2064) 此實對於荊公的「捐書」意識無所體會，不知荊公有時強迫力索，有時廢然退縮的矛盾情結。

「捐書絕學」之意亦見於集句詩，〈與北山道人〉云：

> 可惜昂藏一丈夫，生來不讀半行書。子雲識字終投閣，幸是

〔註 17〕如〈齊物論〉：「師曠之枝策也，惠子之據梧也」。〈德充符〉：「倚樹而吟，據槁梧而瞑」。〈天運〉：「儻然立於四虛之道，倚於槁梧而吟。」

原無免破除。(《臨川集》卷三六)。

此詩透過語文拼貼表現諧趣與理趣，「生來」一句出李賀〈嘲少年〉：「每揖閑人多意氣，生來不讀牛行書」，「破除」一句出薛能〈贈老僧詩〉：「勸師莫羨人間有，幸是原無免破除。」(《百家詩選》卷十八)兩者融入一篇，先故作相嘲之語，而後乃迅速轉圜，開入新境。以揚雄之好學博聞，難免終爲知識所累；〔註18〕北山道人既不識字，則無文字障可破，較近於無知無識的本眞狀態。

荊公又有古體〈彼狂〉一詩，推闡老莊觀念，歌頌上古不識不知的社會，其篇末云：「惜哉彼狂以文鳴，強取色樂要聲目，震蕩沈濁終無清。恢詭徒亂聖人氓，豈若泯默死畬耕。」(15/805)據詩意則文化典章俱爲黥刖，而知識與語言更爲挫傷本眞的禍首。〔註19〕以此種觀念面對人文社會，無怪乎經常有「捐書絕學」之論。

整體而言，荊公深刻感受到知識「殘生傷性」的本質，並有「破除」的自覺，但卻又陷溺於求知的樂趣，難以自拔。觀念與行爲之間的落差往往如此，所以既不斷慨言「捐書」，卻曾無一日付諸實行。倡言之頻，適足以反應內心恐慌之甚。正是由於這層對知識、語文的耽溺產生怵惕感，促使他重新思考語文的本質。凡欲探討荊公晚年詩風的演變，實不能忽略此一「捐書」意識。

四、悟文字之性空

儘管在思考方式與精神境界上，禪學與詩學頗有相通之處。但在本質上，宗教與文藝實在無法融通如一。蓋禪宗既持「以心傳心，不立文字」的觀點，而文學乃以語言文字爲表現媒介，則詩與禪至少在表情達意的第一層即存在著先天的衝突。劉後村指出：「詩家以少陵爲主，其說曰：語不驚人死不休；禪家以達摩爲祖，其說曰：不立文

〔註18〕荊公嘗作〈揚雄三首〉，其三云：「千古雄文造聖眞，眇然幽思入無倫。他年未免投天祿，虛爲新都著劇秦。」(48/2159)可以互參。

〔註19〕互詳第二章，第四節，第二項。

字。詩之不可爲禪，猶禪之不可爲詩。」荊公晚年似乎也曾面臨這樣
的難題，據魏泰《臨漢隱居詩話》記載：

> 元豐癸亥（六年）春，余謁王荊公於鍾山，因從容問
> 公比作詩否？公曰：「久不作矣，蓋賦詠之言，亦近口業，
> 然近日復不能忍，亦時有之。」余曰：「近詩自何始，可得
> 聞乎？」公笑而口占一絕云：「南浦東岡二月時，物華撩我
> 有新詩。含風鴨綠鱗鱗起，弄日鵝黃嫋嫋垂」。此真佳句也。

「口業」是佛家語，指口舌造就之業，原兼善惡而言。賦詠詩詞，不
免有綺麗荒唐之言，故詩人每以口業自嘲兼自警。白居易〈齋月靜居
詩〉：「些些口業尚誇詩」。蘇軾〈次韻秦太虛見戲耳聾詩〉：「口業不
停詩有償」。南宋以下，更有以「語業」名詞集者，如楊炎正《西樵
語業》（收入《宋六十名家詞》）。以填詞自悔者，更是所在多有。如
陸游《渭南文集》〈長短句序〉稱：「予少時，汩於世俗，頗有所爲，
晚而悔之。」詩雖自來即有崇高地位，諷諭、言志的功能早爲文化傳
統所肯定，然詩人透過經驗與反省，也經常認識到文藝創作中執妄的
一面。中唐哲學突破以後，詩人對於詩在言意兩端的執妄有普遍的自
覺。〔註20〕只是隨著哲學立場的互異，面對這個問題時的處理態度也
不盡相同。荊公晚年信佛既篤，遂以「口業」的觀念對待賦詠之事。
問題是「受氣剛大」如荊公，實難完全斷絕支遣語言的樂趣，詩情終
於「不能忍」，仍時時技癢而賦詠。所以自舉詩例猶言「物華撩我有
新詩」，則並非詩人主動尋索，乃「氣之動物，物之感人」。其詩始於
不可不作，成於不得不然，面貌自然殊異，無怪乎荊公嘗以「凌轢造
物」自許。

　　元豐七年春，大病一場，對於語文的看法更加極端，嘗執姪婿葉

〔註20〕詩的本質，隨詮釋角度之不同，可有「真」、「妄」兩種斷定，錢振
鍠《詩話》卷上：「詩自有一種詩理，不可以理繩之。」亞里斯多德
《詩學》也有「詩的真實」的說法。相反的如洪邁《容齋隨筆》說
詩基本上乃是「以真爲假，以假爲真，均是妄境耳。」此實牽涉到
藝術與真理的問題。另詳龔鵬程《詩史本色與妙悟》，頁158～164。

濤手曰：

> 君聰明，宜博讀佛書，（慎）勿徒勞作世間言語，安
> 石生來多枉費力作閑文字，深自悔責。（《三朝名臣言行後錄》
> 卷六）

程伊川曾舉杜甫「穿花蛺蝶深深見，點水蜻蜓款款飛」之句，而謂：
「如此閑言語，道出做甚？」此論可與荊公前說並論合觀。但伊川所
謂「閑言語」與荊公所說的「世間言語」、「閑文字」意義近似而重點
有別。蓋伊川有「學詩妨事」、「爲文害道」的觀念，認爲文藝創作乃
是「玩物喪志」的行爲，根本不承認美感經驗或語言藝術的獨立價值。
他認爲語文應自「道」中自然流出，此外凡所費心，都是「閑文字」。
荊公早年的文學觀亦重實用，認爲「所謂文者，務爲有補於世而已矣。
所謂辭者，猶器之有刻鏤繪畫也。」他個人一生的文學實踐也的確朝
著「有補於世」的路向努力，晚年卻自悔「生來多枉費力作閑文字」，
然則似乎也把早年那些「有補於世」的文章也看作「世間言語」。這
是站在佛學立場發言，與伊川的儒學立場不同，故有勸姪婿勤讀佛書
之語。〔註21〕劉若愚曾將伊川與荊公的文學觀，分別劃歸道學家的實
用主義與經學家的實用主義。〔註22〕但從上引文獻看來，荊公晚年對
文學的實用功能已有質疑。

　　《王文公文集》卷二十四〈請秀長老疏〉其一云：「知言語之道
斷，凡爾忘緣；悟文字之性空，爞然常說。至於窮智所不能到，諭言
所不可傳，苟非其人，曷與於此？」其二云：「喻法常知舍筏，陶眞
已得於遺珠。」都是以佛學觀點，陳述言語文字的侷限。荊公晚年浸
潤佛典既深且廣，對於佛家的語言哲學十分熟悉，這也是詩學觀變動
的重要因素。

〔註21〕《禪關策進》卷一引黃龍死心禪師的話說：「莫只管冊子上念言
　　　　念語，討禪討道，禪不在冊子上，縱饒念得一大藏教、諸子百家，
　　　　也只是閑言語，臨死之時總用不著。」此並佛書也視爲「閑言語」，
　　　　表現禪學獨特的立場，與荊公所說「勤讀佛書」立論取向有別。
〔註22〕劉若愚《中國文學理論》，頁293。

他在〈對碁呈道原〉中說：「明朝投局亦未晚，從此亦復不吟詩。」（48/2169）言下似以爲吟詩之妨道，正與下棋無異。可是〈蓼蟲〉一詩卻說：

> 蓼蟲事業無餘習，覓狗文章不更陳。隱几自憐吾喪我，倨堂誰覺似非人。難堪藏室稱中士，秖合箕山作外臣。尚有少緣灰未死，欲持新句惱比鄰。(27/1247)

起首以蓼蟲覓狗比況文章事業，並自稱已能斷絕。中間兩聯全以老莊典實鋪衍，隱然以道家者流自況。可是尾聯終於又回歸現實，自承尙未斷絕賦詠，仍欲以新句示人。則前面所有道家放達的形象，不過自我寬慰而已，其實仍不能斷住詩情。

荊公對詩文創作的態度似乎始終存在著或多或少的矛盾：他一方面刻意究心，斤斤於一字一句之工，一方面卻悔吝不安，不肯以此自限。早年編《百家詩選》，序中乃謂：「費日力於此，良可悔也」。學韓甚篤，卻又譏之曰：「力去陳言夸末俗，可憐無補費精神」。凡此皆已透露文藝觀的潛在矛盾，只是這些言論係出於強烈的用世之志與實用的文學觀，因而時時怵惕自警。楊蟠〈百家詩選後序〉稱荊公：「於詩尤極其工，雖嬰以萬務而未嘗忘之。」毌逢辰序李注荊公詩，即據此斷定：「公之作詩，坐廢日力而未始以爲悔，宜其法度嚴密，音律諧暢，無異時五七言散文之弊。」然則何以荊公〈百家詩選序〉又自稱可悔呢？此自與高亢的淑世理想有關。晚年既抽身政壇，生活與心境都有極大的轉變，開始正視文學安頓自我心靈的功能。此時淑世理想雖仍耿耿未滅，思維風格已不急切迫促。其後由於佛老「斷欲破執」的觀念影響逐漸加深，乃又體認到文字之爲「障」的一面。

荊公晚年詩風的進展，實即緣於對語言的新體認。詩人對待語言的態度必深深影響其風格。惟有改變語言，才能改變風格。荊公雖然表現了對語言與文學的反對態度，但這只能說明他已能從更開闊的觀點來考量。這種坦然擺落言談的意念，促使他不再那樣執泥於月鍛日鍊、字推句敲的工夫，轉而追求「意態」、「精神」的經營。

其實荊公早年已屢屢質疑書面文獻的傳達功能，〈讀史〉詩曰：「糟粕所傳非粹美，丹青難寫是精神。」〈明妃曲〉：「意態由來畫不成，當時枉殺毛延壽。」惟其嗜讀若渴，反而能洞視語言形式的限制。東坡嘗示荊公以秦觀詩數十篇，荊公答書讚賞之餘，乃謂：「公奇秦君，口之而不置；我得其詩，手之而不釋。又聞秦君嘗學至言妙道，無乃笑我與公嗜好異乎？」東坡來書嘗稱少游「通曉佛書」，故荊公有「至言妙道」之語。連耽愛於佳文麗句，都算是違背佛理，何況親事於錘字鍊句之務呢？「金陵詩」中許多看似漫不經意的作品，可以由此理解。

荊公作《字說》，雖常以佛理解字，〔註23〕但大抵仍是以儒家經學的觀點對待語言。晚年信佛愈篤，各宗派經典的陶冶更深，促使他進一步反省語言文字的價值和功能，而逐漸趨向於佛學觀點。因此「金陵詩」的語言質地，愈老而愈趨簡易輕率。觀察荊公暮年詩風，若只注意到「造語用句，間不容髮」的發展路線，仍是有所不足的。

五、借機鋒於偈頌

寒山、拾得的作品在唐詩中是一異數，近代以前一直見摒於文學史主流之外。他們的詩對於一般詩學觀念有顯著的顛覆性。詩是最精鍊的語言藝術，寒山詩則用語舒緩鬆散，略無修飾。詩講究形象思維，忌諱觀念的直陳，寒山詩則淺俗清暢，不避說理。這種「反詩」（anti～poetry ）的創作傾向是自覺的，〔註24〕甚至連實際的創作行為也不例外。〔註25〕先秦道家已有「言無言」的知識論傳統，

〔註23〕陳善《捫蝨新話》，卷三，頁6。另參王晉光《王安石論稿》，頁57；黃復山《王安石字說之研究》，頁233～234，「引佛書考」。

〔註24〕例如寒山詩：「有人笑我詩，我詩合典雅」，「不煩鄭氏箋，不待毛氏解。」拾得詩：「我詩也是詩，有人喚作偈。詩偈總一般，讀時須子細。緩緩細披尋，不得生容易。依此學修行，大有可笑事。」不僅涉及詩與偈之異同，也對語言的功能提出質疑，對詩的本質提出有力的反省。可以說帶有「論詩詩」與當代所謂「後設詩」（metapoetry）的性質。

〔註25〕談刻《太平廣記》卷五十五引《仙傳拾遺》，載寒山子「好為詩，得

討論寒山風格的形成自然不能忽略這個系統，不過比較直接的影響則是偈語的感染。

寒山詩的藝術精神頗有可與宋詩比論合觀者。舉例言之，寒山詩大量使用俗語，宋詩亦有不避俚俗的傾向。不過宋詩的理想是化俗爲雅，推陳出新，表現上不避俗，終極境界卻以俗爲戒，以雅爲尙。寒山則有意反抗「雅」的審美趣味。宋詩中的平和，來自於沈潛凝靜的思維；宋詩中的自然，來自工力的追索鍛鍊。寒山則全然擺落詩學傳統，一任質樸的生命感受在詩中展現，因此詩中的平和自然是直線式的。

由於寒山拾得的詩風與一般詩學觀異趣，故向不爲人所重視。荊公可說是第一個正視其價值的詩人。並有擬作二十首，不僅出於對其思想內涵的肯定，而審美價值的認同實亦不容忽視。〔註 26〕山谷論詩，以寒山爲淵明之流亞（惠洪〈跋山谷詩〉，《石門文字禪》卷二七），大概受到荊公啓發，才注意到寒山「自寫胸中妙」的境界。《四庫提要》稱寒山詩「大抵信手拈弄，全作禪門偈語，不可復以詩格繩之，而機趣橫溢，多足以資勸戒。」寒山詩的確頗多溢出「詩格」外的特質，不過他的美學意義仍要置入「詩格」中來衡量。論者謂「破體爲文」正是宋詩自成一代面貌的有力法門之一，其實「破格爲文」更是創作利器。討論〈擬寒山拾得〉的創作意義，也必須將它置入荊公藝術追索的歷程中來觀察。

〈擬寒山拾得〉詩（4/337）作於元豐五年以前。〔註27〕這組詩

一篇一句，輒題於樹間石上，有好事者隨而錄之，凡三百餘首。」事另見《宋高僧傳》卷十九〈寒山子傳〉。

〔註 26〕稍早已有摹擬寒山詩者，不過係出於禪師。荊公以詩壇巨擘而擬之，意義自不可同日語。參閱張伯偉《禪與詩學》，頁 355～359。

〔註 27〕〈寄吳氏女子〉有云：「伯姬不見我，乃今始七齡。……自吾捨汝東，中父繼在庭。……末有〈擬寒山〉，覺汝耳目熒。因之授汝季，季也亦淑靈。」（1/228）荊公以熙寧九年罷相，至此爲七年。安禮是年四月以翰林學士爲尚書右丞。王晉光即據此將兩詩一併繫在元豐五年，見《王安石詩繫年初稿》，頁 134。惟僅據上述論證實難肯定兩

正如一般佛禪偈語，是以「佛性」爲主要認識對象。主要意旨在說明悟自性的形式與內容。「佛性」的性質，既主觀亦客觀，既非主觀亦非客觀。單憑一般的語言系統，實難精確加以描述，故詩人禪客每透過種種活潑的思維來處理，而出之以自由隨機的語言形式。如下面幾首詩：

> 牛若不穿鼻，豈肯推人磨；馬若不絡頭，隨宜而起臥。
> 乾地終不浣，平地終不墮。擾擾受輪迴，祇緣疑這箇。(其一)
> 我曾爲牛馬，見草豆歡喜；又曾爲女人，歡喜見男子。
> 我若眞是我，祇合長如此。若好惡不定，應知爲物使。堂堂
> 大丈夫，莫認物爲己。(其二)
> 人人有這箇，這箇沒量大。坐也坐不定，走也跳不過；
> 鋸也解不開，鎚也打不破。作馬便搭鞍，作牛便推磨。若問
> 無眼人，這箇是什麼？便遭伊纏繞，鬼窟裡忍餓。(其六)

「這箇」指佛性，亦即自性，是佛家慣用的語碼。寒山詩亦有：「不省這箇意」，荊公即以此名相爲中心，深入發揮。三首集中描繪「這箇」，而皆有牛馬之喻，李注引莊子〈秋水篇〉：「牛馬四足，是謂天；絡馬首，穿牛鼻，是謂人。」又引南泉禪師語：「東家作牛，西家作馬」；「遇騎則騎，遇下即下。」兩個典實相互滲透，彼此對諍，激發出新的意趣。其一前半所謂穿鼻絡頭，殆指掩沒自性的種種障蔽。李注又謂：「乾地、平地，說境；不浣、不墮，說自性也。」若能透顯心的主體性，則能以自性御外境，無所迷惑。反之則擾擾於輪迴，無有寧日。其二即由前首末句推衍出來，自性不明，故無論淪爲牛馬或女人，皆各有好惡，沒有不易的準則。此是爲物所使，爲境所迷，未能認識佛性眞我。其六前半先以斬截的語言描述自性。作馬作牛一聯，謂順性而行，隨遇而安，不必刻意求解脫，更不必試圖改變虛幻的外境。凡有意尋索「自性」的性質，皆徒得紛擾而已。其他各首主

詩成於同時，只能說明〈擬寒山拾得〉成稿於是年以前。另參蔡元鳳《王荊公年譜考略》，頁304。

題亦不離此，最後一首更直接以有宗「三自性」的觀念作結。

荊公對於知感識解的性質亦有思考，如其七即有跳出三句，獨悟根本之說。「三句」乃雲門文偃所立的參禪法門，明快靈動，甚具機鋒，而荊公則並此亦視為拘執。若就詩本身的思考方式來觀察，這組詩中充滿對立思考的趣味。如下面兩首：

　　　　打賊賊恐怖，看客客喜歡；亦有客是賊，切莫受伊謾。

　　　樂哉貧兒家，無事役心肝；既無賊可打，豈有客須看。（其十六）

　　　　有一種貧兒，不能自營生；若不作客走，即須隨賊行。

　　　復有一種貧，常時腹彭亨；若有亦不畜，若無亦不營。（其十七）

李注引《古尊宿語錄》：「客來則接，賊來則打。」前一首即以客賊借指真與妄，淨與染等相對的概念，佛性真我則是主人。客與賊未必判然可辨，若主人昏昧，則遭誑謾而不自覺。貧兒比喻心靈無所挂累，故亦無處惹塵埃。後一首則進一步指出二種不同的貧兒：一種是主體不張，故無法自足，只能與時飄浮，隨人俯仰。另一種則若有若無，不役於物，無所拘執。此即臻於「中道實相」的境界，知道「執空執有，皆是虛妄」。稍早荊公有〈寄李道人〉亦云：「李生富漢亦貧兒，人不知渠只我知。跳過六輪中要峭，養成三界外愚癡。」（48/2168）詩意與此相近似，可相印證。類似的思路，亦見其他各首，如其十三：「有我」與「無我」，其十四：「惡」與「好」，其十五：「禍」與「福」、「苦」與「樂」等，皆是以相對的概念反覆辯證，生發意味。

禪理深淺姑不置論，自詩歌審美的角度來說，荊公這組詩未免累於事理，傷於枯淡。有時刻意追摹佛典禪偈顛覆語言的寫作方式，把詩逼向文體的邊緣，反而能激發出始料未及的意境。但是用之太過，則有破壞詩質、減滅詩味之虞。其實寒山詩中也有許多雅化的作品，可是荊公此組詩，乃專擬其造語俗易的一面，這應當是一種刻意的風格選擇。我們對荊公這二十首作品的藝術成就，固然不必推許過高；

但它們所標示的創作意義，則十分值得注意。

　　唐宋以下禪師慣以偈語示法，詩人則以詩參禪。偈頌與詩歌二者彼此假借，相互交涉。〔註28〕方回嘗說：「偈不在工，取其頓悟而已，詩則一字不可不工云云。」如果這樣的分判可以成立，則寒山、拾得所作毋寧是近於偈而遠於詩的。問題是方回的看法只代表一種評判角度，不足以爲定論。拾得既已率然言之：「我詩也是詩，有人喚作偈」。可見在他眼裡，詩與偈的分辨並不那麼重要，他甚至有意混淆詩與偈。這種語言策略對以求工尚巧著稱的荊公而言，毋寧是一大改變，也是從形式技巧中解放出來的契機。

　　擬詩其十三：「自始而至今，有幾許煩惱。」其十九：「但能一切捨，管取佛歡喜。」皆節奏舒鬆，語意平淺，與佛經句法幾乎無別。再如其九前半：「有一即有二，有三即有四，一二三四五，有亦何妨事。」語句之率易，即寒山拾得亦絕少其類；但求諸佛經文字，則觸處可見。就此而言，則荊公所謂「擬寒山拾得」，與其說是追摹其詩風，毋寧謂效法其以詩推演佛理的方式。易言之，荊公所「擬」實爲佛典，未必有意「擬」寒山拾得的作品本身。因此，若以腔吻之逼肖與否相繩，以致認定荊公所作爲失敗的「擬作」，恐怕不是通達之論。

　　荊公詩集中類似偈語的作品頗多，如〈贈王居士〉：「武林王居士，與子俱學佛；以財供佛事，不自費一物。」（4/318）音節板滯，內容枯淡簡易，不僅以文爲詩，幾乎口語入詩矣。清淺如話，而簡明如功德簿，詩耶偈耶，莫可究詰。這種作品，自無藝術價值可言。又如〈答俞秀老〉：「諸偈緣安有，實相非相偶。雖神如季咸，終亦失而走。」（5/395）下筆之際，似乎只顧談禪說理，未必眞意作詩，遂成爲語錄講義之押韻者。但這種漫不經意的措詞方式，有意無意滲透到寫景

〔註28〕佛偈一方面借用詩歌的語言形式，並從而促進詩體的發展。另一方面，又具有顛覆詩歌語言的傾向，啓發詩人新的創作途徑。可參考陳允吉〈中古七言詩體的發展與佛偈翻譯〉，《中華文史論叢》，第五十二輯。

詩中，卻也常能造成清新自然的獨特效果。

六、化禪悟爲詩情

　　方回《桐江集》卷一序名僧詩話云：「北宗以樹以鏡爲譬，而曰『時時勤拂拭，不使惹塵埃』，南宗謂『本來無一物，自不惹塵埃』，高矣。後之善詩者，皆祖此意，謂之翻案法。」錢鍾書加以闡釋：「蓋禪宗破壁斬關，宜其擅翻案；六祖翻神秀『臥輪』諸偈，破洪達『法華轉』爲『轉法華』，皆此類也。」〔註29〕詩用翻案，淵源自非一端。〔註30〕不過禪家打破常規的思維方式，確爲「翻案」的利器，易於達成「反常合道」的詩趣。禪家用此，本在突破現象界之虛幻，以臻「道」之境地；詩人則用以推翻格套，開創新境，達成「詩的眞實」。

　　荊公詠史議論，把翻案技法發揮得淋漓盡致。顧嗣立《寒廳詩話》指出：半山詠史絕句善用翻案法，是「深得玉溪生筆意」。除了詩學傳統本身的淵源外，應當還要考慮到前述禪宗兼顧正反兩面的思考方式。荊公晚年以此種思路爲基礎，另外發展出一種自我辯證的詩體，語言簡率，立意精要，例以二首合爲一組，相反而相成。如〈即事二首〉：

　　　　雲從鍾山起，還向鍾山去。借問山中人，雲今在何處？
　　　　雲從無心來，還向無心去。無心無處尋，莫覓無心處。(4/336)

兩首詩形式結構類似，造成一種特殊的對比效果。前一首就地取材，以朝暮相對的鍾山爲場景，以雲之去來爲事件，寓理趣於寫景造境之中。鍾山用指山河大地等「器界」，雲則比喻宇宙間隨緣起滅的一切法。第二首闡明「一切法空」的道理，「無心」在此即爲「空」之表詮。荊公論《楞嚴經》有云：「今凡看此經者，見其所示本覺妙明、性覺明妙，知根身、器界生起不出我心。竊自疑今鍾山山川一都會耳，

〔註29〕見錢鍾書《談藝錄》，頁 227。另參《管錐篇》第二冊，頁 463～464。
〔註30〕參閱張高評《宋詩之傳承與開拓》，上編，第四章〈宋詩多翻案之緣因〉。

而游於其中，無慮千人，豈有千人內心共一外境耶。借如千人之中，一人忽死，則此山川何嘗隨滅，人去境留，則《經》言山河大地生起之理。不然，何以會通稱佛本意耶」此論對「境由心生」的命題提出反省，肯定「境」的實然意義。其著眼所在，當即在「種子不滅」之說。〔註31〕而「人去境留」一義，實堪稱爲〈即事二首〉的最佳注腳。

嚴復曾和此詩云：「鍾山無雲起，鍾山無雲入。若問當時雲，無際鍾山碧。」「無心即無雲，有之因有心。所以雲生滅，還向心中尋。」嚴詩以「雲」爲虛幻，認爲心既空淨，則外在現象無足爲擾。荊公詩雖把雲的來去都歸予「無心」，但並未以「無心」否定雲之來去，蓋外物之起滅，初與心之有無不相干礙，這也就是「人去境留」的眞諦。所以荊公強調的是「物物而不物於物」，而非入於死寂；嚴氏發揮的是「境由心生」的道理，似乎落入俗諦，與荊公尙有一間之隔。

用同樣的機杼來說理，有時在個別一首之內又自有乾坤。如〈題牛山寺壁寺二首〉：

> 我行天即雨，我止雨還住。雨豈爲我行，邂逅與相遇。
> 寒時暖處坐，熱時涼處行。眾生不異佛，佛即是眾生。(4/325)

雨的去來恰與人的行止巧合，荊公藉此說明人事與天氣同樣出於偶然。第二首前聯是說以自在的態度對待寒暖，詩意近王梵志的「熱即池中浴，涼便岸上歌」。後聯雖爲佛家常語，也是大乘佛學的重要觀念，忽然插入如此枯淡的佛語，不免予人突兀之感。其意殆以避寒趨暖的生理，比況眾生同具好善惡惡的佛性。

此種寫作方式，未必施諸直接闡述佛理的詩中。如〈答韓持國芙蓉堂二首〉：

> 投老歸來一幅巾，尙私榮祿備藩臣。芙蓉堂下疏秋水，
> 且與龜魚作主人。
> 乞得膠膠擾擾身，五湖煙水替風塵。祗將鳧雁同爲侶，
> 不與龜魚作主人。(41/1817)

據魏泰《東軒筆錄》記載，荊公初罷相，出鎮金陵，作前一首。及再罷相，乞宮觀，以會靈觀使居鍾山，又作後一首。芙蓉堂在府治，荊公詩即以此堂爲對象，抒發心志。兩詩合成一組，遂有相互支撐的效果，若把第二首視爲第一首的「翻案」，亦無不可。「膠膠擾擾」二組疊字並置於詩句中間，造成「二、四、一」的特殊句法，遂使首句節奏一貫而下，頗能反映退閒輕快的心情。首次罷相知府事，當龜魚的「主人」，其實是一種束縛；再罷相之初，仍知府事，後來得乞免，感覺如釋重負，如同鳧雁一樣可以自由遨遊於煙水間。然則被養在池中的「龜魚」，不正是象喻官職。末句僅易一字，遂生出靈妙的詩趣。

　　朱松《韋齋集》卷四〈送黃彥武西上〉：「未忘大學虀鹽味，時說定林文字禪。」文字禪，原指藉由研讀公案語錄以達成解悟的禪學形式。〔註32〕後來更用來指說禪示悟的偈語，北宋詩僧惠洪甚至以《石門文字禪》名集，於是凡蘊含禪味、摻雜禪語的文學作品，也可以稱爲「文字禪」。〔註33〕朱熹〈題荊公帖〉，稱其父自少好學荊公書，嘗手書荊公數詩云云。則韋齋於荊公定林以後詩文當頗熟稔愛賞，以「文字禪」稱之，正點出荊公暮年詩歌融合禪悅與美感的特質。

第二節　義理追尋

一、以詩爲議論

　　宋代學術普遍具有追求義理的強烈傾向，經學固不必言，史學、文學亦皆如此。在這樣的風尚下，宋人的義理深度普遍度越前人，經學與史學都極爲蓬勃，在漢唐樊籬外別開生面。經史領域所開鑿出來的義理觀念滲透到文學藝術中，而文學藝術本身也逐漸形成「尚

〔註32〕參閱魏道儒《宋代禪宗文化》，第五章〈文字禪的發展歷程〉。顧偉康《禪宗六變》，第五章，第一節。

〔註33〕參閱周裕鍇〈文字禪與宋代詩學〉，張高評編《宋詩綜論叢編》，頁555～575；李淼《禪宗與中國古代詩歌藝術》，頁53～55。

意」的精神。這些傾向不僅不會戕害抒情傳統，反而豐富了詩的深度與廣度，對詩的風貌產生不小的衝擊。詩人絕不因「爲文害道」而擲筆，反而在怵惕意識中開拓豐富而珍貴的詩意，不讓詩的技巧淹沒其本質。

傳統的大詩人絕無以詩自限者。文學本身的價值自然無可置疑，但相較於生命本身，文學似乎又顯得微不足道。故老杜一則曰：「文章千古事，得失寸心知」，再則曰：「文章本小技，於道未爲尊。」王嗣奭《杜臆》卷八推闡其意云：「此正須視其道之所尊者安在。得所尊，則文章千古；失所尊，則文章小技。必視文章爲小技，而後能以文章成千古之業。」這種觀念與艾略特（T.S. Eliot）的說法十分接近：「決定文學作品是否偉大，不能由文學本身的標準來衡量；雖然我們必須記得，文學作品應由文學本身的標準來衡量。」（〈宗教與文學〉）論斷荊公作品，正宜採取此種態度。

沈作喆《寓簡》說：「王介甫刻意爲文，而不肯以文名；究心於詩，而不肯以詩名。」正是相信文章之爲「千古事」，故「刻意」、「究心」以從事；正是認定文章僅爲「小技」，故不肯以此名世。劉將孫序荊公詩集，曾說：「公詩爲宋大家，非文人詩。」〔註34〕所謂「大家」，大概近於所謂「學者之詩」的概念，是以學識政術爲根柢，以淑世明道爲要務。〔註35〕

「以詩議論」可說是義理追求最直接的表現。此種作風固然自有

〔註34〕見朝鮮古活字本，頁8。另曾克耑〈侯官嚴氏評點王詩序〉亦謂：「以公詩而較蘇黃，蘇黃適成爲詩人之詩，而非所語於政學之大者也。」。
〔註35〕「同光體」所謂「學人之詩」，經常僅止於賣弄學問，與眞正的「學人」尚有一間之隔，詳錢鍾書《談藝錄》，頁176～179。此處所說的「學者之詩」，當以韓昌黎爲標準。參閱葛曉音〈從詩人之詩到學者之詩——論韓詩之變的社會原因與歷史地位〉，《漢唐文學的嬗變》頁140～155；張三夕〈文人與學者的分野——從劉知幾看古人的一種事業觀念〉，《程千帆先生八十壽辰紀念文集》，頁122～130。費袞《梁谿漫志》卷七有「作詩當以學，不當以才」，亦近於學人之詩的概念。

詩學上的淵源，其內在動力則來自士大夫的文化使命與淑世理想。荊
公門人陳祥道在所著《論語詳解》中說：「言理則謂之論，言義則謂
之議。」﹝註36﹞可見議論只是形式、手段，義理才是內涵、目的。以
詩議論的理想乃是藝術與思想相互交融，而不是只把詩當成議論的工
具。議論太過，將使作品流於平板無味，荊公也有這種缺點。故《宋
詩鈔》編者雖極推崇荊公，仍謂：「獨是議論過多，亦是一病耳。」
此病在早年固甚普遍，晚年雖大爲收束，但也未能絕免。談禪說佛的
作品尤其如此，前節所舉〈擬寒山拾得詩二十首〉就是顯著的例子，
此外如〈題徐浩書法華經〉（40/1775）、〈口占示禪師〉（40/1760）等
詩亦然。這類作品不僅以佛理爲內涵，以佛典爲媒介，其終極追求亦
在宗教的義理而非詩歌的美感，因此常常淪於「有禪語而無禪趣」。

　　荊公集中有寓言詩多組，通過種種託喻以表達觀念。其中以卷十
一所收〈兩馬俱齒壯〉等古詩廿八首最具代表，這些作品從命題立意
到操調結響都十分一致，當可視爲一組無疑。據李壁推測，詩成於嘉
祐初年，屬於中年時期的作品。由這一組作品可以看到荊公取法樂府
古詩的痕跡，以及語言風格發展的脈絡。規模較大的製作，另有〈寓
言十五首〉（15/787）、〈雜詠八首〉（5/399），前者當與前舉古詩廿八
首相距不遠，後者有「堯舜亦泥沙」之論點，或成於晚年。又有〈寓
言三首〉：

　　　　太虛無實可追尋，葉落松枝漫古今。若見桃花生聖解，
　　不疑還自有疑心。

　　　　本來無物使人疑，卻爲參禪買得癡。聞道無情能說法，
　　面墻終日妄尋思。

　　　　未能達本且歸根，眞照無知豈待言。枯木岩前猶失路，
　　那堪春入武陵源。（48/2156）

「太虛」原謂浩大的宇宙，佛家借指絕對的眞理、究極的境地，《信
心銘》謂：「圓同太虛，無欠無餘。」這組詩的主題是「道」的追尋，

﹝註36﹞轉引自陳植鍔《北宋文化史述論》，頁287。

在「疑」與「不疑」之間反覆辯證。有疑，則欲求解悟；但用意於悟，
卻又使不必疑者成疑。無論面牆或拈花都是求悟示悟的形式，執泥其
中反而離道愈遠，此即禪家所謂「理障」。「武陵源」在此指道之所在，
因信念不堅而墜入疑雲者，正如步出桃花源的漁人，終將難以歸返。
這類作品以示法開悟為目的，形神如偈，不以工整為事，所謂有禪語
而無禪趣者。

　　其他以寓言說理的散篇尚多，如〈見鸚鵡戲作〉、〈道旁大松人取
為明〉、〈山雞〉、〈同昌叔賦雁奴〉等，繫年不易，姑不納入討論。僅
舉可以確定為晚年所作的〈白鶴吟示覺海元公〉：

　　白鶴聲可憐，紅鶴聲可惡。白鶴靜無匹，紅鶴喧無數。白鶴
　　招不來，紅鶴揮不去。長松受鶴死，乃以紅鶴故。北山道人
　　曰：「美者自美，吾何為而喜；惡者自惡，吾何為而怒。去自
　　去矣，吾何闕而追；來自來耳，吾何為而拒。吾豈厭喧而求
　　靜，吾豈好丹而非素。汝謂松死而無依邪？吾方捨陰而坐露。」
　　（3/305）

據李注：普覺奄化西庵以後，行詳恃辯而驕，覺海求去。荊公詩為覺
海逐行詳而作也，以白鶴喻覺海，紅鶴喻行詳，長松喻普覺。全篇作
法獨特，不僅以文為詩，幾乎詩文雜糅了。紅鶴白鶴反覆對比，而措
語淺白，雖然動用比喻，讀來卻與直陳者無異。「北山道人曰」以下，
幾乎全用散文句法，其中多有套用古人成句的。如《列子》有云：「美
者自美，吾不知其美也；惡者自惡，吾不知其惡也。」無論句意句式
都為荊公所襲用。

　　另有一些作品，連寓言比興一併脫除，直陳義理，略無掩抑，可
謂純粹為說理而作。如〈吾心〉：

　　吾心童稚時，不見一物好。意言有妙理，獨恨知不早。初聞
　　守善死，頗復吝肝腦。中稍歷艱危，悟身非所保。猶然謂俗
　　學，有指當窮討。晚知童稚心，自足可忘老。（4/356）

此詩歷敘由少至老的追索過程。童稚之心，渾然天理，若能常保此心，

便可忘老，此即孟子所謂「赤子之心」。李注引知慧禪師《宗鏡錄》云：「意識計度分別爲青、爲白，以意辨爲色，以言辨爲青，皆是意言自妄安置。以六塵鈍，故體不自立，名不自呼。一色既然，萬法咸爾，皆無自性，悉是意言。」然則意言即「意識計度」。童稚之時不知吾心自足，以爲另有妙理，於是勤於追索。起初執泥於形軀，對於守善而死的道理，還不能篤信。後來經歷艱危，始悟死生有命，可是仍欲窮盡於「俗學」。及至晚年，才知道其實一生費神追索的境界，即在吾心本然的面貌。全詩表現一種漸次發現，終於回歸原點的心路歷程。再如〈書八功德水庵〉：

> 幽獨若可厭，眞實爲可喜。見山不礙目，聞水不逆耳。翛然
> 無所爲，自得而已矣。(4/332)

此詩所論實即「目擊道存」之意。「幽獨」即前引〈寓言〉所謂「面牆終日妄尋思」，如此並非善於求道。必須面對實然世界，而能「翛然而往，翛然而來」，現象客體與感受主體不相妨礙，才是悟境。荊公有〈禮樂論〉，主張「非禮勿視」非謂掩目而避之，天下之物不足以亂吾明也。在不視之時，已有「先明」存在，所謂「先明」，即指內在的自覺能力。視聽言動無不如此，故天下萬物皆不足以擾亂耳目身心（《臨川集》卷六六），其說可以作爲此詩注腳。

詩人沈吟詠歎，刻意追索突破，最終價值乃在於自我實現。因此，生命本體確是詩的根基所在。但誠如艾略特所說：詩人背後的思想或哲學，不論偉大與否，並不足以判定其詩是否偉大。決定性的因素，在於詩人是否能夠爲其思想找出一個「情感的等值」（《艾略特批評文選》，頁 137）。正因爲思想的質量未必能等同於詩的能量，藝術轉化的過程格外顯得有意義。在荊公作品中，眞正能符合藝術理想的，不是上引作品，而是詠史之作與晚年小詩。

二、詠史與懷古

荊公集中有一系列的詠史之作，成就十分突出。稍早的如〈明

妃曲〉，嘉祐年間已馳名於世。後期則有一系列詠史絕句，其創作年代未易遽斷，然大抵多成於熙寧以後，其中又有一部份可能成於金陵退閒以後。〔註37〕這些作品都有「以故事記實事」的性質，一方面寓有強烈的時代感受，體現個人的思想懷抱，一方面又超越時事的侷限，觸及普遍的事理。歐公詩：「玉顏自古為身累，肉食何人為國謀。」朱子評曰：「以詩言之，是第一等好詩；以議論言之，是第一等議論。」（《朱子語類》卷一三九）可見在「義理」以外，仍可就「詩」言「詩」。

　　精深的義理是分判詠史詩優劣的必要條件，卻不是充份條件。費袞《梁谿漫志》卷七：「詩人詠史最難，須要在作史者不到處別生眼目。正如斷案不為胥吏所欺，一兩語中須能說出本情，使後人看之便是一篇史贊。此非具眼者不能。」荊公識力精敏，此固其所擅。以伊川之不喜荊公，猶盛稱其詠張良詩之得理。〔註38〕曾季貍《艇齋詩話》也說：「荊公詠史詩，最於義理精深。……詠史詩有如此議論等，他人所不能及。」這些稱譽固極高，不過卻專從義理的深淺來評判，最後未免要面對如明人屠隆這類的質疑：「宋人多好以詩議論，夫以詩議論，即奚不為文而為詩哉？」

　　「詠史」而採取詩的體製，自然要符應詩的性質與功能。詩的語言明顯具有抑揚抗墜的特質，宜於抒發感慨，故王夫之謂：「以史為詠，正當於唱歎寫神理。」（《唐詩評選》卷二）也就是說詠史詩必須掌握詩歌語言獨具的聲響結構，若只是將史傳繩入格律，把事件複述

〔註37〕今人周錫韋頁認為荊公一系列詠史之作皆成於「神宗歿後，舊黨重據要津，新法陸續廢除」之際，見《王安石詩選》，頁 222。李德身則以為詠史詩皆與捍衛新法有關，當作於熙寧年間，見《王安石詩文繫年》，頁 207～209。二說大相扞閡，而皆失之太果。

〔註38〕程頤有言：「王介甫詠張良詩，最好。曰：『漢業存亡俯仰中，留侯當此每從容。』人言高祖用張良，非也，張良用高祖爾。……良豈願為高祖臣哉？無其勢也。及天下既平，乃從赤松子游，可知也。」（《河南程氏遺書》卷十八）

一遍，而沒有獨特見解，則難免淪爲「史贊之押韻者」，生氣索然，
不耐咀嚼。詠史要成爲詩，就要詠懷，通過歷史素材，寄託詩人的思
想情感。〔註39〕。例如〈賈生〉一首：「一時謀議略施行，誰道君王
薄賈生。爵位自高言盡廢，古來何啻萬公卿。」（46/2049）詩意幾乎
全襲《漢書》本傳贊語，並未別出新意。但若結合時事來看，將此詩
視爲荊公自抒身世之感，則仍自有意義。

就詠史絕句而言，要在四行之內翻騰轉折，首先要有「束廣就狹」
的工夫，此非有大筆力者莫辦。而「翻案」之法更是激盪詩意最簡截
有力的方法，前人盛讚荊公於此得義山三昧。荊公爲學議論向來崇尚
「自出己意」，詠史而不願落入俗套，實有固然。其史論文章如〈讀
孟嘗君傳〉，轉折再三，精悍絕倫，寫成詠史絕句亦無不可。相反的，
荊公詠史詩亦多可化作〈讀孟嘗君傳〉一類的短文，舍之不爲，正是
看重詩歌獨具的神韻。

最好的詠史詩應當是能將議論、敘事、詠歎融於一爐。敘事的能
耐尤爲推演義理的根本工夫。朱庭珍《筱園詩話》卷一謂：「敘事即
伏議論之根，論議必顧敘事之母。」此在詠史詩中更加不可或缺。荊
公〈諸葛武侯〉開頭四句：「漢日落西南，中原一星黃。群盜伺昏黑，
聯翩各飛揚。」（5/413）黃星爲曹魏代興之兆，事見《三國志》〈魏
武帝紀〉。荊公以簡單數筆重現曹、劉抗衡，群雄並起的歷史局面，
生動跳躍，不待下文議論而興亡感慨已噴湧而出。〈張良〉開頭：「留
侯美好如婦人，五世相韓韓入秦。」前句舒緩，後句遽然轉爲迫促，
一描寫人物，一交待背景，兩種筆法統歸一聯，張力最大。後文渲染
留侯神氣：「固陵解鞍聊出口，捕取項羽如嬰兒。從來四皓招不得，
爲我立棄商山芝。」（5/408）率爾出口而解危爲安，斬滅大敵如捕小
兒，大筆夸談，令人絕倒。至於後一聯，劉辰翁評曰：「它口語毒，『立
棄』二字有疑便如『天發一矢胡無酋』，不動聲色。」所謂「不動聲

〔註39〕參考蕭馳《中國詩歌美學》，頁 125～126。

色」是指迅捷有效的敘事能耐。〔註40〕此聯先寫四皓難招，而留侯謀略之高已然丕現，一吞一吐，如驚浪拍岸，衝激之下產生巨大的能量。〈讀秦漢間事〉：「秦徵天下材，入作阿房宮。」「材」具歧義性，兼指人材與建材，言其聚斂之甚，一語通包，感慨最深。後文云：「子羽一炬火，驪山三月紅。」（6/424）以對句敘事而毫無凝滯感，一炬火而三月紅，對比強烈而形象生動，筆力之大令人歎為觀止。

　　荊公在金陵，還有很多緬懷古跡、感慨興亡的作品，也可歸屬於廣義的詠史之中。〔註41〕詩人通常以幽渺的歷史場景與個人處境相疊合，從而激發情感、鼓盪詩意，這類作品乃融入更多的感情色彩。例如〈謝公墩〉一首：

> 走馬白下門，投鞭謝公墩；昔人不可見，故物尚或存。問樵樵不知，問牧牧不言；摩挲蒼苔石，點檢屐齒痕。想此縶長纓，想此倚短垣，想此玩雲月，狼籍盤與樽。井逕亦已沒，漫然禾黍村。摧藏羊曇骨，放浪李白魂；亦已同山丘，緬懷蔣蘭蓀。小草戲陳跡，甘棠詠遺恩；萬事付鬼籙，恥榮何足論。天機自開闔，人理孰畔援；公色無懼喜，儻知禍福根。涕淚對桓伊，暮年無乃昏。（4/379）

詩人親臨古跡，逡巡求索，但不僅昔人已去，故物亦泯滅無存。問樵問牧云云，不過刻意渲染，相去八百年，實在很難問出什麼頭緒。於是僅能在細微蒼苔屐痕之間，想見昔人風采，摩挲點檢，正見其依戀之深。以下連用三個「想此」，連綿迴盪，而後乃以「狼籍」一句托住氣氛，留待下文推衍，揮灑見節制，最稱妙手。羊曇係謝安甥，最為安所愛重，安死，經常追懷傷悼，不能自已。李白向極仰慕謝安，有〈登金陵冶城西北謝公墩〉詩。羊曇、李白皆深悼謝公者，自身亦已零落同山丘。荊公懷想謝公，而並念及古來懷想謝公者，其實另含一層傷悼自我之意。從謝公、羊曇、李白推想到自己，遂使全詩情思

〔註40〕關於「不動聲色」，參閱錢鍾書《管錐編》，頁1306。
〔註41〕詠史詩與懷古詩的分際，參閱劉若愚《中國詩學》，頁82～84；蕭馳《中國詩歌美學》，頁128～139。

愈加深沈。前人論懷古詩，以「情文相生，有我有人」爲佳，荊公此詩庶幾近之。荊公另有〈謝安〉詩，責謝公以「誤長清談」，持論甚嚴，大概是執政期間所作。晚年登臨陳跡，似乎對古人多了一層同情的理解。逡巡流連，深致嚮往之情，不過最後還是批評謝公暮年不能釋懷於個人得失。以〈謝安〉與〈謝公墩〉相比，一詠史，一懷古，前者據史冊書面下判斷，後者則在古跡實物與歷史知識相互交錯下，激發出感慨。

荊公詩歌發議所及，早年以論政、詠史爲主，退閒以後，乃轉以宗教哲理與人生體悟爲主要的義理內涵，而另有少部分的詠史懷古之作。蓋荊公徜徉於山林之間，從未忘懷於現實政治，遂通過歷史意象抒發感慨與意見。有時更直接與自我處境綰合，如前舉〈偶書〉一首，從「穰侯老擅關中事」轉至「我亦暮年專一壑」，就是顯著的例子。這類作品，結合詠史與詠懷，是荊公寫景以外另一得力處。注意到這一部份，才能完整呈現荊公晚年的心境與詩藝。

三、託物以言志

詩人體物言志，融情入景，表面上是在描摹景致、渲染物態，實質上則在表現思想與情感。此爲詩歌創作的通例，初不論有意無意。故張戒《歲寒堂詩話》卷上謂：「言志乃詩人之本意，詠物特詩人之餘事。」（《歷代詩話續編》，頁 450）荊公在金陵，往來田野山林間，詠花詩篇特多，大多深具意蘊。不僅再現大自然的美感，也充份流露自己的性情懷抱。如〈北陂杏花〉一首：

> 一陂春水繞花身，身影妖饒各占春。縱被春風吹作雪，絕勝
> 南陌碾成塵。（42/1842）

杏花脫俗絕倫，荊公晚年經常題詠，似乎獨有情鍾。此詩寫臨水照影的杏花，格外婀娜多姿。花身花影，一實一虛，相互映照各有勝處，幾乎占盡春光。許顗《彥周詩話》稱荊公愛看水中影，當即著迷於此種虛實掩映的景致。荊公另有五律〈杏花〉一首，其頷聯曰：「俯窺

妖嬈杏，未覺身勝影」正堪印證。以脫俗之身，立於清淨之地，即使隨風萎落，亦純淨如雪，無可怨言。至於那些立身南陌世俗之地，被來往的車馬所輾滅者，實在遠不能比。「雪」與「塵」固然相互映照，代表一清一濁的品味，「南陌」亦與詩題「北陂」彼此對襯，象徵立足處的俗與淨。「縱被」、「絕勝」則措詞斬截，流露詩人高蹈自持的意志。陳衍《宋詩菁華錄》稱：「末二語恰如自己身分。」一語中的，未爲虛發。

　　荊公又有〈梅花〉詩，從花與人之間的互動著手，最足見其性格：
　　　　牆角數枝梅，凌寒獨自開；遙知不是雪，爲有暗香來。(40/1772)
後聯本於蘇子卿詩：「祗言花是雪，不悟有香來。」〔註42〕《誠齋詩話》評爲：「述者不如作者。」《隨園詩話》卷六則謂：「活者死矣，靈者笨矣。」蘇氏原詩造境迷離，確較耐咀嚼。然荊公詩自亦另成意趣，未必無可取。「遙知」二字反映詩人以清明的理智應接外物，不爲表象所迷。

　　普聞《詩論》：「天下之詩，莫出於二句，一曰意句、二曰境句。境句則易琢，意句則難製；境句人皆得之，獨意不得其妙者，蓋不知其旨也。所以魯直、荊公之詩出於流輩者，以其得意句之妙也。何則？蓋意從境中宣出。」境句固可貴，意句更爲難能，這種說法來自宋人尚意的詩學觀。論政詠史，固然各有旨趣。寫景詠物之間，亦自有深刻的意蘊。早期名句如〈登飛來峰〉：「不畏浮雲遮望眼，自緣身在最高層。」〈江上〉：「青山繚繞疑無路，忽見千帆隱映來。」（44/1955）〈南澗樓〉：「故應斗起三千丈，始耐重山複嶺何！」（44/1930）都是借當下情景以闡發體悟者。

　　荊公晚年詩藝精進，每能兼得意、境。據《王直方詩話》記載：「陳無己云：山谷最愛舒王『扶輿度陽燄，窈窕一川花』，謂包含數箇意。」（《宋詩話輯佚》頁 48）惟其精於句法，所以能「包含數箇

─────────────

〔註42〕此據《誠齋詩話》轉引。「花是雪」，李壁注作「花似雪」。方回《瀛奎律髓》卷二十曾有討論，以爲作「是」爲佳。

意」。山谷引句出自〈法雲〉一詩：

> 法雲但見脊，細路埋桑麻。扶輿渡燄水，窈窕一川花。一川
> 花好泉亦好，初晴漲綠濃於草；汲泉養之花不老，花底幽人
> 自衰槁。(2/251)

劉辰翁評語：「度陽燄猶可，燄水卻未喻，亦未見其工耳。」然今傳
各本皆作「燄水」，與詩話所引不同。〔註43〕李壁引寶誌讚云：「陽
燄本非眞水，渴鹿狂趁匆匆。」又引誌公〈十二時頌〉：「陽燄空花
不肯拋，作意修行轉辛苦。」沈欽韓《勘誤補正》引沈括《夢溪筆
談》：「野馬乃田間浮氣耳，遠望如羊群，又如水波，佛書謂熱時野
馬陽燄，即此物也。」〔註44〕然則「陽燄」乃指田間浮氣，其狀如
水，因此荊公原文作「燄水」亦可通，〔註45〕可能當時即有二本通
行。通觀全詩，荊公所見實爲眞水眞花，但他用佛語表述，在原典
的支持下，遂使眞花眞水也染上一層虛幻的色彩。荊公寫花則曰：「窈
窕一川花」，寫水則曰：「初晴漲綠濃於草」，把花與水描摹得愈美好，
愈增添悵惘的氣氛，因爲眞水其實等於「陽燄」，而眞花亦與「空花」
無異。〔註46〕然則汲泉養花，仍是以幻養幻，雖曰「不老」，其實亦
難長久，此與〈新花〉詩合觀，更爲昭然：「汲水置新花，取慰以流
芳。流芳不須臾，吾亦豈久長。」可見「花不老」只是反語，「流芳

〔註43〕引及此句者，除《王直方詩話》外，另有《後山詩話》（詳下節），
皆作「陽燄」。

〔註44〕「陽燄」一詞，除李、沈二氏所引外，另見《月上女經》卷上：「諸
三世猶如幻化，亦如陽燄，如水中月。」《成唯識論》卷八：「心所
虛妄變相，猶如幻事、陽燄、夢境、鏡像、光影、谷響、水月。」
皆用一連串象喩以狀虛妄變相。

〔註45〕荊公用「焰水」，另見於〈一陂〉詩：「一陂焰水蔣陵西，含風卻轉
與城齊。」(41/1792) 亦謂水如陽燄也。

〔註46〕「庚寅增注」引江總詩：「空花豈得兼得果，陽燄何如更覓魚。」，
即以「陽燄」與「空花」對言。荊公曲子〈雨霖鈴〉云：「本源自性
天眞佛。祇些些妄想中埋沒。貪他眼花陽豔，誰信道，本來無物。」
亦將花、水並視爲妄想，可見前引詩不僅以水爲幻，更暗示「窈窕
一川花」亦是空。

不須臾」才是眞象。花既如此，肉身亦無以異，〈法雲〉以「花」與「人」相對比，又與〈新花〉相同。讀至「幽人自衰槁」，再反芻「扶輿渡谿水，窈窕一川花」一聯，更覺其意蘊深刻，此所以山谷歎爲「包含數箇意」也。

四、哲思的美味

　　傳統詩人從事創作，恒有追求「道」的願望。無論學術背景與性情懷抱如何，皆以其詩能「合道」、「見道」甚至「載道」自期。雖然「道」的內涵、形式可以作種種不同的理解，皆表示一種義理的渴念。但詩畢竟是一種藝術形式，通過跌宕的聲情、繽紛的意象來表達情志，因此美感的創造又是詩人無可辭卸的使命。而最理想的詩歌面貌，當然是義理與美感交互滲透，融爲一體。黃徹《䂬溪詩話》有云：

> 韓愈〈寄孟刑部聯句〉云：「美君知道腴，逸步謝天械。」
> 或問：「道果有味乎？」余曰：「如介甫『午雞聲不到禪林，
> 柏子煙中靜擁衾』，『竹雞呼我出華胥，起滅篝燈擁燎爐』，『各
> 據槁梧同不寐，偶然聞雨落階除』，皆淡泊中味，非造此境，
> 不能形容也。」（《歷代詩話續編》，頁 371）

「味」是古人慣用的文藝批評術語，來自官能與美感的相互比況。〔註47〕道而有味，是在追求義理的同時，也創造了美感。兩相結合之下，遂可通過審美活動而觸及哲理體悟。黃徹所舉三詩，皆在描寫生命中介乎悲喜而難以言詮的經驗，唯其「澹泊」，故耐咀嚼。〈子虛賦〉：「怕（泊）乎無爲，憺（澹）乎自持。」《法華經》〈化城喻品第七〉：「其心常憺怕，未曾有散亂。」荊公〈沖卿席上得昨字〉有句云：「眞味有淡泊」。東坡〈書黃子思詩集後〉也有「寄至味於淡泊」之語，則此一辭彙固與心靈境界有關。荊公暮年出入古寺，浸潤內典，或與高僧大德共領禪機，或獨處自修，哲學體驗特別豐富。這類體驗大抵近

〔註47〕「味」作爲美學概念，參閱劉若愚《中國文學理論》，頁 219～220；
　　　蕭馳《中國詩歌美學》，頁 1～13。

於宗教境界，但未必僅以宗教爲範圍。一旦通過豐富的學識與才情，化作篇詠，經常能臻及美善互涵，道藝合一的地步。

「各據槁梧」一篇已見前節，茲再舉〈書定林院窗〉一首，荊公自注云：「與安大師同宿，既曉，問昨夜有何夢。師云：有數夢，皆忘記。」詩如下：

> 竹雞呼我出華胥，起滅篝燈擁燎爐。試問道人何所夢，但言
> 渾忘不言無。(43/1875)

夢境爲竹雞鳴聲所打斷，精神彷彿尚未完全恢復，起身滅燈擁爐，恍惚之間追想夢中事。詩人可能作了極耐咀嚼的夢，因此也對同宿者的夢極感興趣。但是得到的回答卻是「數夢皆忘」，相對於自己的縈懷不捨，大師顯得修持有素，詩人當下恍然有悟。莊子說：「至人無夢。」大師雖自承有夢，但卻能視如空中鳥跡，略無挂懷，任其去來，自是另一種境界。「竹雞」二句輕描淡寫，而恍惚淡漠之情油然而生。

另一聯見〈自定林過西庵〉，過錄全詩如下：

> 午雞聲不到禪林，柏子煙中靜擁衾。忽憶西巖道人語，杖藜
> 乘興得幽尋。(42/1831)

荊公詩屢用「午雞」，蓋本劉夢得詩：「楓林社日鼓，茅屋午時雞。」定林寺內有荊公書齋，此詩寫午休醒來，四下空寂。即平日經常擾人清夢的雞鳴，亦不可聞。惟有幽香的柏子煙充盈斗室，詩人默默擁衾，若有所思。這兩句描寫靜中意態，用筆簡淡而傳神。「忽憶」二句，頗有恍然領悟，毅然求索之意，能將沈靜之致轉爲生動之情。

退居多暇，荊公似乎有每日午睡的習慣，詩中寫及「午夢」者不勝枚舉。大概午睡初起，半夢半醒之間，意識恍惚，有時反而能觸及某些獨特的情境與感受。而午睡又經常爲雞啼與鳥鳴所干擾，故荊公又屢寫及「午夢殘」、「殘午夢」。如〈悟眞院〉：

> 野水縱橫漱屋除，午窗殘夢鳥相呼；春風日日吹香草，山北
> 山南路欲無。(43/1877)

野水、鳥鳴、春風、草香，這些都是田野上的動態現象。如今集中在

一首詩中，紛然齊作，水則「縱橫」，鳥則「相呼」，風則「日日吹」，遂形成一幅生動的景象。詩人全幅開放耳目鼻身等官能，迎接自然界純淨的聲色。由於野草大肆生長，侵掩山南山北，以至連路徑都難以分辨。最後一句大抵為造境之語，山南山北的迷離氣氛，乃是承前三句而來。再如〈書湖陰先生壁二首〉其二：

> 桑條索漠柳花繁，風斂餘香暗度垣。黃鳥數聲殘午夢，尚疑身在半山園。(43/1884)

桑條所以索漠，是因為桑葉被人採盡，並非凋零所致；以此疏枝與繁茂的柳花相比配，更覺錯落有致。李壁注第二句引《楞嚴經》云：「如聲度垣，不能為礙。」荊公以香味取代聲音，而添一「暗」字，更加縹渺動人。下「斂」字尤妙，微風收聚殘餘的花香，越過牆垣的阻隔，進逼房室。而室內的詩人剛在鳥鳴聲中醒來，恍惚之間，竟疑友人家為己家，暗暗觸及主客交融、人我如一的境地。

荊公另有許多作品，描摹經驗、渲染想像，出以飽滿的意象與語句，表面上是記事寫景，實際卻臻及哲理的層次。如〈登寶公塔〉：

> 倦童疲馬放松門，自把長筇倚石根。江月轉空為白晝，嶺雲分暝與黃昏。鼠搖岑寂聲隨起，鴉矯荒寒影對翻。當此不知誰主客，道人忘我我忘言。(27/1225)

詩一開始先寫來路之艱辛，疲倦者其實不僅童僕與馬匹，詩人猶自振作精神，仗筇而行，正見性情之倔強。細讀中間兩聯，隱約可以感覺到詩人正處於體力耗盡之際，寫景格外沈靜細微。江月懸映，天空清朗如白晝；嶺雲成陰，卻又增強了暮色的濃度。此聯以化靜為動的筆法來鉤勒光影明暗的變化，江月嶺雲都成了生動的腳色，一明一暗，相互抗衡。其後進一步導入鼠聲鴉影，從而渲染岑寂荒寒的氣氛。由於意識凝定無擾，故能在光影交錯間察覺鴉影對翻；又因默坐無言，故能聽聞暗處的鼠聲。透過中間的形象舖衍，終於歸結到主客交融，得意忘言的境地。以上數詩可以說是「意從境中宣出」的最好例證。

荊公善於利用清明的理智淨化知覺，聲音、氣味都染上一層哲理

的色彩。冶遊之間隨時有得，就地取材，無不融會悟境與詩情。如〈同熊伯通自定林過悟眞二首〉其一：

> 與客東來欲試茶，倦投松石坐欹斜。暗香一陣連風起，知有薔薇澗底花。(43/1876)

由此寺至彼寺，由詩題已可想見從容閒游的生活。途間因疲乏而小坐，忽有一陣花香襲來，詩人通過敏銳的嗅覺，斷定花香來自薔薇。花長在澗底，則詩人並未目睹，全然因爲風挾香味以俱來而覺知。「知有」二字最耐咀嚼，隱隱有一種「發現」的振奮，則暗香一陣，不啻暮鼓晨鐘，引人入悟。類似的機杼，見於〈遊鍾山〉，只是以「午梵」取代暗香：

> 兩山松櫟暗朱藤，一水中間勝武陵；午梵隔雲知有寺，夕陽歸去不逢僧。(47/2083)

游於山水清境，已令人恍然如入桃源。一陣午梵傳來，乃覺知白雲深處別有寺宇。這同樣暗藏一種「發現」的欣喜，午梵既「隔雲」，想必甚爲幽渺，詩人不免有「印證」的意圖。可是偏偏歸途中不曾遇著一位僧侶，於是詩意更加飄盪迴旋，增添一層耐人尋味的意境。以上二詩的「知有」，更可與〈梅花〉詩所謂「遙知不是雪，爲有暗香來」合觀，都充份流露荊公崇尚推理判斷的性格傾向。

第三節　美感特質

一、聲色之淡化

　　宗教通常重視向內自省、摒慮靜思式的修鍊，將注意力集中到心靈修養上，難免有抑制意識與官能的傾向。惟禪宗既有超越宗教的特質，又有隨緣應物、觸事而眞的人生態度，因此並不主張以僵化的戒律來約束感官。此中已預留宗教修持與山水美學接契的可能。

　　詩人觀物應世的態度，足以決定作品的基本風格。荊公晚年既虔信佛教，對人世的虛幻頗有了悟，體物觀景的態度也爲之改變。然而

詩中的聲色雖漸歸簡淡，而心思卻轉而愈鑿愈深。《賓退錄》卷二記
張芸叟（舜民）評本朝名公詩云：「王介甫如空中之色，相中之音，
欲有尋繹，不可得矣。」〔註48〕此評顯然專對荊公晚年作品而發。〔註
49〕根據陳國球的闡釋：「空中之音」指不能尋見，只能感覺到其聲音，
不能感覺到其形狀；「相中之色」的「相」，在佛義中指一切事物外現
的形象狀態；「色」指物質性的、可以變壞的一切。佛家有所謂「色
即是空」，就是說空理即寓於物相之中。依此則「空中之音」、「相中
之色」的比喻，不外是強調這種難以捉摸，不能究實的性質。〔註50〕
芸叟的評語，雖意在表詮荊公晚年的藝術風格，卻可借以說明荊公對
聲色獨特而細微的體會。許顗《彥周詩話》曾記荊公「愛看水中影」，
大概對於佛家「鏡花水月」之喻，頗有領會。

　　宋代詩人對傳統倫理觀念的重視過於前代，對於佛道的宗教境
界濡染也較深。在有意無意間將美感經驗提拔到哲學或宗教的高
度，以主體境界來籠罩客觀對象。像朱子就曾說：「韋蘇州詩高於王
維、孟浩然諸人，以其無聲色臭味也。」（《朱子語類》卷一四○）
方回則說：「讀后山詩，若以色見，以聲音求，是行邪道，不見如來。
全是骨，全是味，不可與拈花簇葉者相較量也。」（《瀛奎律髓》卷
十六）將聲色摒於詩的重心外，論調與西方意象派詩學主張實在大
不不同。《金剛般若經》：「若以色見我，以聲音求我，是人行邪道，
不能見如來。」宗教體悟不能以聲色求，固屬不易之理，虛谷借以
言詩，即表現一種特殊的美學觀。高友工教授曾指出：「美感經驗在
文化發展中多數已被神化、聖化了。往往我們忘掉了它的感覺基礎。」

〔註48〕末兩句，《苕溪漁隱叢話》後集卷三十三引作「人皆聞見，難有著摸」。
〔註49〕錢鍾書以為此評「不切介甫詩」，見《談藝錄》，頁427。恐係忽略此
　　　　評專指暮年滌盡聲色的詩歌而言。
〔註50〕說見陳國球《鏡花水月》，頁5。關於這一連串象喻的佛典淵源，詳
　　　　孫昌武〈讀藏雜志〉（收入《唐代文學與佛教》中）；其中「水月」、
　　　　「鏡花」兩組象喻，另可參閱錢鍾書，前揭書，頁305～306、615；
　　　　又《管錐編》，頁37～38。

〔註51〕這種談「美」而刻意避開「感覺基礎」的傾向，在宋代尤其明顯。

《說文》釋「美」：「甘也，從羊，從大，羊在六畜，主給膳也；美與善同意。」日本學者竺原仲二闡釋其說曰：「美」字的本義是肥大之羊肉具有的「甘」味，其後逐漸從這種與羊肉的特殊關係上解放出來。最後更從官能性愉悅感提昇到抽象的價值概念。〔註52〕

荊公《字說》釋「美」，卻專從哲理上著眼：

羊大則充實而美，美成矣則羊有死之道焉。《老子》曰：

「天下皆知美之為美，斯惡矣」。（陸佃《埤雅》卷三「羊類」引）

他雖繼承《說文》以「羊大」釋美的思路，卻略去「甘味」一義，而導入「充實」的概念，〔註53〕至此為止仍屬客觀詮釋字義。以下謂「美成矣則羊有死之道焉」，並引《老子》語以相證發，性質已是闡理而非釋字。「美成羊死」當即從《莊子》〈山木〉的寓言而來。荊公以「美」代「用」，遂將莊子所講的人生哲學推拓到審美範疇。試將此說推拓到文學創作：詩人極力開鑿語言形象，目的正在於追求「美」；美既完成，語言形象的價值也就從而泯滅。

談美既不重感覺基礎，為詩自然也就不以寫聲摹色為事。蔡正孫《詩林廣記》引《天廚禁臠》（另見《詩人玉屑》卷六引）：

王維〈書事〉云：「輕風閣小雨，深院畫慵開，坐看蒼苔色，欲上人衣來。」舒王云：「若耶溪上踏莓苔，興盡張帆載酒迴。汀草岸花渾不見，青山無數逐人來。」兩詩皆含不盡之意，子由謂之不帶聲色。

楊慎以為荊公詩當引「山中十日雨，雨晴門始開。坐看蒼苔文，欲上

〔註51〕說見高友工〈試論中國藝術精神〉，頁5。

〔註52〕說見〈「美」字在《說文》中的本義和審美意識的起源〉一文。李澤厚等人則另從甲骨文、金文，推求出「美」的原始概念與古代的祭祀活動有關。詳《中國美學史》第一卷，及《華夏美學》第一章。

〔註53〕《孟子》：「充實而有光輝之謂大。」荊公殆以孟子之說與《說文》之解相結合。釋「美」而重「充實」，殆與「大人論」之重視「事業」同出一轍，參第三章第一節。

人衣來。」一首（〈春晴〉，40/1763），而正孫誤以此首當之（《升庵
詩話》卷三）。蘇轍評詩喜稱「不帶聲色」。《困學紀聞》云：「夏均父
詩：『欒城去聲色，老坡但稱快。』嗚呼！二法門近古，絕倫輩。嘗
觀欒城爲歐陽公碑云：『公之於文，雍容俯仰，不大聲色，而義理自
勝。』欒城評文章至佳者，獨云『不帶聲色』，蓋得於公也。」「不大
聲色，而義理自勝」表現宋人獨特的詩學觀念，前此一般詩人每每通
過聲色的渲染，達成抒情寫意的效果，而宋人卻有意收斂根識，淡化
聲色，直契事物本質。惠洪原書稱引何篇不必窮究，「不帶聲色」當
是荊公暮年詩歌的普遍特色。他慣用最簡淡的筆墨來處理感官經驗，
卻仍創造出令人回味的「義理」。

　　這樣的觀物態度與寫作方式，自然是深受晚年宗教體悟所影響。
前引〈次韻朱昌叔〉詩中所謂「長以聲音爲佛事」，正是以宗教的超
越態度，對待大自然所提供的明淨聲色。另如〈酴醾金沙二花合發〉：

　　相扶照水弄春柔，發似矜夸斂似羞。碧合晚雲霞上起，紅爭
　　朝日雪邊流。我無丹白知如夢，人有朱鉛見即愁。疑此冶容
　　詩所忌，故將樛木比綢繆。（26/1191）

《雲笈七籤》卷三十三載孫思邈《攝養枕中方》〈學仙雜忌〉云：「夫
習眞者，都無情慾之感，男女之想也。若丹白存於胸中，則眞感不應。」
〔註54〕其意蓋謂必須超越現象界的拘執，乃能臻及主體境界的清明。
荊公此詩前半幅極寫二花合發之美，碧合紅爭一聯，尤其精工細膩，
其後忽接以「我無丹白知如夢，人有朱鉛見即愁」，遂轉表詮爲遮詮。
「丹白」、「朱鉛」殆指起自心中識執的種種分別，此心清明無執，則
知眼前美景如夢非眞。此心執泥，則二花合發的婀娜姿態固足以牽動
人心的歡愁。尾聯又舉〈樛木〉詩相比況，以爭妍爲誡，〔註55〕同樣

〔註54〕雁湖引《眞誥》卷三以注「丹白」，有誤。詳錢鍾書《談藝錄》，頁
　　　398～399。
〔註55〕雁湖注：「冶容正指酴醾、金沙，言二花競發，盛其容飾，若爭妍者，
　　　詩人所忌在此，而猶愛其綢繆不相舍去，故以樛木終之，美反正也。」
　　　詩毛傳：「〈樛木〉，后妃逮下也。言能逮下而無嫉妒之心焉。」荊公

是在節制感官。

這種以理性自覺來處理感官經驗的方式，在荊公晚年詩歌屢屢可見，形成主調。故其寫景小品，每能超越耳目官能的層次，不溺於聲色嗅味中，而時時表現反視自我的能力。另一方面，由於心中既無丹白橫互，故能避開物色的激盪，不爲悲秋惜花之歎。而能以超越的心靈擷取最樸實的景物，表達內心更深刻的感受。晚年之所以能夠寓蒼涼於閑淡，此種態度實爲內在的原因。

「落花」既可以從容「細數」，「悲蟲」亦可以「好音」聽之。大自然繁複的色相原無哀樂可言，一切感受根源於「吾心」。而人生之悲有時恰爲藝術之美，但看吾人如何處理感官耳。〈病中睡起折杏花數枝二首〉：

> 獨臥南窗榻，倏然五六旬。已聞鄰杏好，故挽一枝春。
> 獨臥無心處，春風閉寂寥。鳥聲誰喚汝，屋角故相撩。(40/1769)

此詩雖寫折花，卻不見描摹杏花之美。蓋病中睡起，格外感覺外在的色香都是虛浮不眞的。鄰杏淡淡的香味傳入寂寥的病榻，病中的詩人默默折花，但心中似乎無欣喜也無悲愴。第二首以「無心處」替代「南窗榻」，正如前引〈即事二首〉以「無心」代「鍾山」，詩意皆因此躍入新境。而「鳥聲」正如第一首的花香，都更襯托出索莫無那的情境。

葉夢得《避暑錄話》稱荊公「不耐靜坐，非臥即行」，似非漫語，「金陵詩」就有很多專寫行臥之間的思感聞見。其寫「漫行」者，固不勝枚舉；寫「獨臥」者，除前引〈即事二首〉外，亦所在多有。如〈獨臥有懷〉：

> 午鳩鳴春陰，獨臥林墅靜。微雲過一雨，淅瀝生晚聽。紅綠
> 紛在眼，流芳與時競。有懷無與言，佇立鍾山暝。(4/360)

前兩聯分寫鳥鳴與雨聲，著意經營耳根，卻頗有「鳥鳴山更幽」

《詩經新義》：「樛木則葛藟得以附麗，葛藟盛則木亦得以自蔽也。」
見程元敏《三經新義輯考彙評（二）－詩經》，頁 13。

之致。頸聯則轉入視覺，物色雖繽紛入眼，流芳雖汲汲展露，卻未必
干及吾心。就此而言，色彩氣味之濃烈，適足以反襯官能之平淡枯寂。
但詩人的意識活動卻是頻仍紛繁的，故曰「有懷」；然而晚暝獨臥，
無人與言，只好佇立省視自我的內心世界。

　　荊公善用顏色字為歷來學者所推崇〔註56〕，其著者如《雪浪齋日
記》謂：「荊公詩『草深留翠碧，花遠沒黃鸝』，人只知『翠碧』、『黃
鸝』為精切，不知是四色也。」（《苕溪漁隱叢話》前集卷三五）其實
詩用顏色字並不以多為貴，而在乎恰如其分。《文心雕龍》〈物色〉即
云：「故摛表五色，貴在時見。若青黃屢出，前繁而不珍。」凡喋喋於
字面設色之繁，以為此即藝術所在，或謂多用某色即表現某種心理，
實在不免「見與兒童鄰」之譏。每一詩人運作官能、對待聲色的態度
都不盡相同，而每一種顏色也都應置入本文中考量，譬如〈蒲葉〉：

　　　　蒲葉清淺水，杏花和暖風。地偏緣底綠，人老為誰紅。(40/1766)

前聯勾勒的是一幅美好的景致，後聯筆鋒突轉，以「地偏」、「人老」
賦予紅花綠葉新的氣氛。再如〈與道原步至景德寺〉：

　　　　前時偶見花如夢，紅紫紛披競淺深。今日重來如夢覺，靜無
　　　　餘馥可追尋。(42/1826)

荊公自注：「元豐七年三月十九日。」這一年春，公大病逾兩月。此
詩寫步行至景德寺，寺在城內嘉瑞坊（《景定建康志》），距半山園七
里以上。而荊公當時正值大病初瘳，對於聲色虛幻之理，感受尤深。
追想病前繁花競開的景象，而今竟無一點餘馥可聞，當下遂有恍然如
夢之感。

二、動靜互涵

　　前引惠洪《冷齋夜話》記荊公語：「前輩詩云：『風定花猶落』，

〔註56〕李康馨《王荊公詩析論》第三章第六節、王晉光《王安石詩技巧論》
　　　　第五章第一節、梁貴淑《王安石絕句探析》第三章第二節，都專門
　　　　討論荊公用顏色字。

靜中見動意；『鳥鳴山更幽』，動中見靜意。」荊公讀書每能自得勝義，論詩談藝亦復如此。所謂「靜中見動意」、「動中見靜意」，既是他「自得」之義，居安資深，左右逢原，自然鎔化爲晚年詩歌的重要表現手法。所謂「動」、「靜」是現象客體與意識主體二者互動之下所形成的，故凡心與物接，必有動靜可言。詩人透過詩心巧爲安排，使詩中的動靜適度變化，就能構成深刻的內在旋律。

荊公暮年，朝夕徜徉於金陵風物之中，山水無言，個人內心活動卻很頻繁，經常能夠觀察到外境細微的面貌。所謂「一切景語皆情語也」，詩人模範山水之際，難免將內心情感透入景物的裡層，因此「動」與「靜」不只是外在的客觀事實，更是個人主觀的感受。此即《六祖壇經》所謂：「不是風動，不是幡動，是仁者心動。」在主觀心境與客觀物境互相交涉下，動靜以各種繁複的型態呈現出來。以前引集句聯爲例，同樣布置動靜，但前句以視覺爲主，後句則以聽覺爲主。而「幽」的感覺更是詩人內在的沈靜狀態。錢鍾書曾以心理學中的「同時反襯現象」來作說明，並謂：「眼耳諸識，莫不有是；詩人體物，早具會心。寂靜之幽深者，每以得聲音襯託而愈覺其深；虛空之遼者，每以有事物點綴而愈見其廣。」〔註57〕可知此種現象不僅可以言動靜，即大小、甘苦、香臭，亦無不可以此言之。

但若是以佛家「一切法空」的觀點來說，則種種分別又都是虛幻的。僧肇〈物不遷論〉云：「尋夫不動之作，豈釋動以求靜，必求靜於諸動。必求靜於諸動，故雖動而常靜。不釋動以求靜，故雖靜而不離動。」世界萬物具有恒常不遷的本質，但是吾人仍須通過對動靜關係的觀察，乃能觸及此一本質。〔註58〕惟動靜之間的辯證，並非佛經所專有。《易傳》甚至以一套辯證統一的思考模式建構「宇宙秩序」與「人事規律」，其中充斥著一對對相反相成的概念。「動靜有常，剛柔斷矣」（〈繫辭上〉第一章）即是其一。動靜也被直接導入人生哲學

〔註57〕見《管錐編》，頁138。
〔註58〕參閱陳允吉《唐詩中的佛教》，頁26。

之中。譬如〈樂記〉以「人生而靜」表天理，「感於物而後動」表人欲，天理人欲即處於動靜交涉的關係。〔註 59〕

即就荊公本身的思想系統而言，他早年作〈洪範傳〉，即謂：五行之化生萬物，在材、氣、性、形、事、情、色、聲、臭、味等方面，皆各有耦，且「耦之中又有耦焉，而萬物之變遂至於無窮。」（《文集》卷六五）「動中有靜，靜中有動」正是出自這種「耦中有耦」的思考模式。不過他注解《老子》，又曾主張「兼忘」有無、難易、長短、高下、音聲、前後等對峙（容肇祖《老子注輯本》），則於事物的對立面外，亦有以見其共通處。

「金陵詩」的場景，既多集中於山林、郊野、書齋、佛寺，實以靜景為多。但荊公頗能適度導入腳色，製造動感，其中尤其善用「春風」一物。〔註 60〕如名句「春風自綠江南岸」，綠字之轉品，固然是動感產生的原因之一。但若無春風作為主體，則動詞無從安置；顏色乍然轉綠之感，難以營造。再如〈半山春晚即事〉：「春風取花去，酬我以清陰。」春風都成了詩中重要的演出者。

此外荊公又長於以香味撥動氣氛，使靜謐之景忽然活絡起來。如〈金陵即事三首〉其一：「背人照影無窮柳，隔屋吹香併是梅。」（44/1921）〈同熊伯通自定林過悟眞二首〉其一：「暗香一陣連風起，知有薔薇澗底花。」（43/1876）〈山櫻〉：「賴有春風嫌寂寞，吹香渡水報人知。」（42/1851）都是透過「風」的吹送，才察知香味的流行，更從而肯定花的存在及其種類。荊公「金陵詩」經常有敏銳的嗅覺移動，一方面與生活情況有關，另一方面則是心境趨於沈靜所致。若是風微香淡，則靜謐之感將趨深沈，如〈南浦〉一詩：

南浦隨花去，回舟路已迷。暗香無覓處，日落畫橋西。（40/1750）

〔註 59〕參考勞思光《中國哲學史》，頁 65～67。關於「動」與「靜」的哲學內涵，另可參閱萬榮晉《中國哲學範疇導論》，第十一章，〈動和靜〉。

〔註 60〕簡恩定指出，荊公多用「春風」一詞，乃是一種希望的象徵，足見此老雖冷靜，猶有餘情，絕無槁木死灰之態。見〈寓悲壯於閒淡——試論王安石的絕句〉，頁 37～38。

這首詩的動態以視覺爲主，而隱隱間有香味浮動，只是莫知所自，大概風息甚微，以致無法斷定其來向。水流、花去、舟行、日落卻都寫得無聲無息，令人讀之悵惘。尤其末句以日落作結，天地乍歸昏暗，前面種種遂一併歸於空無。須溪評曰：「渠興未盡在。」正有見於詩人心緒之索莫。

荊公另有一種化靜爲動的寫景法，係以主客易位的運思方式來達成，此即所謂：「山靜物也，欲其動；水動物也，欲其靜。」〔註61〕例如〈若耶溪歸興〉：「汀草岸花渾不見，青山無數逐人來。」〈書湖陰先生壁二首〉其一：「一水護田將綠繞，兩山排闥送青來。」現象客體主動將感覺材料帶至意識主體，由於換位而產生「陌生化」的效果，格外警練。原本平靜的感官應接，遂轉而以動態的方式「演出」景物。又如〈午枕〉一首：

午枕花前簟欲流，日催紅影上簾鈎。窺人鳥喚悠颺夢，隔水山供宛轉愁。（44/1925）

李壁注首句：「言簟文瑩滑，如水之流。」則是以動態的筆法來描摹靜物。次句寫日光將花影推入房室，下一「催」字，遂覺氣氛緊迫扣人，可與荊公另一名句「月移花影上闌干」比觀（〈夜直〉）。後一聯以特殊句法製造異化的節奏感。從內容來看，是詩人神志馳逸，耳目觸及門外聲色，故難以安眠；但通過巧妙的語言安排，詩境作一反轉，彷彿鳥聲山色主動逼入房室，干擾午休。詩人的意識從枕上出發，由簟文、花影以至鳥聲、山色，無不一一鼓動，別開生面，其間慧心令人贊歎。

靜謐的山林之中，鳥聲也是「動」的因素之一，荊公於此，亦有敏銳的反應。他既贊許「鳥鳴山更幽」爲「動中有靜」，在〈鍾山即事〉中卻說：

澗水無聲繞竹流，竹西花草弄春柔。茅簷相對坐終日，一鳥不鳴山更幽。（44/1930）

〔註61〕詳錢鍾書《談藝錄》，頁57。

此意又見於〈老樹〉一詩：「古詩鳥鳴山更幽，我念不若鳴鳥收。」
（14/776）前人頗有疑其為翻案而翻案者，如曾季貍《艇齋詩話》即
評為「無味」，並謂：「蓋鳥鳴即山不幽，鳥不鳴即山自幽矣，何必言
更幽乎？」（《歷代詩話續編》，頁 303）〔註62〕案鳥鳴更幽乃是心理
現象，不鳴更幽則是物理事實。荊公並非不知道王籍原句為勝境，而
「不鳴更幽」則又返歸常識，落入俗諦。不過一旦鳥聲大作，又覺得
勝境難及，不若俗諦之可達，於是乃寧取「不鳴」。荊公這樣一個「不
耐靜坐」的老人，竟然在簷下「坐終日」，當下心思恐怕不無煩躁，
自然將鳥聲也一併視為紛擾了。然則對荊公而言，未必時時能認同「鳥
鳴山更幽」的境地。試取集中其他寫鳥聲的作品合觀，則甚昭然：

> 簷日陰陰轉，床風細細吹。倏然殘午夢，何許一黃鸝。

（〈午睡〉，40/1741）

> 山陂院落今接種，城郭樓臺已放燈。白髮逢春唯有睡，
> 睡間啼鳥亦生憎。（〈山陂〉，42/1835）

大概老來不易入眠，屢屢被鳴聲吵醒，於是乃覺啼鳥可憎，而對「一
鳥不鳴」的情境深致嚮往。王籍原句是對俗諦的翻案，荊公新句則可
視為再翻一層，則以「看山又是山」相比況似無不可。但考之前引數
詩，可知荊公詩句實有親身感受的基礎，並非憑空翻轉。〔註63〕若更
深入考求，則這種反應恐怕主要與性情的躁動、心緒的紛擾有關，亦
即所謂「不是風動，不是幡動，是仁者心動」。荊公金陵篇詠似乎有
意收攝忐忑之情，但有時仍不免油然流露，前文論及的「白雞」情結，
此處的「鳥鳴」詩案，都可見其性情習癖之一斑。以褊躁的氣質而大
量創作閒適的山水詩，心情之「動」與風景之「靜」，內外交融，相
互對照，反而經營出獨特的味道。

〔註62〕其他批評另見王世貞《藝苑卮言》，卷三；翁方綱《石洲詩話》，卷
　　　　三；陳衍《宋詩菁華錄》，卷一。
〔註63〕吳小如對於「鳥鳴」詩案，亦有解釋，著眼與本文稍異。請參閱氏
　　　　著《讀書叢札》，頁 265～270。

三、漫遊與漫成

荊公在金陵經常隨興漫遊，或騎驢，或杖藜，出入於東溝、西崦、南浦、北山。以此老邁衰病之軀，無論從事於徒步或騎驢，節奏都十分從容舒緩。騁目賞景，出口吟詩，情調都從而漸趨隨興。王定國《聞見近錄》曾詳記荊公騎驢漫遊的情形：

> 王荊公領觀使，歸金陵，居鍾山下，出即乘驢。余嘗謁之，既退，見其乘驢而出，一卒牽之而行，問其指使：「相公何之？」指使曰：「若牽卒在前，聽牽卒；若牽卒在後，即聽馳矣。或相公欲止則止，或坐松石之下，或田野耕鑿之家，或入寺隨行，未嘗無書，或乘而誦之，或憩而誦之。仍以囊盛餅十數枚。相公食罷，即遺牽卒，牽卒之餘，即飼驢矣。或田野之人持飯飲獻者，亦爲食之。蓋初無定所，或數步復歸，近於無心者也。」

這種無特定目標的漫游方式，實在頗有幾分魏晉風流，如果我們進一步追索其心態，則荊公的漫遊雖與阮籍式的無奈難以並論，但是悵惘之情仍隱約可見。荊公詩中景物移動時時有「隨意」之致，當與此種漫遊方式有密切關係。如下面這首詩即以「隨意」爲題：

> 隨意紫荊手自開，沿岡度塹復登臺。小橋風露扁舟月，迷鳥
> 羈雌競往來。(41/1798)

詩雖刻意營造「隨意」的氣氛，反而更見躁動不安的心緒。四行之內，置入多少事物，詩的內在節奏顯然十分迫促，沿岡、度塹、登臺，雖在一句中完成，而其實是將時間長度壓縮了。論者每謂荊公晚年詩多有「深婉不迫」之致，其實正是他刻意節制自己躁動的性情所致。

荊公性情之躁，無論敵友都眾口一致，無可諱言。《石林燕語》所記一段軼事，尤可看出其性情：

> 王荊公押「石」字，初橫一畫左引，腳中爲一圈。公性急，作圈多不圓，往往窩區，又多帶過。嘗有密議公押反字者，公知之，加意作圈。

張敬夫曾說「平生所見荊公書，皆如大忙中寫」，正亦可見其躁擾急迫（朱子〈題荊公帖〉）。再如贊元禪師當面指爲「受氣剛大」，則點出其生命氣質的特色。無論如何，性情之偏固無害於賢人之爲賢，而以詩歌研究的立場，則爲理解詩人風格形塑的重要線索。元豐七年大病之後，荊公仍自承病中失言，是修養猶不足。可是令人好奇的是，一個「不耐靜坐，非臥即行」的褊躁老人，竟然寫出大量這樣沈靜的句子：

> 九日無歡可得追，飄然隨意歷山陂，蔣陵西曲風煙淡，也有
> 黃花一兩枝。（41/1789）

調緩而自成起伏，意淡而自有幽香。全詩無一句刻意造境，各句無一字用力求奇。「也有黃花一兩枝」，幾乎淡到無痕，對花的姿態氣味不予置評，只是記下它們的「存在」，於是乎風煙輕淡一如心中微顫的念頭。花既可有可無，詩竟似可作可不作。惟其可無，格外耐人尋味；惟其可以不作，格外顯得自然而永恒。讀其詩，想見九百年前金陵山陂任意生長的一兩枝黃花，隨意經過的詩人，雖然花謝人去，純粹的美感經驗卻在詩中永保生鮮。山谷云：「詩句不鑿空強作，對景而生便自佳。」（參《歷代詩話續編》頁 468）此詩庶幾近之。

由於生活的從容以及心境的舒解，創作上明顯流露出「即興抒寫」的傾向。荊公集中以「即事」、「漫成」爲題的作品不下數十首，如〈半山春晚即事〉、〈初夏即事〉（41/1805）、〈春日即事〉、〈過山即事〉、〈即事〉（34/1534）、〈漫成〉等是。另有許多作品不以此爲題，而即興之致卻有過之而無不及。這類創作可說淵源於杜詩，蓋老杜在漫長的索居時期，大量以日常瑣事入詩。〔註64〕袁枚嘗有「詩到無題是化工」之論，其實隨意拈題，率爾成章，境地更近化工。荊公詩集中頗多逕取詩首二字爲題者，最見此種隨筆創作、不縛於題的精神特質。道家謂「目擊道存」，禪宗謂「觸事而眞」，〔註65〕都是從日常瑣事與自然

〔註64〕參閱呂正惠〈杜詩與日常生活〉，見《杜甫與六朝詩人》，頁 199～213。
〔註65〕「目擊道存」在文學批評上的意義，可參看錢鍾書《談藝錄》，頁 229；

景物中獲得平和的啓悟，不作刻意經營，不取迷狂激情，卻恒有幽深
玄遠的清雅樂趣。即事抒寫的詩風，當與此種思想精神有關。

　　即興之風不僅表現在題材內涵，亦表現在寫作方式。荊公晚年凝
聚頗多精神於詩文創作，但也常有枉廢日力之感。這種矛盾的心理，
使他有時像是用盡全身的氣力於鏤章雕句，有時又似乎是隨手漫成，
略無著意。例如〈臥聞〉一首：

　　　　臥聞黃栗留，起見白符鳩。坐引魚兒戲，行將鹿女遊。(40/1759)

從詩題來看，已甚隨興。四句句法全同，如四幕整齊並列的形象，合
成悠游自得的意境。從文字形式來看，前後兩聯各自成對，每句皆描
寫作者一個姿態動作，再牽扯一種動物。其中前聯巧妙撮合兩種特殊
的鳥名（「黃栗留」與「白符鳩」）。這一切看來似乎費力，可是追究
其詩意，卻是簡單隨興的感慨。何況以其中兩種鳥名相對亦見另一首
詩，〔註66〕此處不過套用而已。

　　還有一些作品，整體情味雖然動人，但由於不刻意琢磨，遂在修
辭上留下一些小缺憾，如〈鍾山晚步〉：

　　　　小雨輕風落楝花，細紅如雪點平沙；槿籬竹屋江村路，時見
　　　　宜城賣酒家。(43/1881)

風雨俱微，則花落不因外力，而是熟透所致。詩人連用了「小」、「輕」、
「細」等三個意義近似的狀詞，雖然有加強的效果，讀來仍不無累贅
之感。大抵荊公隨意賦詠，有時甚至不太講究修辭。好在詩味的構成
並不來自文字枝節，用意既甚隨興，措詞也就十分「漫與」了。這種
創作傾向於絕句小詩仍可優為，在稍大的篇幅裡則不時可見細微的敗
筆。如〈徑暖〉（《臨川集》題為「即事」）：

<hr />

郭紹虞《滄浪詩話校釋》，頁39；葉維廉〈道家美學・山水詩・海德
格〉，頁 166；蕭馳《中國詩歌美學》，頁 22～25。另案荊公〈禮樂
論〉（《臨川集》卷六六）、〈與寶覺同宿僧舍〉(23/1065) 皆嘗提及此
一概念。關於「觸事而真」，可參閱孫昌武《詩與禪》，頁5。

〔註66〕見〈懷舒州山水呈昌叔〉：「山下飛鳴黃栗留，溪邊飲啄白符鳩。」
　　　　(34/1516)

徑暖草如積，山晴花更繁。縱橫一川水，高下數家村。倦憩
雞鳴午，荒尋犬吠昏。歸來向人說，疑是武陵源。(22/1032)

《王直方詩話》記東坡評語：「『武陵源』不甚好。」又云：「也是韻
中別無韻也。」〔註67〕雖然東坡在批評之後，又代為開脫。尾聯明顯
失諸滑易靡弱，則無可疑。全詩先施以暖色的粉底，然後以簡潔明快
的筆法將景觀布置開來，縱橫高下，錯落有致，深具立體感。頸聯從
「雞犬相聞」一語而出，通過巧妙的才力構造堅實的詩句，大有「以
故為新」的能耐。最後直接點破題下託喻，未免令人失望。

　　詩固然有諷世矯俗的莊嚴使命，但也是個人自我舒解的手段。時
代的大磨難固然可以入詩，個人的小尷尬又何嘗不可以入詩。荊公有
詩以推求義理，當然也有詩以詼諧自適。凡是真性情大智慧的人物必
具幽默感，荊公在朝論政，事理所在，略無假借；但在日常生活之中，
卻頗好諧趣。由於晚年對語言有了新的體認，遂發展出一種生動靈活
的小詩，自然輕盈，機趣橫生。其得力處通常不在烹字煉句，而在於
機智的思路與鮮活的情趣，試觀二篇招人之作：

白下長干一水間，竹雲新筍已斑斑。明朝若有扁舟興，
日落潮生尚可還。(〈招楊德逢〉，42/1861)

山林投老倦紛紛，獨臥看雲卻憶君。雲尚無心能出岫，
不應君更懶於雲。(〈招葉致遠〉，42/1861)

前一首無論內容神韻，皆似便條小箋。惟其率然若不經意，故淡雅親
切，讀之令人「沆瀣牙頰」。後一首借「雲」為媒，由雲而思及君，
再以雲與君相比。其中第三句套用淵明語，卻無生硬之感，蓋能別開
生面，轉換其意。另有〈戲城中故人〉，也是借雲生事：

城郭山林路半分，君家塵土我家雲。莫吹塵土來污我，我自
有雲持寄君。(43/1899)

〔註67〕見《宋詩話輯佚》，頁45。按此事亦見葉適《水心集》卷二九〈題荊
　　　　公詩後〉。惟李注曰：「詩話云，公自言武陵源不甚好，韻中別無韻
　　　　也。」方回《瀛奎律髓》卷十批語同。參閱錢鍾書《談藝錄》，頁394。

雲代表山林之幽，塵土自然指城郭的紛擾。言下對於身處城外，感覺
十分自得。荊公在〈示道原〉一詩中云：「久不在城市，少留心悵然。」
（40/1743）其不喜城內生活如此，則在此雖似戲語，實爲鄭重用意。
出以平易淺近的語言，雖無甚精警，而自有悠邈的神韻。

第五章　王荊公體：金陵詩的藝術風貌

第一節　體裁表現

一、備眾體，精絕句

　　宋人承續前代輝煌的成就，詩體粲然大備，對於體裁格外重視。
[註1]在品評作家成就時，也特別觀察能否兼備眾體。釋普聞《詩
論》云：

> 老杜之詩，備於眾體，是為詩史。近世所論，東坡長
> 於古韻，豪逸大度；魯直長於律詩，老健超邁；荊公長於絕
> 句，閒暇清癯，其各一家也。然則荊公之詩，覃深精思，是
> 亦今時之所尚者。(《說郛》卷六七)

以「備眾體」來闡釋「詩史」的概念，取義十分特別。據學者研究，
「詩史」乃是「以敘事的藝術手法，紀錄事件，而又能透顯歷史的意
義和批判的一種尊稱。」[註2]因此「詩史」代表十分崇高的價值觀
念，這個概念主要是從內涵意義上著眼。但是普聞的言論中，則顯然
偏向形式意義。推求其意，殆以詩體比史體，以為杜詩不僅具備「史」

〔註1〕互詳第三章，第二節，第二項。
〔註2〕說詳龔鵬程《詩史本色與妙悟》，第二章，〈論詩史〉。

的意義，同時具備史書恢弘廣大的規模範式。〔註3〕並以蘇黃與荊公各精擅一體，而荊公長於絕句更爲當時所尙。普聞之書，著於南宋初年，當時詩人固以擅絕句者爲多。張邦基云：「七言絕句，唐人之作，往往皆妙，頃時王荊公多喜爲之，極爲清婉。」(《墨莊漫錄》卷六，頁 16) 言下似以絕句爲唐人所專擅，在宋唯荊公能接其緒。後來劉辰翁評點荊公詩，也說：「五言絕，難得十首好者。荊公短語長事，妙冠古今。」(40/1780) 都可見荊公絕句之妙，早有定評。

李之儀〈跋古柏行〉云：「或謂子美作此詩，備詩家眾體，非獨形容一時君臣相遇之盛，亦所以自況，而又所以憫其所值之時不如古也。第深考之，信然。作者苟能周旋於其命意造語之際，於詩、於屨踐，皆可追配昔人，不當止謂之詩而易之。」稱一首詩爲「備眾體」，則「體」已超越體製而指體貌。呂本中《童蒙詩訓》稱東坡「廣備眾體」，又於〈江西宗派圖序〉稱山谷「盡兼眾體」，其意大抵兼指體製與體貌。

方回〈宋羅壽可序〉歷敘宋詩發展，嘗謂：「王半山備眾體，精絕句，古五言或三謝。」以荊公爲兼擅眾體，並特別突出絕句一體，說甚允當。〔註4〕王、蘇、黃三大家既都臻及「備眾體」的理想，且又各有獨擅處，要評斷他們在體裁表現上的成就，當然要兼顧深度與廣度。

荊公暮年雖以小詩著稱，其實古體與律詩都各有進境，發展出新的面貌。莊蔚心《宋詩研究》說：「諸人祇稱其小詩爲工，但荊公的

〔註3〕龔鵬程前揭書認爲：「詩史不但不是敘事文類，也不是任何文類劃分，因爲它只是一種價值的觀念，與形式之長短、結構之疏密、甚至藝術手法所造成的風格（含蓄或直陳等）均無關係。」此說雖然中肯，但大抵反映「詩史」觀念成熟以後的情況。在觀念的蘊釀期，自然存在許多試探性的提法。

〔註4〕其實荊公本人評詩亦重視「兼備眾體」的表現。吳沆《環溪詩話》云：「荊公置杜甫第一，韓愈第二，李白第四，蓋謂永叔能兼韓李之體而近於正，故選焉耳。」這裡的「體」主要指體貌，互詳第三章，第三節。

古詩，也是造語瑰麗，有典有則，大有力回萬牛的氣象。自有宋以來，能夠各體俱工的，就要算他第一了。」〔註5〕蓋自宋初西崑主盟一時，延續晚唐以來的風尚，專以律體爲事。梅歐輩力革其弊，追蹤昌黎，專重氣格，而以古體爲能事。荊公身爲詩文革新運動的後勁，長於古體自屬當然。此外，他對崑體工夫別有會心，故又精熟律詩的體製。至於絕句一項，由於體製簡短，便於表達當下片刻的即興感發，與荊公暮年隨意漫遊的生活情境十分貼合。因此，他在退閒以後，便專力創作絕句，把此體「句絕而意不絕」的本色發揮得淋漓盡致。故專就體製上的開發而言，荊公成就最高、貢獻最大的部份，仍不得不推絕句一體。

王士禎《古詩選》〈七言詩凡例〉說：「袞公以後，學杜韓者，王文公爲巨擘，七言長句，蓋歐陽公後勁，蘇黃前茅，特其妙處微不逮數公耳！」此則以荊公古體雖佳，與歐陽、蘇、黃相較，不免失色。不過，也有部份論者獨許荊公古體，而不甚看重其絕句，如賀黃公《載酒園詩話》說：

> 讀臨川詩，常令人尋繹于語言之外，當其絕詣，實自可興可觀，不惟于古人無媿而已。吾嘗謂此不當以文恕其人，亦不當以人棄其文，特推爲宋詩中第一。其最妙者在樂府五言古，七言律次之，七言古又次之，五言律，稍厭安排，七言絕尤嫌氣盛，然佳篇亦時在也。(《清詩話續編》，頁 418)

賀氏雖盛推荊公爲宋詩第一，但對荊公作品，似乎解悟不深。原書所舉荊公詩例，退閒所作寥寥可數。自稱不以人廢文，正可見他對荊公人格並無體會，因此見解也就不甚高明了。他所欣賞的「樂府五言古」，當即〈白日不照見〉等一系列寓言詩，大抵爲嘉祐二年（三十七歲），知常州時所作。這組詩追摹漢魏樂府風味，措語明淨自然，蘊意精要深刻，可以看出中年多方試煉的一面。

論者謂荊公古體詩主要學杜、韓、歐，其中尤以韓愈最爲關鍵。

〔註 5〕轉引自朱自清《宋五家詩鈔》，頁 62～63。

方東樹《昭昧詹言》卷十二：「荊公健拔奇氣勝六一，而深韻不及，兩人分得韓一體也。」又云：「荊公才較爽健，而情韻幽深不逮歐公，二公皆從韓出。而雄奇排奡皆遜之。可見二公雖各用力於韓，而隨才成就，只得如此。」近人夏敬觀說：「宋人學退之，以王荊公爲最，王逢原長篇亦有其筆。歐陽永叔、梅聖俞亦頗效之。諸公皆有變化，不若荊公之專一也。」（《唐詩說》，頁 71）梁啓超則說：「荊公古體與其謂之學杜，毋寧謂之學韓。」（《王荊公》，頁 204）韓詩無疑是荊公古體詩的底色，但取於老杜者亦多。舉〈純甫出釋惠崇畫〉一首：

> 畫史紛紛何足數，惠崇晚出吾最許。旱雲六月漲林莽，移我
> 倏然墮舟渚。黃蘆低摧雪籟土，鳧雁靜立將儔侶。往時所歷
> 今在眼，沙平水澹西江浦。暮氣沈舟暗魚罟，欹眠嘔軋如聞
> 櫓。頗疑道人三昧力，異域山川能斷取。方諸承水調幻藥，
> 灑落生綃變寒暑。金坡巨然山數堵，粉墨空多眞漫與。大梁
> 崔白亦善畫，曾見桃花淨初吐。酒酣弄筆起春風，便恐飄零
> 作紅雨。流鶯探枝婉欲語，蜜蜂掇蕊隨翅股。一時二子皆絕
> 藝，裘馬穿贏久羈旅。華堂豈惜萬黃金，苦道今人不如古。

> （1/196）

兩句正面點題以後，馬上將畫的氣勢放散出來。彷彿「旱雲」漲出畫面，向詩人湧來。「移我」二字，運用主客易位的寫法，讓觀畫者由主動變成被動，甚至融入畫面，實際去感觸畫中的氣氛與景致。這是因爲畫的感染力太強，喚起詩人的美感經驗。枯黃的蘆葉垂向地面，雪白的蘆花掩蔽土色，把野鳥布置在其間，更增添靜謐的氣氛，觀畫者爲之屏息靜思。「往時」一句稍作轉折，跳出畫面，但很快又重新貼入畫中，播送暮氣，迷離恍惚，初不分詩境與畫境。其下四句借用佛典描摹惠崇出神入化的技法，竟至移山倒海，變化寒暑。詩雖用典，意脈絕無受阻之勢，不知典實所出，同樣能體會其妙。詩到這裡，可說是逼及高潮，無可復加了。但詩人偏偏凌空翻轉，引入兩位畫家以相映襯，使詩味重新鼓盪起來。此等章法，實非老於翰墨者莫辦。

　　不過荊公古體絕非如論者所謂專一學韓。方東樹評點《古詩源》，嘗於「七言詩歌行鈔」一項下云：「半山本學韓公，今當參以摩詰，此旨世人不解。」評〈燕侍郎山水〉詩則云：「看半山章法謹嚴，全從杜公來，不自以古文法行之也。」此說蓋來自許顗《彥周詩話》：「畫山水詩，少陵數首後，無人可繼者；惟荊公〈觀燕公山水〉詩前六句差近之。」這些言論都具見地。荊公早年古詩以拗峭見長，晚年則頗能收束剛猛之氣，化凌厲爲簡淡，變迫促爲從容。前文所舉〈兩山間〉、〈新花〉、〈法雲〉等詩，都是明顯的例子。

　　荊公平生行事爲文最講究法度，律詩更所優爲。韓駒《陵陽室中語》曾說：

　　　　王介甫律詩甚是律詩，篇篇作曲子唱得。蓋聲律不止平側二聲，當分平上去入四聲，且有清濁，所以古人謂之吟詩，聲律即吟詠乃可也。僕曰：魯直所謂詩皆須可絃歌，公之意也。（《詩人玉屑》卷十二引）

「律詩」當指近體詩，兼律絕而爲言，〔註6〕只不過在八句之內聲韻變化更加繁複多變，詩人更可發揮定音結響的工夫。荊公早年的律詩發聲較促、運氣較猛，如〈葛溪驛〉一首：

　　　　缺月昏昏漏未央，一燈明滅照秋床。病身最覺風霜早，歸夢不知山水長。坐感歲時歌慷慨，起看天地色淒涼。鳴蟬更亂行人耳，正抱梧桐葉半黃。（35/1583）

煩躁的心緒通過跌宕有致的聲響傳達出來。由詩意所構成的內在節奏更具藝術魅力：首聯布置閃爍的光影，造成起起伏伏的節奏感；頸聯以時空與身心感受相交錯，製造悠揚的旋律；頷聯則直接以坐立不安的舉止敲出沈重的鼓點。在心緒如此紛雜之際，終於導入實存的聲響，而以梧桐的形象總結心境。

　　這種節奏實在是個性急躁、不耐靜坐的荊公所獨有，但在晚年卻經刻意收攝。他追摹老杜「運古於律」的工夫，創造出一種疏緩從容

〔註6〕參閱李立信〈「律詩」試釋〉。

的律體。七言則如前章所引〈登寶公塔〉，五言則見〈晝寢〉、〈徑暖〉
等詩。茲再舉〈莫疑〉一首：

> 莫疑禪伯未知禪，莫笑仙翁不學仙。靈骨肯傳黃蘗爐，眞心
> 自放赤松煙。蓮花世界何關汝，楮葉工夫浪費年。露鶴聲中
> 江月白，一燈岑寂擁書眠。(27/1249)

此詩描寫一種去除外累，逍遙自在的情境，內涵即前章所說的「捐書
絕學」之意。首聯措語，簡率如偈，與〈擬寒山拾得〉一類作品格調
相近。中間四句皆運用佛典、佛語，但讀來簡潔清晰，並無阻斷意脈
之虞。尾聯則以景語表現悟境，詩意隨之深化。全詩語調輕鬆自在，
與〈葛溪驛〉的迫促感大異其趣，這種變化自然與生活及心境有關。

　　延君壽《老生常談》稱荊公：「古體專學杜韓而不襲，殊勝六一；
今體亦能我行我法，依傍一空。」(《清詩話續編》，頁 1805) 頗能點
出荊公的創作路徑。「我行我法」更能傳神地描繪荊公獨出機杼的能
耐。錢鍾書則說：「荊公詩精貼峭悍，所恨古詩勁折之極，微欠渾厚；
近體工整之至，頗乏疏宕；其韻太促，其詞太密。」(《談藝錄》頁
245) 所論頗能切中得失。不過，荊公似乎深具自覺，金陵時期所作，
不僅能去除上述毛病，更能進一步發揮既有的優點，創造出新的風格。

二、暮年小語的獨詣

1、以思理生風味

　　荊公暮年小詩具備獨特的風味，在當時已妙傳天下，美譽頻出。
山谷曾稱讚荊公：「暮年小詩，雅麗精絕，脫去流俗，每諷味之，便
覺沆瀣生牙頰間。」(註7) 此評不僅能觸及金陵絕句的美感特質，更
生動描述了個人的閱讀感受。曾季貍《艇齋詩話》也說：「絕句之妙，
唐則杜牧之，本朝則荊公，此二人而已。」(《歷代詩話續編》頁 299)

〔註 7〕此據《苕溪漁隱叢話》前集卷三五引。惟《山谷題跋》卷六〈跋王
　　　荊公禪簡〉稱：「暮年小語，雅麗精絕，脫去流俗，不可以常理待也。」
　　　苕溪所引與此略有不同，不知是否另見別本。

言下似乎十分推尊，但舉杜牧絕句爲唐人首席，已不甚穩切，又有自注云：「近年東湖絕句亦可繼荊公」，可見眼界並不高明。徐東湖雖曾說：「荊公絕句妙天下」，但也說過：「荊公詩多學唐人，然百首不如晚唐人一首。」（並見《艇齋詩話》引）看來同樣對荊公詩藝缺乏深刻體會。

山谷以後，能夠全面體認荊公絕句者，首推楊萬里。他在《誠齋詩話》中說：「五七字絕句，最少而最難工，雖作者亦難得四句全好者，晚唐人與介甫最工於此。」（《歷代詩話》141 頁）類似的意見又見於〈讀唐人及半山詩〉：「不分唐人與半山，無端橫欲割詩壇。半山便遣能參透，猶有唐人是一關。」（《誠齋集》卷八）誠齋在〈荊溪集序〉中說：「予之始學江西諸君子，既又學後山五字律，既又學半山老人七字絕句，晚乃學絕句于唐人。」〈答徐子材談絕句〉則謂：「受業初參且半山，終須投換晚唐間。國風此去無多子，關捩挑來只等閒。」自度度人皆以半山爲離宋入唐的關捩。〈舟中讀詩〉：「船中活計只詩篇，讀了唐詩讀半山。不是老夫朝不食，半山絕句當朝餐。」則又可見他對荊公絕句愛不釋手。

然則誠齋對半山絕句何以如此心折呢？他又是如何體會半山絕句之妙呢？無論從風格或內涵而言，誠齋所取資都是以寫景爲主的後期作品。值得注意的是，他一再將半山與唐人並論。認爲參透半山以後，才能進入唐人一關。誠齋深嗜晚唐，有意以晚唐藥江西之病，[註8] 前述所謂「唐人」主要在指晚唐。[註9] 詩集卷二十七〈讀笠澤叢書三首〉之一：「笠澤詩名千載香，一回一讀斷人腸。晚唐異味誰同賞，近日詩人輕晚唐。」誠齋論詩專重味而不泥形，尚風致而不重體

〔註8〕江西與晚唐相傾軋，互詳第三章，第三節，第四項。

〔註9〕上引詩話與答徐子材一詩，論及絕句，皆獨標舉「晚唐」，另可參閱林珍瑩《楊萬里山水詩研究》，頁 170～174。南宋詩人有以「唐」指「晚唐」的習慣，參閱錢鍾書《談藝錄》，頁 452；張宏生〈關於江湖詩派學晚唐的若干問題〉，頁 75～77。互詳第三章，第三節，第四項。

貌。〔註10〕可以說他即是透過對「晚唐異味」的偏嗜來把握半山絕句。「味」係指詩中內蘊的美感，是承繼司空圖以下將審美經驗與感官經驗類比的思路。〔註11〕山谷所說的「沆瀣牙頰」，著眼於詩的餘味，而誠齋所謂「半山絕句當朝餐」與「拈著唐詩廢晚餐」，也同樣表示讀詩可以充飢，以生理需求來比擬韻味之豐盈。

郭紹虞曾指出：「宋時論詩風氣，凡尚唐音的，如魏泰、葉夢得諸人差不多沒有不宗半山的。」〔註12〕正巧魏、葉兩氏論詩亦最重「餘味」。〔註13〕前人所以特別推許荊公暮年絕句，恐怕即看中其中的抒情風味，從魏泰、葉夢得到楊萬里，莫不如此。但這種風味實際上又與唐人不盡相同。

前文提過誠齋自江西入手，繼而不愜於江西，產生超越與突破的自覺，遂視「晚唐異味」為對治良藥。他以「味」的概念為主軸，從半山絕句上窺晚唐從而浸假乎三百篇。在他的體會中，晚唐諸子猶有國風小雅之遺音，而半山絕句在宋詩中最得晚唐風味。〔註14〕荊公乃是宋詩特徵的主要開創者之一，「金陵詩」雖頗具「晚唐風味」，這種「風味」其實仍是宋格丕張。也就是說，他以清明的思維處理情感，描摹景物，創作出別具哲思性的詩味。

試舉誠齋評為四句全好的〈金陵即事三首〉其一為例：

水際柴門一半開，小橋分路入青苔。背人照影無窮柳，隔屋吹香併是梅。(44/1921)

〔註10〕參考郭紹虞《中國文學批評史》，頁216。

〔註11〕劉若愚《中國文學理論》，頁220。味的概念，互詳第四章，第二節，第四項。

〔註12〕仝注十。

〔註13〕魏泰《臨漢隱居叢話》：「余頃年嘗與王荊公評詩，余謂：『凡為詩，當使挹之而源不窮，咀之而味愈長。至永叔之詩，才力敏邁，句亦雄健。但恨其少餘味耳。』荊公曰：『不然，如「行人仰頭飛鳥驚」之句，可謂有餘味矣。』」葉夢得《石林詩話》：「詩者述事以寄情，事貴詳，情貴隱。如將盛氣直述，便無餘味，感人也淺。」

〔註14〕其意見於《誠齋集》卷八三，〈周子益《訓蒙省題詩》序〉、〈頤庵詩稿序〉。

此詩前半是詩人移動所見，後半描寫靜立中的覺知。巧妙的是這裡不使用「杖藜延竚復穿橋」的筆法來寫移動，僅把水際柴門、門前小橋、橋邊小路一一點出，則詩人緩行的經過自然悄悄呈現。忽然詩人已在水邊小立，通過倒影來描寫背後的重重柳樹，只見身影與柳林交疊在水面上飄搖，造境格外幻妙。尤其在這靜默的剎那，感官的能力大幅擴張，查覺到遠處飄來的香味。用「併是梅」三字作結，語氣間流露明快斬截的判斷，頗見自得之情。柳雖「背人」、梅雖「隔屋」，卻造成更開闊的美感空間，一經詩人創造點化，情味更加濃郁。在荊公看似隨筆的小詩底層，潛存著如此明晰的理路，而又情韻盎然，難怪能夠高出一代，自成一樣。

2、以功力造清新

　　誠齋的意見可能影響嚴羽，〔註15〕《滄浪詩話》〈詩評〉說：「五言絕句：眾唐人是一樣，少陵是一樣，韓退之是一樣，王荊公是一樣，本朝諸公是一樣。」特別指出荊公的五絕是自成「一樣」，正與前引誠齋意見同出一轍。此外，〈詩體〉一章則列有「王荊公體」，滄浪自注：「公絕句最高，其得意處，高出蘇黃陳之上，而與唐人尚隔一關。」隱有推尊荊公絕句為宋人首席之意。他把荊公與杜韓拉出唐宋諸人之外，其意殆以三家絕句具有強烈的特色。杜韓絕句在唐音中向來被視為變格，滄浪論詩每以唐音高於宋調，杜韓絕句是在唐而近宋者，荊公絕句則在宋而近唐者。

　　事實上，荊公暮年絕句得於杜韓者甚多。先論得於韓者，錢鍾書《談藝錄》說：「曾子實、劉起潛皆以為荊公絕句機軸，得之昌黎『天街小雨潤如酥』一首。」僅執一詩即斷定荊公機軸全自昌黎來，容或未穩。但若舉二公性情才力相比較，則可知此說深具見地。晚近張夢機教授曾分析昌黎集中何以古詩較多，律絕較少。其說云：昌黎才力雄厚，惟古詩足以恣其馳驟，一束於律詩的形式與聲病，就難以發揮

其所長，此其一。絕句以風神為主，宜柔不宜剛。唐人絕句多以情韻取勝，而昌黎用意多涉理路、多記實事，不容易表現小詩的風姿，所以做得少，此其二。雖然，昌黎偶作近體仍是清新穩健，不讓盛唐諸公。〔註16〕案荊公性情懷抱最近昌黎，而筆力氣勢也相接近，晚年卻專以小詩為事。由於他崇尚法度，對近體格律深有體會，因此不覺束縛。以厚重筆力注入四句小詩，氣勢格外噴薄動人，這正是「兼用二體」的妙處之一。〔註17〕舉〈東岡〉一詩：

東岡歲晚一登臨，共望長河映遠林。萬竅怒號風喪我，千波競湧水無心。(41/1787)

一般慣以輕婉迴盪求絕句，荊公此詩則蒼勁渾厚、斬截有力。前聯寫登高望遠，「一」字已具提拔神氣的力道，次句承其勢，放手把景致大筆推出。後聯以「萬竅」、「千波」描摹「風」、「浪」，把難以把捉的事物具體化，概括力強。「風喪我」是寫心神深為大自然的力量所搖撼，巧用〈齊物論〉的語碼，又賦以新的氛圍。「水無心」不僅「與風喪我」相映襯，也賦以「千波競湧」新的意義。

以剛健的筆力寫出渾厚的風格固然可觀，究竟不出前人範圍。荊公獨脂所在，乃是把這股功力氣勢稍交收攝，轉化成比較輕婉的筆調。於是形成一種看似流麗，其實筋骨瘦勁的新風格。在荊公最動人的絕句中，總是保持一種高度的節制，彷彿僅使出三分力道而已。例如〈臺城寺側獨行〉：

春山撩亂水縱橫，籬落荒畦草自生。獨往獨來花下路，筍輿看得綠陰成。(44/1961)

春天的郊野，萬物逐漸萌發，以「撩亂」、「縱橫」分寫山、水，頗能呈現大地鬱勃的氣息。接下來用更細的筆觸描摹野草，一則曰「荒」畦，再則曰「自」生，氣氛趨於安寧。詩人現身於第三句，但是形象模糊，不知道當下所思所感如何。只知道他看到山水鬱勃，看到野草

〔註16〕說見張夢機〈詩阡拾穗〉，頁3～4。
〔註17〕互詳第三章，第二節，第一項。

自生，看到綠樹成陰。我們嘗試通過這些景象去把握他的情感，仍不知道野草自生、綠樹成陰到底是用來表現「造物生意」，還是襯託孤寂心緒；也不知道「獨來獨往」到底是逍遙自得，還是索莫無賴。這一切都是因為他刻意閃爍其辭，節制情感的表陳。但他明明坐在筍輿上，卻以「獨行」入題，終於在無意間洩露了一點心緒。

另舉〈金陵報恩大師西堂方丈二首〉：

詹花映日午風薰，時有黃鸝隔竹聞。香爐一爐春睡足，
上方車馬正紛紛。

蕭蕭出屋千竿玉，靄靄當窗一柱雲。心力長年人事外，
種花移石尚殷勤。（46/2036）

詩以明淨的風日開始，而布置以疏落的鳥鳴。爐是燭爐，用「香爐一爐」側寫「春睡」之久且熟，淺淺著墨卻十分傳神。神智清醒，乃察覺室外擾攘的車馬聲早已掩沒鳥鳴，這又是一層有力的對比。下一首前聯，不過謂「對竹燒香」，卻都鄭重寫之，頗有小題大作的能耐。「出屋」二字把竹林由近處延伸到遠處的景致寫得十分鮮活。次句則似乎借自淵明的「靄靄停雲」，誇大香煙盤旋的局面。在如此開朗的物境與心境之中，自得其樂，只覺閒適生活的點點滴滴最值得專心從事。四行之內，飛揚跋扈，其間神氣令人歎為觀止。

3、工整間見翻騰

陳衍《宋詩菁華錄》卷二：「荊公絕句，多對語甚工者，似是作律詩未就，化成截句。」絕句中大量使用對句，的確是荊公詩中一項突出的特色。但陳氏所謂「作律詩未就，化成截句」，只宜視為此種風格傾向的指陳，不可執以為實情。荊公晚年漫遊隨筆，觸景成詩，豈有此等瑣碎窘迫的情境。其實崇尚工巧乃是荊公詩歌的一大特色，而使對與用典最能直接表現巧思，因此荊公樂此不疲。他的絕句固有「對語甚工者」，即就律詩而言，首聯或尾聯使對的情形也很普遍，這又該作何解釋？

　　絕句中頻用對語，實老杜慣用手法，謝榛《四溟詩話》卷二說：
「子美五言絕句，皆平韻律體。」胡應麟《詩藪》內編卷六，主張絕
句應當「意連句圓，未嘗間斷」，若用對偶，縱使出色，「皆未成律詩，
非絕體也。」此說當為陳衍所本。胡氏又說：「自少陵絕句對結，詩
家率以半律譏之。」，「杜以律為絕，……則斷綿裂繪類也。」老杜絕
句自成一格前人早有定論，其間別出心裁處甚多，〔註18〕荊公自然並
不專摹頻用偶句一項。不過荊公在這方面確有特別突出的發展，合當
專門論之。

　　《冷齋夜話》記山谷曾至金陵謁荊公，問近有何詩，公乃示以壁
上所題「一水護田將綠遶，兩山排闥送青來」，自謂得意。魏泰《臨
溪隱居叢話》亦自記至金陵親謁荊公，問：「近詩自何始？」公笑而
口占一絕云：「南浦東岡二月時，物華撩我有新詩。含風鴨綠鱗鱗起，
弄日鵝黃嫋嫋垂。」荊公自舉兩詩中，「一水·兩山」、「含風·弄日」
等聯都以對仗工整、運思奇崛著稱，並且兩詩都明顯出自剛健的筆力
而又不失韻味。上述二事皆在元豐末，〔註19〕由此可以概見荊公晚年
最自信的絕句是何種風貌。

　　荊公絕句兩聯皆用對甚多（五絕十一首，七絕十首），陳衍所謂
「作律詩不成」，當專指此類。例如〈溝港〉一詩：

　　　　溝港重重柳，山坡處處梅；小輿穿麥過，狹徑礙桑回。(40/1740)
此詩使對雖不如前舉二聯那般精警，但是隨手拈來，更多自然之致。
全詩描述乘輿出遊所見。柳與梅雖是靜景，但通過「重重」、「處處」
兩組疊字的修辭效能，暗示詩人在其間遊覽，幾乎目不暇給。「小輿」
一聯算是流水對，意義與節奏都如流水般輕盈，有力呈現輕快的氣
氛。小輿穿越一大片麥田，卻在狹徑上遭逢桑枝的阻礙。大概時序剛

〔註18〕老杜絕句的特色，參閱張國偉《絕句審美》，頁 31～45。
〔註19〕吳小如以為山谷見荊公，事在元豐三年，說見余冠英編《中國古代
　　　　山水詩鑒賞辭典》，頁 632。據張秉權推測，山谷見安石當在元豐七
　　　　年，見《黃山谷的交游及作品》，頁 30。魏泰謁荊公，則詩話原文自
　　　　謂「元豐癸亥」（六年）。

剛入夏，桑樹枝葉長得十分茂盛，而麥子也開始挺直腰幹，柳與梅自然也是生機勃發。雖然通篇使對，但因造語活脫，輕重相救，讀來仍覺跌宕有味。又如〈題齊安驛〉：

> 日淨山如染，風暄草欲薰。梅殘數點雪，麥漲一川雲。（40/1741）

此詩四句各寫景物，彼此並列，中間絕不費辭以相呼應，純以景物安排構成境界。一與二句，三與四句各自成對，藉由相同的語句結構拉緊關聯。至於前聯與後聯之間的布置安排就留下更多的發揮空間。前聯泛寫，景物寬闊而概括；後聯特寫，景物具體而集中。「日淨‧風暄」是背景，「梅殘‧麥漲」是主體。前聯造語淺淡平和，意在營造氣氛；後聯用筆斬截有力，意在逼出詩境。透過對偶與安排，將四片景物組成一幅完整的圖畫，表現手法與老杜「遲日江山麗」等詩相近。〔註20〕

　　歷來論絕句作法，向重起承轉合之布置。荊公晚期寫景絕句和老杜一樣常以偶句起結，章法與正宗絕句不合。但由於他筆力朗健、神足氣旺，故仍能在工整的形式中翻騰變化。經由各種意象並置的方法，放送氣氛，呈現詩情，感染力更強。從前舉兩首詩可見一斑。

4、以聲響提神氣

　　金陵絕句的另一個特色是音情曼妙。宋人評荊公暮年小詩曰「沆瀣牙頰」，曰「深婉不迫」，曰「精深華妙」，這些特色實與聲情之美有關。《苕溪漁隱叢話》前集卷三十五舉荊公五言小詩〈南浦〉、〈染雲〉、〈蒲葉〉、〈午睡〉、〈題舫子〉、〈題齊安驛〉等數首，並稱「觀此

〔註20〕洪邁《容齋詩話》卷五：「永嘉士人薛韶喜論詩，嘗立一說云：老杜近體，律詩精深妥帖，雖多至百韻亦首尾相應，如常山之蛇，無間斷齟齬處，而絕句乃或不然。五言如：『遲日江山麗，春風花鳥香。泥融飛燕子，沙暖睡鴛鴦。』『急雨捎溪足，斜暉轉樹腰。隔巢黃鳥并，翻藻白魚跳。』……七言如『糝徑楊花鋪白氈，點溪荷葉疊青錢。筍根稚子無人見，沙上鳧雛傍母眠。』『兩個黃鸝鳴翠柳，一行白鷺上青天。窗含西嶺千秋雪，門泊東吳萬里船。』之類是也。」參看周振甫，《詩詞例話》，頁95。

數詩，眞可使人一唱而三歎也。」荊公絕句所以妙傳天下，正是在意境的創造以外，兼能把握絕句便於歌詠吟誦的特質。絕句的來源之一乃是六朝的吳謳小曲，實以悠揚宛轉的音調爲本色。故直至唐代，尤多能付曲吟唱。宋人專致於意念的深化，對於聲音美反而不太重視。其能兼顧聲情者，首推荊公。〔註21〕

　　荊公善於運用語言的質地來推展音情。如「溝西直下看芙蕖，葉底三三兩兩魚」、「蕭蕭三月閉紫荊，綠葉陰陰忽滿城」、「乞得膠膠擾擾身，五湖煙水替風塵」，是以疊字傳神。「江水漾西風，江花脫晚紅」、「終日看山不厭山，買山終待老山間；山花落盡山長在，山水空流山自閑」，是以類字造韻。「白髮逢春惟有睡，睡間啼鳥亦生憎」、「鍾山未放朝雲散，耐爾黃梅細雨何」「江南歲盡多風雪，也有紅梅洩露春」、「南浦隨花去，迴舟路已迷」是以虛字運氣。「地偏緣底綠，人老爲誰紅」、「百年同逆旅，一壑我平生」是以顏色字與數詞穩定節奏。又有兼用而得妙者，如「新霜浦溆綿綿白，薄晚林巒往往青」。

　　荊公經營音樂結構的能力，又可以從組詩中看出。如〈封舒國公三首〉、〈寓言三首〉、〈金陵即事三首〉等都有巧妙的音響效果。舉〈與寶覺宿龍華院三絕〉（43/1829）爲例，公自注云：「某舊有詩：『京口瓜洲一水間，鍾山祇隔數重山。春風自綠江南岸，明月何時照我還？』」據此，則詩當是暮年重聚，追思舊遊，故有投老傷懷之語，大抵成於元豐末年。〔註22〕全篇過錄於下：

　　　　老於陳跡倦追攀，但見幽人數往還。憶我小詩成悵望，
　　金山祇隔數重山。(其一)

　　　　世間投老斷攀緣，忽憶東游已十年。但有當時京口月，

〔註21〕參考孫克寬〈王安石的小詩〉，收入《詩人與詩》。
〔註22〕此詩王晉光繫在元豐七年，《王安石繫年初稿》，頁141；李德身則繫在熙寧九年，《王安石詩文繫年》，頁241。詩中所謂「東遊已十年」指退居鍾山，不指示朝參政，故王說爲是。集中尚有多首相互贈酬之作，如〈贈寶覺並序〉、〈示寶覺〉(3/308)等，李氏一律歸入元豐詩匯似未穩當。

與公隨我故依然！（其二）

　　與公京口水雲間，問月何時照我還。邂逅我還還問月，

何時照我宿金山？（其三）

三首一組，以舊作〈泊船瓜洲〉為基調，反覆變奏，相互詮釋。敏
銳的時空意識貫串其間，使全詩屢屢逼進高潮，而又回歸平寂。此
詩的抒情效果並非來自描摹渲染，而是倚賴推理式的呈現手法。詩
中沒有精彩景語，也沒有警句響字，如舊作之所為。但是藉由舊作
與新作的時間距離，使此詩的內在幅度拉到極大，感慨隨之推拓。
而空間感的運作又使全篇句句活脫，張力不懈。詩人把握舊作中的
「山」跟「月」兩個自然意象，用生動的筆力使它們參予「公」和
「我」之間的情感波動，於是乎觸景傷情的老調不但免於俗濫，反
而有類似雙重奏的效果。

　　荊公絕句所以音調曼妙，除了來自「客觀的」節奏的安排，又與
他善於運用「主觀的」節奏有關。〔註23〕如上引〈與寶覺宿龍華院三
絕〉，除複沓句的變奏以外，又通過回憶與想望營造抑揚起伏的內在
旋律，合成百轉不懈的音響組織。音樂是時間的藝術，詩則運用語言
材料製造豐富的時間變化，舉凡聲調、意象、內涵等等皆是影響時間
的變項。此所以詩的音樂性可以生生不已。以平仄格式計較「諧」與
「拗」，以開齊合撮、高下清濁分判聲韻，雖然也有助於開發聲響，
但那只是外在的語音結構。詩既不是語言的物理現象，瑣瑣分析，適
足敗壞詩味，又未必能接契詩人心靈的旋律。西方詩人說：「詩是觀
念的音樂」，實是見道之言。試取前述苕溪所謂「一唱三歎」的幾首
小詩來詠誦，將發現繚繞心神的聲響正是來自盪漾的詩情。

三、集句詩的創作意義

　　徐師曾《文體明辨》說：「集句詩者，雜集古句以成詩也。」凡
全篇採綴現成的詩句而成，無論是古人、當代人，甚至自己的作品，

〔註23〕「節奏」之分主客觀，參閱朱光潛《詩論》，第六章。

都可稱爲集句詩。晉傅咸有〈七經詩〉，連綴經語成篇，實集句之權輿。每篇專集一經，共七篇（佚一首）。〈毛詩詩〉與後世集句體相近，其他諸篇則不然：一來所集皆非詩句，再則所集並非全句。至於全篇風格，則近乎「頌」體，以詩學標準衡之，未免失之板滯無味。唐宋以下，迭有發展。荊公以前從事於斯而著有聲譽者，當推石曼卿。所作〈下第偶成詩〉七言兩首，一律一絕，體式形貌已告完備。其次則有胡歸仁，自號「安定八體」。惟上述諸人從事集句，雖早於荊公。然用意不深，成就不高，並未引起太多注意。荊公以一代碩儒重臣而戮力於此，質量俱可觀，石胡所作已難同日語。當代詩話筆記偶有誤以荊公爲此體始祖者，〔註24〕原因在此。

　　荊公集句詩不見收於李壁注本，而見於《臨川先生文集》卷三十六及三十七前半，計六十八首，古體律絕兼備，卷三七後半又有集句詞多首。宋人詩話每載荊公晚年喜作集句，〔註25〕但這並不意味他的集句詩都作於晚年，〈送劉貢甫謫官〉、〈離昇州作〉等詩都是比較明顯的例子。當是稍早已染指此道，晚年則投入較多的心力。在集句詩發展過程中，荊公的貢獻，在於拓展其體式、強化其藝術。

　　語言乃是詩歌藝術表現的基本憑藉。但集句詩既無一語出於己，則讀者不能從語言質地去判斷作者的心志。即使作到「如出胸臆」，究竟不是從胸臆中自然流出。血肉可能栩栩，精神終難弈奕，這是集句體先天上的缺憾，因此歷來都有反對者。〔註26〕儘管如此，集句詩仍是各種雜體詩中最具藝術價值的體式，荊公的表現尤爲突出。

〔註24〕關於集句詩的起源，可參閱裴普賢《集句詩研究》，頁27～28；羅抗烈〈王安石的集句詩〉，頁33～35；何文匯《雜體詩研究》，頁90～93。

〔註25〕《後山詩話》：「荊公莫年喜爲集句。」《蔡寬夫詩話》：「荊公晚年喜取前人詩句爲集句詩。」《西清詩話》：「集句國初有之，未盛也……至元豐間王荊公益工於此。人言起自荊公，非也。」以上俱見《苕溪漁隱叢話前集》卷卷三十五引。

〔註26〕參閱羅抗烈前揭文，頁41～42；何文匯前揭書，頁119～121。

　　錘字鍊句本是詩人的基本工夫，但集句詩卻免去此關，直尋詩境，成敗高下完全繫乎詩人支遣調度的能耐。空有謀略而窘於腹笥，則如無兵之將；空有積學而拙於運用，則如守財之奴。荊公有宰相胸懷，故能驅使布置；有翰林學問，故能取用不竭；有詩人才力，故能點鐵成金。則他晚年賦閒以後耽於此道，實在其來有自。他的詩風本來就有炫博騁能、好奇求工的傾向，尤有甚者，對於前人佳句，每每玩索點化不肯釋手。集句詩正好成為他盡情發揮這些習僻的絕佳體裁。

　　對偶工整、辭意連屬是集句詩的基本條件，刻意求之並不難達成。嚴格而言，此實非精粹所在。蓋語言形式精巧與否，初與文學深度無關，過度舞弄技巧反而會突顯情思的貧乏。增一分匠氣，適足以減一分詩心。但是各類雜體詩既都以「因難見巧」為傾向，經常刻意發揮語言本身的各種特質，心力往往偏於詩的表層。其實要評判一首雜體詩的優劣，體製是否合於標準固是基本條件，能否超越形式而於內容有所開發才是關鍵所在。

　　沈括《夢溪筆談》就曾讚賞荊公「集合前人佳句。語意、對偶，往往親切過于本詩。」集句而能善用原句的特殊機能，彌補原詩的缺憾，開發出新的美感經驗，實已超越雜體詩的遊戲性質，具備積極的創造意義。例如王籍〈若耶溪〉詩：「蟬噪林逾靜，鳥鳴山更幽。」造語雖秀拔，但不免有兩句同出一意之病（《蔡寬夫詩話》）。荊公取與謝貞〈春日閑居〉詩相對，構成集句聯〔註27〕：「風定花猶落，鳥鳴山更幽」。原詩兩句皆描寫聲音，皆從喧噪中翻出幽靜，句中景物（蟬與鳥、山與林）性質亦嫌近似。荊公的「集句聯」則分寫目見與耳聞，前句由靜中見動，後句由動中顯靜。經過兩層翻轉，詩境終於結穴於靜，而氛圍已更深化。本是「描摹性」的寫景之筆卻顯現出冷

〔註27〕未完成一首詩，故謂。見裴菩賢前揭書，頁2。荊公此聯，本集不載，是否曾成篇已難考究。

靜的演繹性，詩意更深刻，而王籍原詩缺憾亦告清除殆淨。〔註28〕

又如〈老人行〉：「翻手作雲覆手雨，當面輸心背面笑。」《遯齋閑覽》指出：「前句老杜〈貧交行〉，後句老杜〈莫相疑行〉，合兩句爲一聯而對偶親切如此。」將老杜散見的佳句，捉置一處，不僅形式上對仗工整，而內涵格調又甚相稱，堪稱妙手偶得，可遇難求。〔註29〕

荊公集句，確有「因難見巧」的意圖。《夢溪筆談》稱荊公集句有多至百韻者，《王直方詩話》則稱多至數十韻。集中現存作品，以〈胡笳十八拍〉規模最大。據前引《賓退錄》記載，可知荊公數年欲作〈胡笳十八拍〉，不成，一夜坐禪而立就。則才高如荊公，平日於集句也頗爲憚精竭神。嚴羽《滄浪詩話》評曰：「渾然天成，絕無痕跡，如蔡文姬肺肝間流出。」李綱〈胡笳十八拍序〉則稱：「辭尤麗縟悽惋，能道其情緻，過於創作。」似乎都眩於工巧，以至推尊太過。平心而論，此篇作意太強，時有炫博騁能之弊。巧則巧矣，與原作對比之下，頗覺可以不作。

荊公最好的集句詩應是詠懷之作，所謂借人酒杯，澆我塊壘，頗得古人「斷章取義」之妙。如〈戲贈湛源〉：

> 恰有三百青銅錢，憑君爲算小行年。座中亦有江南客，自斷
> 此生休問天。

字字切合心境，句句工整渾成。在四首原詩的支持之下，情味更加豐富。〔註30〕以「恰有」一句爲例，杜詩用以作結，王詩用以起首，韻味已自不同。「青銅錢」，杜詩用以沽酒，王詩乃用以卜斷，是又經歷「再創作」的轉化歷程。荊公主張使事當「自出己意，借事以相發明」，否則只是「編事」，雖工無益（《蔡寬夫詩話》）。用同樣的精神來闡述集句詩，也十分恰當。

荊公作集句，未曾標注原句的出處，與後人集句多隨文標記者不

〔註28〕參閱周振甫《詩詞例話》，頁230～231。
〔註29〕另可參閱錢鍾書《管錐篇》，第三冊，頁1174～1175。
〔註30〕全詩四句出處參閱羅抗烈前揭文，頁39。

同。知道出處固然可以增加閱讀聯想的幅度；但是不問出處，卻反而可以視爲創造，獨立欣賞。就此而言，與詩文用典的情況十分類似。不過正因荊公習慣如此處理集句詩，如今已很難全面追索其來源，除了後人對古詩不夠熟稔外，也有可能是原詩已佚或出處太過偏僻。

荊公又首開集句以成詞之體，所集皆爲詩句，則在創作意義上實與集句詩無異。但詞的體製較活潑，發揮的空間也就更大。如〈南鄉子〉「自古帝王州」一首，集前人凝重之詩句爲跌宕之詞篇，似可視爲「以詩爲詞」的契機。又有〈甘露歌〉「詠梅」三首，情意恬淡，氣味甘美，而性情節操寄焉。再如〈菩薩蠻〉一首：

> 海棠亂發皆臨水，君知此處花何似？涼月白紛紛，香風隔岸聞。　囀枝黃鳥近，隔岸聲相應。隨意坐霉苔，飄零酒一杯。

此篇妙在兩用「隔岸」而不覺犯複，反而更見巧思。「香風隔岸聞」，是花香由彼岸而來；「隔岸聲相應」，則鳥鳴由此岸先聞。鳥語花香在兩岸之間互動，而詩人靜坐飲酒，形成動靜互涵的畫面。此外由於語序聲調的差別，使前者讀來舒緩，頗與氣味的傳播相稱；後者讀來急促，又與鳥聲錯落呼應的情境相應。此種效果雖與原句有關，主要還是巧於安排布置所致。清人謝章鋌稱荊公集句詞爲「滅盡金鍼之跡」，實非漫言。

荊公從事集句，尚屬草創，下筆時而隨興，不能以集句詩成熟之後的標準相索度。綜合言之，荊公集句規則之活潑見於下列幾方面：

（1）有集入己作者，以〈胡笳十八拍〉爲例，第四首「明妃初嫁與胡兒」、第五首「彈看飛鴻勸胡酒」，皆出〈明妃曲〉其二；第九首「可憐一去終不返」，則出〈謝公墩〉其二。

（2）有以己意酌改前人詩句者。〈送吳顯道五首〉其二〈胡笳十八拍〉第十二首、「欲往城南望城北」，老杜原句作「忘南北」；前引集句聯「風定花猶落」，謝貞原句「落」作「舞」。

（3）對於詩句來源並無嚴格限制。胡仔說：「前輩集句詩每一句取一家詩。」荊公集句，有二句同取一家者，如〈懷元度〉四首其二，

首末二句皆出杜詩；有以當代作品與古詩交錯者，如〈即事五首〉其三，取林和靖「暗香浮動月黃昏」與唐人詩句合而成篇；有取文入詩者，如〈胡笳十八拍〉第二首「嗟余此去其從誰」，語出韓愈〈祭田橫墓文〉，並非詩句。

正因荊公以極為靈活的態度從事集句，以開掘意蘊為重心，故多能脫離文字遊戲的泥沼，絕不致以工整的形式掩飾貧乏的詩思。事實上，集句詩的開創對於詩人的語言觀念可能造成某些衝擊。詩歌創作向來重視「言」與「意」兩方面的原創性，集句詩卻把修辭一關從創作過程中脫除，反而逼使詩人面對「以故為新」的課題。惟其將文體逼向遊戲的邊緣，故能透視語言的極限，開發詩歌潛在的性能。集句詩的原理，本與先民支遣成語的口頭創作傳統互通。由偶用成句演變到全篇使用成句，集句體遂告形成。〔註31〕荊公既精於集句詩，平日創作一般詩歌，也表現此種套用成句的習慣。〈題定力院壁〉後三句幾與薛能詩全同，是最極端的例子。其實荊公詩歌有時頗富拼貼的興味，如〈懷古二首〉交錯運用維摩經與陶詩〔註32〕，又何嘗不可視為集句的變奏。這些都與荊公喜好取資前人的創作習慣有關，合當相提並論。

第二節　形式技巧

一、一字兩字工夫

荊公向以善於錘鍊見稱，晚年更是契入精微。《草堂詩話》曾記載荊公晚年言論：

老杜云：「無人覺來往」，下得「覺」字大好。「暝色赴春愁」，下得「赴」字大好。若下「見」字、「起」字，即小

〔註31〕參閱裴普賢前揭書，頁 29～38。關於詩經口傳成語的創作方式，楊牧有英文專書討論，另可參閱楊牧《文學知識》，頁 217。
〔註32〕詳第四章，第一節，第二項。

兒言語。足見吟詩要一字兩字工夫也。〔註33〕

「暝色赴春愁」一句係皇甫冉語，荊公誤以爲老杜詩，前人已有考，但由此例仍可看出荊公對字句鍛鍊的工夫體會甚深。「無人覺往來」一句，《續古逸叢書》影汲古閣抄補宋本《杜工部集》，正文作「覺」，注云：「一作『竟』，一云『與』」。此外又有作「競」、作「見」者，異文很多。荊公嘗手校杜詩，「擇其善者，定歸一辭」，〔註34〕前引言論當〔註35〕即出於斟酌衡量之際。「覺」字之妙，在於觸及心靈底層，能夠曲盡細微的感受，爲其下句「疏懶意何長」預先布置幽渺的氣氛。〔註36〕至於「暝色赴春愁」一句，是胸中本有春愁，故應作「赴」而非「起」。〔註37〕凡此皆可見荊公對語言的敏銳感受力。荊公論詩講究鍊字，實際創作當然更是如此，其中又以〈泊船瓜洲〉一詩最膾炙人口。洪邁《容齋筆記·續筆》卷八「詩詞改字」條記載：

> 王荊公絕句云：「京口瓜洲一水間，鍾山祇隔數重山。春風又綠江南岸，明月何時照我還。」吳中人士家藏其草，初云：「又到江南岸」，圈去「到」字，注曰：「不好」。改爲「過」，復圈去，而改爲「入」，旋改爲「滿」，凡如是十許字，始定爲「綠」。

「綠」字確實鮮活準確，荊公更易十許字而後得之，可見他對「一字兩字工夫」的重視。惟此句在荊公各本詩文集中皆作「自綠」，而非洪邁所引的「又綠」。「自」字妙用，似乎可以不讓「綠」字，而虛字又比實字更難烹煉，自然不能輕易放過。〔註38〕此詩雖作於兩度罷相

〔註33〕此段引文另見《諸家老杜詩評》卷一、《苕溪漁隱叢話》引《鍾山語錄》，惟文字稍有出入。
〔註34〕轉引自曹慕樊《杜詩雜說》，頁184。
〔註35〕互詳第三章，第一節，第三項。
〔註36〕老杜善用「覺」字，如「廚煙覺遠庖」、「飄蕭覺素華」、「持危覺涸喪」等等，說見孫奕《履齋示兒編》卷十，「屢用字」一條。
〔註37〕說見鄭騫《龍淵述學》，頁407～408。
〔註38〕關於此句的鍊字問題，可以參閱錢鍾書《宋詩選註》，頁94～95；周

之間，仍可反映荊公後期在字句鍛鍊上所下的工夫。〔註39〕荊公退閒後的詩句，如「籬落荒畦草自生」、「野草自花還自落」，同樣都巧用「自」字，卻不見鍛鍊之跡，似乎是更加精熟了。正因荊公工於鍛鍊，後世談論「詩眼」理論，經常溯源於荊公。

詩有句眼，其說實創自山谷。〈贈高子勉〉第三首說：「拾遺句中有眼，彭澤意在無弦。」〈自跋元祐間字〉則說：「字中有筆，如禪家句中有眼。非深解宗趣，豈亦易言哉。」（《山谷題跋》卷五）「眼」作爲禪門術語，通常用指精神識力或要旨妙道。凡學道有悟者，心靈自具神識，吐辭示意遂多精蘊，此之謂「句中有眼」。山谷門人范溫著《潛溪詩眼》，正是通過「悟」、「識」、「韻」等觀念來體認「眼」字，發揮師說。其言曰：「學者先以識爲主，禪家所謂正法眼。直須具此眼目，方可入道。」（《宋詩話輯佚》頁 317）因此，「句眼」原意實指作者本身的人格識解，初與鍊字無關。〔註40〕

山谷又曾將「詩眼」的觀念施諸實際批評，並且直接涉及荊公作品。《冷齋夜話》卷五載：

> 荊公：「江月轉空爲白晝，嶺雲分暝與黃昏」，又曰：「一水護田將綠遶，兩山排闥送青來」。東坡海棠詩曰：「只恐夜深花睡去，高燒紅燭照新粧」，又曰：「我攜此石歸，袖中有東海」。山谷曰：「此皆謂之句中眼。學者不知此妙語，韻終

振甫《詩詞例話》，頁 242～243；吳小如《讀書叢札》，頁 275～277；薛順雄〈王安石《泊船瓜洲》析論〉，收入《宋代文學與思想》。前兩文僅論及「綠」字，後兩文並注意到「自」字。

〔註39〕此詩王晉光繫在熙寧八年，見《王安石繫年初稿》，頁 141；李德身則繫在熙寧元年，見《王安石詩文繫年》，頁 186。這又牽涉到〈與寶覺宿龍華院三絕〉的繫年問題，王說似較可取。互詳第二章，第四節，第一項。

〔註40〕關於「詩眼」問題，參閱錢鍾書《談藝錄》，頁 329～331、625～626；周振甫《詩詞例話》，頁 245～247；龔鵬程《江西詩社宗派研究》，頁 480；又《文學批評的視野》，頁 449～450；周裕鍇《中國禪宗與詩歌》，頁 168～177；吳榮富〈由吳可《藏海詩話》透視三個問題〉，《成功大學學報：人文·社會篇》，二十三卷，頁 59～72。

不勝。」〔註41〕

雖然荊公兩聯都有警字可摘，但東坡四句則非以一字見警策者，〔註42〕可見「句眼」並不取決於警字之有無。山谷強調的是詩句整體呈現出來的韻味，而這種韻味則來自詩人的神識妙想。

自江西宗派後進將句眼理解成修辭觀念，此說遂由本體論轉而偏向於技術面。先是潘大臨倡言響字之說，謂七言詩第五字要響，以爲鍊字致力所在。其流遂至《詩人玉屑》一類，列出眼用活字、響字、拗字、實字等種種名目，愈說愈侷促。〔註43〕方回《瀛奎律髓》更奉爲典訓，以標舉句眼爲能事。單就鍊字而論，方回堪稱集宗派之大成，其精采處也確能推陳出新。〔註44〕問題是這類言談卻未能觸及山谷拈出「眼」字的精意。

方回標句眼，荊公獨多，其說又來自洪勳。〈桐江集序〉自謂早年學詩於洪，洪取荊公詩「句句字字指其眼」。這當然與荊公錘鍊工夫令人印象深刻有關。《律髓》卷十〈宿雨〉批語：「未有名爲好詩，而句中無眼者，請以此觀。」即是以荊公詩爲詩眼的最佳範例：

> 綠攪寒蕪出，紅爭暖樹歸。魚吹塘水動，雁拂塞雁飛。宿雨驚沙靜，晴雲晝漏稀。卻愁春夢短，燈火著人衣。（23/1081）

方回舉「攪」、「爭」、「吹」、「拂」、「驚」、「漏」等字爲眼，賀裳《載酒園詩話》卷一乃譏曰：「六隻眼睛，未免太多。」（《清詩話續編》，

〔註41〕轉引自《苕溪漁隱叢話前集》卷三三，頁 223；《詩人玉屑》卷六，頁 138。

〔註42〕說見錢鍾書《談藝錄》，頁 331。

〔註43〕《詩人玉屑》卷八引《筆談》云：「古人鍊字，只在眼上鍊，蓋五字詩以第三字爲眼，七字詩以第五字爲眼也。」楊載《詩法家數》則曰：「句中要有字眼，或腰或膝或足，無一定處也。」

〔註44〕虛谷講鍊字最著意於虛字爲眼。且眼位不拘於五言第三字、七言第五字，每句不只一眼，又創立「眼之來脈」等名目。有以兩字成詞爲句眼者，有以一句兩句爲一篇之眼者。甚至將句眼之論推至古體。眞可謂窮極其能，無可復加。詳見許清雲〈方回之詩學理論研究〉，頁 462～466。

頁 257）案此詩作於中年，（註45）空得杜樣，在荊公集中並非傑作。可見斤斤指陳「詩眼」，有時適足以掩沒詩的欣賞力。清人施補華《峴傭說詩》云：「五律須講鍊字法，荊公所謂詩眼也。」（《清詩話》，頁 973）直把詩眼當成荊公的發明，當是延襲方回的思路以致閃失。（註46）

　　詩人錘字結響，實爲創作常態。語言的斟酌推敲，本是技藝間事。必至宋人以「忘言得意」爲前提來談「鍊字有神」，始別開生面，淺假乎道。顧愷之以目精爲傳神關鍵，（註47）佛家以法眼表心靈視力。山谷把「眼」的觀念導入詩學，當然是從本體論著眼。後學從技術面下手，正足以逸失其理論深度。山谷與潛溪也都講究鍊字，卻絕未取與「詩眼」相牽合。（註48）雖然「詩眼」與「鍊字」並非涇渭分明，以鍊字侷限詩眼，則未免有「鳩佔鵲巢」之憾。

　　後人講的詩眼，不符合山谷精義；由詩眼入手，也不能得荊公詩的精粹。但我們正可以借用兩種詩眼觀，來觀察荊公詩藝的演進與突破，因爲兩類皆以荊公詩爲要例。由死眼轉成活眼，正是荊公晚年詩風轉變的重要徵侯。

二、晚年句法進境

1、得古詩句法

〔註45〕此詩爲使北時作，王晉光、李德身皆繫在嘉祐五年（1060）。

〔註46〕晚近研究者，亦每有承施氏之誤者。如李燕新《王荊公詩探究》，第三章第五節〈善用詩眼〉，頁 292～300；梁明雄《王安石詩研究》，第二章第一節〈下字有眼〉，頁 43～51。

〔註47〕見《世說新語》〈巧藝第二十一〉，相關討論可參閱錢鍾書《管錐編》，頁 714、791；曾祖蔭《中國美學範疇史》，頁 81；葉朗《中國美學的開展》，頁 49～51。

〔註48〕山谷講鍊字，層次高出宗派後學。〈荊南簽判向和卿用予六言見惠次韻奉酬〉第三首：「覆卻萬方無準，安排一字有神。」錢鍾書認爲：「山谷言『安排一字』，乃示字而出位失所，雖好非實，以其不成好句也。足矯末派之偏宕矣。」詳見《談藝錄》頁 326～327，另參龔鵬程《江西詩社宗派研究》，頁 201。《潛溪詩眼》有「好句要須好字」、「句法以一字爲工」之說，分見《宋詩話輯佚》，頁 321、333。

　　文學必須通過語言才能實現。「句」是詩歌藝術中比較可以獨立
欣賞的基本單位，「句法」是講究詩句語言結構的基本工夫。句法的
討論始於宋代詩人，探討一位詩人的句法，有助於對其基本風格的掌
握。但是句法絕不能孤立於全篇之外，否則稍懂文句組織的人也能摹
得前人句法了。

　　《觀林詩話》記山谷語：「余從半山老人得古詩句法云：『春風取
花去，酬我以清陰。』」（《歷代詩話》，頁 125）山谷所謂「句法」，
主要涉及作者本人的內在修養問題，「不是一個單純語言表現形式的
概念，而是具有連貫了文體文氣的風格論意涵。」﹝註49﹞引句出〈半
山春晚即事〉（22/546），是一首拗律。然則「古詩句法」並非指作古
體詩的句法，而是指一種古質的文字表現方式，或即魏晉古詩特具的
堅實風格，此種句法入於近體亦無不可。以前引句而論，跟陶詩〈和
郭主簿〉前四句「藹藹堂前林，中夏貯清陰。凱風因時來，回飆開我
襟。」相較，內涵與格調都很近似。仔細對照，則所謂「古詩句法」
不難體會。陶詩四句，荊公束而為二。陶詩寫夏景，荊公則變而為春。
僅就文法結構而言似有相當差別，然就整體風格來看，實頗有可以會
通的地方。同是描摹風吹，陶曰「因時來」，王曰「取花去」。皆不著
「吹」字，而風之動態，固皆靈妙有致，彷如翩翩君子，進退之間無
不從容中節。同是點染清陰，一曰：堂前林「貯」之，一則曰：春風
「酬」我，下字活脫而有生機。此外，「回飆開我襟」一句，「酬我以
清陰」一句，皆表現一種觀物自得的境界。這種效果跟文句組織有很
大的關係。將作受格的我字安置其中，彷彿天地主動賜我以美景幽
情。王詩巧用虛字，陶詩則不用，然各成佳妙，無不動人。

　　其實陶公平素為詩，也十分善於應用虛詞。錢鍾書論及詩歌之用
語助，曾云：「唐以前惟陶淵明通文於詩，稍引厥緒，朴茂流轉，別開
風格。」然則論宋人「以文為詩」，未必僅得溯源於昌黎，蓋昌黎本身

﹝註49﹞龔鵬程《文學與美學》，頁 169；《文學批評的視野》，頁 459～461。

句法，也多有得自淵明者。而荊公詩句之近於陶，恐怕並非出於偶然。他在金陵退閒時期，對於陶詩勝境確有所見，據《遯齋閑覽》載：

> 荊公在金陵，作詩多用淵明詩中事，至有四韻詩全使淵明詩者。又嘗言其詩有奇絕不可及之語，如「結廬在人境，而無車馬喧。問君何能爾，心遠地自偏」，由詩人以來，無此句也。

荊公愛賞陶詩，自與生活、心境的改變有關。而陶詩素樸而堅實的語言風格，也深使荊公歎服，山谷所謂「古詩句法」確實可以陶詩為最佳範例。所謂古詩句法絕不等於以文為詩，但適度融入文氣，則可形成高古之風。此法施於古體，固然十分合宜；施於近體，也能產生異質化的效果。荊公既盛讚飲酒詩開頭數句亙古奇絕，自然心摹手追，化入自己的詩藝中。

荊公早年已常以散文句融入古體中，如〈聖俞為狄梁公孫作詩要予同作〉末聯：「一讀而使我，慨然想遺風。」（15/811）二句之間藕斷絲連，造成勁峭幽渺的風格，句法十分奇特。李壁注云：「十字通義，公屢有此格。」晚年將類似的句格融入近體，更覺奇絕，如〈同熊伯通自定林過悟真二首〉其二：

> 城郭紛紛老倦尋，幅巾來寄北山岑。長遭客子留連我，未快穿雲涉水心。（43/1876）

第三句可以解作「我長遭客子留連」，或將「我」字連下句而解：「長遭客子留連，我未快穿雲涉水心。」由於句法的巧妙安排，遂增添了吞吐之致。至於荊公巧用「而我」一詞，錢鍾書《談藝錄》已有抉發，錢氏所舉四例均出五古，實則荊公亦曾施諸七言，如〈獨歸〉有句云：「悲哉作勞亦已久，暮歌如哭難為聽；而我官閑幸無事，北窗枕簟風泠泠。」（4/359）以「而」作為轉折憑藉，使來十分得心應手。

「句法」既來自作者心氣修養，則其樣貌當是貫串全篇，摘句說明只是權宜手段。試回到原詩，即可看出這樣的文體風格是全面的表現：

春風取花去，酬我以清陰。翳翳陂路靜，交交園屋深。床敷
每小息，杖屨亦幽尋。惟有北山鳥，經過遺好音。（22/1022）

文氣的適當調節，使此詩內在節奏顯得十分從容舒緩。其中尾聯，亦
即所謂「十字通義」的句格，語調十分古質。「經過遺好音」一句，「庚
寅增注」：「易小過：飛鳥遺之音，不宜上，宜下。程氏注：鳥飛迅疾，
聲出而身已過。又云：聲逆而上則難，順而下則易，故云遺也。」（頁
1059）引及程注，雖似累贅，卻頗能說明「遺」字之妙，此亦荊公「善
用古人好字面」的佳例（《升庵詩話》卷三）。高步瀛《唐宋文舉要》
稱此詩：「寓感憤於沖夷之中，令人不覺。」惟其故作沖夷之調，措
語格外耐咀嚼。這樣的風格表現，與其說是「以文爲詩」，不如說是
「運古於律」。同卷有〈定林院〉一首：

漱甘涼病齒，坐曠息煩襟。因脱水邊屨，就敷床上衾。但留
雲對宿，仍值月相尋。眞樂非無寄，悲虫亦好音。（22/1026）

劉辰翁認爲這幾句「有輞川幽澹之趣。」這應當是就詩意立說，頗爲
中肯。但若由語言風格來觀察，將發覺荊公此詩別有幾分古質之氣。
由於造語古質，不刻意求工，四聯雖皆成對，並無板滯之虞。中間連
用「因」、「就」、「但」、「仍」四個語辭開頭，卻有連綿不絕之勢，同
樣不覺其累贅。

　　山谷〈與王觀復書〉云：「所寄詩多佳句，猶恨雕琢功多耳。但
熟觀杜子美到夔州後古律詩，便得句法簡易而大巧出焉，平淡而山高
水深，似欲不及企及。文章成就，更無斧鑿痕，乃爲佳耳。」這段言
論可以代表山谷心目中的句法至境。〔註50〕荊公與山谷都從學老杜句
法入手，而老杜夔州以後句法，其實即融奇崛於尋常的古質文體，山
谷所謂「古詩句法」，亦當順著這種思路來理解。

2、得老杜句法

　　荊公早年曾刻意追摹老杜句法，集中作品仍有線索可尋。強行夫

〔註50〕山谷論「句法」，參閱張健《宋金四家文學批評研究》，頁137～143。

《唐子西文錄》云：「王荊公五字詩，得子美句法。其詩云：『地蟠三楚大，天入五湖低』」。引句出〈次韻唐公三首〉其三〈旅思〉頷聯（23/1073）今傳各本皆作「地大蟠三楚，天低入五湖」，僅就全詩平仄及韻腳來看，當可斷定子西引句有誤。「地蟠三楚大，天入五湖低」句法比較拗峭，語氣貫串，略無遲疑。「地大蟠三楚，天低入五湖」句法則更平穩些。子西所引確較健朗，但擺回原詩脈絡，未必即較佳。其實這類句法在荊公詩中也頗多，同樣在〈次韻唐公三首〉其一〈東陽道中〉就可以找到：「山蔽吳天密，江蟠楚地深」（23/1071）。此外如〈吳江〉頷聯：「地留孤嶼小，天入五湖深」都更接近子西所引。

唐子西作詩往往「悲吟累日，然後成篇」，故常覺「詩律傷嚴似寡恩」。這樣一個講究鍛鍊的詩人，所談的句法當是文字組織方面。這種句法觀念，與字句錘鍊的關係十分密切。例如引例中的「蟠」、「入」，可說即是以第二字爲眼目。若說如此即爲「得子美句法」，則在荊公詩中幾乎觸處皆是。其以健字撐拄者，如：「魚吹塘水動，雁拂塞垣飛」、「風連草木暗，窗留半月斜」、「秋入江湖暗，風生草樹悲」、「草帶平沙闊，煙籠別戍閑」、「老失芳歲易，靜知良夜多」、「寒守三衣法，飢傳一缽歌」、「水閱公三世，雲浮我一身」。其以活字斡旋者，如「胡皆躍馬去，雁卻背人飛」，「玉要藏而待，苗非揠故生」。〔註51〕

范晞文《對床夜話》說：「老杜欲以顏色置第一字，卻引實字。如『紅入桃花嫩，青歸柳葉新』是也，不如此則語既弱而氣亦餒。」荊公對這類技法，心摩手追，得其神髓。如：「綠稍還幽草，紅應動故林」、「綠攪寒蕪出，紅爭暖樹歸」、「綠垂靜路要深駐，紅寫清陂得細看」、「碧合晚雲霞上起，紅爭朝日雪邊流」此類作品多爲晚年所作，以句法健朗稱勝，但斧痕歷歷，只能算是置字構句的基本工夫，並非絕詣所在。

荊公於杜詩，不僅能賞造語之精，更深悟其詩法微旨。他曾說：

〔註51〕作詩要健字撐拄，要活字斡旋。說見羅大經《鶴林玉露》，卷六。

「『映階碧草自春色，隔葉黃鸝空好音。』此止詠武侯之廟，而託意在其中矣。」（見《諸家老杜詩評》卷一引《鍾山語錄》）荊公對此類詩句的妙處領會甚深，終於融入個人的創作實踐中。胡仔曾盛讚荊公〈題雙廟詩〉詩「北風吹樹急，西日照窗涼」深得老杜句法，託意深遠，非止詠廟中景物（《苕溪漁隱叢話》卷三十六）。即是以荊公評杜語為根據，反過來評論荊公本身的作品。同樣指明荊公詩「得老杜句法」，胡仔的說法較唐子西深入多了。

胡氏深許荊公得老杜句法，而所舉杜詩語言結構乃與王詩絕異。以七言與五言比並，句式基調自已不同。荊公詩以第三字的動詞撐挂全句，推展詩意；而以第五字為眉目，控制氣氛。杜詩則沒去動字，逕以虛字驅動詩情。單看語言，差異也很明顯。但就其表現手法而論，則同出一轍，深有契合。可知胡仔所說的「老杜句法」主要著眼於「別有託意在其中」，與唐氏專講句構者不同。

〈雙廟〉詩出自早年，荊公晚年句法更加堅實耐讀。如前引《王直方詩話》記陳無己語：「山谷最愛舒王『扶輿度陽燄，窈窕一川花』，謂包含數簡意。」（《宋詩話輯佚》，頁48）惟其精於句法，所以能「包含無數簡意」。而這兩句也的確可以代表荊公晚年句法的精妙。

3、荊公句法

呂本中《童蒙詩訓》嘗說：

> 前人文章各自一種句法，如老杜「今君起柂春江流，予亦江邊具小舟。」，「同心不減骨肉親，每語見許文章伯。」，如此之類，老杜句法也。東坡「秋水今幾竿」之類，自是東坡句法。魯直「夏扇日在搖，行樂亦云聊」，此魯直句法也。

（《宋詩話輯佚》，頁586）

由於詩人賦性稟氣不同，處理語言的習慣、態度也各成異趣，於是形成各具個性的句法。就此而言，句法可說是風格形成的重要基礎。追索「荊公句法」正不必瑣瑣分析個別詩句的結構，而應綜合觀察其語

言特質。如前文所論，荊公晚年確嘗經營出一種獨具個性的句法，他跟山谷一樣，都曾深入體會老杜句法的精妙處。唐子西所舉，是從「語言構造」立說，未免流於皮相。胡仔所論，則從更高一層來觀察，說明荊公能得老杜造語神髓。而真正能代表荊公晚年句法特色的，當是山谷所推賞的「春風取花去，酬我以清陰」、「扶輿度陽燄，窈窕一川花」一類堅實樸素的詩句。這在荊公晚年中幾乎觸處可見，除前舉數詩外，試再從各體中摘句，五律如：「縱橫一川水，高下數家村」，「誰謂我忘老，如聞蟲造哀」，「暮嶺已佳色，寒泉仍好音」。五絕如：「自從春草長，遙見衹青青」，「隨月出山去，尋雲相伴歸」、「黃雀有頭顱，長行萬里餘」。七絕如「窺人鳥喚悠颺夢，隔水山供宛轉愁」、「鍾山未放朝雲散，耐爾黃梅細雨何」、「溝西直下看芙蕖，葉底三三兩兩魚」、「南浦東崗二月時，物華撩我有新詩」，都以簡淡古質為基調，而細微處又自有變化。這類句法不僅可以反映荊公暮年對語言的新體認，更體現其心氣涵養的境界逐日加深，與早年的「意氣自許」大不相同，這也是瞭解「金陵詩」特質的關鍵所在。

《觀林詩話》稱荊公酷愛唐樂府「雨打梨花深閉門」之句。也很能反映荊公追求簡淡而具意味的句法。此外，吳可《藏海詩話》曾分析荊公〈北山〉一詩的名句：

> 「細數落花因坐久，緩尋芳草得歸遲。」「細數落花」、「緩尋芳草」，其語輕快。「因坐久」、「得歸遲」，則其語典重。以輕快配典重，所以不墮唐末人句法中。蓋唐末人詩輕佻耳。

這兩句詩很能反映荊公拗峭的性格，王維原句「坐久落花多」，簡潔明快。荊公加以「細數」，已使情致更細密。其後以「因坐久」三字變化節奏，則把詩意轉折到深曲厚重的氛圍中，其中「因」字更是斡旋的得力處。句意雖自王維出，通過荊公獨特的句法加以改造以後，意味情調皆為之大變。《老學庵筆記》卷四記曾茶山語：「淵明詩皆適然寓意而不留於物，如『悠然見南山』，東坡所以知其決非望南山也；

今云『細數落花』、『緩尋芳草』，留意甚矣。」可見荊公此聯實有一種「刻意」於逍遙的情態，心緒原來十分曲折。再如〈東皋〉一詩：

東皋攬結知新歲，西崦攀翻憶去年。肘上柳生渾不管，眼前花發即欣然。（41/1791）

此詩偶起偶結，並有明顯的時空設計，前聯句式簡易平板，後聯則頗為奇警。據李注，知語意出自樂天詩：「花發眼中猶足怪，柳生肘上亦須休」。而劉辰翁評語云：「雖用白語，動盪不同。」由於句法的變易，荊公新句讀來甚覺鮮活有力，所謂「動盪」殆指其氣氛與聲響。末句描寫當下自得之情，雖簡易如散文，詩味卻頗奈咀嚼，最能看出「荊公句法」的高妙。

三、字字有根蒂

《滄浪詩話》列舉「近代諸公」的「奇特會解」，其中有「以才學為詩」一項。此雖宋人共同的特徵，但在荊公則格外強烈。荊公好讀書，常責人以不讀書；他的才學之富，也確實冠乎同代詩人。因此，下筆創作詩文也充份流露這種崇尚才學的傾向。早年曾鞏曾將荊公詩文轉呈歐公，其後在〈與王介甫第一書〉提到：「歐公更欲足下少開闊其文，勿用造語及模擬前人，請相度示及。歐云：孟韓文章雖高，不必似人也，取其自然耳。」（《考略》慶曆七年條引）然則歐公早已看出荊公偏好「模擬」的傾向。

不過，除了這種傾向以外，荊公又有「好與人立異」的個性，模擬古人實帶有爭勝的意味。雖未曾提出「以故為新」的口號，實際上卻有此種觀念。他曾經斷定：「世間好語言，已被老杜道盡；世間俗言語，已被樂天道盡。」（《陳輔之詩話》）持論如此，對語言的獨創性也就不如一般人重視，而轉將心力移向詩意的開掘。他的創作習癖多與此種觀念有關，例如用古人好字面、用古人成句、改他人詩以入己詩，甚至大量創作集句等皆是。

試舉〈擬寒山拾得〉與〈胡笳十八拍〉相較。兩篇組詩皆於前人

有所依傍，前者所「擬」兼及風格與內涵，但語言則屬自造。後者的依傍可分兩層來說：首先全篇著題立意皆自原詩來，追蹤揣摹，分毫不讓。其次則語言率取前人成句，借甲還乙，略無所費。雖然詩的精神血肉皆非自造，但是透過布置安排的工夫，借來的「酒杯」不但能「澆我塊壘」，還能發散新的光輝。

這兩組詩所標示的語言觀實無扞閣矛盾處。〈擬寒山拾得〉的語言、意境皆屬荊公的創造，但由於受到寒山拾得一路的詩風影響，以最粗糙的語言表達哲學思維，顛覆了詩歌講究精鍊的形式要求。〈胡笳十八拍〉採集句體，對詩的創造性也同樣具有顛覆的作用。其間最大的共通處，即在於刻意漠視語言在詩歌創造中的重要地位。

葉夢得《石林詩話》，曾舉荊公「細數落花因坐久，緩尋芳草得歸遲」一聯，稱許之曰：「但見舒閑容與之態耳。而字字細考之，若經隳括權衡者，其用意亦深刻矣。」所謂「舒閑容與之態」是表層的風貌，字字若經「隳括權衡」才是作品構成的實質。惠洪《冷齋夜話》卷四：「詩到李義山，謂之一厄，以其用事僻澀，時稱西崑體。然荊公晚年亦喜之，而字字有根蒂。」以義山等同崑體，固然有誤，然而兩者皆具「字字有根蒂」的特性，則屬無疑。這個特性正與《石林詩話》所說的「字字細考之，若經隳括權衡者」相合。

山谷最先提出講究「來歷」的主張，〔註52〕〈答洪駒父書〉有云：「自作語最難，老杜作詩，退之作文，無一字無來處，蓋後人讀書少，故謂韓杜自作此語耳！古之能為文章者，真能陶冶萬物，雖取古人之陳言，入於翰墨，如靈丹一粒，點鐵成金也。」又於〈答秦少章帖〉說：「作詩句要須詳略，用事精切，更無虛字。如老杜詩，字字有出處，熟讀三五十遍，尋其用意處，則所得多矣。」倡論「字字有出處」，即是主張詩人應當在既定的語言系統中求創新，不應逸出語言的常軌之外。此種主張與宋人「以意為主」的觀念有關，既專力

〔註52〕參考黃景進〈從宋人論「語」與「意」看宋詩特色之形成〉，頁 10～14。

於開掘新的意蘊，造語有所依傍亦不妨其為「新」。

　　李之儀《姑溪題跋》中，也屢發「字字皆有來歷」之論。其中以〈雜題跋〉論之最切：「但將老杜細考之，方見其工，若無來處，即謂亂道可也。」其後即舉荊公以法度釋詩的說法相印證。〔註53〕又於〈跋荊公所書藥方後〉說：

> 作文為字，初必謹嚴。於時造語須有所出，行筆須有
> 所自，往往涉前人轍跡，則為可喜。久之，語以不蹈襲為工，
> 字則縱橫皆中程度，故能名家傳世，自成標準。（《姑溪居士
> 文集》，卷四一）

這段言論同樣在講求「來歷」，姑溪重來歷的主張可能直接受到荊公的啟發。則上述跋語施諸荊公作品，並非出於偶然。再參觀前引石林、惠洪言論，更可見荊公暮年詩歌字字有根蒂，乃是當代批評家的普遍意見。〔註54〕

　　由前引山谷〈答洪駒父書〉的言論，可以看出：字字有來歷的主張與「點鐵成金」的技法關係密切。而宋代詩話中，頗多關於荊公好改人詩的記載，實際上已具有「點鐵成金」的習癖：

> 王駕〈晴景〉云：「雨前初見花間葉，雨後并無葉裡花。
> 蛺蝶飛來過墻去，應疑春色在鄰家。」此《唐百家詩選》中
> 詩也。余因閱荊公《臨川集》，亦有此詩云：「雨前不見花間
> 葉，雨後全無葉底花；蜂蝶紛紛過墻去，卻疑春色在鄰家。」
> 《百家詩選》是荊公所選，想愛此詩，因為改正七字，遂使
> 一篇語工而意足，了無鑱斧之跡，真削鋸手也。（《苕溪漁隱
> 叢話》前集卷三五）

> 劉威有詩云：「遙知楊柳是門處，似隔芙蕖無路通。」

〔註53〕互詳第三章，第二節，第一項。

〔註54〕宋人講來歷，每以荊公詩為例證。如《艇齋詩話》嘗舉荊公〈望淮
　　　　口〉絕句：「有似錢塘江上見，晚塘初落見平沙。」指陳兩句來歷，
　　　　並謂：「第讀書不多，則不知耳。」（《歷代詩話續編》，頁 326）措辭
　　　　與前引山谷〈答洪駒父書〉如出一轍。

　　意勝而語不勝。王介甫用其意而易其語曰：「漫漫芙蕖難覓
　　路，蕭蕭楊柳獨知門。」(《詩人玉屑》卷六引《陵陽室中語》)
前一例僅更動七字，詩意大致無所變動，卻遂化他人詩爲己詩。嚴格
言之，此實非正常的創作方式，頂多只能說通過更改來表現自己的評
論。這一類方法並非山谷所提倡的「點鐵成金」，亦非荊公金陵詩的
精粹所在，雖然襲改以後確較原作出色，但卻只是修辭層面的工夫，
不必推崇太過。陵陽所論及的例子則較細膩，且全詩僅取一聯，尚具
創作精神，可以算作正規的表現技巧。

　　荊公之「好改人詩」，又可分爲兩種情形：一種是爲他人改詩，
王仲至詩云：「日斜奏罷長楊賦，閒拂塵埃看畫牆。」荊公改爲「奏
賦長楊罷」並謂：「詩家語如此乃健。」(《宋詩話輯佚》，頁 38) 另
一種則是在實際創作中襲用前人詩句而更動其原貌。如蘇子卿詠梅
云：「衹應花是雪，不悟有香來。」荊公改爲「遙知不是雪，爲有暗
香來。」前者則意欲爲別人點鐵成金，不屬於本身的創作；後者屬於
脫胎換骨的技法，是荊公詩歌創作的重要傾向。〔註55〕錢鍾書討論荊
公改詩的習癖，提出批評說：

　　　以爲原句不佳，故改；以爲原句甚佳，故襲。改則非
　　勝原作不可，襲則常視原作不如，此須別者也。……每遇他
　　人佳句，必巧取豪奪，脫胎換骨，百計臨摹，以爲己有：或
　　襲其句，或改其字，或反其意。集中作賊，唐宋大家無如公
　　之明目張膽者。本來偶得拈來之渾成，遂成斧鑿拆補之痕
　　跡。(《談藝錄》，頁 245)

「襲」與「改」兩種手段，的確是荊公長技。無論得失成敗如何，已
爲江西詩派所謂「點鐵成金」、「奪胎換骨」的技法預開先路。奪胎換
骨之法倡自山谷，據《冷齋夜話》卷一載，山谷曾說：「詩意無窮，
而人之才有限。以有限之才追無窮之意，雖淵明、少陵不得工也。然

〔註55〕荊公改詩的兩種情形，參閱錢鍾書《談藝錄》，頁 243～247；李栖〈王
　　安石的詩學理論與其實際運用的情形〉，頁 122。

不易其意而造其語，謂之換骨法；窺入其意而形容之，謂之奪胎法。」
同書卷五又有闡述，並舉荊公詩爲例：

> 鄭谷〈十日菊〉：「自緣今日人心別，未必秋香一夜衰。」
> 荊公〈菊〉詩曰：「千花萬卉彫零後，始見前人把一枝。」
> 凡此之類，皆換骨法也。顧況詩曰：「一別二十年，人堪幾
> 回別。」舒王作與故人詩云：「一自君家把酒盃，六年波浪
> 與塵埃。不知烏石江邊路，到老相逢得幾回。」凡此之類，
> 皆奪胎法也。

據學者分析，所謂「換骨法」，是用前人之意，只是在造語上有所不同
而已；所謂「奪胎法」，則雖借用前人之意，但卻加上一些變化。〔註
56〕易言之，兩種詩法在詩意上的依傍，在語言上則多出獨造。惠洪所
舉二詩，都算是成功的例子，可以脫離原作，而成爲獨立的創作。荊
公取資前人，又有自篇法下手者。如〈勘會賀蘭山主〉：「賀蘭山下幾
株松？南北東西共幾峰？買得住來今幾日？尋常誰與坐從容？」。《詩
林廣記》引黃王林云：「前輩作詩有蹈襲而不以爲嫌者。荊公此詩全用
唐皇甫冉〈問李二司直〉六言詩意。此體甚新，詩話中未有拈出者。」
皇甫原詩云：「門外水流何處？天邊樹遶誰家？山絕東西多少？朝朝幾
度雲遮？」荊公所作，雖承前人篇法，但詩意卻是獨造的，皇甫憑虛
而問，荊公則句句問以實際瑣事，以「戡會」爲題，更是妙筆。

　　奪胎換骨、點鐵成金其實跟「翻案法」關係密切，《誠齋詩話》
就曾將它們相提並論（《歷代詩話續編》，頁 141）。要之，三種技法
都是以前人的作品爲基礎，一方面吸收精華，一方面尋求突破，既有
依傍，又有創新，而豐富的學養與高超的才情則爲其先決條件，否則
極易淪爲與古人抬損的文字遊戲。

　　荊公詩歌之有「根蒂」，又表現於「善用古人好字面」。此說發自

〔註 56〕關於「奪胎法」，參閱莫礪鋒《江西詩派研究》，附錄二，〈黃庭堅「奪
　　　胎換骨」辨〉；黃景進，前揭文，第三節。不過也有疑此說不出山谷
　　　者，參閱祝振玉〈「奪胎換骨」說質疑〉。

楊愼《升菴詩話》卷三，並曾舉得自《荀子》的「泔魚」，得自《莊子》的「怒」字爲例。所謂「古人字面」，即一般所謂「語典」運用的問題。荊公博極群書，從經史百家到小說女工，具在閱讀之列，詩材遠富於常人。金陵時期所作的題畫詩，〈純甫出僧惠崇畫，要予作詩〉云：「頗疑道人三昧力，異域山川能斷取」，又〈惠崇畫〉云：「斷取滄洲趣，移來六月天。道人三昧力，變化只和鉛。」（40/1766）其詞本於《維摩詰所說經》〈不思議品第六〉：「斷取三千大世界，如陶家輪，著右掌中，擲過恒沙世界之外。」又〈阿閦佛品第十二〉：「以右手斷取，如陶家輪，入此世界。」〔註57〕荊公把握到一個精粹的詞彙，遂使全詩恢弘有力。

第三節　風格特徵

一、求渾成於工整

「意新語工」可說是宋代詩人共同的理想，但若一意追求新奇工巧，則又爲詩人所反對。必無意於工而不能不工，乃爲至境。「工巧」是荊公詩歌最突顯的特徵，宋人詩話屢見此意：

> 詩欲其好則不好矣。王介甫以工，蘇子瞻以新，黃魯直以奇，而子美之詩奇常、工易、新陳莫不好也。（《後山詩話》，《歷代詩話》頁 306）

> 陳無己云：『荊公晚年詩傷工，魯直晚年詩傷奇。』余戲之曰：『子欲居工奇之間邪？』（《王直方詩話》，《宋詩話輯佚》頁 97）

後山強調詩人須能並蓄各種語言風格，兼用各種法式，無意爲之而自然入神，方爲上乘。這種看法其實也是荊公、東坡、山谷等一流詩人的藝術理想，但是後山顯然覺得當代三位前輩的實際創作只得老杜半面。工、新、奇是宋詩的共同風貌，後山分別取其一項以概括三家，

〔註57〕說見《談藝錄》，頁 482。

是爲了點出各家的主要特色，並非認定他們不具備另外二項。〔註58〕
《後山詩話》眞贗相糅，學者有疑上述一條不出後山者，〔註59〕然參
以前引《王直方詩話》，可知後山確有此說。據直方所記，則後山不
僅直指王黃二家工奇過度，並且專就晚年立論，意見更加明晰。

稍後張戒也有類似的批評，而且措詞更加嚴厲：

> 王介甫只知巧語之爲詩，而不知拙語亦詩也。山谷只
> 知奇語之爲詩，而不知常語亦詩也。（《歲寒堂詩話》卷上）

張氏原文在贊揚杜詩之無所不可，不免以較高蹈的標準來判定其他詩
人。山谷曾說：「好作奇語，自是文章病」，並非「不知常語亦詩」者，
但在實踐上仍有好奇的趨向。〔註60〕荊公的情形也是如此，嘉祐八年
權知貢舉，有〈夜讀試卷呈君實待制景仁內翰〉詩：「學問比來多可
喜，文章非特巧爭新。」（29/1324）稍早則曾於〈上邵學士書〉中指
責襞積故實、雕繪語句的文章（《臨川集》卷三十一）。但是詩人著手
創作，未必能全然實踐本身的藝術理念。荊公晚年詩藝取徑於工整一
途，實無可疑。至於得失如何，宋人意見不盡相同。

陳師道、張戒固然頗有微詞，但也有許多論者站在全面稱許的立
場，如前節所引《石林詩話》論荊公「詩律精嚴」一段，最具代表性。
石林盛讚荊公操縱語言的精確程度，且特別指出他在工整之中又能臻
及渾成的藝術境界。「舒閑容與之態」其實來自高度的鍛鍊技巧，故
又謂字字若經「礱括權衡」。以石林所引「細數」一聯來說，吳曾《能
改齋漫錄》謂其：「本於王維『興闌啼鳥盡，坐久落花多』，而辭意愈
工。」其實摩詰原詩自然平和，與荊公在工整中求渾成者判然有別。
荊公的「閒適詩」所以與前人乖異者，原因恐怕即是在此。就此而言，
其格調毋寧更近於謝靈運。

〔註58〕參考陳植鍔〈宋詩分期及其標準〉，《宋詩綜綸叢編》，頁 161～163。
〔註59〕見郭紹虞《宋詩話考》，頁 19。
〔註60〕參考張健《宋四家文學批評》，頁 129～130；陳昌明〈宋代美學中「道」
　　　　與「藝」的辯證〉，頁 24。

　　《漫叟詩話》云：「荊公定林後詩，精深華妙，非少作之比。嘗作〈歲晚〉詩云云，自以比謝靈運，議者以為然。」據此則荊公於大謝，實曾刻意追摹。此外，山谷也曾指出荊公學三謝失於巧。〔註61〕「三謝」指謝靈運、謝惠連、謝朓，去惠連則為「二謝」，無論三謝或二謝，都以工巧詩風見稱。唐庚《眉山唐先生文集》卷十五〈書三謝詩後〉云：「詩至玄暉，語益工，然蕭散自得之趣亦復少減，漸有唐風矣，于是可觀世變也。」王弇州《藝苑卮言》則說：「三謝固自琢磨而得，然琢磨之極，妙亦自然。」可見「三謝」特色即是通過琢磨鍛鍊以達於自然，荊公的創作路數實亦近此。山谷評為「失於巧」，應當即是後山「傷工」之論所從出。

　　自從山谷斷定荊公學三謝，後人多有通過此說品評荊公詩者。〈彎碕〉詩：「伐翳作清曠，培芳衛岑寂。」劉辰翁評曰：「卻似三謝。」（2/252）方回《瀛奎律髓》卷十六批荊公〈冬至〉詩云：「常日禁賭博，惟節日不禁耳，『幽閒、聚集』、『珍麗、攜閑』此等句細潤乃三謝手段，半山多如此。」〔註62〕宋濂《宋文寵公全集》卷三十七〈答章秀才論詩書〉也說：「荊公學三謝，雖不絕似，但得其彷彿者。」所謂「三謝手段」，可說與「崑體工夫」性質近似，都是荊公詩風「趨於工巧」的因素，並且都來自荊公重法度、嚴詩律的創作觀念。

　　荊公詩中大量使用數字、色彩字、疊字，似乎跟這些字眼易於求工有很大的關係。不過，最能反映工巧詩風的，還是用典與對偶。荊公對這兩方面都極講究，從宋人詩話中仍可看到他的意見，可說是最直接的線索。關於對仗方面，《石林詩話》記載：

　　　　荊公詩用法甚嚴，尤精於對偶，嘗云：「用漢人語，止

〔註61〕見《後山詩話》，引文詳下。《歷代詩話》頁306，「三謝」作「二謝」，茲以《後山全集》為準。此外《歲寒堂詩話》亦曾記山谷語：「王介甫詩，山谷以為學三謝。」亦可參證。

〔註62〕紀批對此條持異議：「三謝豈有此等句？謂之細潤亦非。」方東樹《昭昧詹言》說：「王介甫『月映林塘澹』只一句興象便自謂相似，何足以知大謝，真所謂見驥一毛，安能窺其神駿。」持論多未免過苛。

可以漢人語對，若參以異代語，便不相類。」如「一水護田
將綠遶，兩山排闥送青來」之類，皆漢人語也，此法惟公用
之，不覺拘窘卑凡，如「周顒宅作阿蘭若，婁約身隨宰堵波。」
皆以梵語對梵語，亦此意。嘗有人面稱公詩「自喜田園歸五
柳，但嫌尸祝擾庚桑」之句，以爲的對。公笑曰：「君但知
柳對桑爲的，然庚亦自是數，蓋以十干數之也。」（《歷代詩
話》，頁 422）

另據《漫叟詩話》載：「荊公和人詩，庚桑對五柳，黃耇日對白雞年，
此名借對。」（《宋詩話輯佚》，頁 359）如上所記，可謂極盡人巧。
不過石林似乎格外偏好荊公工整之句，詩話中又曾盛讚「未愛京師傳
谷口，但知鄉里勝壺頭」、「歲晚蒼官聊自保，日高青女尙橫陳」一類
對句，以爲佳妙。其實正如《甌北詩話》卷十一所評：「此皆字面求
工，而氣已懨懨不振。」（《歷代詩話續編》，頁 1330）山谷、後山所
謂「傷巧」、「傷工」正指此類。如果不斷順著這條路線發展下去，恐
怕只會增加匠氣而已。《王直方詩話》記荊公之言：「凡人作詩，不可
泥於對屬。如歐陽公作〈泥滑滑〉云：『畫簾陰陰隔宮燭，禁漏杳杳
深千門。』千字不可以對宮字。若當時作朱門，雖可以對，而句力便
弱耳。」（《宋詩話輯佚》，頁 90）又可見荊公並未以瑣碎的規範自限。
石林專擧「詩律精嚴」一類作品，不知荊公晚年在求工之中，另有率
易的傾向。

關於用典方面，荊公也有精闢的見解。《蔡寬夫詩話》記荊公言
論：

詩家病使事太多，蓋皆取其與題合者類之，如此乃是
編事，雖工何益？若能自出己意，借事以相發明，情態畢出，
則用事雖多，亦何所妨。（《宋詩話輯佚》，頁 419）

以「自出己意」爲前提來講用典，自然能免於陳陳相因。所有典故都
只是表現情思的語碼，而非用以炫博。《西清詩話》稱荊公「以故事
紀實事」，也表現了這種活用典故的精神。對仗與用典經常是相輔相

成的，如石林所舉「一水護田將綠遶，兩山排闥送青來」一聯。護田、排闥雖語有所本，一旦被置入新的語言組織中，遂生新意，讀者即使不知典實所在亦無妨，是最成功的例子。〔註63〕又如〈韓魏公挽詞〉云：「木稼曾聞達官怕，山頹今見哲人萎。」《石林詩話》論此聯云：「或言亦是平時所得，魏公之薨，是歲雨木冰，前一歲華山崩，偶有二事，故不覺耳。」巧典工對，同時並造，難怪有人會懷疑是「平時所得」。不過荊公也常有用典過度的情況，如「蕭蕭搏黍聲中日，漠漠舂鉏影外天」一聯，可說是聲色俱佳、動靜相生的佳句，但不直言黃鸝、白鷺，而代以「搏黍」、「舂鉏」，遂有切斷意脈、阻斷節奏之虞。不如老杜「兩個黃鸝鳴翠柳，一行白鷺上青天」來得乾淨俐落。〔註64〕

　　荊公的理想是要通過鍛鍊達成自然，因此工整只是始境，渾成才是終極追求所在。《王直方詩話》記載：「舒王與吳彥律云：『含風鴨綠鱗鱗起，弄日鵝黃裊裊垂』，自云此幾凌轢造物。」（《宋詩話輯佚》，頁 61）所謂「凌轢造物」即是超越人工的限制，達於大自然一般的化境。這種情形與石林所說的「但見容與舒緩之態」相近似，都是以高度鍛鍊為基礎，以去除斧痕為最高境界。不過，這些作品造境雖似渾成，仔細品味，則知其襞積層層。另有一類作品似乎純出自然，絕無琢磨，例如稍早所作的六言詩〈題西太一宮壁二首〉。據《詩事》記載，東坡看到這兩首詩，諷詠再三，謂山谷曰：「座間惟魯直筆力可及此爾。」對曰：「庭堅極力或可追及，但無荊公之自在耳。」荊公退閒以後，進一步拓展此種「自在」的風格，取得很大的成就。如〈聊行〉：「聊行弄芳草，獨坐隱團蒲。問客茅簷日，君家有此無。」（40/1739）行坐之間，無限得意，措辭造境略無費力。故劉辰翁評曰：「其淡蕩自足，古人所未到，幾於道矣。」再如〈染雲〉一詩：「染雲為柳葉，剪水作梨花。不是春風巧，何緣有歲華。」（40/1740）用

〔註63〕參閱錢鍾書《宋詩選註》，頁 93～94。
〔註64〕此處參考葛兆光《漢字的魔方》，頁 159～160。

最簡樸的句法陳述極巧妙的思維，故能免於生硬，劉辰翁評曰：「初看鄭重，熟味自然。」這兩首詩都不以工整爲事，輕描淡寫，意趣無窮，可作爲追求渾成自在的具體例證。

二、融奇崛於尋常

　　隨著文化精神的成熟發展，「平淡」成爲宋人普遍的審美理想。〔註65〕朱自清在論及梅堯臣的平淡時說：「平淡有二，韓詩云：『艱窘怪變得，往往造平淡。』梅平淡是此種。朱子謂：『陶淵明平淡出於自然。』此又是一種。」（《宋五家詩鈔》）宋人講平淡不是乏味單純的平淡，而是一種經過鍛鍊的平淡。以陶詩來說，東坡就曾指出其中「質而實綺，臞而實腴」的特質，又曾說：「淵明詩初看若散緩，熟讀有奇趣」朱子則讀出其中的「豪放」。〔註66〕不過由於淵明氣力才情過人，故比較能達成「不待安排」的境界，與後代詩人有別。若借用朱氏的分法來說，宋代詩學理論雖以第二種「平淡」爲理想，創作實踐上卻往往是留在第一層之中。〔註67〕

　　出於自然的「平淡」，必須著力於人格修養。這種思路有時會造成人格審美與文藝審美混淆的窘況，並且也不容易達成，有時更會流於以乏味爲平淡。於是宋人逐漸發展出另一種可以確保藝術純度的思路，也就是「由絢爛而平淡」的追索方式。東坡〈與姪論文書〉曰：「凡文字，少小時須令氣象崢嶸，彩色絢爛，漸老漸熟，乃造平澹。實非平澹，絢爛之極也。」吳可《藏海詩話》也說：「杜詩敘年譜，得以考其辭力，少而銳，壯而肆，老而嚴，非妙於文章不足以致此。如說華麗平淡，此是造語也。方少則華麗，年加長漸入平淡也。」（《歷

〔註65〕宋詩以平淡爲基線，說見〈論宋人平淡詩觀的特殊指向與內蘊〉收在張高評編《宋詩綜論叢編》；另可參閱龔鵬程《江西詩社宗派研究》，頁152、239。

〔註66〕參閱《陶學史話》，頁51～52。

〔註67〕宋人詩學理論與創作實踐的落差，請參看陳昌明〈宋代美學「道」與「藝」的辯證〉；韓經太〈宋人美學觀念的結構分析〉。

代詩話續編》，頁 328）他們認為真正的平淡必自華麗而出，這個歷程是伴隨著生命的成熟而進行的。宋代人延著這條路線從事藝術追求，幾乎絕無「老去才退」的現象。大多數詩人都是「愈老愈剝落」，愈老而愈平淡，與老杜詩風發展的過程相似。宋人盛讚老杜「夔州後詩」，正是以此種審美理念為基礎。同樣的道理，子厚南遷後詩深為東坡所推賞，而荊公金陵以後，東坡海南以後，山谷黔州以後的藝術境界，也廣受時人所推崇。

荊公〈題張司業詩〉云：「看似尋常最奇崛，成如容易卻艱辛。」（45/1971）二語雖然語意平淺，但蘊意豐富而深具啓發性，南宋學者包恢推拓其意以論詩，有很多精采的闡述。例如以前一句為讀詩之法，後一句為作詩之法。其言曰：「尋常、容易，須從奇崛、艱辛而入。」（《敝帚稿略》卷二，〈答傅當可論詩〉）以荊公性格之兀傲不群，作品「奇崛」可以理解；以其為詩之「刻意」、「究心」，其「艱辛」亦可想見。不過中年以前的詩句，實難臻及「看似尋常」、「成如容易」的境地。以眾口盛傳的〈明妃曲〉為例，讀者在閱讀之下即能覺其「不尋常」與「不容易」。可以說早年作品中，奇崛之氣直透而出，但是漸有收斂的自覺。

荊公晚年對於融奇崛於平易的藝術深有體會。他曾說：「淵明詩有奇絕不可及之語，如『結廬在人境』四句，由詩人以來無此句。」（《遯齋閑覽》）[註68] 荊公讀出陶詩的「奇絕」，正如東坡讀出「綺腴」、朱子讀出「豪放」。在所謂「平淡」的底層，竟有如此豐富的內蘊。

詩文革新諸家力矯西崑流弊，專以氣格為主，「百怪入腸」的韓愈成為他們的典範。韓愈天性好與人立異，詩風「險怪奇絕」（東坡語），在杜詩地位尚未確立以前，可以說是影響力最大的唐代詩人。荊公曾說：「『橫空盤硬語，妥帖力排奡』，此韓愈所得也。」則他對韓愈風格亦頗能掌握，早年學詩即由此入手。歐陽脩〈答劉貢父書〉：

〔註68〕互詳本章第二節，第二項。

「得介甫新詩數十篇，皆奇絕，喜此道不寂寞，以相告。」歐公對荊公的初步印象即是「奇絕」，雖說與其審美取向有關，但也透露荊公早期的主體風格。

　　不過，由於荊公有崇尚工整的傾向，因此也有學者認定他四平八穩，弱於「詩膽」。〔註69〕這種觀念大概自方回而來，《瀛奎律髓》卷十評〈半山春晚即事〉云：「半山詩工密圓妥，不事奇險，惟此『春風取花去，酬我以清陰』之聯乃出奇也。餘皆淡靜有味。」說荊公「不事奇險」似乎不太符合事實，方回所舉一聯雖然出奇，但絕不張牙舞爪，仍然可以歸入「淡靜有味」中。而在「淡靜有味」間出奇，正是荊公晚年長技。至於工整與奇崛更是不相妨礙，荊公作品就經常兼糅這兩種特色。如〈木末〉一首最為顯著：

　　　　木末北山煙冉冉，草根南澗水泠泠。繰成白雪桑重綠，割盡黃雲稻正青。（41/1800）

木末、北山、煙，鏡頭由下往上，構成次序井然的畫面，並以「冉冉」作結，播送氣氛。下句仿此，只是鏡頭移動的方向改變了。一句向上，一句向下，把空間推到極開朗的境地，而飄動的煙、流動的水又使畫面呈現鮮活之感。至於下一聯，《冷齋夜話》卷五曾經論及：「如《華嚴經》舉因知果，譬如蓮花，方其吐花而果具蕊中。」所謂「舉因知果」，可以視為壓縮時空的表現方法，把事物漫長的變化歷程集中到一個畫面，從而產生濃稠的意象。「白雪」即絲，「黃雲」則麥，《冷齋夜話》稱此為「言其用不言其名」，乃是荊公慣用的修辭技法。〔註70〕雪本不可「繰」，雲本不可「割」，用以代絲與麥，遂化不能為可

〔註69〕近人啟功〈論詩絕句〉：「古文板木乏靈氣，少詩莫怪曾南豐。文富萬言詩膽弱，四平八穩見荊公。」見《啟功韻語》，卷三，頁6。

〔註70〕荊公詩又曾以「平頭」指奴僕、「長耳」指驢、「蒼官」指松、「青女」指霜、「鵝黃」指柳、「鴨綠」指水，皆「擬狀事物之性態，以代事物之名稱」，參閱錢鍾書《談藝錄》，頁79、391、564。其他詩人之用「代字」，另可參閱同書，頁57、247～249、378～381；徐復觀《中國文學論集續編》，頁152～153。

能。《履齋示兒編》卷十欲易「繰」爲「捲」，易「割」爲「收」，謂如此則絲麥自見而意語天出，用字不露。雖言之成理，但語言的張力恐怕也將轉弱。全詩通過鮮明的物象，表現敏銳的時空感受。更可貴的是其中蘊藏著一股行雲流水、光景常新的生意。

「繰成」一聯可說千錘百鍊，得之「艱辛」，讀來卻絕無「成如容易」的感覺；雖然「奇崛」，卻絕不能算是「看似尋常」。但是荊公還是十分喜愛這兩句，不肯釋手，以至又搬到另一首詩中，〈同陳和叔游齊安院〉詩云：

> 繰成白雪桑重綠，割盡黃雲稻正青。它日玉堂揮翰手，芳時同此賦林坰。(43/1873)

荊公自注：壬戌五月。則與前一首相隔不過二年〔註71〕，即再用之，當是耽於工巧新奇。後兩句雖然也有壓縮時間的意味，與前聯相較之下，終覺旗鼓稀疏。耽愛奇句，不惜添增一首平庸的詩，〔註72〕這頗能反映荊公暮年徘徊在「刻意」與「率意」之間的創作傾向。

荊公自謂得意的詩句似乎多是此類奇崛之句。如示山谷以「一水護田將綠遶，兩山排闥送青來」，亦非「看似尋常」者。〔註73〕另據《石林詩話》記載：

> 荊公每稱老杜「鉤簾宿鷺起，丸藥流鶯囀」之句，以爲用意高妙，五字之模楷。他日公作詩，得「青山捫蝨坐，黃鳥挾書眠」，自謂不減杜語，以爲得意。」然不能舉全篇。余頃嘗語薛肇明，肇明被旨編公集，求之，終莫得。或云：公但得此一聯，未嘗成章也。(《歷代詩話》，頁406)

詩意殆謂「青山影裡捫蝨坐，黃鳥聲中挾書眠」，並非以山、鳥擬人，但荊公似乎有意造成奇異的意境，遂捨七言而就五言。乍看之下就變成「山會捫蝨，鳥能挾書」的超現實景象，這是利用漢語文法特性所

〔註71〕〈木末〉作於庚申，從蔡元鳳說，見《王荊公年譜考略》，頁303。
〔註72〕荊公此處重用舊作，又另有心理背景，蓋以「桑重綠」、「稻正青」
　　　　比擬走出「白雞」情結的喜悅。參閱第二章，第三節，第二項。
〔註73〕詳本章第一節，第二項。

造成的效果。好奇如此，則這兩句被袁枚譏爲「乞子向陽」、「村童逃學」，也是其來有自。

《詩人玉屑》卷二引敖陶孫評古今名人詩：「荊公如鄧艾縋兵入蜀，要以險絕爲功。」荊公古體詩固然思路拗峭，暮年絕句也頗多筆鋒劗削者，此種傾向自與荊公兀傲不群的性情有關。《朱子語類》卷一三八：「大率江西人都是硬執他底橫說，如王介甫陸子靜都只是橫說。」朱子的論斷自然出於偏見，但這「橫說」二字用以描摹荊公自出己意、不稍假借的作風卻極爲傳神。趙翼《甌北詩話》說：「王荊公詩專好與人立異，其性然也。」又說他「處處別出意見，不與人同」。袁枚《隨園詩話》卷六則說：「文忌平衍，而公天性拗執，故琢句選詞，迥不猶人；詩貴溫柔，而公性情刻酷，故鑿險縋幽，自墜魔障。」都是將荊公奇崛的詩風推本於性情。

藝術作品以具「原創性」爲可貴，則好與人立異未必全非。立論發議獨樹一幟較易，構思謀篇出人意表稍難；而在意境上要創造出獨特的風格，更屬難得，眞正的「奇崛」在此不在彼。荊公於舉世宗韓之際，標舉杜甫、義山，是別出意見，自尋典範的結果。晚年創造出「自是一樣」的絕句，也是來自與人「立異」的作風。

三、寓悲壯於閒淡

金陵十年，荊公對政事始終縈懷。雖然暮年篇詠不常直接以政治爲題材，但政治經驗卻深入創作心靈的底層，成爲暮年作品的潛在情調。筆墨大部份集中於遊覽賞景，而悵懷悲感卻經常若隱若現。不直接把身世經驗透露出來，反而深化了詩的內涵，強化了詩的藝術。

方回《瀛奎律髓》卷十六「節序類」〈壬辰寒食〉批語：「半山詩步驟老杜，有工緻而無悲壯，讀之久則令人筆拘而格退。」其意殆以荊公學杜得貌遺神，未入精髓。《律髓》標舉句眼，荊公獨多，這當然與荊公精於錘鍊的創作工夫有關。不過，只從技巧來理解荊公詩是不夠的，前文已指出凡不能體認荊公人格的，也不能眞正體會其詩

藝。《桐江集》卷二〈讀王荊公詩說跋〉說：「管仲之禍止于齊國，而荊公之禍，至今未者。」正因對荊公生命缺乏相應的瞭解，自然也讀不出詩中的「悲壯」，於是捨本逐末，專賞其修辭造句，無視於精神內涵，宜乎得出這樣的結論。

《宋詩鈔》〈臨川詩鈔小序〉即曾對虛谷說法提出異議：「論者謂其有工緻，無悲壯，讀之久令人筆拘而格退。余以為不然。安石遣情世外，其悲壯即寓閒澹之中，獨是議論過多，亦是一病爾。」以「寓悲壯於閒淡」來說明荊公詩歌的精神內涵，實在是一言中的。事實上，內容情調的「閒淡」跟藝術表現的「平淡」是相隨並生的。作者既秉持「平淡」的美學觀，則無論何等激烈的情感，落到藝術形式中無不出以「閒淡」之風。何況以荊公受神宗知遇之深，即便有所感憤，亦不宜慷慨言之。高步瀛《唐宋詩舉要》評〈半山春晚即事〉云：「寓感憤於沖夷之中，令人不覺。」這個評語明顯受到《宋詩鈔》的啟發而來。正如將奇崛之美收攝於「尋常」之中，荊公也善於將悲壯之情收攝於「閒淡」之內。這種收攝節制是荊公藝術上的美德，他曾說：「詩者，寺言也。」「寺」的內涵正是節制，也就是把持自我的理性力量。

方回對荊公的批評，除了「無悲壯」之外，另有「讀之久令人筆拘而格退」的論斷。「格」字是方回重要的批評術語之一，他曾說：「詩以格高為第一」（〈唐長孺藝圃小集序〉，《桐江續集》卷三十三）「格」字在此乃就詩歌內在的精神品質立說，〔註74〕若是沈溺於語言工麗的層次，將累及詩的品格。由於他認定荊公專於工緻上用功，因此詩格並不高。山谷也曾評及荊公詩的「格」，據《後山詩話》記載：

　　魯直謂荊公之詩，暮年方妙，然格高而體下。如云：「似聞青秧底，復作龜兆坼」，乃前人所未道。又云：「扶輿度陽燄，窈窕一川花」，前人亦未易道也，然學三謝失於巧耳。（《歷

〔註74〕「格」在文學批評中的概念，詳顏崑陽《六朝文學觀念叢論》，頁370～377。

代詩話》，頁306）

山谷稱「格高」，虛谷稱「格退」，字面正好相反。但是傳統的文學批評術語，經常缺乏共通的客觀標準。不同論者使用同一個術語，取義未必相同。體與格作爲批評術語，內涵都很紛紜，欲判斷其指涉，應當從原文著眼。此處山谷所謂「格高」可以從「前人未易道」來解釋，著重於內容意義；所謂「體下」則配合下文「學三謝失於巧」而爲言，著重於形製風貌。〔註75〕山谷從「失於巧」而言「體下」，正與虛谷從「有工緻」言「格退」相似。不過，山谷雖然評以「體下」，但卻有見於其格高。虛谷卻以「筆拘」與「格退」合言。誠然，讀荊公詩而只見其工緻的一面，自然會筆拘格退，愈讀而愈見侷促。但若能同時注意到「寓悲壯於閒澹」的一面，則正堪一唱三歎，何「筆拘」之有？

荊公又經常被批評爲「寡情」。劉熙載《詩概》提到：「王荊公詩學杜，得其瘦硬，然杜具熱腸，公惟冷面。」「冷面」二字可以說是許多文人對荊公的印象，這似乎是由變法事業所導致。熙載又於《詞概》中說：「王半山詞瘦削雅素，一洗五代舊習。惟未能涉樂必笑，言哀已歎，故深情之士，無不閒然。」同樣在稱許之餘，又深以乏於情感爲憾。他對於「詞」的感情成份似乎要求更重些，所以措辭愈嚴。袁枚《隨園詩話》卷六也曾說：「王介甫曾子固偶作小歌詞，讀者笑倒，亦天性少情之故。」王士禎則說：「荊公狠戾之性，見於其詩文。」幾乎一致認定荊公薄於情味，且多針對其文學作品而發。

荊公以變法集千年亂矢，以訛傳訛，遂造成極度失眞的歷史形象。他的個性確實兀傲固執，但絕非冷漠無情者。〔註76〕他早年著〈性

〔註75〕有學者主張前引《後山詩話》，「如云」以下當爲後山語。從上述分析可知山谷的話必須結合下文才完整，全段當皆爲引述山谷之言。再對照張戒《歲寒堂詩話》所說的：「王介甫詩，山谷以爲學三謝。」更可知後文「學三謝失於巧」確爲山谷語。
〔註76〕關於荊公情感，可以參閱蔡元鳳《王荊公年譜考略》，雜錄卷一，〈五倫考〉。

情論〉，肯定五性七情本無二致，頗能正視「情」的意義，自然不會刻意壓抑感情。〔註77〕但他確是一個富於理性，善於自持的人，總是以清明的思維處理心靈的震盪。吉川幸次郎《宋詩概說》主張「悲哀的揚棄」乃是宋詩普遍的特色。荊公早年有詩云：「盛世未宜輕感慨，文章猶忌數哀悲」，正是這種精神的表現。然而宋代詩人豈能全然「揚棄」悲哀，只是透過更深邃、更冷靜的態度來處理罷了。

荊公晚年退閒金陵，由於生命體驗與宗教信仰都躍進一層，更能以知性的態度反芻內心的情感。但是政治理想未克順利推行，已使他悵然若失；兩個兒子一殤一狂，更令他心灰意冷。經過一番追索試鍊，他終於在感性抒發與理性反省之間取得平衡，發展出一種風格獨具的小詩。有時夾雜著微微的欣喜與淡淡的感傷，有時精神海域似乎是風平浪靜，底層卻不知暗藏多少激流漩渦。舉〈寄蔡天啓〉一首：

> 杖藜緣塹復穿橋，誰與高秋共寂寥。佇立東岡一搔首，冷雲衰草暮迢迢。（42/1859）

以極冷靜的詩筆寫秋日蕭瑟的情景，全詩並無悲苦之語。杖藜而行，默默緣塹穿橋，這是荊公晚年詩中常見的自我形象。我們看到詩人在景物間移動，像山水畫中細小的人物，不能清晰辨識其神情，反而增添了一種幽渺之致。忽然詩人停止移動，佇立搔首，若有所思。我們正在揣摹他所思所感，但他迅即提供一幅影像，凝定全詩的氣氛。冷雲衰草，則上下蒼茫；暮迢迢，則遠近淒迷。雲所以「冷」，草所以「衰」，彷彿都是詩人「搔首」沈思所引起的。從容的語調可說是荊公控制情緒、氣氛的利器，此詩可為例證。

另舉五言一首，〈江上〉：

> 江水漾西風，江花脫晚紅。離情被橫笛，吹過亂山東。（40/1751）

這首詩讀來句句飄動。水與風微微接觸，輕著一「漾」字，詩味就開

〔註77〕錢穆說：「荊公主張性情一，情亦可以為善，如此則一般性善情惡的意見已推翻，使人再有勇氣來面對真實人生，此乃荊公在當時思想界一大貢獻。」互詳第二章，第四節，第三項。

始向四方漫開來了。江邊的花大概綻放已久，遂在微風中脫落，用「脫」字十分傳神，彷彿行所無事地擺落幾片花瓣而已。以「晚紅」寫花，很能傳達遲暮之情。這兩句把江水、江花擺到前面，反而變成主動者，有意無意間隱沒風的地位。第三句開始把風放散出來，一時挾帶著笛聲與離情，逸向散亂的山嶺間。細緻的美感，輕淡的情緒，其間悲壯自然比不上「落日照大旗」一類詩句，但若說此詩徒有工緻，則顯然難以令人信服。

四、出妖冶於老成

　　荊公暮年苦於冒眩眼花，屢見於詩文，[註78] 這恐怕也使他無力把思慮放置到感官上，於是收攝眼目、去除聲色，更專注於心靈境界的開掘。則東坡所謂「愈老愈熟，乃造平淡」，實在兼指生理之衰與心境之變兩層原因。蓋生理機能的衰退，將會使審美活動產生變化，[註79] 創出造與血氣充沛時的不同的美感經驗。

　　荊公朝夕出入山林郊野，對於天地物色的變化，觀察極為敏銳。或許由於老年畏寒，格外嚮往晴日，詩集中幾首描寫和風暖日的作品，都十分動人。例如〈初夏即事〉與〈出郊〉：

　　　　　石梁茅屋有彎碕，流水濺濺度兩陂。晴日暖風生麥氣，
　　綠陰幽草勝花時。（41/1805）

　　　　　川原一片綠交加，深樹冥冥不見花。風日有情無處著，
　　初回光景到桑麻。（42/1854）

荊公早年有句：「濃綠萬枝紅一點，動人春色不須多。」[註80] 是以濃綠襯托紅花一點，這兩首詩則直接將筆力集中於「濃綠」。時節正逢初夏，繁花盛事已過，惟見草木翁鬱生長。彷彿天地蓄滿能量，化作和風暖日，注入麥田而逼出綠意；又想要把這股能量注入花朵，以

〔註78〕已詳第二章，第二節，第三項。
〔註79〕參閱《森塔亞納美學箋註》，頁64～65。
〔註80〕詠石柳花，本集不載，見趙令畤《侯鯖錄》卷三引。惟《竹坡詩話》
　　　謂此為王安國句。

逼出色香，可是花朵卻早已不見，於是只好將能量輸入農作物，展現無限的生機。

　　荊公另有佚句「夕陽到處花偏暖」（《宋詩話輯佚》，頁 12），似乎有一股溫馨的老年心緒。另外還有一些描寫日常生活的小詩，也頗見投老心境與意態，如〈晚春〉一詩：

> 春殘葉密花枝少，睡起茶多酒盞疏。斜倚屏風搔首坐，滿簪華髮一床書。（48/2167）

《王直方詩話》記江朝宗語，稱首聯以「密」對「疏」，以「多」對「少」，交股用之，即所謂「蹉對法」（《宋詩話輯佚》頁 570）。錢鍾書則指出「多」緊接「少」，「疏」遙應「密」，是為「丫叉法」。〔註81〕通過細膩的構句技巧，營造出跌宕錯落的音韻與情致。前一句是自然現象，後一句寫生活起居，花枝漸少正見春光不再，酒盞漸疏正見年老氣衰。剛剛睡起，精神好像還有些頹萎未振，於是閒坐飲茶以待恢復。〔註82〕詩人選擇一個最不廢力的坐姿，搔首遐思，似乎未能真正平靜下來。頭白年老，面對滿床散置的書籍，更加警覺到血氣已衰，再也無法強迫力索了。

　　東坡讀荊公詩詞，屢有「野狐精」之歎：

> 金陵懷古，諸公寄調於〈桂枝香〉者三十餘家，獨介甫為絕唱。東坡見之，歎曰：「此老乃野狐精也」。（《景定建康志》）

> 王荊公詩云：「柳葉鳴蜩綠暗，荷花落日紅酣，三十六陂春水，白頭想見江南。」其二云：「二（當作三）十年前此地，父兄持我東西，今日重來白首，欲尋舊跡都迷。」東坡見此兩絕，注目久之，曰：「此老野狐精也」，遂和之。（《西清詩話》）

「野狐精」的原義是指旁門外道，東坡用以為評，絕不帶責難之意，

〔註81〕見錢鍾書《管錐書增訂》，頁72。
〔註82〕唐代詩人好飲酒，宋人好飲茶。參閱吉川幸次郎《宋詩概論》，頁48。

〔註83〕而是在贊歎間略帶調侃，十分能把握荊公作品中獨特而難以描繪的個人特質。沈天羽評荊公〈千秋歲引〉云：「媚出於老，流動出於整齊，其筆墨自不可議。」（《草堂詩餘正集》）這「媚出於老」四字可以作為「野狐精」的最佳註腳。「老」是深得三昧，精熟到出神入化的境界；「媚」是雅麗精絕，富於迷神動心的魅力。媚出於老，故雖運入變態，終合乎常軌，讀來沈瀄牙頰，非流靡放蕩者可比。這種特質是強烈而動人的，使東坡在沈吟細品之下深有感受，乃直覺以「野狐精」名之。這個批評是由作品所引發的感興進而針對「創作主體」的評論，與作者的性情才質密切相關。〔註84〕

「同光體」巨擘陳衍向喜荊公詩，所著《石遺室詩話》有下列兩段評論：

> 君（指鄭孝胥）嘗言作詩工處，往往有悵惘不甘者，因舉荊公「南浦隨花去，迴舟路已迷。暗香無覓處，日落畫橋西」二十字，為與神宗遇合不終，感寓之作。（卷一）

> 荊公佳句，皆山林氣重，而時覺黯然銷魂者，所以雖居宰相，終為詩人也。余嘗語子培：「荊公詩甚妖冶。」子培曰：「何以言？」余曰：「怊惘俯凌波，殘粧壞難整。」（卷十七）

所謂「悵惘不甘」、「黯然銷魂」都是在描摹荊公詩中盪漾繚繞的氣氛，深鑿暗藏的情思，也就是一種「沈哀在骨」的藝術風格。以蘇盍所舉〈南浦〉一首來說。詩人南浦泛舟，本應是閒適自得的。但在舒緩平和的語調下，卻隱藏一股熱切的追求。「隨花去」正如平日乘驢出遊，「若牽卒在前，聽牽卒；若牽卒在後，即聽馳矣。」看似隨興，其實

〔註83〕《邵氏聞見錄》載：「王荊公之生也，有獾入室，俄失所在，故小字獾郎。」《鐵圍山叢談》則謂：「介甫天上之野狐也。」與東坡評語著義有別，不宜牽合。

〔註84〕劉辰翁評荊公詩：「是公透徹，豈比野狐哉。《傳神自讚》第一句如此，妙妙妙。」（40/1743）這似乎是從詩中哲理內涵來判斷是否淪為野狐，與東坡借以喻藝術才情者不同。

反映蒼茫索莫、百無聊賴的心境。一旦心神凝定，迴舟欲返，已難辨識來時路了。想要追蹤暗香而不可得，已令人悵惘，誰知逡巡徘徊之際，夕陽也倏然隱沒。貫串全詩的失落感到此而達於極點，如果我們在語言終止之後，進一步延伸想像：只見暮色愈來愈濃鬱，不僅掩蓋來時路，也吞沒了美好的景致，情思也就更加淒迷了，難怪蘇盦以「不甘」狀之。荊公以幽雅的語言、精美的形象表現這股悵惘之情，遂形成一種極富感染力的氣氛，所謂「妖冶」可以從這裡來理解。陳衍另編有《宋詩精華錄》，卷二評荊公六言絕句〈題西太一宮壁二首〉云：

> 絕代銷魂。荊公絕句當以此二首壓卷。東坡見之曰：「此
> 老野狐精也。」遂和之。又句云：「崇桃兮炫晝，積李兮縞
> 夜。」寫桃李得未曾有。余嘗言荊公詩，有《世說》所稱「謝
> 征西之妖冶」，沈子培極以為然。荊公功名士，胸中未能免
> 俗。然饒有山林氣，相業不得意，或亦氣機相感邪。

這段評語大致與前引詩話所論無異，但我們在此得到一個啟發：原來石遺所用的「妖冶」一辭，內涵即自東坡所謂「野狐精」而來。二評同對〈題西太一宮壁〉而發，正是顯證。荊公此詩當成於執政末期，但退閒以後更大幅發展此種風格特質。陳衍所舉另一聯，出自〈寄蔡氏女子〉二首，東坡會荊公於金陵，見此詩，歎曰：「若『積李兮縞夜，崇桃兮炫晝』，自屈宋沒世，曠千餘年，無復離騷句法，乃今見之。」荊公曰：「非子瞻見諛，自負亦如此，然未嘗為世俗道也。」東坡所謂句法，絕不專指語言風格或文句構句，而是兼精神氣韻而為言，否則兩漢以來追摹楚辭者紛紛，何以獨許荊公為得句法。

　　自有詩人以來，忠義感憤莫過屈原，而屈騷之妖冶崇人同樣無與倫比。但是這種妖冶是來自「沈哀在骨」的藝術特質，與濃粧豔姿的宮詞大不相同。荊公的「妖冶」，也是在神不在貌。石遺所舉「怊悵俯凌波，殘粧壞難整」一聯，固然深有「美人遲暮」之感，足以令人傷神銷魂。但真正能表現「媚出於老」的特質的，還是「南浦隨花去」這類語言明淨、音情曼妙的小詩。

第四節　詩史定位

一、變古：「宋調坌出」

　　毋逢辰序《箋註王荊文公詩集》云：「詩學盛於唐，理學盛於宋，先儒之至論也。其論諸賢大家數，甚而有五言七言散文之誚，獨於臨川王文正公之詩，莫有置其喙者。……公之詩，非宋人之詩，乃宋詩之唐者也。」〔註85〕說先儒不議荊公，似乎失實，荊公詩歌議論化與散文化的傾向都很明顯，與典型的宋調無異。毋氏所謂「宋詩之唐者」當專對荊公暮年小語而發。類似的意見經常可見，例如楊誠齋每舉半山絕句與晚唐異味並論，即是認定兩者風格接近。又如元人袁桷論宋詩發展，嘗舉臨川、眉山、江西為三宗，並謂：「臨川莫有繼者，於是唐聲絕矣。」也是以荊公詩為唐聲代表。

　　《滄浪詩話》〈詩辯〉論唐宋風格的差異說：「盛唐諸人惟在興趣，羚羊掛角，無跡可求。故其妙處透徹玲瓏，不可湊泊，如空中之音，相中之色，水中之月，鏡中之象，言有盡而意無窮。近代諸公乃作奇特會解，遂以文字為詩，以才學為詩，以議論為詩。夫豈不工，終非古人之詩也。」從滄浪所指陳的「奇特會解」來看，荊公自然包含在「近代諸公」裡面。可是我們發覺滄浪用以描摹盛唐「興趣」的術語，正是前人用以描述荊公詩風者。《賓退錄》記張芸叟評詩：「王介甫如空中之色，相中之音，欲有尋繹，不可得矣。」張氏是第一個使用「空中之音，相中之色」以評詩者，〔註86〕嚴羽或曾讀到這段言論。同樣的批評術語未必表示同樣的理論內涵，我們當然不能將兩段言論強加牽合，率爾斷定荊公得「盛唐興趣」。但無論如何，「空中之音」云云代表一種偏重感性直覺的美感特質，則可無疑。從這條線索來觀察「金

〔註85〕毋序見大德本，頁13；古活字本，頁6。「唐者」或為「唐音」之訛。
〔註86〕嚴羽以前，包恢《敝帚稿略》卷二〈答傅當可論詩〉嘗謂：「所謂造化之未發者，則沖漠有際，宴會無跡，空中之色，相中之音，欲有執著，曾不可得。」參考郭紹虞《中國文學批評史》，頁209～210；葉維廉〈嚴羽與宋人詩論〉，《中國詩學》，頁111～112。

陵詩」的體格，確實可以發現二處評語並非純出巧合。而荊公詩歌似乎兼含「盛唐諸人」的「興趣」與「近代諸公」的「奇特會解」。

關於唐音宋調的交涉，當代學者曾有精闢的意見。繆鉞說：「雖唐詩之中，亦有下開宋派者，宋詩之中，亦有酷肖唐人者。」〔註87〕錢鍾書則說：「唐詩宋詩，亦非僅朝代之別，乃體格性分之殊。天下有兩種人，斯分兩種詩。唐詩多以丰神情韻擅長，宋詩多以筋骨思理見勝。」又說：「且又一集之中、一生之中，少年才氣發揚，遂爲唐體；晚節思慮深沈，乃染宋調。」〔註88〕由以上論點可知，唐音宋調未必截然可分，應當考慮到個人風格的多樣性。錢氏以少老區分唐宋，雖大致得實，但在荊公身上似乎正好相反。精確言之，荊公詩歌，無論早晚期所作，都是宋格丕張。但是晚年所作，在思深律嚴以外，又通過精美的意象與深婉的聲情產生一種令人興發感動的特質。此種特質雖然較一般瘦硬枯淡的宋詩爲溫婉，精神內涵與抒情方式仍是屬於宋調。〔註89〕由於濡染了一部份唐音，「金陵詩」乃呈現了一種思理與情韻兼勝，丰神與筋骨並具的獨特風格。

讀荊公詩，著重於求索唐音的，實不僅前引諸人。郭紹虞曾經指出：「宋時論詩風氣，凡尙唐音的，如魏泰、葉夢得諸人差不多沒有不宗半山的。」魏葉二氏講究「餘味」，與楊誠齋之論「異味」，嚴滄浪之倡「興趣」，都差相近似，宜乎同嗜荊公暮年小詩。吉川幸次郎曾經指出荊公對於全部唐詩的抒情精神十分嚮往，這當然也是針對晚年作品而發。〔註90〕其實，荊公未必曾刻意追摹唐人的抒情精神，而是由於生活、心境的改變，更加注意處理細微的情感，自然表現一種

〔註87〕繆鉞〈論宋詩〉，《詩詞散論》，頁12。
〔註88〕參閱錢鍾書《談藝錄》，〈詩分唐宋〉一條，頁1～5。
〔註89〕李東陽《懷麓堂詩話》曾說：「王介甫點景處，自謂得意，然不脫宋人習氣。其詠史絕句，極有筆力，當別具一眼觀之。」（《歷代詩話續編》，頁1396）荊公抒情其實也「不脫宋人習氣」。
〔註90〕見《宋詩概說》，頁129。此外，日人辛島驍曾在《漢詩大系》卷十六〈宋詩選序〉中說：「王安石晚作尤爲深婉有唐人風。」

耐咀嚼的情韻，而這種情韻固仍以宋人獨特的思理為基礎。從魏泰、葉夢得、楊萬里、嚴羽到袁桷、毋逢辰，都欣賞到這一點，並以「唐聲」來包舉此種特質。

著重於抉發宋調的，以徐復觀的說法最明快斬截：「積極奠定宋詩基礎的，應推王安石。王安石學博才高，思深律嚴，晚年所走路數，與山谷相同，而學問才氣及胸次遠過於山谷。宋詩之特徵，至他而始完備。後人對宋詩所作或好或壞的批評，皆可在他的詩中看出。」他特別標舉「晚年所走路數」，則是認定荊公後期作品對宋調的發展貢獻更大於早期。荊公退閒以後，詩律愈精，心思愈細，所作已非昔比。後人無論追索唐音或宋調，都特別著眼晚年的部份，可見「金陵詩」何其精美出色。

不過也有徘徊依違於兩者之間的。如胡應麟〈與顧叔時論宋元二代詩十六通〉其二云：「介甫步驟唐人，小詩絕句時足亂真，而近體劖思求新，遂肇坡谷門戶。」（《少室山房類稿》卷一一八）不過他也曾說過：「介甫五七言絕當代共推，特以工緻勝耳，於唐自遠。……五言『南浦隨花去，回舟路已迷。暗香無覓處，日落畫橋西。』頗近六朝。至七言諸絕，宋調壑出，實蘇黃前導也。」（《詩藪外編》卷五）一則謂「時足亂真」，再則曰「於唐自遠」，未免進退失據。但他以「宋調」斷定荊公，則是明顯無疑的。由於心中預存著宋調不如唐音的觀念，當他使用「宋調壑出」、「於唐自遠」這類詞彙評詩時，已具價值判斷的意義。

宋詩之變，到底始於何人，歷來說法很多。《滄浪詩話》〈詩辨〉：「至東坡山谷始自出己意以為詩，唐人之風變矣」。郭紹虞校釋此段文字時，鄭重提出異議：「案宋詩之變，始於歐陽修。」〔註91〕但《捫蝨新話》卷三已說：「歐陽公詩猶有國初唐人風氣。公能變國朝文格，而不能變詩格，及荊公、蘇黃輩出，然後詩格遂極于高古。」

〔註91〕見《滄浪詩話校釋》，頁31。

而胡應麟《詩藪》外編卷五則說：「六一雖洗削西崑，然體尙平正，特不甚當行耳。推轂梅堯臣詩，亦自具眼。至介甫創撰新奇，唐人格調始一大變。蘇黃繼起，古法蕩然。」葉燮《原詩》外篇下說法又不同：「開宋詩一代之面目者，始於梅堯臣、蘇舜欽二人。」由於各人詮釋角度、理論重點有別，故有種種不同的判斷。

　　北宋末南宋初，曾經形成「江西晚唐交相詆」的局面。〔註92〕有趣的是，荊公晚年的詩作似乎跟兩派都牽得上關係。江西宗主黃庭堅，已頗得詩法於荊公；推尊晚唐者如楊萬里，則以半山絕句爲上窺晚唐的關捩。這更可以說明荊公暮年詩歌的豐富面貌。

二、自立：「臨川宗」

　　元袁桷《清容居士文集》卷四八〈書湯西樓詩後〉，曾綜論宋詩發展的大勢：

> 自西崑體盛，襲積組錯。梅歐諸公發爲自然之聲，窮極幽隱。而詩有三宗焉：夫律正不拘，語腴意贍者，爲臨川之宗；氣盛力夸，窮抉變化，浩浩焉滄海之夾碣石也，爲眉山之宗；神清骨爽，聲振金石，有穿雲裂石之勢，爲江西之宗。二宗爲盛，獨臨川莫有繼者，於是唐聲絕矣。至乾淳諸老，以道德性命爲宗，其發爲聲詩，不過若釋氏輩條達明朗，而眉山、江西之宗亦絕。永嘉葉正則始取徐、翁、趙氏爲四靈，而唐聲漸復。至於末造，號爲詩人者，極淒切於風雲花月之摹寫，力屛氣消，規規晚唐之音調，而三宗泯然無餘矣。

袁桷「三宗」之說，可以推本於宋人盛言的「正統」思想與「宗派」觀念。〔註93〕滄浪標出「王荊公體」，是指個人文體特色的問題，並非宗派觀念，可以不論流衍。而袁氏既許荊公爲宗主，其下必有宗人，否則豈能成爲一「宗」。不過我們首先要注意的是，「三宗」並非指三

〔註92〕互詳第三章，第三節，第四項。
〔註93〕「宗派」、「正統」等概念及其在文學史上的意義，參閱龔鵬程《江西詩社宗派研究》，頁227～234。

個判然分立的詩人群，而是詩人推尊取法的三類典範。宋初以來作者皆宗尚唐人，但新的時代體調也漸漸萌發，中期以後遂告成熟，而當代詩家乃有堪稱典範者。袁氏不以西崑梅歐爲宗，而獨標半山與坡谷，似乎著眼於三家成就最高、特色最顯著，且在當時流風甚廣而從者甚眾。因此他的分析實在兼及成就與影響兩個層面。考諸北宋後半期的詩壇大勢，「三宗」之說實非漫言。當時詩人援舉「本朝諸公」的作品，多並列三家，如《冷齋夜話》說：「造語之工，至於舒王、東坡、山谷，盡古今之變。」《後山詩話》說：「王介甫以工，蘇子瞻以新，黃魯直以奇。」普聞《詩論》說東坡長於古韻、魯直長於律詩、荊公長於絕句。都是其中最顯著的例子。〔註94〕

　　袁桷的分法屬於對詩歌發展史追述性的描寫，並非真有三個嚴格的詩學宗派存在，正如吳沆《環溪詩話》所謂「一祖二宗」之說一樣，都在標示典範類型。此說跟方回所倡「一祖三宗」也有差別，方回雖就「古今詩人」而言，明顯是自江西宗派的觀點立論。我們大可不必費心爲三宗找尋世派，因爲他們的影響是普遍性的，詩壇後進多同時取法各家，只是略有輕重深淺之別而已。只要把握宗風所在，則脈絡源流自然分明可尋。袁氏以「律正不拘，語脈意贍」概括「臨川之宗」，又說「臨川莫有繼者，於是唐聲絕矣」，明顯認定臨川在三宗中最近唐聲，如此則是以荊公晚年抒情意味較濃厚的詩風爲宗門標準，「律正」云云自然也應當扣緊「唐聲」來理解。

　　由於荊公講究法度，在聲律體製上十分合於常規，故時人謂「王安石律詩甚是律詩，篇篇作曲子唱得。」但荊公也能夠認識到聲律在本質上須配合情志，特別指出古人是「聲依永，律和聲」，後人「先撰腔子，後填詞，卻是永依聲」〔註95〕。因此他又能隨機變化，活用聲律，此即所謂「律正不拘」。相較於梅歐之專尚氣格，荊公顯得綿密典麗，組織工整而詩味濃郁，暮年絕句更是華實並貌，聲情兩得，

〔註94〕參閱徐復觀〈宋詩特徵試論〉，《中國文學論集續編》，頁31～32。
〔註95〕互詳第三章，第二節，第一項；本章第一節，第一項。

所謂「語腴意瞻」可以如此理解。袁氏又說：「永嘉葉正則始取徐、翁、趙氏爲四靈，而唐聲漸復。」四靈與臨川宗同屬「唐聲」，我們固然不能輕易把四靈之恢復唐聲，理解爲臨川宗統之復續，但荊公「金陵詩」對南宋崇唐詩人的潛在影響實在不容忽視。

學詩者自三家入手，論詩者亦引三家張目。故純就批評範疇而言，似乎也隱有「臨川」一宗，新法新學則是其理論背景。其中當以魏泰與葉夢得最爲重要，因爲二人皆有詩話流傳。葉氏《石林詩話》每以「意與言會」爲高，以「好盡」爲病，又盛言「詩律」，皆隱以荊公暮年詩歌爲標準。《四庫提要》說他「論詩推崇王安石不一而足，而於歐陽修蘇軾詩皆有所抑揚於其間，蓋夢得本紹述餘黨，故於公論大明之後，尚陰抑元祐諸人」云云。此說雖非無據，但石林論詩宗旨判然可求，率言漫詆處並不多見，說他純出黨派之私，實有未妥〔註96〕。魏氏《臨漢隱居詩話》也隱有抗衡蘇黃之意，《四庫提要》同樣說他「黨熙寧而抑元祐」。魏葉二氏除了同屬新黨，政治立場一致外，論詩都崇尚唐音，盛言「餘味」，在文學宗旨上實有共通處，荊公作品成爲他們有力的論據。〔註97〕

梁崑《宋詩派別論》列有「荊公派」，即是從袁桷「臨川宗」之說推衍出來。但「宗」與「派」取義有別，〔註98〕二說的理論意義也並不相同。袁氏之說即以荊公爲一宗之主，梁說則以荊公爲一派之「代表」，別標杜甫爲宗主，兼學三謝、韓、歐，又舉李常、孫覺、俞紫芝、韓維、謝師厚爲「詩友」。所謂「詩友」取義模糊，梁書其他各派中並無此名目。梁氏似乎把山谷以前尊杜者統歸荊公派，〔註99〕而不問其作品風格是否相近。但他歸納此派「習尚」爲六目：重古體、

〔註96〕參閱郭紹虞《宋詩話考》，頁39。
〔註97〕互詳本章第一節，第二項。
〔註98〕參閱龔鵬程《讀詩隅記》，頁166～167。
〔註99〕其書論江西派「宗主」處，稱李常、孫覺、謝師厚、韓維皆嘗爲山谷所師法，四人皆學杜而爲荊公詩友，故又可知山谷學杜間接受荊公影響不少。理路十分夾纏，且有刻意藉四人牽合二派的傾向。

好紀事、好集句、好竄改古人詩句以爲己詩、好用連綿字，顯然都專就荊公立說，與宗杜與否無干。拈取枝枝節節的創作習慣標誌一派，更顯現不出共性所在。因此這些人能否合成所謂「荊公派」實在大有問題。純就詩風相近立說，則被梁氏劃歸東坡派代表之一的唐庚，毋寧更近荊公；若就交游親疏立說，何不舉稍早的王令、王安國、程公闢、丁元珍，晚期的楊德逢、呂望之、蔡天啓、陳輔之等人。問題是不管如何爲荊公派壯大陣容，都是一廂情願，無助於呈現風格流派的發展。故與其費力架設「荊公派」，不如把握「臨川宗」的概念，將荊公視爲新時代興起的三大典範之一。

袁桷對於「臨川莫有繼者」，並未說明原因；正如元遺山〈論詩絕句〉：「諱學金陵猶有說，竟將何罪廢歐梅」，以爲詩人諱學荊公容易理解。蓋荊公以變法得罪一代，北宋傾覆，士大夫每每歸咎變法以求卸責，[註100] 荊公評價每況愈下，詩人自然絕少以學荊公爲榮了。但是政治因素以外，似仍應考慮到文學本身的因素。

劉將孫序《箋註王荊文公詩》云：「洛學盛行而歐蘇文如不必作，江西派接而半山詩幾不復傳。」直接把江西諸派的興起跟臨川宗的失傳聯結起來，他用洛學與歐蘇的關係來比擬江西與半山，顯然強調對立的一面。但將孫乃父辰翁已有「半山似爲江西別宗」之說，近代學者如梁啓超也斷定「荊公之詩，實導江西派之先河。」然則荊公路數非但不與江西對立，甚且頗多可以相通者。江西諸派所以忽略荊公，並非作風迥異，而是太過接近。山谷承襲荊公路數而精純過之，江西後進只要學山谷即可，荊公遂成不論。

勞思光在論及楊朱思想何以衰息時，指出：「一派思想之衰息，通常不外兩種情況。或因人普遍否定其思想方向而自衰，或因有同方向而較成熟之思想而被取代。」楊朱思想與老莊同方向，而精不逮老

〔註100〕 參閱何湘妃〈從南宋高宗時代重修神哲二宗實錄看王安石評價的轉變過程〉；蔣義斌《宋代儒釋調和論及排佛論論之演進》，第四章至第六章。

莊，故終被取代。〔註101〕此一思路在一定條件下借以處理文學史，不無可行。臨川宗之「莫有繼者」，除了「諱學金陵」的時代風氣以外，山谷融攝其精粹，要亦一因。蓋荊公的詩學理念，符應宋代文化，客觀上不應爲人所否定。但荊公以變法得罪「流俗」，其甚者更加以敗亡社稷的罪名。張芸叟輓詞已有「人人諱道是門生」之語，遑論靖康以下。山谷既於荊公詩學體會最深，加以適當經營轉化，融入個人詩藝中。〔註102〕自豫章詩法流衍天下，學者遂忘其所從出。〔註103〕

荊公詩的主要特點，雖爲江西詩人所融攝。但是由於江西詩人極少正視荊公本身的詩學底蘊，故並未能眞正承繼其精髓。以方回爲例，雖未嘗將荊公歸入江西派祖宗之列。但《律髓》昭示詩法，卻常以荊公詩爲例，而祖杜之舉更是發自荊公。不過方回對荊公詩的精神底蘊實在欠缺同情的瞭解，所以一則說：「管仲之禍止于齊國，而荊公之禍，至今未者。」（〈讀王荊公詩說跋〉，《桐江集》卷二）再則說荊公詩「有工緻而無悲壯」。無怪乎只能賞其錘字結響之妙，而不識深婉不迫之趣。跟楊萬里通過「味」的概念，專力追蹤荊公暮年絕句，取徑又不相同。

後世凡惡荊公爲人而深賞其詩者，雖自稱「不以人廢言」，其實皆難夢見荊公詩佳處。蓋宋人普遍提倡「言者德之侯」的觀念，作品絕難獨立於人格之外，因此對詩人心術若無相應的瞭解，則難以探求其底蘊。

〔註101〕參閱勞思光《中國哲學史》（一），頁201～212。
〔註102〕劉克莊〈江西詩派小序〉論宋詩發展說：「至六一、坡公，巍然爲大家數，學者宗焉。然二公亦各極其天才筆力之所至而已，非必鍛鍊勤苦而成也。豫章稍後出，會萃百家句律之長，究極歷代體制之變，蒐獵雜書，穿穴異聞，作爲古律，自成一家，雖隻字片語不輕出，遂爲本朝詩家祖宗。」正以歐蘇合論，文中雖獨漏荊公，而所論山谷長技，實皆可於荊公作品見端倪。
〔註103〕類似的情形也見諸蘇黃之間，詳下文。然而一來東坡未如荊公得罪一代，且其高妙獨造處山谷未必能及，故仍自傳一瓣香，非江西宗所能掩沒。翁方綱《石洲詩話》卷四有江西諸子「祧蘇祖黃」之說。

三、開來：「江西別宗」

呂本中作《江西詩社宗派圖》，尊山谷爲宗主，下列二十五派，是以一套富創意的理論架構來解釋當代詩壇的發展。這套理路以山谷爲根源，其餘諸人皆視爲山谷的支庶宗嗣。〔註 104〕呂氏以後，又經後學陸續補充種種理論，因此「江西宗派」的內涵也有與時變動的傾向。方虛谷《瀛奎律髓》卷二六最先提出「一祖三宗」之說，追祀老杜爲祖，又以陳師道、陳與義羽翼山谷，合爲三宗，擴充了江西宗派的範式。

與方回並世的劉須溪曾於〈能仁寺建清涼軒立山谷像疏〉中提到：「江西非無半山老，似是別宗。」（《須溪集》卷七）直截點出江西宗風與荊公之間關係密切。須溪與虛谷同爲江西由宋入元的後勁，又嘗評點荊公詩集，對於荊公詩藝與江西宗派的關係當有很深刻的體會。這個事實在「諱學金陵」的時代中被刻意漠視，須溪提出「別宗」的概念來追封荊公的地位，當即以與身爲「正宗」的山谷對言。

虛谷倡「一祖三宗」，須溪言「別宗」，都是在爲江西詩人進一步認祖歸宗，正本溯源。宋人「發明」杜詩，首推荊公與山谷，但兩家淵源皆廣，不曾專主杜詩。以「一祖」籠罩江西，未必恰當；將二陳與山谷並列爲「宗」，也不合詩史實況。〔註 105〕須溪提出荊公爲江西「別宗」的說法，則有待進一步分析。要瞭解荊公與江西諸派的關係，先要瞭解荊公與山谷之間的關聯。荊公詩學理念必曾實際啓發山谷，山谷之於荊公，絕非「正宗」與「別宗」。

由於荊公「晚年所走路數」與山谷相同，故山谷於荊公詩藝素極服膺，宋人詩話每多王黃並稱。如葉適《習學記言》卷四七稱：「王安石、黃庭堅，欲兼用二體，擅其所長」，普聞《詩論》則說：「魯直、荊公之詩出於流輩者，以其得意句之妙也。」這些論點顯然都出於深

〔註 104〕參閱龔鵬程〈江西詩社宗派之形成〉，收入《讀詩隅記》。
〔註 105〕方虛谷「一祖三宗」說存在的問題，參閱徐復觀前揭文，頁 40～41；龔鵬程〈宋詩與宋文化〉，《文學批評的視野》，頁 374。

思熟慮之後，並非隨手漫舉。因此，徐復觀曾說：「在宋詩話中，王、黃並稱，且多於蘇黃並稱，而山谷的服膺安石，實在服膺東坡之上。」〔註106〕這兩層判斷似乎又都太過斬截。「並稱」的問題多少可以反映宋人對山谷傳承的看法，非經統計難以遽斷，暫不置論。至於山谷到底較「服膺」誰，則須結合實際創作與詩學理論來看。

胡應麟《詩藪》內篇卷五，自稱「漢唐以後談詩者，吾於宋嚴羽卿得一悟字，於明李獻吉得一法字，皆千古詞場大關鍵，第二者不可偏廢。」這套思路似乎可以借來說明王蘇黃三家的關係。蓋「法」與「悟」本是構成江西宗派「活法」說的主要內涵，雖然名目倡自呂本中，其實質在山谷已告成熟。而活法之說必出自詩學上的「法」與「悟」兩種概念高度發展之後，在這先前的準備歷程中，荊公的貢獻主要在法，東坡的貢獻主要在悟。大致而言，山谷即由王得法，從蘇得悟。此後諸子高談「活法」，理論內涵率自山谷出，江西由是蔚然獨盛。

唐人詩法已甚完備，但荊公詩學看重法度仍然別具意義。胡應麟《詩藪》外編卷五描繪宋代詩風遞變的情況說：「六一雖洗削西崑，然體尚平正，特不甚當行耳。推轂梅堯臣詩，亦自具眼。至介甫創撰新奇，唐人格調始一大變。蘇黃繼起，古法蕩然。」所謂「古法蕩然」其實點出宋人在詩法上獨詣特多，對前人有全面的跨越。詩法之變正是「宋調」賴以樹立的外在基礎。東坡嘗稱詩法大備於杜韓，而詩格之變亦自杜韓始，就是這個道理。歐王蘇黃諸公正是使新的詩法重趨於「大備」。〔註107〕

「悟」必以「法」為基礎，《宋景文筆記》卷中說：「法待言而立，迷待法而悟。」則法之為用，可以想見。「法」講到極點，不得不觸及「超越」的問題，故有「悟」一關。北宋諸賢在實際創作體驗上所

〔註106〕見徐復觀前揭文，頁32。
〔註107〕法備於大變後，荊公亦有說：「至孔子之時，天下之變備矣，故聖人之法亦自是而後備也。」（〈夫子賢於堯舜〉，《臨川集》，卷四十二）

獲甚多，以此爲基礎，呂本中借用佛學「活法」的概念來作總結。他
以「規矩備具」爲「出於規矩之外」的前提，故《童蒙詩訓》示人以
法者多，啓人以悟者反而不多見。故知「法」的關建實爲宋代詩學發
展的基礎，蓋詩文講法雖不始於宋，在「宋調」形成的過程中，北宋
諸公的「奇特會解」實在與前人頗多異趣，不復爲前人之「法」所可
涵蓋。宋詩先輩雖多有貢獻，然如蘇子美以才力、梅堯臣以覃思、歐
陽修以氣格，〔註 108〕皆非以「法」爲主。其能示人以法度規模者，
則不得不推荊公。宋人談詩盛言可學不可學，〔註 109〕正是對「法」
的一種渴求。荊公對於宋代詩學典範的建立用心特多，也是重視法度
的具體表現。〔註 110〕

　　學者論宋代詩宗，每以蘇黃對舉。呂本中《童蒙詩訓》就曾說：
「讀《莊子》令人意寬思大敢作，讀《左傳》便使人入法度，不敢容
易。此二書不可偏廢也。近世讀東坡、山谷詩亦類此。」(《宋詩話輯
軼》頁 592）東坡近於歐公，以天才橫逸取勝，功在啓「悟」。山谷
承繼荊公，以筆力精深見長，功在示「法」。兩種路向又遙與宗陶宗
杜的典範追求相應。取徑雖異，歸宿則同，兩宗隱以陶、杜爲分水，
亦以此而交融，共同結穴於「無意爲文，而文自工」的理想境界。這
是因爲山谷不僅取法於荊公，更得悟於東坡。所謂「悟入必自工夫
來」，但工夫畢竟是始境，悟入才是終境。可見對山谷而言，荊公、
東坡孰輕孰重，實在未易斷言。

　　宋人每有「黃可兼蘇」的意見，〔註 111〕山谷若非深得東坡悟門，

〔註 108〕以上對蘇梅的概括，俱本於《六一詩話》；歐公方面，則見《石林
　　　　　詩話》，前文已引。
〔註 109〕參考簡錦松〈胡應麟詩藪的辨體論〉，頁 330；龔鵬程《詩史本色與
　　　　　妙悟》，頁 290～295。
〔註 110〕荊公編有兩部詩選、一部詩集，對於提高杜甫、李義山的地位，實
　　　　　頗具意義。
〔註 111〕龔鵬程指出：「呂居仁以後，論蘇黃者，多以黃融攝蘇東坡，宗旨
　　　　　在黃而語多兼舉，金文子〈山谷外集詩序〉，更有『山谷之詩與蘇
　　　　　同律，而尤雅建，所接引者乃多於蘇』之說，則不僅蘇黃同趨，且

如何能將他融攝。加上詩篇有法可尋，平日又有「誨人必以規矩」的作風（汪應辰〈跋山谷帖〉，《文定集》卷十一），因此豫章法席自然盛於眉山。孔子說：「仁者安仁，智者利仁。」二者同樣深悟「仁」的道理，但安之利之仍有層次可言。以「安」與「利」分判蘇黃境界，似亦可行。而「利仁」總是比「安仁」更易爲常人所領略。〔註112〕

近代學者亦常取王蘇相較論，梁任公謂：「以荊公比東坡，則東坡千門萬戶，天骨開張，誠非荊公所及；而荊公逋峭謹嚴，予學者以模範之跡，又似比東坡有一日長。」（《王荊公》頁204）蔣復璁謂：「蘇王有如李杜，李爲天才，詩雖好而無法可學，工部則一代宗匠，示人學步之跡。」（《宋史新探》頁178）〔註113〕無「法」可學，卻有「悟」可示，「法」固是登堂入室的途徑，「悟」更是最後關捩所在，僅從學詩的立場來看，蘇亦未必不如王，似乎不能輕易斷定荊公影響過於東坡。

最後要強調的是，荊公並非有「法」無「悟」。「金陵詩」中凡能跳出「刻意」求工的習癖，隨手揮灑的作品，通常意味深遠，無跡可尋，達於「空中之音，相中之色」的境地。山谷所謂「包含數箇意」，黃徹所謂「淡泊中味」，也都有見於「悟」境。

隱以黃居蘇上矣。」見《江西詩社宗派研究》，頁241。
〔註112〕楊萬里〈江西宗派詩序〉稱李白、東坡，爲無待而神於詩者；杜甫、山谷，有待而未嘗有待，聖於詩者。
〔註113〕另詳李燕新〈荊公詩之評價〉，《宋詩論文選輯》（三），頁394。

第六章　結　論

　　荊公在金陵，有這樣斧痕歷歷的詩句：「繰成白雪桑重綠，割盡
黃雲稻正青。」他把剝繭抽絲的經過壓縮為「繰成白雪」，以「割盡
黃雲」總結耕種收藏的歷程，其間自有一種包括四時的氣魄。惠洪曾
說這是「舉因知果，譬如蓮花，方其吐花而果具蕊中。」其實整個創
作活動的呈現方式，也是如此。詩人將情思凝定成詩的藝術形式，類
似花開果熟的最後階段。我們可以通過花果的形貌氣味，體會植物在
生長過程中所吸收的陽光與風雨。同樣的道理，從荊公暮年詩歌中，
不僅可以讀出他詩藝的發展、詩觀的演變，更可以讀出豐盈的人生經
驗與時代感受。因此，本文雖以金陵十年的作品為研究對象，實際上
卻牽涉到荊公全幅的生命追求。因為詩的精義所在，亦即是生命本體
之所在。基於這樣的理解，以下我們嘗試把握幾個足以涵蓋荊公性
情、思想與詩歌特質的概念，將前面各章的研究心得貫串起來。

　　荊公兼有「意氣」與「淡泊」兩種主要的生命情調。前者使他
執拗剛強，敏銳躁動，勇於投入變法革新的事業；後者使他恬退自
適，毅然擺落名利，甘於一丘一壑。他曾主張「以游俠之心學無上
菩提」，此論可說是「意氣」與「淡泊」兩種性格的綜合表現，道盡
其一生道德事業的基本精神。於是，出世與入世打成一片，政治與
宗教相互滲透。中年變法革新，是向外追求，行「菩薩行」；晚年誦

經參禪，是向內探索，求「菩提道」。所謂「游俠之心」，乃是一種剛猛熾烈的感性生命，以「意氣」爲主要內容，表現在詩中，即形成「劖削拗峭」的風格。但另一方面，「淡泊」的天資成爲晚年全力「學無上菩提」的內在契機，也就是要以佛性眞我爲主宰，將生命情意轉化爲學道的願力，表現在詩中，則又形成「深婉不迫」的風格。由於「游俠之心」乃是荊公氣質之性的本貌，雖全力學道，終難滌盡早年的「意氣」。因此，暮年詩歌中，「劖削拗峭」與「深婉不迫」仍然同時並存。只是前者隱入底層，成爲潛存的質素；後者浮出表層，成爲外顯的主體風格。

　　「意氣」的收束，又與重「法度」的詩學架構有關。荊公的學術本來就有很強的規範性格，暮年編定《字說》，更以「法度之言」釋詩，透露出將詩學納入經學體系的旨趣：在內容上，要約束流蕩不返的情志；在形式上，要遵循客觀的藝術法則。以此種觀念爲基本架構，荊公的整個詩學活動都表現出崇尚法度的傾向：選四家詩，是標舉文學典範，以爲學詩的法度；評文章，常「先體製而後文之工拙」，等於提出「文體規範先於藝術表現」的命題；實際創作中，則大舉運用「崑體工夫」、「三謝手段」，又使學者有規矩可循。他由早年的「詩語惟其所向」發展到晚年的「詩律精嚴」，正是以法度收攝意氣的結果。進一步來說，把「悲壯」融入「閒淡」，把「奇崛」融入「尋常」，把「妖冶」融入「老成」，也都與這種高度節制的理性精神有關。孟子說：「持其志，毋暴其氣」，法度詩學的積極作用，正在於「持」，也就是以客觀化的理性形式收攝散漫的生命力。

　　另一方面，「淡泊」的性情則在暮年詩歌中大幅發展，形成一種融合禪悅與美感的藝術特質。《字說》釋美，專從哲理義涵著眼，而略去感覺基礎，即透露一種以主體境界爲中心的觀物態度。表現在實際創作中，則收斂根識，淡化聲色，專以開掘意蘊爲事。不過，荊公「金陵詩」雖然「淡泊」，卻絕不枯燥乏味，而是把「味」提昇到哲理的高度，超越耳目官能，直契事物的本質，並時時表現反視自我的

意向。因此，這種「淡泊」是「道」中之「味」，來自美感經驗的哲理化與心靈體悟的意象化，凡此皆與暮年虔誠的佛教信仰有關。談詩而過度看重「法度」，有時不免失之侷促，而「淡泊」的天性正是轉機所在。荊公之耽讀嗜學，唐宋詩人罕有其匹，因此他無論行事或作文，都十分崇尚智識。就修辭策略而言，則好用典故，巧於「剪括」與「削鋸」，形成「字字有根蒂」的作風。就創作習慣而言，則騁能炫博，好與人立異，卻又每每有所依傍或模擬。不過退閒以後，由於佛學的影響、心境的改變，開始反省知識與語言的性能。於是，一方面雖然仍耽溺於求知的樂趣，一方面則屢屢表現出「捐書絕學」的意識。這種怵惕感促使他重新思考知識的價值，並從而放鬆語言的質地，遂在「詩律精嚴」的同時，創造出一種省淨明快的風格。

　　綜合上述的認識，可以說荊公暮年詩歌的內在基礎，即是以「法度」收攝「意氣」，以「風味」體現「淡泊」。荊公的生命情調、文學觀念與詩歌特質，在此呈現緊密的交契，所謂「王荊公體」的風貌與內涵即可由此來把握。東坡讀荊公詩詞，每有「此老乃野狐精也」之歎，同樣可以由創作主體的生命氣質來理解。具體言之，所謂「野狐精」實包含「老」與「媚」兩種質素。「老」是深得三昧，精熟到出神入化的境地；「媚」是妖冶靈動，帶有黯然銷魂的魅力。惟其淡泊自適，山林氣重，又有法度相扶持，故能「老」；惟其意氣自許，感性生命暢旺，又善於生發風味，故能「媚」。荊公富於「功力氣勢」，與杜韓無異；又具備一般唐人律體「勻緻麗密，哀思宛轉」的抒情特質。晚年「兼用二體」，開創一種看似流麗，其實筋骨蒼勁的嶄新體調，這也是「老」、「媚」並造的另一項因素。兩宋之際，詩壇曾形成「江西與晚唐交相詆」的局面，正因為荊公二體兼備，故「金陵詩」能同時為兩派所取資。一方面，荊公「晚年所走路數」與山谷相近，他對江西詩派的潛在影響，即在「法度」的開示。另一方面，楊誠齋取晚唐以藥江西，則通過「風味」的概念來體會半山絕句。必須兼顧以上兩面，始能正確認識荊公在宋詩發展史中的地位。

　　山谷有詩云：「皮毛剝落盡，惟有眞實在」。方回推拓其說，以「愈老愈剝落」來描述老杜暮年詩歌的進境。蓋聲色技藝等等，都只是「皮毛」，一旦淘汰盡淨，剩下的便是「眞實」的生命本體。宋人以「荊公鍾山詩」與「東坡海南詩」並論，謂其「能追逐李杜陶謝」，正是來自這種以心靈境界爲本的審美意識。執是之故，本研究既以荊公暮年詩歌爲對象，也就特別著力探索「眞實」之所在。試再以前引詩爲喻：「繰成白雪」、「割盡黃雲」，固然令人神往；「桑重綠」與「稻正青」，更令人感受到天地常新的契機。讀荊公金陵詩，除了可以欣賞「繰」與「割」的技藝，「絲」與「麥」的品質，更可以進一步體會「桑」與「稻」的生意。

引用書目

1. 丁傳靖,《宋人軼事資料彙編》(臺北:臺灣商務印書館,1982 年)。

2. 丁福保,《清詩話》(臺北:木鐸出版社,1989 年)。

3. 丁福保,《歷代詩話續編》(臺北:木鐸出版社,1983 年)。

4. 于大成,〈王安石著述考〉,(《理選樓論學集》,臺北:學生書局,1979 年)。

5. 仇兆鰲,《杜少陵集詳注》(臺北:商務印書館,1977 年)。

6. 方回,《桐江續集》(臺北:臺灣商務印書館,影文淵閣四庫全書本)。

7. 方回,《瀛奎律髓》(北京:中國書店,1990 年,紀曉嵐批點)。

8. 方元珍,《王荊公散文研究》(臺北:文史哲出版社,1993 年)。

9. 方立天,《佛教哲學》(臺北:洪葉文化事業有限公司,1994 年)。

10. 方東樹,《昭昧詹言》(臺北:漢京出版社,1985 年)。

11. 王偁,《東都事略》(臺北:文海出版社,1967 年)。

12. 王士禎,《香祖筆記》(臺北:新興書局,1958 年)。

13. 王士禎,《帶經堂詩話》(北京:人民文學出版社,1963 年)。

14. 王夫之,《宋論》(臺北:洪氏出版社,1988 年)。

15. 王文誥、馮應榴(輯注),《蘇軾詩集》(臺北:學海出版社,1991 年)。

16. 王水照,《唐宋文學論集》(濟南:齊魯書社,1984 年)。

17. 王世貞,《藝苑卮言》(收在丁福保(輯),《歷代詩話續編》)。

18. 王仲鏞,《升庵詩話箋證》(上海:上海古籍出版社,1987 年)。

19. 王仲鏞,《唐詩紀事校箋》(成都:巴蜀書社,1992 年)。

20. 王安石,《王文公文集》(上海人民出版社,點校排印本,1974 年)。

21. 王安石，《王文公文集》（北京：中華書局，影印南宋龍舒本，1962年）。

22. 王安石，《王安石全集》（臺北：河洛圖書公司，1974年）。

23. 王安石，《唐百家詩選》（臺北：大立出版社，1981年）。

24. 王安石，《臨川先生文集》（臺北：華正書局，點校排印本，1975年）。

25. 王安石，《臨川先生文集》（臺灣商務印書館，四部叢刊本）。

26. 王安石，《臨川集》（臺灣中華書局，四部備要本，1972年）。

27. 王叔海，〈荊公詩讞〉（《國學叢刊》，1期、2期）。

28. 王定國，《聞見近錄》（北京：中華書局，1984年）。

29. 王建生，〈趙甌北的文學批評──論王安石〉，（《中國文化月刊》110期）。

30. 王建根，〈王安石詞禪趣論〉（《撫州師專學報》，1993年3期）。

31. 王晉光，《王安石的前半生》（香港：文德文化事業公司，1991年）。

32. 王晉光，《王安石書目與瑣談》（香港：華風書局，1983年）。

33. 王晉光，《王安石詩技巧論》（江西：人民出版社，1992年）。

34. 王晉光，《王安石詩探索》（馬尼拉：德揚公司，1986年）。

35. 王晉光，《王安石詩繫年初稿》（馬尼拉：德揚公司，1987年）。

36. 王晉光，《王安石論稿》（臺北：大安出版社，1993年）。

37. 王晉光，《王荊公詩學之獨詣及其在詩史上之前導意義》（香港中文大學博士論文，1987年）。

38. 王國瓔，《中國山水詩研究》（臺北：聯經出版社，1986年）。

39. 王梓材、馮雲濠，《宋元學案補遺》（四明叢書約園刊本）。

40. 王夢鷗，《傳統文學論衡》（臺北：時報出版社，1987年）。

41. 王夢鷗，《古典文學論探索》（臺北：正中書局，1984年）。

42. 王錫九，《宋代的七言古詩》（天津：人民出版社，1993年）。

43. 王闢之，《澠水燕談錄》（上海：上海古籍出版社，1991年）。

44. 包恢，《敝帚稿略》（臺北：臺灣商務館，1972年）。

45. 司馬光，《涑水紀聞》（上海：上海古籍出版社，1991年）。

46. 石訓（等），《中國宋代哲學》（河南：人民出版社，1992年）。

47. 伍蠡甫，《山水與美學》（臺北：丹青書局，1987年）。

48. 吉川幸次郎，《宋詩概說》（臺北：聯經出版事業公司，1977年，鄭清茂譯）。

49. 寺尾剛，〈王安石と金陵Ⅰ〉(《橄欖》，日本宋代詩文研究會會誌，第六號，1995 年 5 月)。

50. 成復旺，《中國文學理論史》(北京大學出版社，1987 年)。

51. 朱弁，《曲洧舊聞》(上海：古書流通處，1921 年)。

52. 朱弁，《風月堂詩話》(臺北：廣文書局，1973 年)。

53. 朱熹 (編)，《三朝名臣言行錄》(臺北：文海出版社，1967 年)。

54. 朱熹 (編)，《河南程氏遺書》(臺北：臺灣商務印書館，1978 年)。

55. 朱仁夫，《中國古代書法史》(北京：北京大學出版社，1992 年)。

56. 朱光潛，《詩論》(臺北：正中書局，1974 年)。

57. 朱光潛，《詩論新編》(臺北：洪範出版社，1982 年)。

58. 朱自清，《宋五家詩鈔》(上海：上海古籍出版社，1981 年)。

59. 朱東潤，《中國文學批評史大綱》(臺灣開明書局，1979 年)。

60. 朱東潤，《中國文學論集》(北京：中華書局，1983 年)。

61. 江少虞，《宋朝事實類苑》(上海：上海古籍出版社，1981 年)。

62. 江惜美，〈王荊公絕句研究〉(《中國文化復興月刊》18 卷 12 期)。

63. 何文匯，《雜體詩釋例》(香港中文大學出版社，1986 年)。

64. 何文煥編，《歷代詩話》(北京：中華書局，1980 年)。

65. 何良俊，《四友齋叢說》(明隆慶間刊本)。

66. 何寄澎，《北宋的古文運動》(臺北：幼獅文化公司，1992 年)。

67. 何湘妃，〈南宋高宗時代對王安石評價的轉變過程與分析〉，(《史原》14 期)。

68. 何湘妃，〈從南宋高宗時代重修神哲二宗實錄看王安石評價的轉變過程〉，(《食貨月刊》16 期)。

69. 余冠英 (編)，《中國古代山水詩鑑賞辭典》(南京：江蘇古籍出版社，1989 年)。

70. 余英時，《中國知識階層史論：古代篇》(臺北：聯經出版事業公司，1980 年)。

71. 余英時，《中國近世宗教倫理與商人精神》(臺北：聯經出版事業公司，1987 年)。

72. 余英時，《史學與傳統》(臺北：時報文化公司，1982 年)。

73. 余英時，《陳寅恪晚年詩文釋證》(臺北：時報文化公司，1984 年)。

74. 余英時，《歷史與思想》(臺北：聯經出版事業公司，1976 年)。

75. 余嘉錫，《四庫提要辨證》(臺北：藝文印書館，1965 年)。

76. 吳沆,《環溪詩話》（臺北：廣文書局，1973 年）。

77. 吳喬,《圍爐詩話》（臺北：廣文書局，1973 年）。

78. 吳小如,《讀書叢札》（香港：中華書局，1982 年）。

79. 吳之振,《宋詩鈔》（上海：三聯書店，影涵芬樓本，1988 年）。

80. 吳汝鈞,《佛教大辭典》（北京：商務印書館，1992 年）。

81. 吳志達,〈王安石詩初探〉,（《文史哲》，1957 年 12 期）。

82. 吳承學,〈破體與辨體〉,（《文學評論》1991 年 4 期）。

83. 吳榮富,〈由吳可《藏海詩畫》透視三個問題〉,（《成功大學學報：人文‧社會篇》23 卷，1988 年）。

84. 呂本中,《童蒙訓》（臺灣商務印書館，影文淵閣四庫全書本）。

85. 呂正惠,《杜甫與六朝詩人》（臺北：大安出版社，1989 年）。

86. 宋犖,《西陂類稿》（臺北：臺灣商務館，1983 年）。

87. 束景南,〈活法：對法的審美超越〉,（《文學評論》1993 年 4 期）。

88. 李栖,〈王安石的詩學理論與其實際運用的情形〉,（《高雄師大國文系教師論文專輯》，2 輯，1989 年）。

89. 李栖,《兩宋題畫詩論》（臺北：學生書局，1994 年）。

90. 李紱,《穆堂初稿》（清道光辛卯年珊城阜祺堂重刊本）。

91. 李淼,《禪宗與中國古代詩歌藝術》（高雄：麗文文化公司，1993 年）。

92. 李綱,《聞見近錄》（北京：中華書局，1984 年）。

93. 李壁,《王荊公詩李氏注》（臺北：鼎文書局，影張宗松清綺齋刊本，1979 年）。

94. 李壁,《王荊文公詩李壁注》（上海：上海古籍出版社，影日本蓬左文庫藏朝鮮活字本，1993 年，劉辰翁評點）。

95. 李壁,《箋註王荊文公詩》（臺北：廣文書局，影中央圖書館藏元大德本，1971 年，劉辰翁評點）。

96. 李燾,《續資治通鑑長編》（上海：上海古籍出版社，1986 年）。

97. 李之儀,《姑溪居士後集》（臺北：新文豐出版公司，1984 年）。

98. 李立信,〈「律詩」試釋〉（六朝隋唐文學研討會，嘉義：中正大學，1994 年）。

99. 李康馨,《王荊公詩析論》（台大中研所碩士論文，1978 年）。

100. 李德身,《王安石詩文繫年》（陝西人民教育出版社，1987 年）。

101. 李慶立、孫慎之,《詩家直說箋注》（濟南：齊魯書社，1987 年）。

102. 李澤厚、劉綱紀（主編）,《中國美學史》（臺北：里仁書局，1986

年）。

103. 李澤厚，《美的歷程》（臺北：金楓書局，1991 年）。

104. 李澤厚，《華夏美學》（臺北：時報文化公司，1989 年）。

105. 李燕新，《王荊公詩研究》（高雄師院國研所碩士論文，1978 年）。

106. 杜松柏，〈佛禪「法」「悟」於詩論的影響〉，（《詩與詩學》，臺北：
洙泗出版社，1990 年）。

107. 杜松柏，《禪學與唐宋詩學》（臺北：黎明文化事業公司，1978 年）。

108. 杜國清（譯），《艾略特文學批評論集》（臺北：田園書屋，1969 年）。

109. 沈括，《夢溪筆談》（臺北：商務印書館，1956 年）。

110. 沈欽韓，《王荊公詩文沈氏注》（香港：中華書局，1977 年）。

111. 汪惠敏，《宋代經學之研究》（臺北：師大書苑，1991 年）。

112. 汪辟疆，《汪辟疆文集》（上海：上海古籍出版社，1988 年）。

113. 阮閱，《詩話總龜》（臺北：廣文書局，1973 年）。

114. 亞里斯多德（原著）、姚一葦（譯註），《詩學箋註》（臺北：臺灣中
華書局，1989 年）。

115. 周采泉，《杜集書錄》（上海：上海古籍出版社，1986 年）。

116. 周振甫，《詩詞例話》（臺北：長安出版社，1987 年）。

117. 周裕鍇，〈文字禪與宋代詩學〉，（《宋詩研究綜論叢編》收在張高評
編）。

118. 周裕鍇，《中國禪宗與詩歌》（上海：上海人民出版社，1992 年）。

119. 周錫䪖，《王安石詩選》（臺北：遠流圖書公司，1988 年）。

120. 周應合，《景定建康志》（宋元地方志叢書，影嘉慶七年刊本）。

121. 屈萬里，《書傭論學集》（臺北：聯經出版社，1983 年）。

122. 忽滑谷快天，《中國禪學思想史》（上海：上海古籍出版社，1994 年，
朱謙之譯）。

123. 房開江等，《宋人絕句三百首》（貴州：人民出版社，1984 年）。

124. 易中達，〈王安石詩研究〉，（《中國詩季刊》5 卷 1 期）。

125. 東一夫，《王安石事典》（東京：風間書房，1970 年）。

126. 東一夫，《王安石新法之研究》（東京：風間書房，1970 年）。

127. 林尹，《文字學概說》（臺北：正中書局，1971 年）。

128. 林珍瑩，《楊萬里山水詩研究》（高雄師範大學國研所碩士論文，1992
年）。

129. 林敬文,《王安石研究》（臺灣師範大學國研所碩士論文,1987 年）。

130. 林慶彰編,《中國經學史論文選集》（臺北:文史哲出版社,1993 年）。

131. 林繼中,《文化建構文學史綱（中唐──北宋）》（福州:海峽文藝出版社,1993 年）。

132. 近藤光男,《四庫全書總目提要唐詩集之研究》（東京:研文出版,1984 年）。

133. 邵伯溫,《聞見錄》（上海:上海古籍出版社,1991 年）。

134. 邱漢生,《詩義鉤沈》（北京:中華書局,1982 年）。

134. 金性堯,《宋詩三百首》（北京:中華書局,1984 年）。

136. 金開誠、葛兆光,《歷代詩文要籍詳解》（北京出版社,1988 年）。

137. 金毓黻,《宋遼金史》（臺北:樂天書局,1971 年）。

138. 阿部肇一,《中國禪宗史》（臺北:東大圖書公司,1991 年,關世謙譯）。

139. 南懷瑾,《楞嚴大義今釋》（北京:北京師範大學,1993 年）。

140. 姚薑塢,《援鶉堂筆記》（臺北:廣文書局,1971 年）。

141. 姚瀛艇,《宋代文化史》（開封:河南大學出版社,1992 年）。

142. 帥鴻勳,《王安石新法研究》（臺北:正中書局,1973 年）。

143. 施蟄存,《唐詩百話》（上海:上海古籍出版社,1988 年）。

144. 柯昌頤,《王安石評傳》（臺灣商務印書館,1967 年）。

145. 柯敦伯,《王安石》（臺灣商務印書館,1965 年）。

146. 柳田聖山,《中國禪思想史》（臺灣商務印書館,1992 年,吳汝鈞譯）。

147. 洪邁,《容齋隨筆》（臺北:大立出版社,1981 年）。

148. 洪本健,《宋文六大家活動編年》（上海:華東師範大學出版社,1993 年）。

149. 胡仔,《苕溪漁隱叢話》（臺北:長安出版社,1978 年）。

150. 胡守仁,〈王安石詩文述評〉,（《江西師院學報》1978 年 3 期）。

151. 胡國球,《鏡花水月》（臺北:東大圖書公司,1987 年）。

152. 胡鈍俞,〈王安石詩選評〉（《中國詩季刊》4 卷 4 期）。

153. 胡鈍俞,〈評王安石擬寒山拾得詩二十首〉（《中國詩季刊》4 卷 1 期）。

154. 胡雲翼,《宋詩研究》（成都:巴蜀書社,1993 年）。

155. 胡傳安,《詩聖杜甫對後世詩人的影響》（臺北:幼獅文化出版公司,1993 年）。

156. 胡應麟，《少室山房類稿》（臺灣商務印書館，四部叢刊本）。

157. 胡應麟，《詩藪》（臺北：廣文書局，1973 年）。

158. 范晞文，《對床夜語》（知不足齋叢書本）。

159. 夏長樸，《王安石的經世思想》（台大中研所博士論文，1980 年）。

160. 夏長樸，《李覯與王安石研究》（臺北：大安出版社，1989 年）。

161. 夏晨中、宙浩等，《金陵詩詞選》（南京大學出版社，1986 年）。

162. 夏敬觀，《唐詩說》（臺北：河洛圖書出版社，1975 年）。

163. 夏敬觀選注，《王安石詩》（臺北：臺灣商務印書館，1967 年）。

164. 孫玨，《王安石研究》（台大中研所碩士論文，1965 年）。

165. 孫奕，《履齋示兒編》（上海：古書流通處，1921 年）。

166. 孫克寬，《詩與詩人》（臺北：學生書局，1971 年）。

167. 孫昌武，《唐代文學與佛教》（臺北：谷風出版社，1987 年）。

168. 孫昌武，《詩與禪》（臺北：東大圖書公司，1994 年）。

169. 孫欽善編，《國際宋代文化研討會論文集》（四川大學出版社，1991年）。

170. 孫琴安，《唐詩選本六百種提要》（西安：陝西人民教育出版社，1987年）。

171. 容肇祖，《王安石老子注輯本》（北京：中華書局，1979 年）。

172. 島田翰，〈殘宋本王文公文集跋〉（《古文舊書考》，臺北：廣文書局，1981 年）。

173. 徐松，《宋會要輯稿》（北京：中華書局，1987 年）。

174. 徐度，《卻掃編》（上海：上海古籍出版社，1992 年）。

175. 徐中玉，《通變篇》（北京：中國社科院，1992 年）。

176. 徐仁甫，《古詩別解》（上海：古籍出版社出版，1984 年）。

177. 徐守濤，〈論王安石詩〉，（《中國詩季刊》4 卷 4 期）

178. 徐復觀，《中國文學論集》（臺北：學生書局，1980 年）。

179. 徐復觀，《中國文學論集續篇》（臺北：學生書局，1983 年）。

180. 徐復觀，《中國藝術精神》（臺北：學生書局，1988 年）。

181. 晁公武，《郡齋讀書志》（臺灣商務印書館，四部叢刊本）。

182. 晁說之，《嵩山文集》（臺北：臺灣商務印書館，1966 年）。

183. 祝振玉，〈「奪胎換骨」說質疑〉（《上海師範大學學報》1987 年 1 期）。

184. 秦寰明，〈論北宋仁宗朝前期的士風與詩風〉（《求索》1992 年 3 期）。

185. 翁方綱，《石洲詩話》（臺北：廣文書局，1971 年）。

186. 袁枚，《隨園詩話》（臺北：文史哲出版社，1986 年）。

187. 袁桷，《清容居士集》（臺灣商務印書館，四部叢刊本）。

188. 袁行霈，《中國詩歌藝術研究》（臺北：五南書局，1989 年）。

189. 馬振鐸，《政治改革家王安石的哲學思想》（湖南人民出版社，1984 年）。

190. 高友工，〈試論中國藝術精神〉（《九州學刊》，2 卷 2 期、3 期，1988 年）。

191. 高步瀛，《唐宋詩舉要》（臺北：學海書局，1985 年）。

192. 高越天，〈讀臨川詩偶筆〉（《中國詩季刊》4 卷 4 期）。

193. 國立臺灣大學中國文學研究所（編），《宋代文學與思想》（臺北：臺灣學生書局，1989 年）。

194. 國家文藝基金會、國立政治大學（編），《紀念司馬光王安石逝世九百週年學術研討會論文集》（臺北：文史哲出版社，1986 年）。

195. 張戒，《歲寒堂詩話》（臺北：藝文印書館，1969 年）。

196. 張相，《詩詞曲語辭匯釋》（北京：中華書局，1985 年）。

197. 張健，《文學批評論集》（臺北：臺灣學生書局：1985 年）。

198. 張健，《宋金四家文學批評研究》（臺北：聯經出版事業公司，1975 年）。

199. 張健，《南宋文學批評資料彙編》（臺北：成文出版社，1978 年）。

200. 張鉉，《至正金陵新志》（宋元地方志叢書影至正四年刊本）。

201. 張子良，〈試論東坡題畫詩的藝術成就〉（《東方美學與現代美術國際學術研討會論文集》，台北市立美術館，1992 年）。

202. 張少康，《中國古代文學創作論》（北京大學出版社，1983 年）。

203. 張少康，《古典文藝美學論稿》（臺北：淑馨書局，1989 年）。

204. 張白山，《王安石》（上海：上海古籍出版社，1986 年）。

205. 張白山，《宋詩散論》（上海：上海古籍出版社，1984 年）。

206. 張立文，《宋明理學邏輯結構的演化》（萬卷樓圖書公司，1993 年）。

207. 張伯偉，《禪與詩學》（臺北：揚智文化司，1995 年）。

208. 張宏生，〈關於江湖詩派學晚唐的若干問題〉（《中華文史論叢》51 輯）。

209. 張秉權，《黃山谷的交游及其作品》（香港：中文大學出版社，1978 年）。

210. 張高評，〈從《宋詩研究論著類目》《宋詩論文選輯》看宋詩研究的方法和趨向〉（《書目季刊》23 卷 2 期）。

211. 張高評，〈宋詩特色之自覺與形成〉（《漢學研究》1992 年 10 卷 1 期）。

212. 張高評，〈破體與宋詩特色之形成〉（《成大中文學報》2 期）。

213. 張高評，《宋詩之傳承與開拓》（臺北：文史哲出版社，1990 年）。

214. 張高評，〈宋詩研究論著類目初稿〉（第一屆宋詩研討會，台南：成功大學，1988 年）。

215. 張高評編，《宋詩研究綜論叢編》（高雄：麗文文化公司，1993 年）。

216. 張國偉，《絕句審美》（北京：紅旗出版社，1993 年）。

217. 張夢機，〈詩阡拾穗〉（《中國學術季刊》12 期）。

218. 啓功，《啓功韻語》（北京：北京師範大學出版社，1989 年）。

219. 敏澤，《中國美學思想史》（濟南：齊魯書社，1989 年）。

220. 曹慕樊，《杜詩雜說》（四川人民出版社，1984 年）。

221. 梁昆，《宋詩派別論》（臺北：東昇書局，1980 年）。

222. 梁明雄，《王安石詩研究》（東海中研所碩士論文，1975 年）。

223. 梁啓超，《王荊公》（臺灣中華書局，1966 年）。

224. 梁貴淑，《王安石絕句析論》（輔大中研所碩士論文，1986 年）。

225. 清水茂選注，《王安石》（東京：岩波書店，中國詩人選集，1962 年）。

226. 畢沅，《續資治通鑑》（臺北：世界書局，1974 年）。

227. 笠原仲二，《古代中國人的美意識》（北京大學出版社，1987 年，魏海常譯）。

228. 脫脫等，《宋史》（北京：中華書局，1977 年）。

229. 莫礪鋒，《江西詩派研究》（濟南：齊魯書社，1986 年）。

230. 許總，《宋詩史》（重慶出版社，1992 年）。

231. 許總，《杜詩學發微》（南京：南京出版社，1989 年）。

232. 許清雲，〈方回之詩學理論研究〉（《銘傳學報》1985 年）。

233. 郭朋，《中國佛教簡史》（臺北：文津，1993 年）。

234. 郭紹虞，《中國文學批評史》（臺北：明倫書局，1970 年）。

235. 郭紹虞，《中國歷代文論選》（臺北：華正書局，1980 年）。

236. 郭紹虞，《宋詩話考》（北京：中華書局，1983 年）。

237. 郭紹虞，《宋詩話輯佚》（北京：中華書局，1982 年）。

238. 郭紹虞，《清詩話續編》（臺北：木鐸出版社，1990 年）。

239. 郭紹虞，《滄浪詩話校釋》（臺北：文馨，1972 年）。

240. 郭紹虞，《照隅室古典文學論集》（上海：上海古籍出版社，1983 年）。

241. 郭瑞林，〈淺談王安石對傳統詞的改革〉（《湘潭師院學報》1988 年，1 期）。

242. 陳衍，《石遺室詩話》（臺灣商務印書館，1961 年）。

243. 陳衍，《宋詩精華錄》（成都：巴蜀書社，1992 年，曹中孚校注）。

244. 陳善，《捫蝨新話》（臺北：新文豐出版公司，1984 年）。

245. 陳磊，〈王安石的禪詩與鍾山詩〉（《古典文學知識》1996 年，第 3 期）。

246. 陳錚，《王安石詩研究》（東吳中研所博士論文，1992 年）。

247. 陳鵠，《耆舊續聞》（知不足叢書本）。

248. 陳允吉，〈中古七言詩體的發展與佛偈翻譯〉（《中華文史論叢》第五十二輯）。

249. 陳允吉，《唐詩中的佛教思想》（臺北：商鼎文化出版社，1993 年）。

250. 陳伯海、朱易安，《唐詩書錄》（濟南：齊魯書社，1988 年）。

251. 陳昌明，〈宋代美學中「道」與「藝」的辯證〉，（第一屆宋代文學研討會，台南：成功大學，1994 年）。

252. 陳振孫，《直齋書錄解題》（上海：上海古籍出版社，1987 年）。

253. 陳振藩，《金陵詩選》（臺北：中央文物供應社，1980 年）。

254. 陳國球，《胡應麟詩論研究》（香港：華風書局，1986 年）。

255. 陳國球，《鏡花水月──文學理論批評論文集》（臺北：東大圖書公司，1987 年）。

256. 陳植鍔，《北宋文化史述論》（北京：中國社會科學出版社，1992 年）。

257. 陳碧雲，《論活法》（高雄師大國研所碩士論文，1989 年）。

258. 陸佃，《埤雅》（明天啓丙寅武林郎氏堂策檻刊五雅本）。

259. 陸游，《老學庵筆記》（清嘉慶十年虞山張氏照曠閣刊本）。

260. 陸游，《放翁題跋》（津逮祕書本，毛晉編）。

261. 陸心源，《宋詩紀事小傳補正》（臺灣中華書局，1971 年）。

262. 陸心源，《宋詩紀事補遺》（臺灣中華書局，1971 年）。

263. 傅庚生、傅光（等），《百家唐宋詩新話》（四川文藝出版社，1989 年）。

264. 傅增湘，《藏園群書題記》（臺北：廣文書局，1967 年）。

265. 傅樂成，〈唐型文化與宋型文化〉（《漢唐史論集》，臺北：聯經出版

公司，1987 年）。

266. 傅璇琮等編，《全宋詩》第十冊（北京大學出版社，1992 年）。

267. 傅璇琮編，《黃庭堅和江西詩派卷》（高雄：麗文文化公司，1993 年）。

268. 勞思光，《新編中國哲學史》（臺北：三民書局，1983 年）。

269. 曾大民，〈試論王安石的詩歌藝術〉（《華東師範大學學報》1994 年，2 期）。

270. 曾祖蔭，《中國古代美學範疇》（武漢：華中理工大學出版社，1986 年）。

271. 曾棗莊（主編），《全宋文》（第三十二冊、三十三冊，成都：巴蜀書社，1993 年）。

272. 曾棗莊，〈論元祐體〉（《成都大學學報》1986 年，1 期）。

273. 曾棗莊，《論西崑體》（高雄：麗文文化公司，1993 年）。

274. 無爲子，《西清詩話》（臺北：廣文書局，1973 年）。

275. 程千帆、吳新雷，《兩宋文學史》（高雄：麗文文化公司，1993 年）。

276. 程千帆先生八十壽辰紀念文集編委會（編），《程千帆先生八十大壽辰紀念文集》（南京：江蘇古籍出版社，1992 年）。

277. 程元敏，《三經新義輯考彙評》（國立編譯館中華叢書，1986 年）。

278. 程發軔，〈「周南召南」解〉（《詩經研究論集》，臺北：黎明文化事業公司，1993 年）。

279. 費袞，《梁谿漫志》（太原：山西人民出版社，1986 年，傅毓標點）。

280. 費海璣，《蘇軾傳記研究》，臺北：臺灣商務印書館，1966 年）。

281. 賀麟，〈王安石的哲學思想〉（《文化與人生》，上海：上海書店，1990 年）。

282. 賀麟，《文化與人生》（臺北：地平線出版社，1973 年）。

283. 黃永武、張高評編，《宋詩論文選輯》（高雄：復文圖書出版社，1986 年）。

284. 黃永武，《形聲多兼會意考》（臺北：文史哲出版社，1984 年）。

285. 黃光男，《宋代繪畫美學析論》（臺北：漢光文化公司，1993 年）。

286. 黃長椿，〈王安石與柘岡吳氏〉（《江西師院學報》1979 年，3 期）。

287. 黃庭堅，《山谷題跋》（津逮秘書本）。

288. 黃啓方，《北宋文學批評資料彙編》（臺北：成文出版社，1978 年）。

289. 黃啓方，《兩宋文史論叢》（臺北：學海出版社，1985 年）。

290. 黃奕珍，《宋代詩學中晚唐觀念的形成與演變》（臺灣大學中文所博

士論文，1995 年）。

291. 黃復山，〈王安石三不足說考辨〉（《漢學研究》1993 年，11 卷，1
　　　期）。

292. 黃復山，〈王安石字說考述〉（《銘傳學報》22 期）。

293. 黃復山，《王安石字說之研究》（台大中研所碩士論文，1982 年）。

294. 黃惠菁，《東坡文藝創作理論研究》（師大國研所碩士論文，1992
　　　年）。

295. 黃景進，〈從宋人論「語」與「意」看宋詩特色之形成〉，（第一屆
　　　宋代文學研討會，台南：成功大學，1994 年）。

296. 黃碧端，《王安石的政治思想之研究》（台大政研所碩士論文，1987
　　　年）。

297. 黃錦鋐，《新譯莊子讀本》（臺北：三民書局，1974 年）。

298. 楊牧，《文學知識》（臺北：洪範書店，1979 年）。

299. 楊勇，《陶淵明集校箋》（臺北：正文書局，1987 年）。

300. 楊崇仁，〈禪宗思維方式與王安石晚年的詩歌〉（《思想戰線》1988
　　　年，6 期）。

301. 萬偉成，〈禪與詩：王安石晚年的生活寄託與創作思維〉（《江西社
　　　會科學》1996 年，2 期）。

302. 葉朗，《中國美學的開展》（臺北：金楓書局，1987 年）。

303. 葉適，《水心集》（臺北：臺灣中華書局，1966 年）。

304. 葉適，《習學記言》（上海：上海古籍出版社，1992 年）。

305. 葉大慶，《考古質疑》（臺北：藝文印書館，1969 年）。

306. 葉正孫，《詩林廣記》（臺北：廣文書局，1973 年）。

307. 葉國良，《宋人疑經改經考》（臺北：臺灣大學文史叢刊出版委員會，
　　　1980 年）。

308. 葉夢得，《石林詩話》（臺北：藝文印書館，1967 年）。

309. 葉夢得，《石林燕語》（上海：上海古籍出版社，1992 年）。

310. 葉夢得，《避暑錄話》（臺北：藝文印書館，1965 年）。

311. 葉維廉，《中國詩學》（北京：三聯書局，1992 年）。

312. 葉維廉，《飲之太和》（臺北：時報文化出版公司，1980 年）。

313. 葉嬌然，《龍性堂詩話》（臺北：廣文書局，1973 年）。

314. 葛兆光，《漢字的魔方》（香港：中華書局，1989 年）。

315. 葛連祥，〈王安石詩評〉（《中國詩季刊》4 卷 4 期）。

316. 葛榮晉，《中國哲學範疇導論》（臺北：萬卷樓圖書公司，1993 年）。

317. 葛曉音，《漢唐文學的嬗變》（北京：北京大學出版社，1990 年）。

318. 雷啓洪，《不畏浮雲遮望眼》（臺北：開今文化公司，1993 年）。

319. 漆俠，《王安石變法》（上海人民出版社，1979 年）。

320. 熊大權，〈略論王安石在詞史上的地位〉（《中國古代近代文學研究》1987 年，1 期）。

321. 熊公哲，《王安石政略》（臺灣商務印書館，1970 年）。

322. 福開森（編），《歷代著錄畫目》（臺北：文史哲出版社，1982 年）。

323. 管庭芬，《宋詩鈔補》（上海：三聯書店，影涵芬樓本，1988 年）。

324. 臺靜農，〈記王荊公詩集李壁箋注的版本〉（《靜農論學集》，臺北：聯經出版社，1989 年）。

325. 臺靜農，《百種詩話類編》（臺北：藝文印書館，1974 年）。

326. 裴普賢，《集句詩研究》（臺北：學生書局，1975 年）。

327. 裴普賢，《集句詩研究續集》（臺北：學生書局，1979 年）。

328. 趙翼，《甌北詩話》（臺北：廣文書局，1971 年）。

329. 趙令畤，《侯鯖錄》（上海：上海古籍出版社，1992 年）。

330. 趙彥衛，《雲麓漫抄》（上海：上海古籍出版社，1992 年）。

331. 趙殿成，《王右丞集箋注》（四庫全書本）。

332. 趙萬里，〈跋龍舒本王文公文集〉（《文匯報》，1962 年 8 月 29 日）。

333. 趙與時，《賓退錄》（齊治平校點，上海：上海古籍出版社，1983 年）。

334. 劉壎，《隱居通議》（臺北：新文豐出版公司，1985 年）。

335. 劉子健，《兩宋史研究彙編》（臺北：聯經出版社，1987 年）。

336. 劉克莊，《後村詩話》（臺北：廣文書局，1971 年）。

337. 劉明宗，《宋初詩風體派發展之研究》（高雄師大國研所博士論文，1994 年）。

338. 劉若愚，杜國清譯，《中國文學理論》（臺北：聯經出版社，1985 年）。

339. 劉若愚，杜國清譯，《中國詩學》（臺北：幼獅文化公司，1977 年）。

340. 劉銘恕，〈王安石字說源流考〉（《國立北平師大月刊》1933 年 2 月）。

341. 厲鶚，《宋詩紀事》（臺灣中華書局，1971 年）。

342. 蔣復璁，《宋史新探》（臺北：正中書局，1975 年）。

343. 蔣義斌，《宋代儒釋調和論及排佛論之演進——王安石之融通儒釋及程朱學派之排佛反王》（臺灣商務印書館，1988 年）。

344. 蔡瑜，〈宋代的唐詩分期論〉（《國立編譯館館刊》22 卷 1 期）。

345. 蔡瑜，《宋代唐詩學》（台大中研所博士論文，1990 年）。

346. 蔡元鳳，《王荊公年譜考略》（臺北：洪氏出版社，1975 年）。

347. 鄭騫，《宋人生卒考示例》（臺北：華世書局，1971 年）。

348. 鄭騫，《景午叢編》（臺北：中華書局，1972 年）。

349. 鄭騫，《龍淵述學》（臺北：大安書局，1994 年）。

350. 鄧廣銘，〈關於王安石的居里塋墓及其他諸問題〉（《北京大學學報》1993 年 2 月）。

351. 鄧廣銘，《王安石──中國十一世紀時的改革家》（北京人民出版社，1975 年）。

352. 鞏本棟，〈北宋進士科舉改革與文學〉（《南京大學學報》1993 年，1 期）。

353. 蕭馳，《中國詩歌美學》（北京：北京大學出版社，1986 年）。

354. 蕭公權，《中國政治思想史》（臺北：聯經出版公司，1982 年）。

355. 錢穆，《中國學術思想史論叢》（五），（臺北：東大圖書公司，1978 年）。

356. 錢穆，《中國學術思想史論叢》（四），（臺北：東大圖書公司，1978 年）。

357. 錢穆，《國史大綱》（臺灣商務印書館，1974 年）。

358. 錢穆，《國學概論》（臺灣商務印書館，1956 年）。

359. 錢穆，《莊子纂疏》（臺北：東大圖書公司，1986 年）。

360. 錢仲聯，《夢苕盦論集》（北京：中華書局，1993 年）。

361. 錢鍾書，《宋詩選註》（臺北：書林出版社，1990 年）。

362. 錢鍾書，《管錐編》（臺北：書林出版社，1990 年）。

363. 錢鍾書，《管錐編增訂》（香港：中華書局，1990 年）。

364. 錢鍾書，《談藝錄》（臺北：書林出版社，1988 年）。

365. 繆鉞（等），《宋詩鑑賞辭典》（上海辭書出版社，1990 年）。

366. 繆鉞，《詩詞散論》（臺灣：開明書局，1979 年）。

367. 謝思煒，《禪宗與中國文學》（北京：中國社會科學出版社，1993 年）。

368. 簡恩定，〈荊公詩何以暮年方妙〉（《中外文學》14 卷 4 期）。

369. 簡恩定，〈寓悲壯於閒淡：試論王安石的絕句〉（《中國文化復興月刊》18 卷 12 期）。

370. 簡錦松，〈胡應麟詩藪的辨體論〉（《古典文學》第一集，臺北：學

生書局，1979 年）。

371. 簡錦松，〈從一個新觀點試論北宋詩〉（《宋代文學與思想》，臺北：學生書局，1989 年）。

372. 簡錦松，〈論宋詩特色〉，（第一屆宋詩研討會，台南：成功大學，1988 年）。

373. 顏崑陽，《六朝文學觀念叢論》（臺北：正中書局，1993 年）。

374. 魏泰，《東軒筆錄》（上海：上海古籍出版社，1991 年）。

375. 魏道儒，《宋代禪宗文化》（鄭州：中州古籍出版社，1993 年）。

376. 羅壁，《羅氏識遺》（臺北：新文豐出版司，1985 年）。

377. 羅大經，《鶴林玉露》（臺北：正中書局，1969 年）。

378. 羅抗烈，〈王安石的集句詩〉（《詩詞曲論文集》，香港：三聯書局，1982 年）。

379. 羅抗烈，〈王安石詞雜論〉（《詞曲論稿》，臺北：木鐸出版社，1982 年）。

380. 羅根澤，《中國文學批評史》（臺北：學海出版社，1980 年）。

381. 羅德眞，〈論王安石詩詞用韻考〉（《南京師大學報》1990 年，3 期）。

382. 羅聯添，《中國文學史論文選集》（臺北：學生書局，1986 年）。

383. 嚴復（評點），《侯官嚴氏評點王臨川詩集》（臺北：藝文印書館，1970 年）。

384. 嚴長明，《千首宋人絕句校注》（杭州：浙江古籍出版社，1988 年）。

385. 嚴靈峰，《輯王安石老子注》（臺北：藝文印書館，無求備齋老子集成初編，1965 年）。

386. 蘇軾，《東坡題跋》（津逮秘書本）。

387. 蘇軾，《蘇軾文集》（北京：中華書局，1992 年）。

388. 釋志磐，《佛祖統紀》（大藏經（大正藏）第 49 冊，臺北：新文豐出版公司）。

389. 釋念常，《佛祖歷代通載》（臺北：書目文獻出版社，1988 年）。

390. 釋思坦，《楞嚴經集解》（臺北：新文豐出版公司，卍續藏經第 17 冊）。

391. 釋通里，《楞嚴經指掌疏懸示》（臺北：新文豐出版公司，卍續藏經第 24 冊）。

392. 釋袾宏（輯），《禪關策進》（臺北：臺灣印經處，1957 年）。

393. 釋惠洪，《石門文字禪》（臺灣商務印書館，四部叢刊本）。

394. 釋惠洪，《石門題跋》（津逮秘書本）。

395. 釋惠洪，《冷齋夜話》（學津討原本）。

396. 釋惠洪，《林間錄》（卍續藏經第 148 冊，臺北：新文豐出版公司）。

397. 釋惠洪，《楞嚴經合論》（卍續藏經第 18 冊，臺北：新文豐出版公司）。

398. 釋普濟，《五燈會元》（臺北：文津出版社，1991 年）。

399. 釋曉瑩，《羅湖野錄》（臺北：新文豐出版司，1985 年）。

400. 釋覺岸，《釋氏稽古錄》（臺北：臺灣商務印書館，1972 年）。

401. 顧偉康，《禪學六變》（臺北：東大圖書公司，1994 年）。

402. 顧棟高，《王荊國文公年譜》（臺北：藝文印書館，影印求恕齋叢書本，1970 年）。

403. 龔延明，《王安石》（北京：中華出版社，1986 年）。

404. 龔鵬程，《文化符號學》（臺北：學生書局，1992 年）。

405. 龔鵬程，《文學批評的視野》（臺北：大安出版社，1990 年）。

406. 龔鵬程，《文學與美學》（臺北：業強出版社，1995 年）。

407. 龔鵬程，《江西詩社宗派研究》（臺北：文史哲出版社，1983 年）。

408. 龔鵬程，《詩史本色與妙悟》（臺北：學生書局，1986 年）。

409. 龔鵬程，《讀詩隅記》（臺北：華正書局，1987 年）。